U0071105

宋如珊　主編
現當代華文文學研究叢書

現代譯詩對中國新詩形式的影響研究

熊　輝　著

秀威資訊・台北

序言

張中良

中國現代文學的發生與發展同外國文學具有密切的關聯，外國文學的翻譯即是其重要的橋樑。近年來，隨著比較文學視野的拓展、翻譯研究的興起，中國現代翻譯文學研究取得了一批可觀的成果，譬如關於嚴復、魯迅、周作人、胡適等翻譯家的研究，關於百餘年翻譯文學歷史之整體或斷代的梳理，關於俄蘇、日本、英國、法國等國別文學翻譯狀況的概括，關於莎士比亞、普希金、易卜生、泰戈爾、海明威等作家譯介的典型剖析，等等。但是，涉及小說、散文、話劇、詩歌等文體的翻譯研究則相對薄弱一些，這或許是因為越是深入到文體機理的研究，難度就越大的緣故。

做翻譯研究至少應精通一門外語才好，有比較文學的學術背景則更為理想。西南大學新詩研究所熊輝教授本科為英語專業，打下了堅實的英語基礎；碩士階段轉向中國現代文學研究，博士論文為《五四譯詩與早期中國新詩》，而後又承擔了「中國現代詩人與翻譯」的研究課題，這兩項研究的成果均已出版。正因為熊輝具有這樣的學術背景，所以，當他二〇〇九年來到中國社會科學院文學研究所從事博士後研究時，我作為合作者，自然支持他發揮自己之所長，繼續拓展詩歌翻譯與中國新詩的研究領域。經過交流，確定以「現代譯詩與中國新詩文體」為博士後研究選題，後來，這一選題獲得了人事部第四十六批中國博士後科學基金資助。

做學問，有憑聰慧者，也有靠下苦功者，二者均能做出成績。熊輝感覺敏銳，思維活躍，詩的靈性與思辨能力兼備，當屬聰慧型，同時又肯下苦功，做出成績也就在意料之中了。博士後研究報告《現代譯詩與中國新詩文體》提交後，得到考核小組的一致好評，認為在翻譯詩歌與中國新詩文體建構方面具有開拓性與系統性。經過修訂，這份博士後研究報告更名為《現代譯詩對中國新詩形式的影響研究》，將由臺灣秀威資訊科技股份有限公司出版，我自然十分高興！

《現代譯詩對中國新詩形式的影響研究》，從現代詩人的譯論、詩論、翻譯與創作中尋譯出大量相關的資料，其中不少是著者第一次輯錄與闡釋；在豐厚的材料基礎之上，視野開闊，思辨綿密，把翻譯理論、翻譯實踐與新詩創作聯繫起來思考，在歷史的梳理中對典型現象予以深入剖析，對現代詩歌的文體觀念、語言建構與自由詩、現代格律詩、散文詩、小詩、現代敘事詩等形式建構同詩歌翻譯的關係詳加梳理與分析，其中的自覺選擇與不自覺的誤譯，可喜的成功與生澀的嘗試，均得以深入細緻的闡釋，全面、系統地呈現出外國詩歌的翻譯對中國現代新詩文體建構的重要意義；作為附錄的「現代譯詩研究成果目錄」也頗具文獻學價值，既為課題本身列出了學術背景材料，也給學術界提供了查閱文獻的導向圖。這部著作還告訴我們，文體內部的翻譯研究是可以大有作為的。

熊輝學術自覺較早，這樣年輕就取得了值得稱道的成績，可以預期，他在孜孜矻矻的探索中，一定會不斷拓展學術視野，推出新的成果。

二〇一二年十月四日於北京遠郊

目次

緒論

第一節　現代譯詩對中國新詩形式的重要意義

中外詩歌發展的歷史證明，要使民族詩歌朝著符合時代要求和民族審美的方向繼續前行且「長保青春，萬應靈藥就是翻譯」[1]。奧克泰維歐・派茨（Octavio Paz）曾這樣論述了翻譯詩歌對譯語詩歌的促進作用：「西方詩歌最偉大的創作時期總是先有或伴有各個詩歌傳統之間的交織。有時，這種交織採取仿效的形式，有時又採取翻譯的形式。」[2]我國現代著名翻譯家鄭振鐸先生把翻譯介紹外國文學和創作看成是文學家「兩重的重大責任」，認為翻譯文學是民族新文學和新文體建立的基礎：「無論在哪一國的文學史上，沒有不顯示出受別國文學的影響的痕跡的。……威克利夫（Wyclif）的《聖經》譯本，是『英國散文

1　季羨林，《我看翻譯》，許鈞主編，《翻譯思考錄》（湖北教育出版社，一九九八年），頁三。
2　Octavio Paz, *Translation*：*Literature and Letter*. 參見王克菲編，《翻譯文化史論》（上海外語教育出版社，一九九七年），頁三五四。

之父』（Father of English Prose）；路德（Luther）的《聖經》譯本也是德國的一切文學的基礎。」[3]中國現代新詩的文體建構歷程同樣詮釋了翻譯的重要作用。

譯詩文體歷來受到人們的重視。早在魏晉南北朝時期，後秦僧人鳩摩羅什在翻譯佛經時就體認到了文體是譯作成敗的試金石，他指出：「天竺國俗，甚重文藻，其宮商體韻，以入弦為善。……但改梵為秦，失其藻蔚，雖得大意，殊隔文體，有似嚼飯與人，非徒失味，乃令人嘔噦也。」[4]在鳩摩羅什看來，古印度在創作習俗上注重文章語言詞句的華麗，但梵文翻譯成漢語後其文體色彩便消失殆盡，中國讀者只能領會原文大意而不能見識原文風格。沒有再現（或根本就不可能翻譯出）原文文體的譯文如同嚼碎了的飯，徒留飯沫碎粒而飯的形狀和香味不復存在，讀者讀之非但沒有審美快感反而會覺得噁心。鳩摩羅什希望譯者翻譯的時候不要只是為了傳達意義，還要使譯文文體與原文文體不要存有太大差異，否則譯文的可讀性就會喪失。臺灣學者李奭學在《得意忘言：翻譯、文學與文化評論》一書中把翻譯文體的重要性強調到了極致，他認為清末人士如梁啟超和馬君武等翻譯拜倫的詩歌時，除了時代的限制而不得不使用文言之外，最讓他們感到苦惱的「卻常屬譯體」，相對而言，語言意義的對錯是次要的。翻譯外國文學作品，「尤其是歌賦等文類，則最常見的情形是原文模棱，譯家的理解兩可，而率爾臧否，就變成甲是而乙非或乙是而甲非。……訛誤既不可免，那麼只要不違常理，對錯就不該是判斷譯家高下的唯一準繩。……因此包括詩歌等文類的文學作品的中譯，在基本對錯的考慮之外，我們實在不宜再馬虎看待譯體是否銖兩悉稱。」[5]在這段話中，我們可以看出論者的基本觀點：一直以來人們在翻譯的時候強調得最多的是詩歌的文體，而

3 鄭振鐸，《俄國文學史中的翻譯家》，《改造》雜誌三卷十一期，一九二一年七月十五日。

4 引自陳福康，《中國譯學理論史稿》，（上海外語教育出版社，二〇〇〇年），頁一七——一八。

5 李奭學，《得意忘言，翻譯、文學與文化評論》（三聯書店，二〇〇七年），頁三九——四〇。

不是語言意義的正誤和準確與否。因為翻譯的時候語義轉換的錯誤或詞不達意在所難免，「文體才是翻譯成敗的關鍵」[6]，進一步表明文體之於詩歌翻譯的決定性意義。話說得雖然有些偏激，但對譯詩文體的「良苦用心」卻躍然紙上。對譯詩文體的重視不僅是基於審美立場，也是因為譯詩文體在民族詩歌文體的建構過程中扮演著重要角色。

外國詩歌的翻譯改變了中國現代新詩的語言表達。任何民族的語言在同其他民族語言的交流過程中都會受到影響，而翻譯在引入外國詩歌時，也自然地會豐富我國新詩語言的辭彙；這些辭彙不完全是音譯外來語，其中也有根據本國語言意譯外國新思想、新觀念而產生的新辭彙。二十世紀初在翻譯詩歌中引入或產生的辭彙，幾乎是伴著中國現代漢語的產生而同時出現在中國新詩中，它已經成了中國新詩語言的有機組成部分，我們今天的詩歌創作離開了這些辭彙就難以為繼。翻譯外國詩歌不僅為中國新詩帶來了大量的新辭彙，而且由於翻譯表達的需要和原語構詞的特點，中國新詩語言的構詞方法也相應地發生了變化，當然這種變化也是中國新詩語言歐化的表現。中國新詩行的變化一方面是由詩歌節奏和詩歌情感的變化引起的，另一方面也與句子表達方式的變化有關。歐化在中國新詩語言上的體現除了辭彙、詞法之外，句法可以說又是一個非常明顯的表徵，很多詩人「寧可學那不容易讀又不容易懂的生硬文句，卻不屑研究那自然流利的民歌風格」[7]。可以確定的是，譯詩語言使中國新詩的語言染上了濃厚的歐化（準確地講是外化）色彩，從積極的方面講，朱自清認為譯詩「可以給我們新的語感，新的詩體，新的句式，新的隱喻」[8]。但無論如何，我們在接受外來影響的同時必須認識到中國新詩語言不可更改的民族特性，才能夠

6 李奭學，《得意忘言，翻譯、文學與文化評論》（三聯書店，二〇〇七年），頁四〇。
7 胡適，《北京的平民文學》，朱自清著，《新詩雜話》（生活・讀書・新知三聯書店，一九八四年），頁七八。
8 朱自清，《譯詩》，《新詩雜話》（生活・讀書・新知三聯書店，一九八四年），頁七二。

使中國新詩在借鑑譯詩的基礎上煥發詩性光彩。

外國詩歌的翻譯促進了中國新詩形式的發展演變。一八九八年是中國翻譯史上不平凡的一年，這一年的翻譯成就改變了中國文學的發展模式：梁啟超在《清議報》上發表了《譯印政治小說序》不僅為政治小說的翻譯做了學理上的宣導，而且開啟了中國翻譯文學的功用性目的；嚴復《天演論》的出版宣告了「信」、「達」、「雅」必將成為中國現代翻譯史上的理論圭臬；林紓翻譯的法國小仲馬的《茶花女》（次年出版時改名為《巴黎茶花女遺事》）改變了人們對外國文學的偏見，提高了翻譯文學在中國的地位。自此以後，外國文學的大量翻譯和廣泛傳播逐漸改變了中國固有的文學格局，促進了中國現代新文學多種文體的發展。首先就戲劇而言，中國現代文學中的戲劇新品種話劇是在「建設西洋式新劇」[9]的號召下發展起來的「一種西方戲劇形式」[10]，翻譯戲劇對它的影響程度可想而知。就小說而言，清末興起的小說翻譯熱潮對原本遭受歧視的敘事文體來說，其地位經歷了由侍從到顯貴的戲劇化轉變。陳平原先生在論述二十世紀初小說盛行原因時認為「域外小說的輸入是第一推動力」[11]，「不得不把域外小說輸入造成的刺激和啟迪作為中國小說嬗變的主要原因」[12]。新詩發展所獲得的刺激、啟示與戲劇、小說一樣，其原動力來自中國詩歌內部的裂變和外國詩歌的翻譯。中國新詩文體發展演變的軌跡其實就是外來詩歌影響的軌跡：「五四運動產生了許多詩歌流派，比如浪漫主義詩派（郭沫若）、大眾化詩派（劉半農）、小詩派（謝冰心）、湖畔詩派（馮雪峰）、新古典主義詩派（馮至）、新格律詩派（聞一多）、革命詩派（蔣光

9 魯迅，《〈奔流〉編校後記（三）》，《魯迅全集》第七卷（人民文學出版社，一九八一年），頁一六四。
10 錢理群、溫儒敏、吳福輝，《中國現代文學三十年》（修訂本）（北京大學出版社，一九九八年），頁一六三。
11 陳平原，《二十世紀中國小說史》（一八九七——一九一六．第一卷）（北京大學出版社，一九八九年），頁九。
12 陳平原，《二十世紀中國小說史》（一八九七——一九一六．第一卷）（北京大學出版社，一九八九年），頁二〇。

慈）、象徵主義詩派（戴望舒）。總之，這些詩派和他們的作品或多或少地受到了外國詩歌（包括東方和西方的詩歌）的啟示和影響。」[13]據此，有學者認為應該從接受西方詩歌影響的角度來撰寫新詩發展史：「如果編這樣一部文學新詩史也是很好的，即從新詩接受西方詩歌影響的角度來編寫，考察新詩在發展過程中到底接受了多少西方的影響，影響的程度有多大，哪些影響的接受較為成功，哪些則只起迷惑的作用。」[14]總之，「新文學的小說、詩歌、戲劇形式上較多舶來品，借鑑外國從頭做起」[15]，沒有外國詩歌的翻譯，現代新詩至少不會與傳統詩歌拉開如此大的審美距離，並迅速地確立起文壇的正宗地位。

中國現代新詩文體的資源主要來自三個方面：古代詩歌、外國詩歌以及新詩自身的文體積澱。而新詩文體又是在外國詩歌尤其是外國詩歌翻譯體的啟示下得以發生和發展的，因此從某種程度上講，外國詩歌的翻譯體是中國現代新詩文體的主要資源。卞之琳承認自己的詩歌形式技巧受到了三個方面的影響：「平心而論，只就我而說，我在寫詩『技巧』上，除了從古、外直接學來的一部分，從我國新詩人學來的一部分……我在自己詩創作裏常常傾向於寫戲劇性處境、做戲劇性獨白或對話，甚至進行小說化，從西方詩裏當然找得到較直接的啟迪，從我國舊詩的『意境』說裏也多少可以找得到較間接的領會，從我的上一輩的新詩作者當中」[16]自然也能找到直接的聯繫，充分說明了外國詩歌的翻譯對中國現代新詩的文體建構具有不可或缺的促進作用。

13 劉重德，《文學翻譯十講》（*The Lectures on Literary Translation*, by Liu Chongde）（中國對外翻譯出版公司，二〇〇三年），頁一六四。

14 林庚，《新詩斷想，移植和土壤》，《新詩格律與語言的詩化》，（北京經濟日報出版社，二〇〇〇年），頁一。

15 錢理群、溫儒敏、吳福輝，《中國現代文學三十年》（修訂本）（北京大學出版社，一九九八年），頁一四七。

16 卞之琳，《完成與開端，紀念詩人聞一多八十生辰》，《卞之琳文集》（中卷）（安徽教育出版社，二〇〇二年），頁一五五。

第二節 研究思路與方法

翻譯詩歌對民族詩歌乃至民族文學發展新變的推動作用已經是學術界的共識。但由於強烈的民族文化認同感、翻譯文學研究的局限或者影響研究對翻譯仲介的忽略，導致現代譯詩在文體上特有的美學價值及其對中國新詩文體發展新變的促進作用等內容得不到充分的研究。一般來講，新材料的發掘、新觀點的歸納以及新方法或視角的採用都會賦予文學研究創新性價值。本文順應翻譯研究與文學研究的新思路和方法，對譯詩的研究不再局限於語言層面的意義轉換和情感傳達，而是將譯詩的影響研究作為重點內容，並旁涉到譯詩自身的文體特徵和譯詩的文體選擇等相關話題。

美國翻譯批評家韋努蒂（Lawrence Venuti）從文化批評角度提出的「異化翻譯」（Foreignizing Translation）為本論題的展開提供了宏觀思路。韋努蒂在二十世紀末期出版了轟動翻譯界的《譯者的隱形：翻譯史論》（*The Translator's Invisibility—A History of Translation*）一書。作為翻譯文化學派的一種思路，韋努蒂反對傳統的將翻譯作品「歸化」為符合目標語文化及其語言習慣的作品。這種將原作者「請到國內來」的方法實質上是把外國的價值觀念融匯到譯語文化中，從而掩蓋了譯者對原作的選擇、對原作語言文化形式的處理乃至基於原作的再創造活動，使譯者在翻譯過程中的能動作用處於「隱形」的遮蔽狀態。韋努蒂由此提出了異化翻譯的理念，其所謂的異化翻譯的內涵比我們通常意義上所謂的直譯豐富得多：「異化翻譯是一種另類文化實踐，它使在本國處於邊緣地位的語言和文學價值觀念得以發展，也使那些因與本國價值觀念不符合而遭到排斥的異域文化得以發展。一方面，異化翻譯對原文進行以本民族為中心的挪用，將翻譯視為再現另類文化的場域，因而從文化政治的角度把翻譯提上議事日程；另一方面，正是翻譯呈現出來的另類文化，使異化翻譯能夠反映出原文在語言和文化上的差異，發揮重新建構文化的作用，並使那些與民族中心主義相背離的譯文得到認可，在一定程度上修正本國的文學經典。」[17]

如果我們採用韋努蒂的異化翻譯觀，來審視和打量外國詩歌的翻譯與中國新詩文體建構的關係，就會發現中國現代譯詩文體由於採用了分節的形式、長短不一的詩行且白話化的語言，因此相對於古代的律詩絕句等文體形式來說是異化的翻譯。而正是這種異化的詩歌文體形式逐漸「修正了本國的文學經典」，使古體詩作為經典文體形式的時代一去不復返，從而在民族詩歌（中國新詩）文體建構過程中發揮了「重新建構文化的作用」。這的確給本課題的開展提供了很好的學理性思路，香港學者張景華在《重新解讀韋努蒂的異化翻譯理論》一文中總結了韋努蒂異化翻譯的多重涵義，其中之一便是：異化翻譯之「異」表現為譯文的「文體之異」。「譯者採用『陌生化』（Disfamiliarization）的翻譯策略，不僅在語言結構和用詞上注重傳達原文的『異國情調』（Foriegnism），還冒險在譯文中使用非常用或非標準的語彙，如採用不符合語言習慣或晦澀難懂的表達法，或者，將俚語、新詞或古詞混用在一起。」[18]結合中國現代譯詩的實際情況來看，譯詩不僅採用了非常規的語體，而且還採用了非常規的形式，從而使譯詩文體呈現出所謂的「異國情調」，亦即本論文所謂的翻譯體的特徵。因此，韋努蒂的「異化翻譯」不僅在總體上給本課題提供了思路，而且也提出了一個引人深思的話題——譯文的文體特徵。於是在韋努蒂的啟示下，本課題力圖對外國詩歌翻譯體的文體特徵以及它與中國新詩文體的關聯加以研究，找出二者之間顯在或隱在的互動關係。

---

17 Venuti, Lawrence. *The Translator's Invisibility——A History of Translation*. New York: Routledge Press, 1995,, p.148.

18 張景華，《重新解讀韋努蒂的異化翻譯理論》，《譯者的隱形——翻譯史論》（外語教學與研究出版社，二〇〇九年），頁八。

文化研究和社會學研究範式的介入極大地拓展了翻譯研究的領域。美國學者安德列·勒菲弗爾（Andre Lefevere）認為當前的翻譯研究不再以語言學研究為主要方法，提出了翻譯研究的「文化轉向」[19]，從而引起了翻譯研究內容的革新。「文化研究對翻譯研究產生的最引人注目的影響，莫過於七〇年代歐洲『翻譯研究派』的興起。該學派主要探討譯文在什麼樣的文化背景下產生，以及譯文對譯入語文化中的文學規範和文化規範所產生的影響。近年來該派更加重視考察翻譯與政治、歷史、經濟與社會制度之間的關係。」[20]翻譯文化學派的觀點使人們開始對翻譯文學文本的外部環境產生了興趣，於是譯詩對中國新詩的形式規範，乃至中國新文學的文化規範所產生的可能性影響就進入了本課題研究的視野之內。嚴格說來，翻譯社會學派應該劃歸到翻譯文化學派的範疇。澳大利亞著名學者皮姆（Anthony Pym）近年來致力於從社會學的角度去研究翻譯，他在《翻譯史研究方法》（*Method in Translation on History*）一書中所凸顯出來的一個重要理念就是：「強調用社會學的方法來研究翻譯，突出翻譯與整個社會諸多因素之間的互動關係。」[21]

福柯（Foucault）的權力／話語結構模式對研究外國詩歌的翻譯與中國新詩文體建構之間的關係，提供了更為開闊的研究思路和方法。法國著名學者福柯在他極具影響力的著作如《知識考古學》、《瘋癲與文明》、《規訓與懲罰》、《權力與反抗》乃至《性史》中，顯示出權力運作最明顯和最複雜的地方是其所強調的話語，因為在他看來，「在人文科學裏，所有門類的知識的發展都與權力的實施密不可分」[22]。翻譯實踐活動的展開必然受到一定社會歷史境遇的影響，尤其是發生在兩種文化之間的權力關係的影響：

19 郭建中，《論《當代美國翻譯理論》（湖北教育出版社，二〇〇〇年），頁一六〇。
20 郭建中，《當代美國翻譯理論》（湖北教育出版社，二〇〇〇年），頁一五六。
21 〔澳大利亞〕皮姆，《翻譯史研究方法·導讀》（外語教學與研究出版社，二〇〇七年），頁四。
22 〔法〕米歇爾·福柯，劉北成、楊遠嬰譯，《規訓與懲罰》（生活·讀書·新知三聯書店，一九九九年），頁一八。

「粗略說來，由於第三世界各個社會（當然包括社會人類學家傳統上研究的社會）的語言與西方的語言（在當今世界，特別是英語）相比是『弱勢』的，所以它們在翻譯中比西方語言更有可能屈從於強迫性的轉型。其原因在於，首先，西方各民族在它們與第三世界的政治經濟聯繫中，更有能力操縱後者。其次，西方語言比第三世界語言有更好的條件生產和操縱有利可圖的知識或值得占有的知識。」[23]塔拉爾·阿薩德（Talal Asad）的話表明譯者對翻譯文本的選擇，其實與個人審美價值取向的偏好和語言能力的深淺並無多大的關係，對翻譯實踐起著主導作用的乃是符合政治體制實踐的各種形式和福柯所說的知識／權力的關係，這些因素決定的認知方式將某些對外國文學權威化或者經典化，並且壓制了其他認知方式和文藝觀念。因此，現在進入我們研究視野的翻譯文學其實是在強勢文化所特有的權力的操控下翻譯而成的，很多並不是出於譯者個人的主觀選擇。

正是從福柯的權力／話語結構出發，本課題「現代譯詩語言對中國新詩語言的影響」部分，譯詩語體在源語和目標語之間偏重於亦或帶有源語的色彩，就能夠充分說明權力在翻譯過程中對話語選擇的操控力量。即使是在民族文化情結的驅動下或者由於民族時代文學發展的訴求，而對外來文化的權力壓力做出過積極的鬥爭，但最終譯詩語言的外化以及由此引發的中國新詩語言的外化事實卻無可逆轉更無法更改。「現代譯詩形式對中國新詩形式的影響」部分裏，外國詩歌形式通過詩歌翻譯迻譯到了中國並刷新了中國幾千年來的詩歌形式觀念，以至於有人說：「新文學運動的最大的成因，便是外國文學的影響；新詩，實際上就是中文寫的外國詩。」[24]充分說明了外國詩歌形式與中國新詩形式相比所處的強勢地位，以及由此

23 塔拉爾·阿薩德，《英國社會人類學中關於文化翻譯的概念》，引文見劉禾著，宋偉傑譯，《跨語際實踐——文學、民族文化與被譯介的現代性》（三聯書店，二〇〇二年），頁四。

24 梁實秋，《新詩的格調及其他》，《詩刊》創刊號，一九三一年一月二十日。

獲得的對中國新詩的強大影響力。在最後一章中，中國現代新詩的各體形式與古詩殊異，它們都是在外國詩歌或者外國詩歌的翻譯體的刺激下產生的，外國詩歌強勢的「範本」角色貫串了其發展過程的始終，因此依然屬於權力／話語的研究模式。

本課題實際上是對比較文學影響研究理念的一次實踐，把「現代譯詩對中國新詩形式的影響」作為研究對象，必然會採用比較文學的研究方法。在比較文學媒介學的基礎上產生的譯介學（Medio-translatology）「是對那種專注於語言轉換層面的傳統翻譯研究的顛覆」[25]。比較文學中的翻譯研究由於文化因素的介入，而顯示出與傳統翻譯研究的巨大差異，如果說傳統的翻譯研究主要是一種語言層面上的研究，那比較文學中的翻譯研究就是一種文學研究乃至文化研究。謝天振先生將從比較文學或比較文化的角度出發對翻譯（尤其是文學翻譯）和翻譯文學進行的研究稱為譯介學[26]，認為翻譯研究的對象不在語言層面，譯介學「把翻譯看作是文學研究的一個對象，它把任何一個翻譯行為的結果（也即譯作），都作為一個既成事實加以接受（不在乎這個結果翻譯品質的高低優劣），然後在此基礎上展開它對文學交流、影響、接受、傳播等問題的考察和分析」[27]。所以相對於傳統的語言研究來說，譯介學拓寬了翻譯研究的領域。譯介學為我們研究翻譯詩歌提供了新的視角和方法，只有譯介學把翻譯文學作為了理所當然的研究對象。傳統的翻譯研究注重翻譯語言和翻譯過程的對等性，翻譯文學（詩歌）不在其觀照範圍內；一般意義上的文學研究多是以國別或民族文學為研究對象，再放寬眼界無非包括了文學的比較研究，翻譯文學在學

25 曹順慶，《比較文學論》（四川教育出版社，二〇〇二年），頁一三八——一四八。
26 謝天振，《譯介學》（上海外語教育出版社，一九九九年），參見該書的《緒論》部分，頁一——二三。
27 謝天振，《譯介學》（上海外語教育出版社，一九九九年），頁一一。

術研究的園地裏成了「無家可歸的『孤兒』」[28]。譯介學作為比較文學研究的一個分支，專門研究比較文學視野下的文學翻譯活動和翻譯文學，從而使翻譯詩歌的研究有了方法上的歸宿。譯介學和傳統翻譯學的區別，為我們研究翻譯詩歌消除了很多爭議和障礙，我們不必再去計較諸如「詩的可譯與否」、「好詩的標準」以及「詩人譯詩的利弊」等問題，而是把所有的翻譯詩歌都視為一個既定的客觀文本，以這個客觀的文本為依託展開文化的影響研究。因此，本論題把譯詩及其文體視為「既成事實」，不去對它做真偽和價值評判，更多地是論述譯詩文體對中國新詩文體建構的影響。

當然，本文除了在宏觀上採用了以上研究思路或方法之外，在具體的研究中還會採用到其他方法。比如對部分譯詩文本的細讀、分析會用到形式主義批評文論的方法和研究思路；在比較譯詩和原詩的文體形式時還會使用到交往行為理論，因為對二者關係的研究涉及到主體間性的理論；劉禾的「跨語際實踐」理論也為本課題的開展提供了很好的視角，有助於釐清外國詩歌形式和語體是怎樣進入中國新詩文體系統的。這些方法和研究思路相互滲透，共同指導本課題的開展。

第三節　選題原因及主要研究內容

本課題之所以選取外國詩歌的翻譯與中國新詩的文體建構作為研究對象，主要是基於以下幾個方面的原因：

28 謝天振，《譯介學》（上海外語教育出版社，一九九九年），頁一五。

首先，外國詩歌是通過翻譯的仲介活動來影響中國新詩發展的，在本文看來，對中國新詩文體建構發生實質性影響的既非外國詩歌也非僅有譯詩，確切地講是外國詩歌的翻譯過程和譯詩文體（亦即本文所謂的「翻譯體」）二者對中國新詩的文體建構產生了影響，因此本課題的題目是「現代譯詩對中國新詩形式的影響」，不是「譯詩與中國現代新詩的文體建構」，更不是「外國詩歌與中國現代新詩的文體建構」。中國人吸收西方文學營養的途徑主要有三種：閱讀外文原文、閱讀翻譯作品、接受外國文學教育。清末民初，儘管接受西式教育的人數比先前有了較大幅度的增長，但國內擅長外語並精通翻譯的人依然不多，所以大多數國人只有通過閱讀翻譯作品來瞭解並認知外國文學。有學者在談論中國近代以來接觸西學的普遍情形時說：「嚴復是當時寥寥無幾的翻譯大師之一，他的教育背景和對西學的理解程度幾乎無人能及，所以不具有普遍意義。而劉師培對西學較嚴復為膚淺的理解，卻恰好代表了當時多數士子接受西學的程度，因為他們與劉氏一樣，既不通外文，又受過多年中國舊式教育，差不多有共同的知識基礎。」[29]即便到了五四時期，劉師培接受西學的方式仍然具有普遍意義，即外國文學對中國作家的影響主要是通過閱讀翻譯文學來實現的。像五四一代能讀懂外語原文的詩人，比如胡適、郭沫若、冰心、李金髮、徐志摩、聞一多等翻譯的外國詩歌在審美上造成的新奇效果，誘引了多數不懂外文的讀者對譯詩的模仿，這種模仿型的創作才最終完成了外國詩歌對中國詩歌的影響。所以，研究外國詩歌對中國現代新詩文體建構的影響，詩歌翻譯過程不容忽視。而對於大多數中國人來說，他們通過閱讀譯詩來獲得了對外國詩歌的認知，對他們而言，譯詩而非原生態的外國詩歌是影響他們從事新詩創作的原點。也正是從這個意義上講，談論外來文學的影響（尤其是對詩歌文體而言）就一定離不開翻譯

[29] 李帆，《劉師培與中西學術——以其中西交融之學和學術史研究為核心》（北京師範大學出版社，二〇〇三年），頁一〇九—一一〇。

過程和譯文特徵帶給譯者和讀者潛移默化的感染，外國詩歌對中國現代新詩文體建構的影響由此才得以發生。

從已有的研究現狀來看，將中國現代新詩的形式建設和發展演變過程置於外國詩歌的翻譯文化語境中來加以考察的成果並不多見，也沒有專門的著作問世，而實際情況卻是中國現代新詩的形式建構與外國詩歌的翻譯一脈相承，所以研究外國詩歌的翻譯對中國新詩形式的影響具有開創意義和學術價值。在中國新詩的發展歷程中，現代三〇年代無疑充滿了特殊意義，中國新詩經歷了發生和發展期，在外國詩歌翻譯體的影響下逐漸架構起了自己的文體形式和審美觀念。中國現代譯詩與清末譯詩之間存在著較大差異，現代譯詩者站在「他文化」的立場上採用白話文、自由詩形式或與傳統詩歌有別的格律體去翻譯外國詩歌，不像清末翻譯人士那樣擺脫不了傳統詩歌形式的束縛。翻譯詩歌由此在語言形式上與傳統詩歌拉開了距離，使現代新詩在與古詩決絕之後，獲得了新鮮的文體營養且有了明晰的參照目標。從時間的向度上來講，五四前後的一段時間，無疑是中國新詩和翻譯詩歌連袂主演的最值得記憶和品味的「嘉年華」時期。二十世紀三〇年代隨著象徵主義詩歌和現代派詩歌的翻譯引入，中國現代新詩的語言更加智性化，形式更加藝術化，到了三〇年代末期和四〇年代，政治意識形態分隔後的文學話語環境對外國詩歌的翻譯形成了不可逆轉的影響，外國的抗戰詩歌和民族意識濃厚的作品得到了大量的翻譯，而譯詩則多採用了淺顯易懂的語言和自由體形式，中國新詩在這一時期也多以口語和民謠體乃至直白的標語口號詩為一大特色。因此，外國詩歌的翻譯在現代文學三〇年代的發展歷程中具有不同的階段特徵，僅僅考察某一時段，或對現代三十年籠統地加以概括，都難以對外國詩歌的翻譯與中國現代新詩文體建構的關係做出合理的判斷。

分析現代譯詩對中國新詩形式的影響，是否就意味著外國詩歌的翻譯對中國現代新詩的精神建構沒有影響呢？也是否意味著本文將否定外國詩歌的翻譯對中國現代新詩內容的影響呢？周作人曾在《中國新文學的源流》中指出：「由於西洋思想的輸入，人們對於政治、經濟、道德等的觀念，和對於人生、社會的見解，都和從前不同了。應用這新的觀點去觀察一切，遂對一切問題又都有了新的意見要說要寫。然而舊的皮囊盛不下新的東西，新的思想必須用新的文體以傳達出來，因而便非用白話不可。」[30]正是思想內容的轉變籲求著新詩文體、語言和句法的創新，外國詩歌的漢譯也為中國新詩引入了新的時代精神和情感體驗，所以，討論外國詩歌的翻譯對中國現代新詩的影響自然會涉及到詩歌的內容。本文並非有意掩蓋和遮蔽外國詩歌的翻譯對中國新詩精神建設的影響，而是極力肯定精神影響的客觀性，但本文在寫作的時候主要將譯詩的影響局限在形式上，因此，新詩語言、句法、形式等成了本論文探討的主要內容。同時，外國思想潮流進入中國的途徑是多種多樣的，西方思想和情感對中國新詩內容的影響是通過多種管道得以實現的。可以說，社會思潮對人們固有思想的改變給中國詩歌內容帶來的衝擊遠遠大於譯詩對中國新詩內容的影響。換句話說，對中國新詩內容造成影響並非譯詩的專利，更不是譯詩的專長，譯詩對中國新詩的影響主要局限在形式上，其對中國新詩內容的影響並不突出。從另外一個角度講，正是新內容的出現才促進了新詩對新的文體形式的訴求，對外國詩歌形式的借鑑才顯得必要和迫切。不管形式如何，每一時期的文學都會相應地承載並表達出它所屬時代的情感內容，中國古詩在漫長的歷史道路上充分表現了各個時代的精神特徵，只是到了近代以後，新思想的引入才對其提出了形式革新的要求。因此，內容是促使形式革新的原因，至於怎樣革新，則似乎只與形式有關。比如新詩模仿譯詩創作的出發點和目的僅僅是希望由此帶來自己的形式創新，而不是力圖要用譯詩內容來改變新詩內容。所以，探討現代譯詩對中國新詩形式的影響比探討外國詩歌的翻譯對中國現代新詩精神建構的影響更具針對性和價值。

[30] 周作人，《中國新文學的源流》（河北教育出版社，二〇〇二年），頁五八—五九。

此外，所謂詩歌的形式其實包含了語言和詩體形式等內容，語言也是詩歌的重要形式。黑格爾在《美學》第三卷下冊中，認為詩歌與其他藝術門類之間的差異在於語言，亦即他所謂的「藝術媒介」。正是由於詩採用了「觀念性的符號」，才在形式藝術和情感內容上與其他文體和藝術拉開了距離。很顯然，在黑格爾這裏，詩歌的語言包括了形式乃至詩之為詩的一切要素，語言文字不僅是「詩的觀念的傳達手段，文字這個因素也和用在散文表現裏的有所不同，它在詩裏本身就是目的，應該顯得是精煉的。」[31]葉維廉先生在《中國詩學》中闢專章論述中國現代新詩的語言問題，認為「自五四運動以來，白話便取代了文言，成為創作上最普遍的表達的媒介」[32]，新媒介的使用是新文學和新詩得以誕生的標誌性事件；沒有語言維度的切入，何來新詩紀元的開創？因此，詩歌的語言往往成為詩歌文體形式的核心內容，探討現代譯詩對中國新詩形式的影響，必然涉及到詩歌語言和狹義的詩歌形式兩個方面的內容。基於這樣的思考，本課題的主要研究內容如下：

「緒論」首先論述了外國詩歌的翻譯，及其文體特徵對中國新詩文體建構的重要意義。接下來是對本課題研究思路和方法的分析：翻譯文化學派、社會學派、權力／知識話語，以及韋努蒂的「異化翻譯」觀和比較文學學科內的譯介學等理論，為本課題的開展提供了宏觀的思路和研究方法。第三部分闡明本課題的選題原因和將展開研究的主要內容。

第一章從分析中國現代譯詩的語言特徵出發，認為中國現代譯詩的語言具有源語和目標語的雙重文化屬性，由於本身屬於詩歌的語言，因而具有詩性色彩，但譯詩語言在再現原詩情感和風格上，依然存在著

31 〔德〕黑格爾，朱光潛譯，《美學》（三卷・下冊）（商務印書館，一九九七年），頁五五。

32 〔美〕葉維廉，《中國詩學》（人民文學出版社，二〇〇六年），頁三二九。

近乎天然的缺陷和歷史局限。第二節從不同時期的時代語境出發，來闡述譯詩語體的流變與中國現代新詩的語體訴求之間的互動關係。第三節從正反兩個方面討論了譯詩語言對中國新詩語言建構的影響。

第二章首先論述了中國現代譯詩的形式追求，即注重譯詩形式的建構，追求譯詩形式與原詩形式的對等，或者採用民族詩歌的形式去重新賦予譯詩的形式美。第二節探討了中國現代譯詩形式的多元化取向，比如採用格律體詩，或為了顧及內容而使譯詩形式散文化。同時現代譯詩在形式上還具有自然節奏，這也是很多譯者在翻譯時注意提倡的譯詩形式要素。譯詩是在目標語文化環境中生存，加上譯者的民族詩歌審美情趣和民族情結，很多譯詩在形式上具有民族性特徵。同時，詩歌是一種形式藝術，中國現代譯者十分注重譯詩形式對原詩風格的再現。第三節從正反兩個方面討論了譯詩形式對中國現代新詩形式建構的影響。

第三章主要包括中國新詩的形式建構對譯詩原文的形式選擇、外國詩歌形式誤譯的原因透析、外國詩歌形式誤譯的幾種類型，以及外國詩歌形式的誤譯與中國新詩的形式建構等內容。外國詩歌的翻譯除了語言層面的意義誤譯之外，還存在著形式上的誤譯，這是由於民族詩歌審美習慣、詩歌翻譯活動的特殊性以及中國新詩的形式理念所致。外國詩歌形式的誤譯在客觀上為新詩形式觀念的架構提供了切實的文本範式，聲援並影響了中國新詩的形式建設。

第四章主要包括外國詩歌的翻譯與自由詩、外國詩歌的翻譯與散文詩、外國詩歌的翻譯與小詩、外國詩歌的翻譯與現代格律詩、外國詩歌的翻譯與敘事詩等內容。這些詩歌形式已經成為中國新詩的主要形式，它們的誕生或多或少地受到了譯詩的影響，而在三〇至四〇年代的發展期又相應地受到了譯詩的影響，對此進行梳理有助於進一步釐清中國新詩的形式資源，認清外國詩歌的翻譯對中國新詩各體形式的發生、發展乃至成熟所起到的推進作用。

「結語」部分澄清作者的研究立場和學術指導思想——中國新詩文體來源於多個源頭。古典詩歌散曲和民歌民謠是其主要來源，外國詩歌及其翻譯體僅僅是中國新詩文體建構的重要資源之一。外國詩歌的翻譯在給中國現代新詩的文體建構帶來積極影響的同時，也產生了一些負面效應，我們在以後的新詩文體建構中對外國詩歌文體需要揚長避短，使之從正面影響中國新詩文體的發展。

第一章　現代譯詩語言對中國新詩語言的影響

「在語言內部或語言之間，人類的交際等於翻譯。翻譯研究就是語言研究。」[1]為此，研究外國詩歌的翻譯與中國新詩的文體建構就必然首先涉及到翻譯語言問題。外國詩歌的翻譯過程幾乎見證了中國新詩的發生和成長歷史，前者與後者的影響和互證關係，決定了中國現代譯詩的語言觀念與中國新詩發展的語言訴求具有順向的推進關係。縱觀現代翻譯文學三十年的譯詩語言及譯詩語言批評，我們會發現由於早期新詩文體地位的確立有賴於語體的革新，於是很多譯者採用白話文去翻譯外國詩歌並聲明譯詩的語言應該使用白話文。與此同時，新文學宣導者紛紛感到中國語言和句法之於新情思的表達具有一定的束縛，為了向西方「縝密」的語言學習而提倡譯詩的語言應該儘量保存原作語言的特點，並由此認為譯詩的語言可以豐富和改造中國新詩乃至整個新文學語言。當然，由於譯詩在文體上仍然屬於詩歌範疇，因此譯詩語言的詩性、譯詩語言表達的流暢，以及翻譯活動自身不可能克服的譯詩語言的缺陷等也都是中國現代譯詩語體觀念的重要組成元素。因此，本文接下來將從譯詩語言的源語和目標語文化屬性、譯詩語言的局限性等方面來討論中國現代譯詩語言的特徵，從不同時期的出發論述譯詩語體的流變與中國新詩語言訴求的互動關

[1] Roger T. Bell, *Translation and Translating: Theory and Practice*, Longman Group UK Ltd., 1991, p.28.

係，進而探討中國現代譯詩語言對中國新詩語言建構的正面和負面影響。

第一節　中國現代譯詩的語言特徵

語言的不同特點是通過語音、辭彙、語法、修辭方式、篇章結構等因素以及一些伴隨語言的非語言因素具體表現出來的，而本部分內容涉及到譯詩語言的文字、語言、詞法和句法等方面的內容。中國現代譯詩的語體特徵十分豐富，譯詩語言具有源語和目標語的文化屬性，具有詩性特徵。

一、中國現代譯詩的語言觀念

譯詩是外國詩歌的他語言書寫形式，譯詩語言應該盡可能地保持原詩的特色；同時，從建構和豐富中國新詩語言的角度來講，譯詩語言的異質文化成分越多就越能為漢語輸入新成分。因此，很多人提倡中國現代譯詩語言要儘量與原作的語言對應，融入更多的外國語言元素，但這種翻譯在客觀上會引起譯詩語言的歐化，致使部分譯者對此產生了反感。

在語言資源匱乏和把古文言棄絕的語境下，很多譯者要求五四時期的翻譯文學使用一種不同於白話文或文言文的偏重於原語色彩的第三種語言，這在主觀上是為了給中國新詩輸入更多的語言表達方法。劉半農是著名的語言學家，其關於譯詩文體的論述也多涉及到語言問題。比如他認為翻譯文學的語言應該在顧及譯語表達習慣的基礎上儘量保留原作的語言特色，翻譯文學的語言在譯語和原語的天秤上應該更偏重於後者。翻譯語言由於在書寫形式和表達方式上更多的使用的是目標語，因此劉半農所謂的翻譯語言其實也是一種特殊的語言形態，一種具備了原語和譯語文化屬性的第三種語言。在那篇五四時期有名的「雙簧戲」文章中，劉半農指出：「當知譯書與著書不同，著書以本身為主體；譯書應以原本為主體；所以譯書的文筆，只能把本國文字去湊就外國文，絕不能把外國文字的意義神韻硬改了來湊就本國文。即如我國古代文學史上最有名的兩部著作，一部是後秦鳩摩羅什大師的《金剛經》，一部是唐玄奘大師的《心經》：這兩人，本身生在古代，若要在譯文中用些晉唐文筆，眼前風光，俯拾即是，豈不比林先生仿造兩千年以前的古董，容易得許多，然而他們只是實事求是，用極曲折極縝密的筆墨，把原文精意達出，既沒有自己增損原意一字，也始終沒有把冬烘先生的臭調子打到《經》裏去；所以直到現在，凡是讀這兩部《經》的，心目中總覺這種文章是西域來的文章，絕不是『先生不知何許人也』的晉文，也絕不是『龍嘘氣成雲』的唐文：此種輸入外國文學使中國文學界中別闢一個新境界的能力，豈一般『沒世窮年，不免為陋儒』的人所能夢見！」[2]劉半農認為像鳩摩羅什和玄奘這樣的翻譯大師，由於採用了西域語言的「極曲折極縝密」的表述方式，捨棄了當時晉代或唐代的語言表達習慣，因而沒有隨著朝代的更迭而失去存在的價值，反而由於其固有的西域文化色彩延傳至今。

不過劉半農並非極端的語言「西化」者，後來他比較客觀地闡發了譯詩語言觀念，認為譯詩的語言既應保留原語的特點，又要顧及目標語的表達習慣。劉半農一九二一年在給周作人的信中說：我們翻譯西書的「基本方法，自然是直譯。因是直譯，所以我們不但要譯出它的意思，還要盡力的把原文中的語言的方式保留著；又因直譯（Literal Translation）並不是字譯（Transliteration），所以一方面還要顧著譯文中能否

[2] 劉半農，《覆王敬軒書》，《新青年》四卷三號，一九一八年三月十五日。

文從字順，能否合乎語言的自然」[3]。劉半農的這句話顯然比他在和錢玄同的「雙簧戲」中所寫的《覆王敬軒書》一文對翻譯詩歌的語言要求有所改變。劉氏在該文中認為譯文語言應該「湊就外國文」，但是在這封給周作人的書信中卻有所緩和，認為語言的翻譯體在湊就外國語言的同時，還要根據譯語的表達習慣做到「文從字順」。劉半農的譯詩語言觀念既避免了之前的絕對西化，又避免了魯迅「寧信不順」的極端翻譯方式，因而是當時比較合理的翻譯語言觀念。在這種觀念下產生的翻譯語言必然具備原語和譯語的二重文化屬性，兼顧了兩種語言的特點，能夠使譯文更大限度地滿足廣大讀者的需求。劉半農的譯詩語言觀念已經無限接近荷爾德林（Friedrich Holderlin）所謂的「純語言」觀。荷氏提出純語言的目的是想在「他所翻譯的古希臘語和現代德語之間開闢一個文化和言語上的中間地帶，這個地帶既不完全屬於希臘語，又不完全屬於德語，而是更貼近所有人類語言所共有的東西。」[4]此「純語言」兼具了希臘語和德語的特徵，從而使譯文能夠被懂德語和希臘語的讀者所接受。也即是說荷爾德林認為譯文的語言應該具有原語和譯語的共同特徵，兩種語言「以一種互補的關係共同存在」於譯語這樣的第三種語言中，只有這樣才能最大限度地滿足讀者的需要。

除了表達形式上與外國詩歌語言保持一致外，譯詩語言在語體上也應該和原詩一致。對譯詩語言的語體要求，顯然比單純的語言要求更考驗譯者的能力，因為這不僅僅關涉到語言意義的傳達，而是更高層次的翻譯風格問題。比如卞之琳在給青喬翻譯的大衛·加奈特（David Garnett）的《女人變狐狸》寫序時說：「《變形記》後人可以用資本主義社會異化現象來解釋，顯得深刻、沉痛，細節有點令人噁心，《女

3 劉半農，《劉半農致周作人》（書信），一九二一年三月二十日。

4 譚載喜，《西方翻譯簡史》（商務印書館，一九九一年），頁一四〇。

人變狐狸》的著者未必意識到異化問題，寫起來冷雋而有時候令人感到悱惻和親切，通篇有冷嘲而沒有熱諷，筆調上也各具民族特色，各放異彩。因此中譯本總得保持原著的風格。現在灕江出版社新約青喬重譯的這個譯本，比起舊譯本不一定後來居上，卻可以至少也基本上滿足了這個要求。」[5]由此可見卞之琳對譯著語言的要求，是要翻譯出原作的語體色彩和風格，否則便不是一部好的譯作。同樣地，魯迅認為翻譯外國文學時也應該注意譯文的語體風格。不能用太雅的文字去翻譯通俗文學，也不能用俚語俗字去翻譯典雅的文學，如果是翻譯兒童文學，則應該採用符合兒童語言習慣的表達。魯迅在翻譯蘇聯兒童作家班臺萊耶夫（C. QNFYIUIJ）的《表》時就充分考慮了譯文的語體色彩，他說在開始翻譯這個作品以前，曾抱了不小的野心，「想不用什麼難字，給十歲以下的孩子們也可以看。但是，一開譯，可就立刻碰到了釘子了，孩子的話，我知道得太少，不夠達出原文的意思來，因此仍然譯得不三不四。」[6]不管這篇譯文在實際上是否符合小孩的閱讀和審美習慣，但卻表明了魯迅提出這個問題的初衷是對譯文語體的重視。不像近代乃至二十世紀初期，很多譯者在沒有弄清原文的語體特徵就想當然地按照自己並不成熟的理解進行翻譯，讀者看到的是風格喪失殆盡的譯文。卞之琳認為文學翻譯還應該注意原文的語言風格，採用相應的語言類型進行翻譯。他說：「各國語言都有標準語（文，我國現在叫普通話）、行話、術語、方言、俚語等分別。文學翻譯也應盡可能求其相應。例如……譯文正文是口語化的普通話，即使需要插用土白俚語，用北京的土白俚語是合適的，用上海的，除非通篇主要用普通上海話翻譯，不然翻譯就和原文不相稱

5 卞之琳，《大衛·加奈特的〈女人變狐狸·動物園人展〉——青喬譯本序》，《卞之琳文集》（中卷）（安徽教育出版社，二〇〇二年），頁六一—六二。

6 魯迅，《〈表〉譯者的話》，《譯文》月刊二卷一期，一九三五年三月。

了。」[7]同時，卞之琳認為：「文學翻譯在語言上也應首先感覺出什麼是喜聞樂見，什麼是陳詞濫調，什麼是『雅』，什麼是『俗』（也應該感覺出『雅』得『俗』和『俗』得『雅』）。」[8]如果用太陳舊的語言去翻譯一篇新潮的文章，或者用俚俗的語言去翻譯雅致的文章都是不符合譯文的語體要求的，與原文的語言風格相距更遠了。

中國現代譯詩文體觀念除了對語言的原語色彩和風格進行闡發之外，在譯詩的句法上也有所創新。二十世紀三〇年代後期，梁宗岱鼓勵譯者「自製許多規律」，通過磨練達到自由創作的目的。首先，梁宗岱認為譯詩在句法上可以學習外國詩歌的跨句。瓦雷里（P. Valery）曾說的一句話讓梁宗岱印象深刻：「製作底時候，最好為你自己設立某種條件，這條件是足以使你每次擱筆後，無論作品底成敗，都自覺更堅強，更自信和更能自立的。」[9]詩歌創作和詩歌翻譯理應考慮詩句的整齊、押韻、節奏等形式因素，梁宗岱因此「很贊成努力新詩的人，盡可以自製許多規律；把詩行截得整整齊齊也好，把韻腳列得像義大利或莎士比亞式底十四行詩也好；如果你願意，還可以採用法文底陰陽韻底辦法」[10]。當然，譯詩的詩句在借鑑這些「規律」的時候一定要充分考慮中國語言的音樂性特徵，因為不同的文字其音樂性是有差異的。比如中國詩歌語言的音樂性因素就包括停頓、韻律、平仄或清濁，而且這些音樂性因素在詩句中的運用與詩行的整齊與否沒有太大的關係，因此「中國詩律沒有跨句，中國詩裏的跨句亦絕無僅有」[11]。梁宗岱

7 卞之琳，《文學翻譯與語言感覺》，《卞之琳文集》（中卷）（安徽教育出版社，二〇〇二年），頁五二九。
8 卞之琳，《文學翻譯與語言感覺》，《卞之琳文集》（中卷）（安徽教育出版社，二〇〇二年），頁五二九。
9 梁宗岱，《論詩》，《詩與真‧詩與真二集》（外國文學出版社，一九八四年），頁三六。
10 梁宗岱，《論詩》，《詩與真‧詩與真二集》（外國文學出版社，一九八四年），頁三六。
11 梁宗岱，《論詩》，《詩與真‧詩與真二集》（外國文學出版社，一九八四年），頁三九。

對西洋詩的跨句持肯定態度：「跨句之長短多寡與作者底氣質（Le souffle）及作品底內容有密切的關係的，……我終覺得這是中國舊詩體底唯一缺點，亦是新詩所當採取於西洋詩律的一條。」[12]葉維廉先生在《中國詩學》中講到「中國舊詩沒有跨句（enjambment）；每一行的意義都是完整的」[13]，即便胡適寫出的新詩也是這樣。但是到了郭沫若的筆下，詩行就變得異常自由和靈活，郭沫若的「主情說」讓他的詩句靈動而跳躍，詩的分行不再是根據意義，而是為著節奏或情感表達的需要。

不管是在譯詩中保存原詩的語言風格和語體色彩也好，還是在譯詩中使用西方詩歌慣用的跨行也罷，譯詩語言和句法儘量保存原作特色的主張，在客觀上都會導致譯詩語言的歐化。比如徐志摩的譯詩在語言上就有歐化的趨向，他曾翻譯了古希臘女詩人莎福（Sappho）的《一個女子》，一九二五年八月十二日發表在《晨報・副刊》上，其中有這樣的詩句：「像是那野繡球花在山道上長著的，／讓牧童們過路的腳踵見天的踩，見天的殘，／直到一天那紫拳拳的花球爛入了泥潭。」其中，第一行便是完全歐化的句式，因為只有在英語中表地點的狀語才放於句末，而按中文句法，第一行應該改為：「像是山道上長著的野繡球花」；第二行中的「牧童們」是一個歐化的辭彙，因為漢語並不在名詞後加「們」來構成複數。而朱湘認為譯詩語言的外化是不可避免的。歐化或外化是所有的文學翻譯語言都不可避免的「宿命」走向，是中國新文學語言自身發展的內在需求。通過翻譯引起的中國文學語言的變化並不是五四新文化運動以後才出現的現象，早在漢唐開始的佛經翻譯就拉開了中國語言外化的序幕。「佛學大盛於唐代，是玄奘等的功績；那些佛經的譯本，在中國文化上引起了莫大的變化的，豈不是『詰屈聱牙』，完全的印度化了的麼？為了

---

12 梁宗岱，《論詩》，《詩與真・詩與真二集》（外國文學出版社，一九八四年），頁三九。

13 葉維廉，《中國現代詩的語言問題》，載《中國詩學》（人民文學出版社，二〇〇六年），頁三三〇。

文字的內身的需要，當時的印度化是必然的現象，——歐化，在新文學內，也是一個道理。……有許多的時候，不必歐化，或是歐化得不好；至於歐化的本身，現代的中國人卻沒有一個能以非議。」[14]中國語體文的歐化是五四前後很多新文學作家極力贊成的主張，《小說月報》曾專門刊登了茅盾、鄭振鐸等人的文章來說明歐化對中國現代漢語和現代文學發展的積極作用。朱湘從線性的歷史的角度來論述了中國文字在翻譯引進外國文學作品的進程中，因受到外來影響而發生「外化」的現象，從而說明了新文學語言發生歐化現象的歷史必然性和合理性。

儘管如此，很多中國現代的譯者從維護詩歌語言民族化的立場出發，堅決反對譯詩語言採用外國的構詞法和句法。新文學運動之初，聞一多就認為翻譯外國文學作品的時候不一定要採用西文句法。一九一九年聞一多在看了嚴復翻譯的《天演論》後對之大加誇讚，而對於《新潮》社的青年人認為此翻譯不具備原作「詞氣」、「筆法」的批判，聞一多則表現出了自己「保守」的立場：「讀《天演論》，辭雅意達，與味盎然，真迻譯之能事也。《新潮》中有非譏嚴氏者，謂譯書不僅當譯意，必肖其詞氣、筆法而後精，中文造句破碎，不能達蟬聯妙邃之思，欲革是病，必摹西文云云。要之嚴氏之文，雖難以上追諸子，方之蘇氏，不多讓矣。必謂西文勝於中文，此又蛣蜣丸轉，癖之所鍾，性使然也。吾何辯哉！」[15]新文學運動正蓬勃開展的一九一九年前後，《新潮》社的傅斯年主張中國現代白話文的發展方向「就是直用西洋文的款式、方法、詞法、句法、章法、詞枝（Figure of Speech）……一切修辭學上的方法，造成一種超於現在的國語，歐化的國語，因而成就一種歐化國語的文學」[16]。在新文化運動早期的文言白話之爭中，我們很難

---

14 朱湘，《翻譯》，《朱湘作品選》（中央民族大學出版社，二〇〇五年），頁一八八——一八九。

15 聞一多，《儀老日記》（一九一九年二月二十日），《聞一多全集》（一二）（湖北人民出版社，一九九三年），頁四二三。

16 傅斯年，《怎樣做白話文》，胡適選編，《中國新文學大系・建設理論集》（上海良友圖書印刷公司印行，一九三五年），頁二二三。

斷定聞一多有沒有站在文言的立場上力挺嚴復的翻譯，但可以肯定的是聞一多對傅斯年等人極端的歐化主張持保留態度，認為西方語言不一定強於中國語言，而且翻譯文學如果在語言上一味地採用西方語言的詞法和句法，定會對中國文學語言造成負面影響，時間久了就會產生歐化之弊。因此，聞一多後來在評論郭沫若的《女神》時專門義正詞嚴地批評了其歐化特徵的濃厚和地方色彩的稀薄：「若我在郭君底地位，我定要用一種非常的態度去應付，節制這種非常的情況。那便是我要時時刻刻想著我是個中國人，我要做新詩，但是中國的新詩，我並不要做個西洋人說中國話，也不要人們誤會我的作品是翻譯的西文詩。」[17]

反對譯詩語言歐化的舉措除了上面談到的正面抗議之外，也有人從使用純粹的民族語言去譯詩的角度來對抗「湊就外國字」的譯詩語言觀。有譯者主張譯詩在語言上應該採用純潔的現代漢語，反對在譯本中加入外國文字：「二〇年代有人寫作，有時在文句間摻入不必要的外國字，這樣就破壞了語言的純潔性，我當時也沾染了這種不良的習氣。如今我讀到這類的文句，很感到可厭。因此我把不必要的外國字都刪去了，用漢字代替。」[18]在翻譯外國詩歌的時候，馮至的譯詩語言從來沒有採用一個外國字甚至是音譯外來辭彙，他有自覺維護譯詩語言純潔性的意識。馮至所謂「語言的純潔性」觀點源於他對現代漢語文學地位的肯定，他認為純潔的漢語在新文學運動以後就是現代漢語而非文言，是中國文字而非外國文字。馮至認為在一個充滿危機和覺醒的時代就應該回過頭去汲取傳統的精神營養，中外文學乃至文化的發展皆然。「在西方每逢到了一個危機的或覺醒的時代，自然而然地便發生一種呼籲，嚮往遠古的希臘。現在的覺醒的中國在萬事待理的時機，教育實在是一個迫切的問題，許多關於精神的營養不能不從『過去』裏

17 聞一多，《〈女神〉之地方色彩》，《創造週刊》第五號，一九二三年六月十日。

18 馮至，《詩文自選瑣記（代序）》，《馮至全集》（第二卷）（河北教育出版社，一九九九年），頁一六四。

去攝取，也是必然的道理。」[19]馮至曾說：「我在晚唐詩、宋詞、德國浪漫派詩人的影響下寫抒情詩和敘事詩。」[20]說明了傳統詩歌對馮至的新詩創作產生了影響，並不像很多人說的新詩只是受了外國詩歌的影響，「是中文寫的外國詩」[21]。馮至主張尊重傳統並不是要讓文學在復古的調子中搬進「頹廢的宮殿」；以文字為例，他贊成文學應該使用「現代的活文字」，古文言文在新文化語境中再也不能言說現代人的現代思想，即便有人堅持用之來創作文學，這種「無用的回憶」只是給新文學界增加「徒然的爭執」或「在內部攪擾」[22]新文學的發展。因此，不管是翻譯還是創作都應採用純潔的現代漢語。

的確，我們在借鑑外國詩歌的語言來豐富譯詩的語言表達，進而完善漢語的詞法句法時，必須以不損害中國語言的純潔性為前提。「從語言問題說，一方面從西方來的影響使我們用白話寫詩的語言多一點豐富性、伸縮性、精確性。西方句法有的倒和我國文言相合，試用到我們今天的白話裏，有的還能融合，站住了，有的始終不通。引進外來語、外來句法，不一定要損害我國語言的純潔性。」[23]在這裏，卞之琳同樣承認借鑑外國詩歌的語言和句法可以使譯詩在文體上更好地再現原文的風格，同時有助於中國新詩語言表達的完善，但是他仍然為這種借鑑設置了底線——不要損害中國語言的純潔性。那什麼樣的譯詩語言會損害中國新詩語言的純潔性呢？實際上，卞之琳的話是對新詩革命以來的譯詩語言嚴重「歐化」的反駁。

---

19 馮至，《傳統與「頹廢的宮殿」》，《馮至全集》（第四卷）（河北教育出版社，一九九九年），頁二五—二六。

20 馮至，《詩文自選瑣記（代序）》，《馮至全集》（第二卷）（河北教育出版社，一九九九年），頁一六八。

21 梁實秋，《新詩的格調及其他》，《詩刊》創刊號，一九三一年一月二十日。

22 引語出自歌德關於美國文化的詩歌，「無用的回憶，徒然的爭執，不在內部攪擾你，在這生氣蓬勃的時代。」（引自馮至，《傳統與「頹廢的宮殿」》，《馮至全集》（第四卷）（河北教育出版社，一九九九年），頁四。）表達的是美國沒有傳統文化的攪擾，本文反其意而用之，以說明復古的文藝思潮在中國文學內部攪擾著新文學的發展。

23 卞之琳，《新詩和西方詩》，《詩探索》一九八一年四期。

譯詩語言不同於原作的語言，也不同於譯入語國的語言，因此，「歐化」幾乎與生俱來地成了譯詩語言的本相。「任何認真從事過翻譯的人，都清楚知道翻譯時『譯文腔』幾乎是無可避免的，把外語（主要是歐洲語）作品翻譯成中文，最顯著的『譯文腔』便是『歐化』，也就是譯者自覺或不自覺地借用外語的句式和句法，這是因為中西語文在語式句法等各方面都有明顯差異的緣故，譯者過於講究直譯，『歐化』的情形便自然而然地出現。」[24]翻譯決定了譯詩語言不可避免地會出現歐化的傾向。例如穆木天發表在《洪水》雜誌上的《萬雪白（Ch. Van Larberghe）的兩首詩》中的《伊扶之歌》之一節：

> 到了晚上，
> 些個黑色的天鵝，
> 或是些個暗淡的仙女，
> 出來從花裏，從西東裏，從我們裏，
> 這是我們的影子。[25]

這節詩歌的歐化色彩很濃，第四行完全是歐化的表達方式，按中文的表達習慣應該是：「從我們東西方的花叢中走出來」，顯然穆木天對該詩採取了直譯的方式。譯詩語言的歐化影響了國內的文學語言，在

[24] 王宏志，《「歐化」，「五四」時期有關翻譯語言的討論》，謝天振編，《翻譯的理論建構與文化透視》（上海外語教育出版社，二〇〇〇年），頁一三一。

[25] 王宏志，《「歐化」，「五四」時期有關翻譯語言的討論》，謝天振編，《翻譯的理論建構與文化透視》（上海外語教育出版社，二〇〇〇年），頁一三一。

新詩創建初期，人們往往借鑑譯詩以及其他翻譯文學的語言表達方式，因此，「歐化白話文的趨勢可以說是在白話文學的初期已開始了」[26]。文學研究會的沈雁冰、鄭振鐸等人都十分贊成語體文的歐化。所以，譯詩語言的歐化在當時是被廣泛接受的，譯詩語言的這一特點反過來自然會影響了中國新詩語言的歐化。

正是出於對中國語言純潔性的維護，卞之琳反對直譯，因為直譯後的譯詩語體不符合中國字句的順序。文學翻譯「不妨首先考慮一下適當處理兩種語言的字句順序問題，這似乎是細微末節的小問題。誰都知道中西語言中有些基本詞組、片語，講順序是恰巧相反的、顛倒的，例如漢語『的』和英語of、法語de，作用一樣，但是所連接的前後兩詞或片語，只有倒過來譯才不反原意。然而，我們用所謂『直譯』（再加上『直譯』原來西語的限制性形容從屬句），在中文裏就得用一連串的『的』。這樣實際上既不合中國話的自然習慣，也不收西方話的自然效果。」[27]這段關於譯語順序的論述是有道理的，比如英語中無生命的東西的所有格常用of，「legs of the desk」這個短語如果直譯的話就是「腿的桌子」，而實際的意思是「桌子的腿」，所以，採用直譯的話意義就完全變了。這說明卞之琳主張詩歌翻譯既需要顧及原文的語言特徵，但同時也應該符合中國語言的表達習慣，否則翻譯的效果就會南轅北轍。

當然，也有人認為譯詩語言的歐化具有積極的意義。歐化是一種現代化：「我們接受了外國的影響，『迎頭趕上』的緣故。這就是歐化，但不如說是現代化。」[28]使用歐化文法句式，成了中國現代乃至當前詩歌創作的一種時尚和潮流：「現在白話詩起來了，然而做詩的人似乎還不曾曉得俗歌裏有許多可以供我

---

26 胡適，《中國新文學大系・建設理論集・導言》，胡適選編，《中國新文學大系・建設理論集》（上海良友圖書印刷公司印行，一九三五年），頁二四。

27 卞之琳，《文學翻譯與語言感覺》，《卞之琳文集》（中卷）（安徽教育出版社，二〇〇二年），頁五二九。

28 朱自清，《新詩雜話》（生活・讀書・新知三聯書店，一九八四年），頁八七。

們取法的風格與方法，所以他們寧可學那不容易讀又不容易懂的生硬文句，卻不屑研究那自然流利的民歌風格。這個似乎是今日詩國的一個缺陷吧？」[29] 因此，朱自清認為新詩的語言不是來自民間而是受了譯詩語言的影響：「新詩的語言不是民間的語言，而是歐化的或現代化的語言。」[30] 清末的「詩界革命」受到了翻譯的影響，卻僅僅是辭彙方面：「清末梁啟超先生等提倡『詩界革命』，多少受了翻譯的啟示，但似乎只在辭彙方面，如『法會勝於巴力門』一類句子。至於他們在意境方面的創新，卻大都從生活經驗中來，不由翻譯，如黃遵憲的《今離別》，便是一例。這跟唐宋詩受了禪宗的啟示，偶用佛典裏的譯名並常談禪理，可以相比。他們還想不到譯詩。」[31] 中國現代新詩受到的翻譯詩歌的影響與此前所受的影響相比是全方位的，後者僅僅是辭彙上。為什麼會造成這種差別呢？原因當然得從語言說起。「清末的譯詩，似乎只注重新的意境。但是語言不解放，譯作中能夠保存的原作的意境是有限的，因而能夠增加的新的意境也是有限的。新文學運動解放了我們的文字，譯詩才能夠給我們創造出新的意境來。這裏說『創造』，我相信是如此。將新的意境從別的語言移植到自己的語言裏而使她能夠活著，這非有創造的本領不可。這和少數作者從外國詩得著啟示而創出新的意境，該算是異曲同工。」[32]

29 朱自清，《新詩雜話》（生活・讀書・新知三聯書店，一九八四年），頁七八。
30 朱自清，《新詩雜話》（生活・讀書・新知三聯書店，一九八四年），頁九五。
31 朱自清，《新詩雜話》（生活・讀書・新知三聯書店，一九八四年），頁七〇。
32 朱自清，《新詩雜話》（生活・讀書・新知三聯書店，一九八四年），頁七一。

二、中國現代譯詩語言的文化屬性

譯詩語言具有源語和目標語的雙重文化屬性，它一方面應該具有源語的語言色彩，另一方面也應該有目標語的語言特徵。因此，除了上面所論述到譯詩語言具有原作語言的特徵和外化色彩之外，本文接下來將探討譯詩語言對原作語言的部分背離，以及譯詩語言的民族性。

譯者沿用原詩的語言方式很難傳達出原詩的情感內容和精神意蘊，因此很多時候譯者會對原詩的語言句法進行改造。如果譯詩語言難以再現原詩語言的風格，那譯者怎樣才能增強譯詩語言的藝術性呢？詩歌翻譯的關鍵在於傳遞出原詩的神韻。形式和內容俱佳的譯詩不是簡單的直譯或意譯所能求得的，它要求譯者具有合理增刪原詩形式和內容的能力。人類歷史上優秀的詩篇都是天然去雕琢，詩歌的語言自然樸實，看不出詩人為此用了多少功力，好像是脫口而出，但是經過很多世紀的考驗卻被證明是不朽的名作。遇到這樣的詩歌作品，「有經驗的翻譯家翻譯它們都會感到困難，如果逐字直譯，則索然無味，如果體會詩的境界，只是意譯，就會失去原詩的質樸，甚至弄得面目全非。同樣情形，中國有幾個詩人和翻譯家譯《漫遊者的夜歌》，都曾盡了相當大的努力，卻很難表達出原詩的特點。」[33]既然直譯和意譯都不能產生像樣的譯本，那是否就否定譯詩的存在價值或不主張開展詩歌翻譯活動呢？解決問題的關鍵因素是譯作在文體形式尤其是語言藝術上必須具有再創造的成分，譯者必須具有駕馭本國語言的能力，才能在異質文化語境中再現原詩的神韻。萊蒙托夫（M. Lermontov）的譯本《漫遊者的夜歌》是整個蘇聯人翻譯中最傳神的，

[33] 馮至，《讀歌德詩的幾點體會》，《文藝研究》一九八二年四期。

但是他的翻譯不僅沒有按照原詩的形式，而且在內容上也有增刪，「幾乎成了譯者自己的創作了」[34]。這說明了要把外國詩歌翻譯得傳神有詩性，譯者必須具備創作的能力，才能在譯入語國語境中賦予原作強盛的生命力，否則譯本就得不到流傳。因為成功的詩篇「之所以成功，在於詩人充分發揮了自己的語言的特長，而這特長又不是另一種語言所能代替的。若是逐字逐句地去翻譯（儘管我們主觀上念念不忘是在譯詩），其結果往往索然無味，表達不出原詩中每個字的音與義給予讀者的回味無窮的感受，可是這也正是那些為數不多的優秀的樸素的詩具有的特點。如果譯者只體會詩的意境，不顧原詩的形式和字句，那麼譯出來的詩，成功的無異於是譯者本人的創作，失敗的會弄得面目全非」[35]。

因此，譯詩需要才情，譯者必須具備駕馭語言的素質才能譯出好詩。比如馮至對待譯詩與對待創作一樣，十分講求譯文的語言特徵，在文體上染上了創作的風格。也正是由於譯詩融入了詩人的語言特色和形式風格，馮至將譯詩當作創作收入到自己的詩中。馮至二十世紀二〇年代中晚期出版的第二本個人詩集《北遊及其他》中，收入了作於一九二六到一九二九年間的四十六首作品，其中包括五首譯詩：奧地利詩人萊瑙（N. Lenau, 一八〇二—一八五〇）的《蘆葦歌》、法國詩人阿維爾斯（Arvers, 一八〇六—一八五〇）的《十四行詩》、瑞士德語詩人洛伊陶德（H. Leuthold, 一八二七—一八七九）的《秋》、波蘭詩人列德爾（Waclaw Rolicz-Lieder, 一八六六—一九一二）的《我的愛人》和《生命的秋天》。馮至這一時期的譯詩出自悲情詩人之手，這四位詩人幾乎都英年早逝，詩歌中充滿了對生命的喟歎和對友情、愛情的訴求。這五首譯詩和其他詩作一樣都是白話自由詩體，阿維爾斯的《十四行詩》也只是在結構上保住了十四行體

34 馮至，《讀歌德詩的幾點體會》，《文藝研究》一九八二年四期。

35 馮至，《一首樸素的詩》，《馮至全集》（第八卷）（河北教育出版社，一九九九年），頁一六〇。

的面貌，而省去了許多詩律，顯示出新詩革命在二〇年代以後已經確立起了文體地位；在新文化語境中成長起來的詩人自覺地汲取了新詩的語言形式經驗，自然而然地採用白話自由體去翻譯外國詩歌。譯詩《蘆葦歌》「在《沉重》半月刊初次發表時，朋友中不止一人向我說，《蘆葦歌》跟我自己寫的一樣，他們很喜歡讀。經他們一說，我也覺得這四首譯詩像自己的創作」[36]。因此，馮至也很樂意把這首奧地利詩人萊瑙的《蘆葦歌》當作自己創作的作品。他在編選《馮至選集》的時候給自己定了個標準——「決定不收譯詩」，但是因為《蘆葦歌》這首詩具有十分明顯的馮至「詩風」，所以他決定還是「制法犯法」地把這首譯詩收進了自己的選集中：「這部選集，我決定不收譯詩。但是我制法犯法，要來一個例外。……為了不辜負朋友們當年的讚許，我把《蘆葦歌》視為自己的創作，收入第一輯裏。」[37]

如此看來，譯詩語言的表現力是譯者創造力的體現。既然譯詩語言難以傳達出原詩的神韻，那翻譯活動還有存在的必要嗎？或者說，譯詩活動在何種程度上依然可以被視為是在翻譯詩歌而不是其他文體呢？這就需要翻譯的成品必須是詩，需要譯者必須具有詩人的創作能力，尤其是駕馭語言的能力。翻譯首先要求譯者與原作者之間達到情感的通融。「能完全領略一首詩或是一篇戲曲，是一個精神的快樂，一個不期然的發現。這不是容易的事；要完全瞭解一個人的品性是十分難，要完全領會一首小詩也不得容易。我簡直想說一半得靠你的緣分，我真有點迷信。」[38]既然對一首外國詩歌的理解如此困難，而譯詩的語言又難以再現原詩的神韻——譯者在困難中理解的或許只是部分的原詩的神韻，那譯詩無疑背離了原詩的精神旨趣，只等譯者的語言能力和形式建構能力去賦予它新的生命，否則譯詩就會在譯入語境中失去生命。比如

36 馮至，《詩文自選瑣記（代序）》，《馮至全集》（第二卷）（河北教育出版社，一九九九年），頁一七七。
37 馮至，《詩文自選瑣記（代序）》，《馮至全集》（第二卷）（河北教育出版社，一九九九年），頁一七七。
38 徐志摩，《濟慈的夜鶯歌》，《小說月報》十六卷二號，一九二五年二月。

徐志摩翻譯哈代（T. Hardy）的詩歌就是因為他與哈代的精神有了「不期然的發現」和「緣分」，他翻譯哈代的詩作二十一首[39]，占了其譯詩總量的三分之一，這與大陸出版的《徐志摩全集》（趙遐秋、曾慶瑞、潘百生編，廣西民族出版社，一九九一年）所收錄的哈代的譯詩僅十五首在數量上有一定的出入。為什麼他獨愛一個以寫小說成名的作家的詩呢？顯然是哈代的「悲觀」和「厭世」迎合了徐志摩對個性自由解放的渴慕，迎合了他對詩歌創作的主張：「什麼是誠實的思想家，除了大膽的、無隱諱的，坦露他的疑問，他的見解，人生的經驗與自然的現象影響他心靈的真相？……哈代但求保存他的思想的自由，保存他靈魂永有的特權。……實際上一般人所謂他的悲觀主義（pessimism）其實只是一個人生實在的探險者的疑問。」[40]正是哈代的這種「人生實在的探險者」的姿態打動了徐志摩，於是就翻譯了哈代的二十一首作品。在徐志摩看來，詩歌翻譯不只是要求譯者能看懂原文並和原作者產生情感的共鳴，更需要譯者具有語言表現能力：「你明明懂得不僅詩裏字面的意思，你也分明可以會悟到作家下筆時的心境，那字句背後的更深的意義。但單只懂，單只悟，還只給了你一個讀者的資格，你還得有表現力——把你內感的情緒翻譯成聯貫的文字——你才有資格做譯者。」[41]否則翻譯過來的作品至多只是傳遞了原文的情感內容，其語言和形式藝術就會被遺落。

到了二十世紀四〇年代，中國現代的譯詩語言觀念認為詩歌翻譯不應該只是講求語言意義的對等，譯者很多時候可以根據情感表達和詩歌表現的實際需要，適當地對原語加以改造，譯詩語言不必完全忠實於原詩語言。二十世紀下半期，美國翻譯理論批評家奈達（E. A. Nida）認為翻譯實際上是「從語義到文

---

39 參見陸耀東，《在中外文化交流橋上的徐志摩》，《外國文學研究》一九九九年十一期。
40 徐志摩，《哈代的悲觀》，《新月》一卷一號，一九二八年三月十日。
41 徐志摩，《葛德的四行詩還是沒有翻好》，《晨報・副刊》，一九二五年十月八日。

體在譯語中用最近似的自然對等值再現原語的訊息」[42]。從這個有名的「訊息對等理論」出發，譯詩與原詩相比至少要做到語義、語體、意象、形式等多方面的對等，這很自然地會使譯詩在「文」與「質」之間出現無法調和的矛盾。在這種情況下，「奈達及其他許多翻譯學家都主張，形式應讓位於內容。……注重內容而忽略形式，那麼原文的美感必將消失，譯文顯得枯燥乏味」[43]。詩歌是最富形式藝術的文體，詩歌翻譯如果因為片面地追求語義的對等而忽略了語體色彩的詩性建構，那譯文真的會驗證美國詩人羅伯特・佛羅斯特（Robert Frost, 一八七四—一九六三）的話：「詩乃翻譯中失去的東西（Poetry is what gets lost in translation）。」因此，穆旦認為譯詩在語體上一定要有詩歌語言的特性，譯者不必為了達到「忠於原作」的目標或使譯文語言「正確無訛」地傳達原文意義而採取「字對字、句對句、結構（句法）對結構」的翻譯方法。為了體現譯本的詩歌文體風格，「假如譯者把原句拆散，或把原意換一個方式說出，沒有追隨原作的遣詞，或保留了主要的東西而去其不重要的細節」，只要譯文「實質上還是原意」[44]，那譯詩語言對原詩語言的局部改造在詩歌翻譯過程中都是合理的。比如穆旦在翻譯普希金（Pushkin）的名詩《致恰達耶夫》時，將「焦急的心情」翻譯成「不耐地」，將「就像年輕的戀人／等待著忠實的約會一樣」翻譯成「就像一個年輕的戀人／等待他的真情約會的時刻」。仔細比較我們就會發現，穆旦的翻譯雖然在語言上並不忠實於原文，但詩的意味無疑更為濃厚。正是從這個意義上講，詩歌翻譯包含著創作的成分，並不是忠實於原文的翻譯就是好的翻譯，我們從英國人菲茨傑拉德（FitzGerald, 一八九六—一九四〇）翻譯波斯詩人莪默伽亞謨（Omar Khayyam, 一〇四八—一一二二）的《魯拜集》、龐德（Ezra Pound, 一八八五—

42 Nida, E. A. & Charles, R. *Taber, The Theory and Practice of Translation*, Leiden: E. J. Brill, 1969, p.12.

43 廖七一，《當代西方翻譯理論探索》（譯林出版社，二〇〇〇年），頁八八。

44 穆旦，《談譯詩問題》，《鄭州大學學報》（人文科）一九六三年一期。

一九七二）翻譯東方詩歌的《神州集》等譯例中就可以得到證實。

為什麼譯詩語言可以背離原詩語言甚至對之進行改造呢？除了上面講到的詩性原則之外，語體色彩也是影響譯詩語言背叛原作的重要原因。凡從事翻譯的人都會碰到這樣的難題，即：「在一種語言裏一個字眼挺俏皮，在另一國語言裏就常常不，在這裏美——在那裏常常就不美，本是很動人的，照樣譯成外國的幾個字，有時就索然無味。」[45]因此，逐字逐句地翻譯詩歌很難完整地再現原詩的語體色彩，很可能把一首風格獨特的詩歌翻譯得平庸無奇。與其讓譯詩為了忠實原文意義而失去原作者別具一格的詩才，還不如為了使譯文成為名副其實的詩歌而改變或刪減原文的語言意義。當然，這並不是說詩歌翻譯具有很大的靈活性，譯者可以根據自己的需要隨意改變原文語詞的意思，譯詩依然要求準確傳遞原文的情思。只是對於詩歌而言，翻譯的準確不等同於語言、句子和形式的對等，而是指「把詩人真實的思想、感情和詩的內容傳達出來」[46]，倒是那些逐字逐句的所謂「準確」的翻譯很多時候並不準確。詩歌是一種藝術性很強的文學體裁，除了表情達意之外，還有很多形式要求，因而詩歌翻譯也不只是翻譯意義，還要翻譯韻律節奏、形式藝術以及語體風格。難怪在穆旦眼中，好的譯詩「應該是既看得見原詩人的風格，也看得出譯者的特點」[47]。譯者在選擇譯詩語言的時候，一定要顧及原作的語體色彩，準確地翻譯出原作的風格特點，而不應該為了傳遞訊息而放走了詩性。

譯詩除了在意義層面可以適當地背離原詩語言外，譯詩在句法結構上也可以對原文有所增刪。詩歌翻譯屬於藝術性的翻譯，而藝術性的翻譯本來就是創造性的翻譯，譯者只能「維妙維肖」地再現原詩的藝術

45 穆旦，《〈歐根·奧涅金〉譯後記》，引自《穆旦詩文集》（人民文學出版社，二〇〇六年），頁一一〇。

46 穆旦，《〈歐根·奧涅金〉譯後記》，引自《穆旦詩文集》（人民文學出版社，二〇〇六年），頁一一一。

47 穆旦，《〈歐根·奧涅金〉譯後記》，引自《穆旦詩文集》（人民文學出版社，二〇〇六年），頁一一一。

元素而不是「一絲不苟」地傳遞原詩的內容，「有足夠修養的譯者就不會去死扣字面，而可以靈活運用本國語言的所有長處，充分利用和發掘它的韌性和潛力」[48]。穆旦從這句話中體認到：「文學翻譯的首要任務是要在本國語言中複製或重現原作中的那個反映現實的形象，而不是重視原作者所寫的那一串文字。」詩歌是用最凝煉的語言來塑造最鮮明的藝術形象，再通過藝術形象來達到作者書寫的目的，它的翻譯更應該在語言句法上大膽實現譯者的創造性和能動性。在具體的翻譯實踐中，譯者可以將原作兩行的詩翻譯成三行，或者對某一行詩加以拆分跨行。以穆旦翻譯拜倫的《哀希臘》中的一節為例，原詩是：

The isles of Greece! the isles of Greece!
Where burning Sappho loved and sung,
Where grew the arts of war and peace,
Where Delos rose and Pheobus sprung!
Eternal summer gilds them yet,
But all, except their sun,is set.

—George Gordon Byron: The Isles of Greece

穆旦的譯詩是：

希臘群島呵，美麗的希臘群島！
火熱的薩弗在這裏唱過戀歌；

48 卞之琳、葉水夫、袁可嘉、陳燊，《十年來的外國文學翻譯和研究工作》，《文學評論》一九五九年五期。

在這裏，戰爭與和平的藝術並與，
狄洛斯崛起，阿波羅躍出海面！
永恆的夏天還把海島鍍成金，
可是除了太陽，一切已經消沉。

雖然譯詩和原詩在詩行數量上都是六行，但譯詩在詩句上卻與原詩存在較大差異：比如第三行，譯詩將狀語提前並單獨成句；第四行，譯詩將原詩中的並列句拆分為兩個獨立的句子；第六行，譯詩也並沒有遵照原詩的句式翻譯成「但是一切，除了太陽，已經沉沒」，而是翻譯成了「可是除了太陽，一切已經消沉」。可見，詩歌翻譯需要根據漢語的句子結構來重新組合原句，譯者需要創造性地改變原詩的句法結構，才能再現甚或增加原詩的詩性品質。對原作句法結構的背離或忠實並不是評價譯詩好壞的標準，尤其對詩歌翻譯而言，句法結構的背離甚至是必要的。穆旦在翻譯實踐的基礎上總結道：「打破原作的句法、結構，把原作用另外一些話表達出來，在文辭上有所增減，完全不是什麼『錯誤』，而恰恰相反，對於傳達原詩的實質有時反而是必要的。」[49]

對原詩語言的改造或背叛是以本民族語言為準繩和依據的，其目的是要突出本國語言在詩歌翻譯和詩歌創作中的主導性地位。翻譯外國詩歌最好採用本國的語言和詩歌形式。譯詩是對原詩的創造，原詩是譯詩的材料，譯詩可以根據本國語言和審美習慣對原詩進行改動。柳無忌在《我所認識的子沅》一文中曾對朱湘的譯詩經過做了這樣的回憶：「最使我欽佩的，是他譯詩的方法。他讀書與翻譯時從不用字典，真

[49] 穆旦，《談譯詩問題》，《鄭州大學學報》（人文科）一九六三年一期。

的，他去美國讀書時連一本字典都沒有帶去；遇有疑難的地方，他才借我的字典來應用，但是這些次數並不多。他翻譯時不打草稿，他先把全段的詩意讀熟了，腹譯好了，然後再一口氣的寫成他的定稿。他的詩稿上很少有塗抹的地方，就是他給友人的信，也是全篇整潔不苟。」[50]這說明朱湘翻譯詩歌時只是注重翻譯了原詩的詩意，而對於原詩是否使用了別致的語言和獨特的形式則顧及不多，而且一旦用自己的思維習慣組織好了語言之後，朱湘很少再去改動自己的譯詩。朱湘認為翻譯詩歌主要是翻譯原詩的意境和情趣，除此之外的形式和語言則屬於「枝節」問題，是可以有所改動的，而且為著更好地傳達原詩的情感內容所發生的詩歌形式的「更動」，是翻譯過程中必需的正常行為。很多時候，為了能夠更好地賦予譯作在譯語國的生命力，譯者應盡可能地採用本國的語言和詩歌形式，譯者的翻譯是自由而不受原作形式束縛的。朱湘說：「我們對於譯者的要求，便是他將原作的意境整體的傳達出來，而不顧問枝節上的更動，『只要這種更動是為了增加效力』，我們應當給予他以充分的自由，使他的想像有迴旋的餘地。我們應當承認：在譯詩者的手中，原詩只能算著原料，譯者如其覺到有另一種原料更好似原詩的材料，能將原詩的意境達出，或是譯者覺得原詩的材料好雖是好，然而不合國情，本國卻有一種土產，能代替著用入譯文，將原詩的意境更深刻的嵌入國人的想像中；在這兩種情況之下，譯詩者是可以應用創作者的自由的。《茹貝雅忒》〔英國詩人菲茨傑拉德（Fitz Gerald）翻譯的波斯詩人莪默伽亞謨的作品。——引者加）〕的原文經人一絲不走的譯出後，拿來與費茲基洛（即菲茨傑拉德。——引者）的譯文比照的時候，簡直成了兩篇詩，便是一個好例。」[51]這充分反映出在朱湘的眼中，對原文的語言和形式沒有加以任何改變的譯詩，與有所

---

50 柳無忌，《我所認識的子沅》，引自《朱湘譯詩集‧序》（湖南人民出版社，一九八六年），頁四—五。

51 朱湘，《說譯詩》，《文學》第二九〇號，一九二七年十一月十三日。

變動的譯詩比較起來有很大的差異，而「忠實」的前者在藝術審美上反而比不上「變動」的後者。這種事實說明了翻譯外國詩歌時，在語言和形式乃至情趣上的部分「變動」反而會增加譯詩的藝術性，使外國詩歌在異質文化語境中獲得更強大的生命力。

優秀的譯詩應該在民族詩歌語言形式的向度上體現出創造性特質。朱湘認為優秀的譯詩必須具有創造性品格。譯詩的所謂創造性品格主要體現在詩體形式、語體或詩歌情感等諸多方面。詩歌翻譯應該傳達出原詩的情感或者在原詩的基礎上有所創造，才會使譯詩成為民族詩歌中的閃光部分。他在評論胡適的《嘗試集》時專就其中的譯詩《老洛伯》發表了自己的看法，認為該詩有很多翻譯得不夠準確乃至錯誤的地方。《嘗試集》「收入了幾首譯詩，但是它們不但沒有什麼出色的地方，可以與西方文學中有創造性的譯詩相提並論，並且《老洛伯》一首當中，還有兩處大的謬誤。……胡君沒有將此中的曲折看懂，含糊譯過去，……所以胡君的譯詩，我們也應當一筆勾銷，不再去談。」[52]由此可見，朱湘否定胡適譯詩有兩重原因：一是胡適的翻譯在語義轉換的層面上出現了錯誤，譯詩沒有達到準確地傳達出原詩內容的翻譯的基本要求；二是胡適的譯詩根本就沒有創造性，因此就不可能像西方人如菲茨傑拉德翻譯古波斯的《魯拜集》，和龐德翻譯東方詩歌的《神州集》那樣具有很高的藝術價值。朱湘在另外一篇專門談翻譯詩歌的文章中論及了能夠在一國詩歌歷史上留下痕跡的譯詩必然是具有創造性的，譯詩只有具備了創造性品格才能進入民族詩歌的各種選本：「英國詩人班章生（Ben Jonson）有一篇膾炙人口的短詩《情歌》（Drink to Me Only with Thine Eyes），它是無論哪一種的英詩選本都選入的——其實，它不過是班氏自希臘詩中譯出的一個歌。還有近世的費茲基洛（Fitz Gerald）譯波斯詩人莪默迦亞謨的《茹貝雅忒》，在英國詩壇上留

[52] 朱湘，《嘗試集》，《中書集》（中國文聯出版公司，二〇〇一年），頁一八〇—一八一。

下了廣大的影響，有許多的英國詩選都將它採錄入集。由此可見譯詩這種工作是含有多份的創作意味在內的。」[53]從這個角度來講，朱湘認為優秀的譯詩應該在傳達出原詩精神意蘊的同時，結合譯語國的文化語境有創造性地融入新質，並根據一時代語言和詩體形式的需要對原詩有所「變形」，才能賦予原作在譯語國的二度生命，並使譯詩進入到民族詩歌的發展序列中。朱湘自己的譯詩則富有創造性特徵，難怪羅念生曾說：「朱湘的翻譯手法有時近於創作。」[54]比如他翻譯瓊生（B. Jonson）的《給西利亞》（To Celia）中的兩行：「On leave a kiss but in the cup／And I'll not look for wine」，大意是：「你在杯子上留下了一個吻，然後我就不再找酒喝」。朱湘將之翻譯成：「我要抱著空杯狂吸，／倘若你曾吹起輕呵」，兩相比較，朱湘的翻譯確實帶有濃厚的創作色彩。

三、中國現代譯詩語言的詩性特質

無論中國現代譯詩的語言觀念如何豐富或何等偏頗，但有一點是不容否定的事實——譯詩語言必須是詩的語言，譯詩語言必須採用中國語言。從這兩個向度上講，譯詩語言必須具有詩性特質，具有精煉美，而且在符合現代漢語表達的基礎上做到語句通順流暢。

在二十世紀二〇年代的文化和詩歌背景下，贊成新詩革命的譯者理所當然地會選擇白話文去翻譯外國詩歌，將外國詩歌翻譯成散文或自由詩，但往往卻忽視了其翻譯的是詩歌文體，在語體上必須採用詩性的

53 朱湘，《說譯詩》，《文學》第二九〇號，一九二七年十一月十三日。

54 羅念生，《朱湘譯詩集‧序》（湖南人民出版社，一九八六年），頁五。

而不是敘述性的語言。聞一多在評價郭沫若從英國詩人菲茨傑拉德 譯文轉譯波斯詩人莪默伽亞謨的《魯拜集》時說：「譯者於此首先要對莪默負責；其次要對斐芝吉樂（即菲茨傑拉德。——引者）負責，因為是斐氏底神筆使這些Rubaiyat變為不朽的英文文學；再次譯者當然要對自己負責——那便是他要有枝詩筆再使這篇詩籍轉為中文文學了。」[55]在這段話中，聞一多首先肯定了菲茨傑拉德的譯詩語言因為具有詩性色彩，而使他的譯詩在英國文學史上享有盛譽，同理，他希望中國的譯者在譯詩語言上，同樣應該具有符合中國詩歌審美特質的詩性色彩以保證譯文的文學性。因此，在對郭沫若的譯文語言的正確性進行核實之後，聞一多繼續說到：「翻譯底程序中有兩個確劃的步驟。第一是瞭解原文底意義，第二便是將這意義形之於第二種（即將要譯到的）文字。在譯詩時，這譯成的還要是『詩』的文字，不是僅僅用平平淡淡的字句一五一十地將原意數清了就算夠了。」[56]聞一多之所以花費大量篇幅來討論郭沫若的譯詩，目的不僅在於指出郭氏譯詩的錯漏，而在於指出譯詩的再創造性和譯詩語言的詩化本質。在《莪默伽亞謨之絕句》這篇文章的注釋中，聞一多引用了Richard Le Gallienne的譯本序中文字來說明菲茨傑拉德的譯文「真不啻一篇創作了」：「也許莪默底原來的薔薇，可說並不是一朵薔薇，但是將要湊成一朵花底碎瓣而已；也許斐芝吉樂並不是使莪默底薔薇重新開放，但是使它初次開放呢。瓣是從波斯來的，卻是一個英國的術士把它們咒成一朵鮮花了。」[57]在聞一多看來，譯者就像是一個術士一樣把原本開放在異質文化土壤中的花朵移植到了譯語文化中，優秀的譯者更是把原作者創造的花瓣在新的文化語境中拼湊成了美麗動人的花朵，而「術士」使用的魔法就是譯語的詩化。由此我們也可以推定出聞一多主張譯詩語言必須是詩化的語言，而

55 聞一多，《莪默伽亞謨之絕句》，《創造季刊》二卷一號，一九二三年五月。
56 聞一多，《莪默伽亞謨之絕句》，《創造季刊》二卷一號，一九二三年五月。
57 聞一多，《莪默伽亞謨之絕句》，《創造季刊》二卷一號，一九二三年五月。

不是一般的敘事性語言，如其感歎「我讀到郭譯的莪默，如聞空谷之跫音」[58]，那毫無疑問說明了郭沫若的譯詩在語言上肯定是富於詩性色彩的。

此外，譯詩語言的精煉和意義指向的準確性也是現代譯詩語言觀念的重要內容之一。卞之琳認為譯詩語言應該精煉，他認為新詩不容易被人們記住的原因就是詩律的缺乏和語言的冗贅：「還沒有形成一種為大家所公認的新格律（押韻是格律的一部分；民歌體卻大體上就有一種傳統的格律的）。更重要的原因卻是不夠精煉。不夠精煉主要是屬於內容問題，但也包含形式問題，特別是語言問題。」[59]反映到他的譯詩語言上則要求譯詩語言應如創作一樣精煉，譯者應該注重譯詩形式的律化和語言的精煉美。文學尤其詩歌翻譯應適當注意翻譯語言意義的準確性。郭沫若認為創造社總被冠以「異軍突起」的原因，主要在於這派作家是新文學陣營中首先向新文學發難的先鋒，唱起了新文學先驅者意想不到的反調，尤其是對新文學第一階段很多人投機似的「粗翻濫譯」表示強烈的不滿。當創造社成員開始活躍於中國新文學界的時候，舊文學的餘孽已經被陳獨秀、胡適、劉半農、錢玄同等人「打倒」，「無須乎他們再來抨擊，他們所攻擊的對象卻是所謂新的陣營內的投機份子和投機的粗製濫造、投機的粗翻濫譯。……一般投機的文學家或者操觚家，正在旁若無人興高采烈的時候，突然由本陣營內起了一支異軍，要嚴整本陣營的部曲，於是群議譁然，而創造社的幾位份子便成了異端。」[60]創造社的確就語言的翻譯問題與胡適等人展開了論爭，批評了胡適等人在翻譯上的種種錯誤，形成了中國現代翻譯文學史上最大的一次論戰。將他人的譯文與原文對照閱讀以發現譯文的不足，在此基礎上自己再動手複譯該文以彰顯正確的翻譯，郭沫若的這種對照式

58 聞一多，《莪默伽亞謨之絕句》，《創造季刊》二卷一號，一九二三年五月。
59 卞之琳，《對於新詩發展問題的幾點看法》，《處女地》（遼寧），一九五八年七月。
60 郭沫若，《文學革命之回顧》，《郭沫若全集》（文學編第十六卷）（人民文學出版社，一九八九年），頁九八。

閱讀批評行為，開創了創造社的翻譯批評模式，後來創造社的翻譯批評幾乎都是沿著這樣的路徑展開的。一九二二年八月，郁達夫在《創造季刊》上發表的《夕陽樓日記》一文，對文學研究會成員余家菊從英文轉譯的《人生之意義與價值》的錯誤翻譯進行了批評，胡適於九月在《努力週報》發表文章指責了郁達夫改譯的錯誤並自行再翻譯了一遍，但與原文相比依然不夠準確，於是郭沫若找來德文原文進行對照閱讀後加以翻譯才算勉強傳達了原意。這場翻譯「風波」催生了吳稚暉的《就批評而運動注譯》，其主要旨趣是在翻譯發表外國文學作品的時候要保存原文，直譯的文本由於與中國語言表達的相異而應該加注[61]。這樣比較容易發現譯文的錯誤，同時也有利於理解和研究外國文學。從翻譯的角度來講，吳稚暉的注譯運動可以在文本和接受兩個層面上促進翻譯文學的改進：首先是提高翻譯的品質，譯者因為有了原文而不敢肆意地「意譯」或者不負責任地錯譯，抑或譯文出現了錯誤，有些讀者也能夠根據原文正確理解該作品的內容；其次是有助於讀者對譯文的理解和接受，即便是再「詰屈聱牙」的譯語表達也會因為有了「注譯」而易於使讀者克服「外化」的表達，從而更容易讀懂原文。當然，注譯運動是否真的能達到吳稚暉預設的翻譯和接受效果還有待論證。郭沫若基於當時譯界很多人士的翻譯工作「多少帶有些投機的性質，只看書名人名可受社會的歡迎，便急急忙忙抱著一本字典死翻，買本新書來濫譯」[62]的現狀，認為吳稚暉的注譯運動由於對譯者提出了較高的語言要求而難以實現，同時國內讀者也因為外語知識的缺乏而難以將譯文和原文對照閱讀，這樣一來所謂的「注譯運動」還不如「喚醒譯書家的責任心」[63]之於翻譯文學品質的提升有用。郭沫若在《討論注譯運動及其他》一文中看似在批評吳稚暉提出的注譯運動，而實際上二者都是希望

61 吳稚暉，《移讀外籍之我見》，《民鐸》五卷五號，一九二四年七月。
62 郭沫若，《討論注譯運動及其他》，《創造季刊》二卷一期，一九二三年五月。
63 郭沫若，《討論注譯運動及其他》，《創造季刊》二卷一期，一九二三年五月。

譯者具有翻譯的責任心和良知，能夠準確地傳達出原文的意義，為中國新文學界輸入更多優秀的翻譯文學。

譯詩語言除了具有詩歌語言的美學特質外，最基本的還應該做到文從字順。儘管梁宗岱多次強調詩歌翻譯應該注重原作的精神和風格，落實到具體的翻譯實踐上，他卻「大體以直譯為主」，同時保證翻譯的詩行應當自然流暢。譯詩集《一切的峰頂》除了少數幾首詩之外，大部分詩「不獨一行一行地譯，並且一字一字地譯，最近譯的有時連節奏和用韻也極力模仿原作——大抵越近依傍原作也越甚」[64]。不僅如此，梁宗岱的翻譯「對於原文句法、段式、回行、行中的停與頓、韻腳等等，莫不殷勤追隨」[65]。為什麼梁宗岱會使用直譯這種他自認為笨拙的翻譯方式呢？是為了讓譯詩具有外國詩歌的風貌，抑或是給中國新詩輸入新鮮的表達方式？這涉及到梁宗岱對詩歌語言藝術的深切領悟，涉及到他對原作者遣詞造句的苦心的理解，畢竟詩歌高度凝煉的語言和非同尋常的字句組合，是其形式藝術的集中體現。原詩的每一個用詞和每一行詩都經過了詩人長期間的推敲，譯者不應該隨意對之加以改變。以下這句話可以幫助我們理解梁宗岱採用直譯的原因：「我有一種暗昧的信仰，其實可以說迷信：以為原作的字句和次序，就是說，經過大詩人選定的字句和次序是至善至美的。如果譯者能夠找到適當對照的字眼和成語，除了少數文法上地道的構造，幾乎可以原封不動地移植過來。」[66]

梁宗岱為了保存譯作風格的直譯不同於翻譯學上所謂的直譯，也與魯迅等人採用直譯的目的存在差異，後者多採用原文的語言句法，給讀者造成很大的閱讀障礙。魯迅堅持使用「信而不順」的語言去翻譯

---

64 梁宗岱，《一切的頂峰．序》，《梁宗岱譯詩集》（湖南人民出版社，一九八三年），頁二〇五。

65 余光中，《繡鎖難開的金鑰匙——序梁宗岱譯〈莎士比亞十四行詩〉》，《余光中談詩歌》（江西高校出版社，二〇〇三年），頁一九一——一九二。

66 梁宗岱，《一切的頂峰．序》，《梁宗岱譯詩集》（湖南人民出版社，一九八三年），頁二〇五。

外國文學，認為這樣的譯本「不但在輸入新的內容，也在輸入新的表現法。中國的文或話，法子實在太不精密了，作文的秘訣，是在避去熟字，刪掉虛字，就是好文章，講話的時候，也時時要辭不達意，這就是話不夠用，所以教員講書，也必須借助於粉筆。這語法的不精密，就在證明思路的不精密，換一句話，就是腦筋有些糊塗」[67]。魯迅對中國舊有語言文字在表達上的弊端的指認使人想起了胡適、傅斯年等人相似的觀點[68]，因此，魯迅認為「寧信而不順」的翻譯可以醫治中國語言的疾病，他說：「要醫這樣的病，我以為只好陸續吃一點苦，裝進異樣的句法去，古的、外省外府的、外國的，後來便可以據為己有。」[69]梁宗岱的直譯並不等於硬譯，其目的不像魯迅的直譯要給貧乏的中國文字輸入新鮮的詞語和句法，而是在保證譯文流暢自然的基礎上儘量再現原作詩句的表達風格，其直譯兼顧了原文和譯文的雙重審美特徵。難怪余光中先生在談及梁宗岱的譯詩語句時說：「一般的譯詩在語言的風格上，如果譯者強入而弱出，就會失之西化；另一方面，如果譯者弱入而強出，又會失之簡化，其結果是處處遷就中文，難於彰顯原文的特色。梁宗岱在這方面頗能掌握分寸，還相當平衡。」[70]比起真正的直譯來講，梁宗岱的譯詩在語言上顯得

67 魯迅，《關於翻譯的通信》，載《翻譯論集》，羅新璋編（商務印書館，一九八四年），頁二七六。

68 傅斯年曾說，「現在我們使用白話做文，第一件感覺苦痛的事情，就是我們的國語，異常質直，異常乾枯。……我們不特覺得現在使用的白話異常乾枯，並且覺得它異常的貧，——就是字太少了。」（《怎樣做白話文》，胡適選編，《中國新文學大系・建設理論集》，上海良友圖書印刷公司印行，一九三五年，頁二二三—二二四）他指出了白話的兩大弱點，缺乏表現力，語言辭彙有限。胡適認為「中國語言文字孤立幾千年），不曾有和其他他種高等語言文字相比較的機會」是導致中國語言文法和句法「貧弱」的根本原因，因此翻譯可以增加中國語言和外國語言接觸的機會，從而促進中國語言的發展（《國語與國語文法》，胡適選編，《中國新文學大系・建設理論集》，上海良友圖書印刷公司印行，一九三五年，頁二三〇）。

69 魯迅，《關於翻譯的通信》，羅新璋編，《翻譯論集》，（商務印書館，一九八四年，頁二七六）。

70 余光中，《繡鎖難開的金鑰匙——序梁宗岱譯〈莎士比亞十四行詩〉》，《余光中談詩歌》（江西高校出版社，二〇〇三年），頁一九〇—一九一。

自然清新，他反對把詩歌翻譯成晦澀難解的文字。當他看了成仿吾翻譯的華茲華斯（W. Wordsworth）的《孤寂的高原刈稻者》後就批評了譯本語句的生澀：「我讀成氏所譯的（《孤寂的高原刈稻者》——引者加），不獨生澀不自然，就是意義上也很有使我詫異，覺得有些費解的！」[71]不管是出於對原詩「至善至美」的字句的維護也好，還是出於對中國新詩字句的改造和創新也罷，梁宗岱的譯詩在客觀上具有的文體特徵也會影響到他本人或國內其他詩人的詩歌創作。有評論家認為：能夠在尊重原詩語言和形式藝術的基礎上傳達出原詩的精神意蘊，這一譯風「只有傑出的詩歌翻譯家才能做到。『五四』運動以來，除梁氏外，僅有朱湘、戴望舒、卞之琳等少數幾個能達到這個水準。正是因此，梁氏的寥寥幾十首譯作，對詩歌翻譯工作者來說，具有極高的借鑑價值」[72]。這是對梁宗岱譯詩語言句法的最好肯定。

到了上世紀四〇年代，人們普遍認為譯文在表達上應該符合中國人的閱讀習慣，做到文從字順。忠實的翻譯並不是完全拋開目標語的文化因素和表達習慣，而對原文進行逐字逐句的翻譯，這種方法之所以不合理，根源就在於「其字義觀之根本謬誤。字義是活的，隨時隨地隨用法而變化的，一個字有幾樣用法，就有幾個不同意義。其所以生此變化，就是因為其與上下文連貫融合的緣故。倘是譯者必呆板板的執以字解字的主張，就不免時有咬文嚼字斷章取義的錯誤。大概文字的意義，一部分是比較有定義的，一部分是變化莫測的，其字愈常用愈簡單，則其用法愈繁複，而愈不適用於逐字拆開翻譯之方法；因為拆開了，還是不能得其全句之義。」[73]林語堂的這番話似在批評當時大力提倡直譯的魯迅，因為後者的譯文常常令讀者沒有繼續讀下去的勇氣，魯迅每每勸導讀者為了求得新的思想而「硬著頭皮」去讀，而我們隨便選取

71 梁宗岱，《雜感》，《文學週刊》八十四期，一九二三年八月二〇日。

72 壁華，《梁宗岱選集・前言》，《宗岱的世界・評說》（廣東人民出版社，二〇〇三年），頁三一五。

73 林語堂，《論翻譯》，海岸選編，《中西詩歌翻譯百年論集》（上海外語教育出版社，二〇〇七年），頁六〇。

一篇魯迅的譯文就可看出林語堂所說的逐字翻譯的弊端，比如：「這意義，不僅在說，凡觀念形態，是從現實社會受了那唯一可能的材料，而這現實社會的實際形態，則支配著即被組織在它裏面的思想，或觀念者的直觀而已，在這觀念者不能離去一定的社會底興味這一層意義上，觀念形態也便是現實社會的所產。」（《藝術論》，第七頁）以上這段話引自魯迅翻譯的蘇聯文論家盧那卡爾斯基（Lunacharky）的《藝術論》印本中，梁實秋先生曾就魯迅的譯文發表過尖銳的批評意見，他指出：「專就文字而論，有誰能看得懂這樣希奇古怪的句法呢？……讀這樣的書，就如同看地圖一般，要伸著手出來尋找句法的線索位置」[74]，否則讀者是很難看懂譯文的。梁實秋批判的魯迅的翻譯方式其實就是林語堂所不贊同的「字字對譯」法，他認為譯者要有對本國讀者負責的倫理道德觀念，譯作「既為本國人譯出，當然亦有對本國讀者之責，此則翻譯與著述相同之點。或以詰屈聱牙之文饗讀者，而謂讀者看慣了此種文便不覺得，這實在是不明譯者對讀者之責任」[75]。此話非常明顯地是針對魯迅的翻譯而論的，任何語體沒有經過「國化」之前都是不通順的，而且即便是沒有經過「國化」處理而形成的歐化也多表現在辭彙上，像魯迅這樣在句法上仍然歐化的譯文是不多見。

二十世紀四〇年代的朱生豪是一位注重讀者閱讀感受的譯者，他總是把自己的譯文調理得適合一般讀者的閱讀習慣。比如一九四四年他在翻譯莎士比亞的詩劇後說：「余譯此書之宗旨，第一在求於最大可能之範圍內，保持原作之神韻；必不得已而求其次，亦必以明白曉暢之字句，忠實傳達原文之意趣；而於逐字逐句對照式之硬譯，則未敢贊同。凡遇原文中與中國語法不合之處，往往再三咀嚼，不惜全部更易原文

---

74 梁實秋，《論魯迅先生的「硬譯」》，《新月》第二卷第六—七號合刊，一九二九年九月十日。

75 林語堂，《論翻譯》，海岸選編，《中西詩歌翻譯百年論集》（上海外語教育出版社，二〇〇七年），頁六〇。

之結構，務使作者之命意豁然呈露，不為晦澀之字句所掩蔽。每譯一段，必先自擬為讀者，查閱譯文中有無曖昧不明之處。又必自擬為舞臺上之演員，審辨語調是否順口，音節是否調和。一字一字之未愜，往往苦思累日。」[76]朱生豪的翻譯風格相對於魯迅而言發生了質的改變，尤其是在對譯作語言的要求上，一改之前魯迅直譯得近乎硬譯、死譯的作風，注重從譯語的角度去置換外國人的思維和語言表達方式，是一種對讀者負責任的翻譯方式。譯者在行文的時候一定要有中國語文的思維和心理，外國的表達和思維習慣一定要經過譯語國文化的過濾，這樣才是翻譯的正確路徑。因此，在林語堂看來，魯迅的翻譯實際上是減少了本國語過濾這一環節，其字句歐化而不合於中文表達的譯文是對讀者的不負責任。

四、中國現代譯詩語言的局限

在中國現代譯詩史上，人們對譯詩語言的不足也有較為全面的認識。由於中西方語言系統的差異太大，一種語言要充分地再現另一種語言的意義幾乎是不可能的，於是譯詩語言不可能傳達出原詩的情感內容，就成了中國現代譯詩語言觀念中關於譯詩語言不足的核心理念：從語言形式上講，譯詩語言難以和原詩語言達到對等的互相轉譯的程度，難以再現原詩的語言風格；從語言意義的角度上講，譯詩語言難以傳達出原詩的精神意蘊。

翻譯詩歌時很難在譯語中找到與原文對等的語言，這就造成了翻譯的難度。「翻譯之所以困難，並不是瞭解原書之為難，是翻譯難得恰當之為難。兩種國語，沒有絕對相同的可能性。而一種國語中有許多文

[76] 朱生豪，《莎士比亞戲劇全集・譯者自序》，海岸選編，《中西詩歌翻譯百年論集》（上海外語教育出版社，二〇〇七年），頁一〇二。

字又多含歧義。譬如A字有甲乙丙丁數義，在譯者本取甲義去譯書，而讀者卻各取乙丙丁數義去解釋，於是與原義便大相逕庭，而解釋便互相爭執不下了。……兩種國語中之絕對相同語既少，一種國語中之歧義語又多，對於原文的語神語勢既要顧及，對於譯文的語神語勢又要力求圓潤，譯書之所以困難，正在這些地方。」[77]郭沫若這段話有很多重複的表述，尤其是對兩種語言存在的差異做了反覆的強調，意在使人從語言本體的角度，去認識翻譯行為發生的可能性和翻譯結果的「差強人意」，最終從意義的角度，去認識翻譯之難和跨語際翻譯實踐必然面對的諸多挑戰。郭沫若意識到了不同語言之間的差異性導致了跨語際交流的困難，但即便如此，各種語言之間在隱喻意義上的對等關係，為翻譯活動的開展提供了一種假想的未被經驗證明的可行性基礎。人們總是認為各種語言是相通的，而且在一種語言中自然而然地存在著另一種語言的對等辭彙；由此形成的跨文化比較的典型意圖就是儘量去證明「人們在形成有關其他民族的觀點時，或者是為其他文化同時（反過來）也是為自身文化整體的同一性設置各種話語的哲學基礎時，他們所依賴的正是那種來自雙語詞典的概念模式——也就是說，A語言中的一個詞一定對等於B語言中的一個詞或片語，否則的話，一種語言就是有缺陷的」[78]。這在很多人看來是可以作為真理一樣存在的東西其實背後具有很大的欺騙性，它的產生並非實踐經驗的結果而是一種先入為主的假設，雖然在某種意義上它具有真理一樣的普遍性，很難對其做出真偽的評價。我們通常是先天性地接受了語言之間具有對等性的觀念，而很少去思考這種觀念產生的根基是否可靠。二十世紀三〇年代，葉公超也意識到了兩種不同的語言之間由於文化和歷史背景的差異而不可能在翻譯中建立起對等的關係：「嚴格說起來，任何翻譯沒有與原本絕

[77] 郭沫若，《反響之反響》，《創造季刊》一卷三期，一九二二年十一月一日。

[78] 劉禾，宋偉傑譯，《跨語際實踐——文學、民族文化與被譯介的現代性》（三聯書店，二〇〇二年），頁六。

對準確的。我們都知道，文字是思想與智慧的表現，有哪一種的文化便有哪一種的文字。若是要輸入一種異己的文化，自然非同時輸入那種文化的文字不可。……每個字都有它的特殊的歷史：有與它不能分離的字，與它有過一度或數度關係的字，以及與它相對的字。這可以說是每個字本身的聯想。因此，嚴格說來，譯一個字非但要譯那一個而已，而且要譯那個字的聲、色、味以及其一切的聯想。實際上，這些都是譯不出來的東西。」[79]因此，翻譯也不可能在兩種語言之間找到完全對應的辭彙，譯詩是不得已而為之的文化交流活動。

譯詩語言難以再現原詩語言的風格。上世紀七〇年代，馮至在翻譯海涅（Heinrich Heine）的長詩《德國，冬天的童話》時說：「《童話》裏涉及大量當時德國的人和事，對於中國的讀者是生疏的；有些艱澀的韻腳、戲謔的語言，也不是用另一種文字容易表達的；所以原詩中一些精銳有力的詩句，在譯詩中失去了它們的光彩，無論是對於原作者或是讀者，譯者都感到歉疚。」[80]其實不僅是翻譯詩歌，就是翻譯小說或散文都會出現譯語不能再現原語風格的情況，哪怕譯者的外語能力很強也無法消除翻譯活動的這一局限。他在翻譯海涅的《哈爾次山遊記》這篇散文後也發出了相似的感慨：「遠在一九二七年，譯者曾把這篇遊記譯成中文出版。當時譯者德文水準很低，譯文裏有許多不能容忍的錯誤。現在把他 重新校改，錯誤處改正了不少，但是海涅特殊的用語和風格，有許多地方還是譯得很不恰當，希望讀者能給以 批評和指正。」[81]馮至對譯詩語言風格的缺失早有體會，譯者往往為了傳達出原詩的內容而忽視了語言的修煉和形式的藝術建構，有些譯詩讀起來全然沒有詩味，因此一九二五年二月二十一日在給楊晦的信中，他說：

79 葉公超，《論翻譯與文字的改造——答梁實秋論翻譯的一封信》，《新月》月刊第四卷第六期，一九三三年三月一日。

80 馮至，《德國，一個冬天的童話・譯者前言》，《馮至全集》（第九卷）（河北教育出版社，一九九九年），頁二五四。

81 馮至，《〈哈爾次山遊記〉譯者後記》，《馮至全集》（第十一卷）（河北教育出版社，一九九九年），頁二七三。

「Yeats的詩，大半也有翻譯的，但是翻譯的詩，我是不想讀的。」[82]雖然馮至沒有詳細說明為什麼不想讀翻譯的詩，而願意隔著語言的障礙去讀原詩，但從後來他對譯詩語言的看法中我們就可以明白：譯詩語言由於不能再現原文的風格，如果譯者不推敲譯詩的語言而只顧翻譯意義，那譯文的可讀性就會降低，以至於像馮至這樣的詩歌愛好者也不願意去讀譯詩。

翻譯時要完全找到兩種語言的同義詞是不可能的，這同時也決定了譯詩很難具有原詩的排列美和音韻美。（形式誤譯）「翻譯一篇作品或者一段講話，必然涉及兩種語言：一種是原來那個作品或者講話的語言，德國學者稱之為Ausgangssprache（源頭語），英美學者稱之為Original或Source language；一種是譯成的語言，德國學者稱之為Zielsprache（目的語言），英美學者稱之為Target language。二者之間總會或多或少地存在著差距。因為，從嚴格的語言學原則上來講，絕對的同義詞是根本不存在的。」[83]因此，翻譯涉及到譯者處理兩種語言關係的能力，涉及到譯者的文學創造力，尤其是對於「重在表達情感的高級文學作品」的翻譯而言，比如以情感為內容的詩歌翻譯「或多或少只能是再創作，只能做到盡可能地接近原作，原作的神韻、情調是無論如何也難以完全仿製的。特別是源頭語言中那些靠聲音來產生的效果，在目的語言中是完全無法重新創造的」[84]。翻譯中不可仿製的詩歌形式因素，決定了譯詩在文體上必然部分甚或完全背離原作的形式，也正是從語言差異的角度來講，詩歌翻譯過程中形式的誤譯幾乎是不可避免的，譯詩的文體只能是部分地具有了原詩的屬性。

最後從語言意義的角度講，譯詩的語言難以傳達出原詩的精神意蘊。雖然徐志摩曾對譯詩語言做了如

82 馮至，《致楊晦》（一九二五年二月二十一日），《馮至全集》（第十二卷）（河北教育出版社，一九九九年），頁五一。

83 季羨林，《翻譯》，《季羨林談翻譯》（當代中國出版社，二〇〇七年），頁二。

84 季羨林，《翻譯》，《季羨林談翻譯》（當代中國出版社，二〇〇七年），頁二—三。

下理想的要求：譯詩應該做到「字面要自然、簡單、隨熟，意義卻要深刻、遼遠、沉著；拆開來一個個字句得沒有毛病，合起來成一整首的詩，血脈貫通的，音節純粹的。」[85]但翻譯畢竟是橫亙在兩種語言之間的交流活動，語言之間的差異很多時候是由於文化的差異決定的，而不同的語言對應的文化存在著很多互不包含的內容，因此翻譯就難以做到字句對應。「本來從一種文字翻成另一種文字，其間的困難就不知有多少，那還是就兩種文字是相近的說。至於文字的差別遠如中文與英文，那時翻譯的難處簡直是沒法想的了。單說通常名詞與詞句就夠困難，因為彼此沒有確切相符的句格或思想格式。……因為每個名詞的背後都含著獨有的國民性的或是民族性的特徵，這一家有的，那一家不一定有。」[86]因此，譯詩的語言實際上難以再現原詩的風格意趣，「玉泉的水只準在玉泉流著」，詩歌一經他語的翻譯就會失卻詩味。徐志摩在翻譯波德賴爾（C. P. Baudelaire）《惡之花》中的《死屍》時，認為該詩是「最惡亦最奇豔的一朵不朽的花」，其音調和色彩像是夕陽餘燼中反射出來的青芒，遼遠而慘澹，一般的語言很難再現這種意趣，「翻譯當然只是糟蹋」[87]。倘若真的要把一首在原語國非常出色的詩歌翻譯到異質的文化語境中，即便譯作看上去仍然是一首詩的形式，但原詩的神韻就會在語言的轉換中消失殆盡。因此徐志摩認為他用現代漢語翻譯的《死屍》就是「仿製了一朵惡的花。冒牌：紙做的，破紙做的；布做的，爛布做的。就像個樣兒，沒有生命，沒有靈魂，所以也沒有他 那異樣的香與毒。」[88]有時候徐志摩甚至連原詩的「樣兒」都沒有保留，其譯詩形式完全背離了原詩，比如他將濟慈的《夜鶯歌》完全翻譯成了散文就是一例。

85 徐志摩，《葛德的四行詩還是沒有翻好》，《晨報・副刊》，一九二五年十月八日。
86 〔日〕小畑薰良，《討論譯詩——答聞一多先生》，徐志摩譯，《晨報・副刊》，一九二六年八月七日。
87 徐志摩，《〈死屍〉譯詩前言》，《語絲》第三期，一九二四年十二月一日。
88 徐志摩，《〈死屍〉譯詩前言》，《語絲》第三期，一九二四年十二月一日。

第二節　現代譯詩語言的流變與中國新詩的語言訴求

中國現代譯詩語言在不同的階段呈現出不同的語體特徵，其流變主要與中國現代新詩發展的語言訴求有關。二十世紀二〇年代前後，在白話新詩還沒有取得文壇地位的時候，中國新詩發展的意向性目的就是將白話語言確立為詩歌語言的常體，因此這一時期的譯者紛紛宣導白話文譯詩；而到了三〇年代，中國新詩開始轉向建設階段，特別是現代詩派的興起對詩歌語言的精煉和智性提出了較高的要求，譯詩語言也隨之轉向了凝煉。與此同時，整個二十世紀三〇至四〇年代由於革命和救亡的社會現實而形成了詩歌的另一種發展道路——「大眾化」，因此革命詩歌或抗戰詩歌的翻譯繼續在語言上沿用著白話乃至口語。

一、中國現代譯詩語言的白話化與新詩革命

中國新詩乃至整個新文學在理論先行的情況下急需優秀的白話詩歌做有力的支撐，寂寞的新文學園地導演了劉半農和錢玄同的「雙簧戲」來刺激新文學的勃興。同樣，中國現代譯詩的語言也被納入聲援新詩確立文體地位的「有力武器」之列。因此，中國現代譯詩最早也是最根本的語言觀念便是譯詩語言的白話化。

二十世紀西方文論由哲學向語言學轉向影響，甚至規定了西方文論後來的發展路向，就算海德格爾（M. Heidegger）等存在主義哲學大師們宣稱的「語言是存在的家」和國內有人所說的「詩到語言為止」是

一種偏激的言說，但這番言論卻闡明了語言之於文學新變的決定性意義。近來國內有學者將五四新文化運動的成功歸於語言層面的革新，認為是現代漢語的出現才真正確立了新文學的「正統」地位，古人語曰：「工欲善其事，必先利其器。」也正好說明了這一點。早期新文化運動的宣導者和實踐者們已經意識到了語言對於文學革新的重要性，胡適也許不是提倡白話入詩的第一人，但他卻是明確提倡白話譯詩譯文的第一人，就這一點而論，胡適便可被尊為中國現代翻譯理論的先行者。中國近代的翻譯在文字上採用的是文言文，嚴復批判這種翻譯語言時說：「原書文理頗深，意繁句重，若依文作譯，必至難索解人，故不得不略為顛倒，此以中文譯西書定法也。西人文法，本與中國迥殊，如此書穆勒原序一篇可見。海內讀吾譯者，往往以不可猝解，訾其艱深，不知原書之難，且實過之。理本奧衍，與不佞文字固無涉也。」[89]因為「古文究竟是已死的文字，無論你怎樣做得好，究竟只能夠供少數人的賞玩，不能行遠，不能普及」[90]。在近代，無論是梁啟超、馬君武還是蘇曼殊，其翻譯都是採用古體古字，這種譯法的弊端正如胡適所說使譯文「不能普及」。闕愛和先生在評價蘇曼殊的譯詩時曾說：「曼殊的譯詩是有缺點的，最突出的就是多用古字，因而顯得晦澀難懂。」[91]這大概是近代多數譯文的一個通病吧，儘管譯者由於歷史的局限性而不得不採用文言文，但其譯作在客觀上的確造成了與讀者的隔膜。正是充分認識到了文言譯詩的不足，胡適提出從翻譯的「工具」入手，採用白話文來翻譯外國文學。

一九一八年，胡適在《建設的文學革命論》中就翻譯問題提出了三類意見，其中一點便是：「全用白話韻文之戲曲，也都譯為白話散文。（著重號為原文所有。——引者）用古文譯書，必失原文的好

89 嚴復，《譯〈群己權界論〉自序》，《嚴復集》（第一冊）（中華書局，一九八六年），頁一三二。
90 胡適，《五十年中國文學變遷的大勢》，《論中國近世文學》，胡適、周作人著，（海南出版社，一九九四年），頁三二。
91 闕愛和，《蘇曼殊譯作述評》，《從古典走向現代》（河南人民出版社，一九九二年），頁二五二。

處。」[92]他的此番言論，對於近代翻譯工作者來說無疑是一種有悖常理的「標新」，也正是他的「白話譯文」的主張劃開了中國近代與現代翻譯的界線，開創了中國翻譯的新局面。胡適用他的翻譯實踐檢驗了他的翻譯理論，證明了採用白話文來翻譯外國文學的可行性和生命力。胡適的白話譯詩《關不住了》開創了中國白話新詩的紀元。五四時期，文學講求的是「教訓與宣傳」的「啟蒙」作用，胡適認為要達到此目的，翻譯的文學作品必須在語言上「明白流暢」，這不僅是做好翻譯的一個基本條件，而且也是發揮譯作「啟蒙作用」的前提條件。五四新文化運動以後，外國文學作品大量湧入中國，各種文體的語作大都是採用白話文進行翻譯的，這些翻譯作品不僅豐富了國內的文學創作，而且為新文學的成長和發展供給了必要的文學和文化營養，這不能不說與胡適早期主張用白話文翻譯外國文學作品的思想相關。胡適的這種翻譯觀點不僅影響了中國後來的文學翻譯，許多詩人和翻譯工作者開始用白話來翻譯外國文學，而且聞一多、徐志摩、朱自清等人還沿用了胡適力主白話譯文的思想，使其成為中國現代翻譯理論界具有里程碑意義的理論。

二十世紀二〇年代上半期，在文言文和白話文處於勢均力敵的狀態下很多詩人毅然選擇了採用白話文去翻譯外國詩歌，主張譯詩的語言應該是白話文。當然，譯者或翻譯批評者主張譯詩語言白話化的箇中原因各不相同，比如聞一多主張白話文譯詩具有雙重原因：一是基於白話文能更好地傳達原詩的情感，二是基於聲援白話新詩的目的，因為當時期白話新詩剛剛誕生，還沒有取得文壇的正宗地位，需要大量的白話新詩來證明其合理性和與古詩相比的優勢。聞一多早年在清華大學讀書期間翻譯了一首《點兵之歌》，認為這首詩與我國唐代杜甫的《兵車行》一樣淋漓盡致地展現了「戰事慘況」，具有異曲同工之妙，可以彌補自己讀了《兵車行》後「擬書所感，久而不成」的缺憾。聞一多採用文言文翻譯了這首詩歌，這也是

92 胡適，《建設的文學革命論》，《新青年》四卷四號，一九一八年四月十五日。

他三十多首譯詩中唯一在語體上採用文言文的譯作，因此並不能說明他在譯詩語言上對文言存有偏好。相反的卻是，聞一多一貫堅持譯詩的語言應該採用白話，在談到用什麼語言翻譯這首「西人的點兵之歌」時，他說：「譯事之難，盡人而知，而譯韻文尤難。譯以白話，或可得髣髴其，文言直不足以言譯事矣。而今之譯此，尤以文言者，將使讀原詩者，持餘作以證之，乃至文言譯詩，果能存原意之髣髴者幾何，亦所以彰文言之罪也。」[93]看來聞一多採用文言翻譯《點兵之歌》的真實意圖是要讓讀者明白文言譯詩的弊端，而後證明譯詩語言只有採用白話文才能更好地傳達原詩的意趣。對於文言譯詩的困難，聞一多深有體會，他本人曾於一九一九年五月在第四卷第六期的《清華學報》上發表了用文言翻譯的英國詩人阿諾德（Matthew Arnold）的《渡飛磯》（Dover Beach）一詩，整首詩採用五言體古詩形式，譯文是否充分再現了原詩的情感內容姑且不論，僅就語言句法和形式而言就缺少了翻譯詩歌的面貌，全然是中國人自己創作的古體詩。一九二一年，聞一多便在《清華》週刊上發表文章規勸那些還執意作舊詩的人應該摒棄古詩嚴謹的格律，在語體上應該採用白話文：「我誠誠懇懇地奉勸那些落伍的詩家，你們要鬧玩兒，便罷，若要真做詩，只有新詩這條道走，趕快醒來，急起直追，還不算晚呢。」[94]因此，聞一多後來的譯詩在語言上都是採用白話文，而且在形式上儘量保留原詩的風貌。

出於聲援白話文運動的目的而主張譯詩語言應該採用白話文的，除了聞一多之外，另一個不能忽視的關鍵性人物便是徐志摩。徐志摩的詩歌翻譯始於二十世紀二〇年代早期，其文體觀念必然受到時代風尚的審美價值取向的影響。在白話新詩剛剛立足新文學園地的五四前後，徐志摩堅決認為譯詩語言應當是現代白

[93] 聞一多，《〈點兵之歌〉譯者前言》，《聞一多全集》（一）（湖北人民出版社，一九九三年），頁二九三。
[94] 聞一多，《敬告落伍的詩家》，《清華週刊》第二一一期，一九二一年三月十一日。

話。徐志摩認為人與人之間即便隔著語言和文化的屏障，但憑藉著想像力和共同的情感感受力，還是可以相互間理解對方的人生經驗和生命體驗，因此詩歌翻譯是可以開展的。但是在新文學發生初期的二〇年代，究竟採用什麼樣的文字去翻譯外國詩歌更理想呢，或許人們還沒有一定的結論，或許人們還處於相互的爭論之中。於是一九二四年徐志摩在《小說月報》上發表了《徵譯詩啟》，希望人們用一種「不同的文字」、「解放後」的文字去翻譯外國詩歌。因為在他看來，只有採用現代漢語去翻譯外國詩歌才能更好地傳達出原詩的精神：「我們想要徵求愛文藝的諸君，曾經相識與否，破費一點功夫做一番更認真的譯詩的嘗試；用一種不同的文字翻來最純粹的靈感的印跡。……我們所期望的是要從認真的翻譯研究中國文字解放後表現緻密的思想與有法度的聲調與音節之可能；研究這新發現的達意的工具究竟有什麼程度的彈力性與柔韌性與一般的應變性；究竟與我們舊有的方式是如何的各別；如其較為優勝，優勝在那 裏？為什麼，譬如蘇曼殊的拜倫譯不如郭沫若的部分莪麥譯（這裏的標準當然不是就譯論譯，而是比較譯文與所從譯）；為什麼舊詩格律不能表現的意致的聲調，現在還在草創時期的新體即使不能滿意的，至少可以約略的傳達。如其這一點是有憑據的，是可以共認的，我們豈不應該依著新開闢的途徑，憑著新放露的光明，各自的同時也是共同的致力，上帝知道前面有沒有更可喜更可驚更不可信的發現！」[95]由此可以看出，與其說是徐志摩主張用現代漢語去翻譯外國詩歌，毋寧說是他希望借助翻譯外國詩歌來向人們表明：現代漢語在表達細密思想上具有的彈性、柔韌和應變力。因為徐志摩寫此啟事的時候，時值徐志摩的好友，胡適編輯的《現代評論》與章士釗的《甲寅》之間展開了白話和文言的激烈論戰，徐志摩本人也撰寫了《守舊與「玩」舊》一文來抨擊章士釗對文言

[95] 徐志摩，《徵譯詩啟》，《小說月報》十五卷三號，一九二四年三月十日。

的守護「不是基於傳統精神的貫徹」[96]。因此，徐志摩力圖通過譯詩來彰顯現代漢語的優勢，讓文言文退出文學的舞臺。當然，徐志摩之所以會主張用新的語言去譯詩，在根本上與他認為只有現代漢語能更好地傳達原詩的情感有關。

二、中國現代譯詩語言的精煉化與新詩創格

強調譯詩語言的白話化是出於更好地傳達原詩情感的需要，也是出於確立白話新詩地位的策略。任何理論宣導都會帶來正面和負面效應，一味地突出譯詩語言的白話化勢必也會導致譯詩語言的口語化，而這恰恰又有悖於詩歌語言的精煉美。於是到了二十世紀三〇年代，中國新詩確立了文壇地位並開始步入建設階段，於是有人對譯詩語言過於散文化或口語化提出了批評意見，譯詩語言開始趨於精煉和智性。

中國新詩在上世紀三〇年代贏得了發展的最佳時期，特別是講求形式藝術建構的現代派詩歌的崛起，更是強化了詩歌語言的精煉性和智性化特點，二〇年代旨在「白話」而忽視詩性的譯詩語言觀到了三〇年代就面臨著巨大的挑戰。比如梁宗岱的譯詩在語言上保留著文言的痕跡，他反對將外國詩歌翻譯成口語化的新詩，這一譯詩語言觀念源自他對文言和白話優劣的認識。梁宗岱二十世紀二〇至三〇年代的譯詩在語言上使用了大量的文言詞藻，以至於人們後來評價他的譯詩時，給予肯定最多的是其滲透出來的精神，而非獨特的語言形式。梁宗岱的譯詩和譯介文章給中國詩壇輸送了現代主義文學的創作精神，推動了中國新

[96] 徐志摩，《守舊與「玩」舊》，《晨報・副刊》，一九二五年十一月十一日。

詩的現代化。梁宗岱先生對中國新詩現代化的建構，很大程度上是通過譯介外國詩人及其作品來影響新詩人的創作；卞之琳先生在紀念文章中回憶說：「我在中學時代，還沒有學會讀一點法文以前，先後通過李金髮、王獨清、穆木天、馮乃超以至於賡虞的轉手——大為走樣的仿作與李金髮率多完全失真的翻譯——接觸到一點作為西方現代主義文學先驅的法國象徵派詩，……但是它們炫奇立異而作踐中國語言的純正規範或平庸乏味而堆砌迷離恍惚的感傷濫調，至少給我真正翻譯的印象，直到從《小說月報》上讀了梁宗岱翻譯的梵樂希（瓦雷里）〈水仙辭〉以及介紹瓦雷利的文章才感到耳目一新。我對瓦雷利這首早期作的內容和梁譯太多的文言詞藻（雖然遠非李金髮往往文白都欠通的語言所可企及）也並不傾倒，對梁闡釋瓦雷里以至里爾克的創作精神卻大受啟迪。」[97]卞之琳對譯介法國象徵主義詩歌的諸多譯者在語言上都提出了批評，認為李金髮等的譯詩語言是在「作踐中國語言的純正規範」，顯得十分「平庸乏味」，而梁宗岱的譯詩則包含著「太多的文言詞藻」。試以梁譯《水仙辭》的第二節為例：

無邊的靜傾聽著我，我向希望傾聽。
泉聲忽然轉了，它和我絮語黃昏；
我聽見銀草在聖潔的影裏潛生。
宿幻的霽月又高擎她黝古的明鏡
照澈那黯淡無光的清泉的幽隱。

[97] 卞之琳，《人事固多乖——紀念梁宗岱》，《新文學史料》一九九〇年一期。

我們今天回過頭來用發展了近一個世紀的現代漢語打量梁宗岱的這首譯詩，分明會感覺到生硬和拗口，很多單音節詞的使用更是造成了閱讀時急促的停頓，比如「無邊的靜」、「聖潔的影」等便是該譯詩的語言瑕疵。儘管如此，梁宗岱翻譯的《水仙辭》在總體上還是「優雅傳神，迷倒了很多青少年讀者」[98]，這顯然與他一貫主張詩歌翻譯要側重傳達原作精神有關。

梁宗岱反對新文學初期胡適等人將文學語言等同於「現代中國話」的主張，由此他也反對用絕對白話化的日常語言去翻譯外國詩歌。在梁宗岱看來，任何國家的語言都可以分為文言和白話兩大類，而常用的白話在辭彙上比文言要少得多，現代文學語言如果要採用白話做媒介，要使白話能「完全勝任文學表現底工具，要充分應付那包羅了變幻多端的人生、紛紜萬象的宇宙的文學底意境和情緒，非經過一番探險、洗煉、補充和改善不可」[99]。如果新文學繼續使用白話口語而不加以文學向度上的提升，那新文學創作只會出現「簡單和淺薄」的結果：「要不是我們底文學內容太簡單了，太淺薄了，便是這文學內容將因而趨於簡單和淺薄。」[100]由此我們不難理解為什麼梁宗岱的譯詩語言含有文言辭彙。也正是從這個角度出發，他認為胡適用以宣稱白話詩新紀元的譯詩《關不住了》由於採用了口語化的白話，而顯得「幼稚粗劣」，就此他不無諷刺地說：五四時期的「文學革命家底西洋文學知識是那麼薄弱因而所舉出的榜樣是那麼幼稚和粗劣——譬如，一壁翻譯一個無聊的美國女詩人底什麼《關不住了》，一壁攻擊我們底杜甫底《秋興》八首，前者的幼稚粗劣正等於後者底深刻與典麗——而文學革命居然有馬到成功之概者，一部分固由於對方

98 盧嵐，《心靈長青——懷念梁宗岱老師》，《宗岱的世界・評說》（廣東人民出版社，二〇〇三年），頁五〇。
99 梁宗岱，《文壇往哪裏去——「用什麼話」問題》，《詩與真・詩與真二集》（外國文學出版社，一九八四年），頁五六。
100 梁宗岱，《文壇往哪裏去——「用什麼話」問題》，《詩與真・詩與真二集》（外國文學出版社，一九八四年），頁五六。

將領之無能，一部分實在可以說基於這誤解。」[101]此處所謂的「誤解」即胡適提出的「文學底工具應該用真正的現代中國話」。後來，在《新詩底分歧路口》一文中，梁宗岱再次闡明了新詩語言的弊端和古詩語言的優點：「雖然新詩底工具，和舊詩底正相反，極富於新鮮和活力，它的貧乏和粗糙之不宜於表達精微委婉的詩思卻不亞於後者底腐濫和空洞。」[102]既然文學的語言是區別於日常白話的，而且文言適宜表現「精微委婉的詩思」，那麼翻譯外國詩歌在語體上就理應拒絕白話化而適量地使用文言。

到了二十世紀四〇年代，人們提出譯詩語言白話化的目的就不再是為了「攫取」文言文的文壇正宗地位了，而是為了提升譯詩的審美價值，畢竟新詩經過二十多年的發展，早已確立了「獨尊」的地位並開始步入良性的建構階段。因此，中國現代譯詩第三個十年的語言觀念，即是提倡譯詩語言應該採用白話，自然也是基於建構中國新詩形式或提升譯詩品質的目的。一九四三年朱自清在《論譯詩》一文中指出：「清末的譯詩，似乎只注重新的意境。但是語言不解放，譯作中能夠保存的原作的意境是有限的，因而能夠增加的新的意境也是有限的。新文學運動解放了我們的文字，譯詩才能夠給我們創造出新的意境來。這裏說『創造』，我相信是如此。將新的意境從別的語言移植到自己的語言裏而使她能夠活著，這非有創造的本領不可。這和少數作者從外國詩得著啟示而創出新的意境，該算是異曲同工。」[103]從朱自清的話無非是說解放後的白話文更適合翻譯外國詩歌，譯詩只有採用白話文才可能更好地傳達出原詩的情感，幫助譯者營造更加感人的意境，從而使譯詩的品質得以進一步提升。

101 梁宗岱，《文壇往哪裏去——「用什麼話」問題》，《詩與真‧詩與真二集》（外國文學出版社，一九八四年），頁五四。
102 梁宗岱，《新詩底分歧路口》，《詩與真‧詩與真二集》（外國文學出版社，一九八四年），頁一六九。
103 朱自清，《新詩雜話》（生活‧讀書‧新知三聯書店，一九八四年），頁七一。

三、中國現代譯詩語言的口語化與新詩救亡

活躍於整個二十世紀三〇至四〇年代的中國詩壇，除了上面談到的現代主義詩歌之外，另外一支和著時代脈搏跳動的卻是「大眾化」的詩歌。從一九三七到一九四五年間，抗戰詩歌在民族危亡的時候得到了迅速的發展，詩歌為了激發大眾的抗戰激情而採用了口語化的語言。為了配合中國的抗戰需要，這一時期革命詩歌或抗戰詩歌的翻譯語言呈現出口語化的特徵。

「七・七」事變之後，中國的社會現實發生了很大的變化，抗日戰爭和解放戰爭構成了四〇年代的主旋律。而在這樣一個特別的抗戰時期，新詩卻得以進一步普及和深化。由於宣傳抗戰和鼓舞民眾的需要，這一時期，「一個切合當時民眾審美需要和欣賞心理的通俗文藝創作高潮出現了，通俗文藝刊物之多，從事通俗文學創作的作家之多，是此前各時期所鮮見的。」[104]新詩的通俗性和大眾化在這一時期也出現了前所未有的勢頭。關於「文學的大眾化」、「利用舊形式」和「民族形式」等問題的討論，為新詩的大眾化準備了理論基礎，提供了指導和參考。文藝大眾化問題是新文學建設中的一個十分重要的問題，一九二八年以來，新文學陣營就此展開過幾次大的討論，但由於條件限制，只停留在一般性的理論探討階段。抗日戰爭爆發後，國共統一戰線的建立，「文章下鄉，文章入伍」口號的提出，廣大文藝工作者與人民群眾的親密接觸，在客觀上為抗戰時期的「大眾化」討論提供了良好的條件。另外，大量通俗文學作品的出現，為這次討論提供了豐富的感性材料。討論主要圍繞大眾化運動的意義和任務，以及利用舊形式等問題，澄

104 郭志剛、孫中田，《中國現代文學史》（下）（高等教育出版社，一九九六年），頁七。

清了那種把大眾化單純理解為一時服務於抗戰的需要，和把文學與政治平列起來的錯誤認識。一九三八年十月，毛澤東發表了關於民族形式問題的講話，一九四〇年一月，他又在《新民主主義論》中指出：「中國文化應有自己的形式，這就是民族形式」，提出「建立民族的、大眾的新文化」。為探討創建民族形式的具體途徑，從延安開始，在解放區和國統區展開了民族形式問題的討論。民族形式問題的提出，是文學大眾化理論探討和創作實踐發展的必然結果，也是新文學民族化的必要步驟。

在「大眾化」和「民族形式問題」討論的基礎上，為進一步配合民族抗戰，文學，尤其是詩歌，首先應致力於喚起民族的抗戰熱情。而要喚起這種熱情，就必須使詩歌適應民眾，易於被民眾接受和理解。因此，茅盾認為：「我們的大眾化問題，簡單地說，應該是兩句話：一是文藝大眾化起來，二是用各地大眾的方言、大眾的文藝形式（俗文學的形式）來寫作品。」[105]這樣，在特定的時代背景下，中國新詩開始大規模地走向社會、走向大眾，正如朱自清所說：「抗戰以來，一切文藝形式為了配合戰爭需要，都朝著普及的方向走，詩作者也就從象牙塔裏走上十字街頭。」[106]詩朗誦活動受到高度重視，「新詩在四〇年代從『貴族化』轉向『大眾化』的關鍵，是抗戰初期勃興的詩歌朗誦化運動」[107]。穆木天、茅盾、臧克家都寫文章肯定了朗誦詩的大眾化方向和現實意義。此外，「新詩的民間化運動，仍然是新詩從『貴族化』轉向『大眾化』的一種方式」[108]。抗戰以後，為了把政治動員的任務傳達到廣大民眾中去、把民族革命的精神和思想帶給廣大讀者，新詩的歌謠化創作成為一種時尚，很多人用小調、大鼓、錢板、快板等民間形式

105 茅盾，《文藝大眾化問題》，《茅盾全集・中國文論四集》（人民文學出版社，一九九一年），頁三五六。
106 朱自清，《抗戰與詩》，《朱自清全集》第二卷（江蘇教育出版社，一九八八年），頁三四六。
107 茅盾，《茅盾文集》（第七卷）（人民文學出版社，一九六一年），頁四〇五。
108 茅盾，《茅盾文集》（第七卷）（人民文學出版社，一九六一年），頁四一六。

來創作詩歌，如老舍嘗試著用大鼓調寫長詩。學習民間文藝、創作歌謠化新詩成了一股浩大的詩歌潮流，民歌采風也形成熱潮，很多人對民間歌謠的思想藝術價值進行發掘。特別是一九四二年《延安文藝座談會上的講話》發表以後，一大批年輕詩人傾心於民歌體新詩的創作，如李季的《王貴與李香香》是在陝北民歌「信天遊」的基礎上寫出來的，「說它是『民族形式』的史詩，似乎也不算過分……」[109]。田間這時也停止了鼓點似的短詩創作，寫出了通俗化、口語話的《趕車傳》；還有阮章競的《漳河水》等，都是在新詩民間化運動中產生出來的好詩。新詩民間化運動適應了廣大群眾在長期的生產勞動中，積澱而成的文化心理和集體審美情趣，適應了救亡與革命的現實需要，因而得到了很好的發展，也取得了相當的成就。有些為救亡而創作的大眾詩歌的著眼點不在喚起民眾的覺醒和抗戰熱情，它們本身就發揮了武器一樣的戰鬥作用，直接作為救亡的工具呈現在詩歌大眾化運動的歷史中。蒲風說：「我們的歌唱，便是大眾的向前奮鬥的主題。大眾的敵人是帝國主義，我們的主題也便是反帝；大眾需要自由解放，不需要封建的剝削束傅，我們便也對此而集中歌唱……」[110]這是詩歌發揮戰鬥作用的論說，其攻擊目標直接對準日本帝國主義。蕭三主張創造民族化大眾化的詩歌，它的《血債》一詩以犀利的諷刺筆調揭穿了親日派賣國求榮的可恥行為：「親日派還要什麼臉？／早就決心作漢奸。／大日本老爺有命令，／他們就得幹。／不幹——／日本爸爸要打他幾百板！」該詩藉大眾口語發揮了詩的戰鬥作用。田間在《我是海的一個》中自稱「是戰鬥的小夥伴」，自覺地把自己融入到救亡的洪流中。高蘭在《放下你那枝筆》中更直接地抒發了慷慨激昂的戰鬥情緒：「我們咆哮，我們怒吼！／我們要以牙還牙，以眼還眼……」

109 茅盾，《再談「方言文學」》，《大眾文藝叢刊》第一輯，一九四八年三月。
110 蒲風，《抗戰以來的詩歌運動觀》，《蒲風選集》（下冊）（海峽文藝出版社，一九八五年），頁六九九—七〇〇。

時代語境對詩歌語言的規約使二十世紀三〇至四〇年代抗戰詩歌的翻譯，在語言上不得不採用通俗易懂的口語。比如「中華全國文藝界抗敵協會」的會刊《抗戰文藝》在一九三九年發表了題為《烏克蘭詩人雪夫琴可底詩》中，共譯出了六首雪夫琴可的詩。譯者小序介紹雪夫琴可是一位「民眾歌手」，他的詩風簡單樸實，語言生動而富熱情，詩歌節奏感強烈而富有音樂美。這些詩歌在藝術表達方式上頗具民歌作風，有很強的可誦性，朗誦起來鏗鏘有力。除了原作本身具有大眾化的審美價值取向之外，譯作的語體風格表明譯者在翻譯這些詩歌的時候，充分考慮了當時國內的詩歌大眾化語境，在語言上採用了通俗的口語。雪夫琴可的詩很接近民眾的生活，訴說了民眾在沙皇統治下的不幸遭遇，充滿對壓迫者反抗的呼聲。「在遭沙皇充軍時，雖被禁止寫詩作畫，但他的精神始終未屈服，仍為民眾吶喊如故。」[111]對這樣一位具有革命精神、為民眾吶喊的詩人的介紹，會給我們廣大的文藝工作者以精神上的刺激和行動上的鼓舞。對這類民眾詩歌的翻譯，可以看出烏克蘭人民為爭取自由而與壓迫者進行無情的鬥爭，即使當詩人已經死了，民眾也要起來爭取民族的自由解放：「把我埋得深深地，但你們起來／在歡笑中打碎你們的鎖鏈！／用壓迫者作惡的血／灑向自由上！／當偉大的新種，／那自由的宗族臨盆時，／呵，用親切而平安的話／來紀念我吧。」詩人要用壓迫者罪惡的鮮血來祭奠自由，真實而生動的寫出了人們的苦難，在「那間林屋沒有恩愛的天堂／我瞧見的只有地獄。／不停的苦工和黑暗的奴役／沒有一個人是自由的／去讚美你所讚美的上帝。／我的慈母，被勞碌和不幸／磨老了／還當年紀輕輕，／就被丟進了窮人的墓壘。／父親坐下來和我們一道哭泣——／家中空無所有，藏的都吃得淨光——／在這樣一種殘酷的命運下他低頭死去」。這不就是我們中國人民苦難的真實寫照嗎，這不就是我們世世代代無法擺脫的悲哀嗎？

[111] 周醉平，《烏克蘭詩人雪夫琴可底詩・譯序》，《抗戰文藝》四卷五、六期合刊，一九三九年十月十日。

由此可見，中國社會對文學的需求往往決定了詩歌語言的時代特質，而詩歌語言的時代性反過來又會制約譯詩的語言。因此，從某種程度上講，譯詩語言的變化其實反映了中國新詩語言的變化，時代語境對譯詩語言和中國新詩語言具有一定的規約性。

第三節　現代譯詩語言對中國新詩語言的影響

通過翻譯引入外國語言的詞法句法以豐富民族語文的發展，這是文化交流中存在的普遍現象。翻譯可以產生新的不同於固有語言的第三種語言：「翻譯──除了能夠介紹原來的內容給中國讀者之外──還有一個很重要的作用：就是幫助我們創造出新的中國的現代漢語。」[112]瞿秋白從語言的角度認為翻譯可以更新中國語言，從而創造出新體。如前所述，中國現代譯詩的語言由於部分地保留了外國詩歌語言的特點，因此能夠為中國新詩語言的發展注入很多新鮮的元素。中國現代譯詩語言對中國現代新詩的影響表現在兩個層面：一是翻譯的過程譯語產生新的語言和新的句法；二是譯詩語言相對於民族語言的「陌生」成分逐漸進入到目標語中，而成為其新鮮的構成要素。

文學翻譯可以促進中國文學語言的發展。文學翻譯工作「可以促進本國的創作，促進作家的創作欲；作家讀了翻譯作品，可以學習它的表現生活的方法。通過翻譯，也可以幫助我國語文的改進。中國語文固然優美，但是認真使用起來，就感到語法的不夠用了，做翻譯工作的人都會體會到這一點的。通過翻

112　瞿秋白，《瞿秋白關於翻譯致魯迅》，羅新璋編，《翻譯論集》（商務印書館，一九八四年），頁二六六。

譯，我們可以學習別國語言的構成和運用，採取它們的長處，彌補我們的短處。」[113]早期新文學界將翻譯文學視為創作的組成部分，翻譯文學品質的高低直接影響到新文學的社會聲譽和發展前途，因此有責任心的翻譯者總是盡力做好譯介的工作。郭沫若在談歌德詩歌的翻譯時說：「我看得中國報紙上有一處的譯文，太不像樣子。我們國內的創作界，幼稚到十二萬分（日本的《新文藝》雜誌本月號有一篇《支那小說界之近況》，笑罵得不堪），連外國文的譯品也難有真能負責任——不負作者，不負讀者，不負自己——的產物，也無怪乎舊文人們對於新文學不肯信任了。那樣的譯品，說是世界最大文豪的第一首佳作，讀者隨自己的身分（份）可以起種種的錯感：保守派以為如此而已，愈見增長其保守的惡習；躁進者以為如是而已，愈見加緊地粗製濫造。我相信這確是一種罪過：對於作者蒙以莫大的侮辱，對於讀者蒙以莫大的誤會。這樣地介紹文藝，不怕就搖旗吶喊，呼叫新文學的勃興，新文學的精神，只好駭走於千里之外。」[114]譯者一旦開始翻譯外國文學作品後，他就不再是根據自己的喜好或某種非文學意圖在做一件個人性的事情，他的翻譯行為必須涉及到對原作者、原作以及譯語國讀者等負責，捨棄其中某一方面都是不符合翻譯倫理道德的行為。創造社激烈批評的也正是那種對原作者、原文和讀者極不負責任的翻譯行為，因此他們總是找出原文和譯文來對照閱讀，指出譯作無可辯駁的客觀存在的錯誤，並希望後來的譯者要加強翻譯的品質，由此建構起健康和諧的文學翻譯生態，為中國新文學的發展提供合理的借鑑。新中國成立後的一九五四年，郭沫若在全國文學翻譯工作會議上的發言再次申明了譯者應該有翻譯的責任感：「我們對翻譯工作絕不能採取輕率的態度。翻譯工作者必須具有高度的責任感。他不能隨便抓一本書就翻，他要

113 郭沫若，《談文學翻譯工作》，《人民日報》，一九五四年八月二十九日。
114 郭沫若，《海外歸鴻》（第二封），《創造》季刊一卷一號，一九二二年五月一日。

從各方面衡量一部作品的價值和它的影響。在下筆以前，對於一部作品的時代、環境、生活，都要有深刻的瞭解。翻譯工作者沒有深刻的生活體驗，對原作的時代背景沒有深入的瞭解，要想譯好一部作品很不容易。」[115]只有譯者具備了翻譯的倫理道德思想，才會翻譯出品質上乘的作品來促進中國文學的健康發展。

朱湘的詩歌翻譯成就在新文學早期很難有人與之媲美，他的譯詩集《芭樂集》是自蘇曼殊等人翻譯外國詩歌以來「沒有一本譯詩趕得上這部集子選揀的有系統、廣博，翻譯的忠實」[116]。大量一絲不苟的翻譯實踐必然會使朱湘對譯詩語言有十分貼切而客觀的認識，他認為譯詩語言在語體上的外化現象是不可避免的，同時譯詩語言的二重文化屬性，決定了它必然會給中國文學語言的發展輸入新質，從而促進後者的完善。朱湘認為譯詩語言相對於中國語言所具有的陌生化成分，可以為中國現代漢語寫作輸入新鮮的語言元素，使中國文學語言變得更加完善。朱湘在給趙景深的信中高度讚揚了他翻譯的義大利童話《蓋留梭》，並且相信趙景深即將脫稿的譯作《柴霍甫短篇小說全集》「一定能在文壇上放一異彩。創造一種新的白話，讓它能適用於我們所處的新環境中，這種白話比《水滸》、《紅樓夢》、《儒林外史》的那種更豐富、柔韌，但同時要不失去中文的語氣：這便是我們這班人的天職。你這篇譯文所取的途徑我看來是康莊大道，做到神化之時，便與古文中的《左傳》，英文中的《旁觀者》能夠一樣。」[117]在朱湘看來，當時的白話文運動雖然取得了決定性的勝利，但白話文本身卻並不成熟。現代白話文不同於中國古代文學中的白話文，它應該「能適用於我們所處的新環境中」，是在新的文化語境中產生的。朱湘認為避免了歐化之弊的翻譯文學語言恰好是現代白話文發展的方向，翻譯可以創造中國文學的新體；翻譯語言因為顧及了原文

115 郭沫若，《談文學翻譯工作》，《人民日報》，一九五四年八月二十九日。
116 常風，《〈芭樂集〉書評》，《大公報・文藝副刊》第二四九期。
117 朱湘，《寄趙景深（三）》，羅念生編，《朱湘書信集》（上海書店，一九八三年），頁四七。

的表達和意義而具備了嚴密的邏輯性，彌補了中國文學語言自身的不足。譯詩語言雖然在語體形式上採用的是譯語，但由於它要顧及原文的語言思維風格，所以語言的翻譯體相對於原民族語言來說肯定會增添一些異質成分，而該異質成分逐漸融合到民族語言中，潛移默化地給民族語言帶來了新變化。因此，中國現代漢語的發展路徑之一就是借鑑翻譯文學的語言。

卞之琳主張在不影響中國語言純潔性的基礎上輸入外國的詞法、句法以豐富新文學語言。他曾說：「我的翻譯原則，講求取『信』於內容與形式，並趁機引進些西語句法，例如倒裝句（我們口頭說話倒往往實有的），或偶用文言前置詞，例如用『於』代替白話『在……裏』『在……上』以應英語的『in』『on』之類，使我們的語言在保持純潔性條件下增加更多的豐富性、伸縮性。」[118]這種主張既可以在一定範圍內避免中國語言和句法的歐化，又能在中國語言為主導的情況下增強我們語言的表現力，是中國現代譯詩史上最為審慎的文體觀念。卞之琳上世紀八〇年代曾就「橫的移植」的「現代派」詩作發表過意見，認為這不應該納入到詩人正常的作品集中。但同時他也承認西方現代詩有很多值得中國新詩借鑑的地方，「適當吸收外來語與句法，是不僅可取，而且有時候是必要的；忘本，破壞祖國語言，自又當別論。至於『五四』以來，引進新式標點，是出於時代和科學的需要，不存在合不合民族形式問題，事實也已證明如此。」[119]如此看來，卞之琳認為外國詩歌的辭彙、句法和標點符號經過翻譯傳入到中國，只要我們不「忘本」，不懷著「破壞祖國語言」的目的去吸納和借鑑，可以促進中國語言表達的科學性和慎密性。卞之琳是一個民族語言意識較強的詩人，他始終堅持譯詩或作詩可以借鑑外國詩歌語言的表達方式，但必須以中

118 卞之琳，《赤子心與自我戲劇化，追念葉公超》，《文匯》月刊一九八九年十二期。

119 卞之琳，《蓮出於火，讀古蒼梧詩集〈銅蓮〉》，《讀書》一九八二年七期。

國語言自身的表達習慣為主，外來的語言和句法僅僅對中國現代漢語起到「豐富」而非顛覆的作用。

到了二十世紀二〇年代，譯詩語言可以為中國新詩乃至新文學語言輸入新鮮血液的看法得到了更多譯者的認同。朱自清認為譯詩的語言「可以給我們新的語感、新的詩體、新的句式、新的隱喻」[120]。任何民族的語言在同其他民族語言的交流過程中都會受到影響，而翻譯在引入外國詩歌時也自然地會豐富我國新詩語言的辭彙，這些辭彙不完全是音譯外來語，其中也有根據本國語言，意譯外國新思想、新觀念而產生的新辭彙。二十世紀初在翻譯詩歌中引入或產生的辭彙，幾乎是伴著中國現代漢語的產生而同時出現在中國新詩中，它已經成了中國新詩語言的有機組成部分，我們今天的詩歌創作離開了這些辭彙就難以為繼。翻譯外國詩歌不僅為中國新詩帶來了大量的新辭彙，而且由於翻譯表達的需要和原語構詞的特點，中國新詩語言的構詞方法也相應地發生了一些變化，當然這種變化也是中國新詩語言歐化或外化的表現。中國新詩詩行的變化一方面是由詩歌節奏和詩歌情感的變化引起的，另一方面也與句子表達方式的變化有關。外化在中國新詩語言上的體現除了辭彙、詞法之外，句法可以說又是一個非常明顯的表徵。五四時期，使用外化的文法句式成了詩歌創作的時尚潮流：「現在白話詩起來了，然而做詩的人似乎還不曾曉得俗歌裏有許多可以供我們取法的風格與方法，所以他們寧可學那不容易讀又不容易懂的生硬文句，卻不屑研究那自然流利的民歌風格。」[121]為此，我們必須在借鑑譯詩語言的同時，認識到中國新詩語言自身不可更改的特性，才能夠使中國新詩在借鑑譯詩的基礎上煥發民族光彩。朱自清曾明確宣稱譯詩的語言便是「增富用來翻譯的那種語言」：「一切翻譯比較原作都不免多少有所損失，譯詩的損失也許最多。除去了損失的部分，那保存的部分是否還

---

120 朱自清，《譯詩》，《新詩雜話》（生活・讀書・新知三聯書店，一九八四年），頁七二。

121 胡適，《北京的平民文學》，朱自清著，《新詩雜話》（生活・讀書・新知三聯書店，一九八四年），頁七八。

有存在的理由呢？詩可不可以譯或值不值得譯，問題似乎便在這裏。這要看那保存的部分是否能夠增富用來翻譯的那種語言。且不談別國，只就近代的中國論，可以說是能夠的。」[122]他認為譯詩的語言由於部分地具有原作語言的成分，因而可以為中國新詩的發展提供借鑑，可以是新詩語言的表達豐富起來：「從翻譯的立場看，詩大概可以分為兩類。一類帶有原來語言的特殊語感，如字音、詞語的歷史的風俗的涵義等，特別多，一類帶的比較少。前者不可譯，即使勉強譯出來，也不能叫人領會，也不值得譯。實際上譯出的詩，大概都是後者，這種譯詩裏保存的部分可以給讀者一些新的東西，新的意境和語感；這樣可以增富用來翻譯的那種語言，特別是那種詩的語言，所以是值得的。也有用散文體來譯詩的。那是恐怕用詩體去譯，限制多，損失會更大。這原是一番苦心。只要譯得忠實，增減初不過多，可以不失為自由詩；那還是可以增富那種詩的語言的。」[123]

在新的文化語境下，應該如何研究中國現代漢語在被動或主動地借鑑、吸納外國語言經驗和表達方式所發生的歐化現象（也有人稱為英語殖民漢語的現象）呢？難道這種影響過程，僅僅是中國現代漢語失去了民族語言的純粹性，而淪落為他者影響的結果？在中國現代文學史上，人們對現代漢語接受外來影響存在著兩種截然有別的態度：一方面，五四新文化運動的宣導者在文化弱勢／劣勢身份的自我認同中大力引進外國語言的表達方式。胡適認為西洋文學的方法可以作為新文學的範本，所以要趕快翻譯西書：「西洋的文學方法，比我們的文學，實在完備得多，高明得多，不可不取例。……因為西洋文學真有許多可給我們做模範的好處，所以我說，如果我們真要研究文學的方法，不可不趕快翻譯西洋的文學名著做我們的模範。」[124]

122 朱自清，《新詩雜話》（生活．讀書．新知三聯書店，一九八四年），頁六八。
123 朱自清，《新詩雜話》（生活．讀書．新知三聯書店，一九八四年），頁六八—六九。
124 胡適，《建設的文學革命論》，胡適選編，《中國新文學大系．建設理論集》（上海良友圖書印刷公司印行，一九三五年），頁一三九。

胡適說現代漢語「就是充分吸收西洋語言的細密的結構，使我們的文字能夠傳達複雜的思想、曲折的理論。」[125]傅斯年認為，歐化的白話文「就是直用西洋文的款式、方法、詞法、句法、章法、詞枝（Figure of Speech）……一切修辭學上的方法，造成一種超於現在的國語，歐化的國語，因而成就一種歐化國語的文學。」[126]除了《新青年》社的陳獨秀、胡適、劉半農、錢玄同、《新潮》社的傅斯年等人外，《小說月報》也積極地提倡文學語言的歐化，一九二一年沈雁冰在《語體文歐化之我觀》中說：「對於採用西洋文法的語體文我是贊成的」；鄭振鐸在同名文章中說：「我極贊成語體文的歐化」；王劍三在《語體文歐化的商榷》中認為：「其實改革語體文，不但於文學上有優美的進步，即於非文學的文字，也能有相當的效力」；何藹人同樣在《語體文歐化討論》中認為：「大家還要替歐化的語體文拍案叫絕哩！」[127]雖然《小說月報》的討論受到了不少人的攻擊，但贊同語體文歐化的聲音畢竟更多，《時事新報》、《文學旬刊》等刊物都發表文章贊同中國文學語言的歐化。魯迅對通過翻譯引進歐化語言來豐富民族文學語言的觀點持肯定態度，他在與梁實秋、瞿秋白等人的討論中闡明了關於翻譯語言、句法對於民族文學語言建構的積極意義。一九三〇年，魯迅針對梁實秋的翻譯觀寫了《「硬譯」與「文學的階級性」》一文，從古今中外尋找依據，認為日本翻譯歐美的文學，唐代翻譯佛經以及元朝翻譯上諭等都出現了一些「生造」的文法、句法和詞法，用久了就自然了[128]。一九三一年，在《關於翻譯的通信》中針對瞿秋白翻譯語言應該「白話化」的觀點，魯迅認為翻譯給

125 胡適，《中國新文學大系・建設理論集・導言》，胡適選編，《中國新文學大系・建設理論集》（上海良友圖書印刷公司印行，一九三五年），頁二四。

126 傅斯年，《怎樣做白話文》，胡適選編，《中國新文學大系・建設理論集》（上海良友圖書印刷公司印行，一九三五年），頁二二三。

127 以上文章和引文都來自《小說月報》中「關於語體文歐化問題的討論」，載《小說月報》十二卷十二號，一九二一年十二月十日。此外，在十三卷一號至二號上還有相關的討論。

128 魯迅，《「硬譯」與「文學的階級性」》，《魯迅全集》（第四卷）（人民文學出版社，一九八一年），頁一九五。

知識份子看的文章寧可信而不順；即使是普通的群眾，偶爾也應該加一些新的字眼和語法，這樣的話，群眾的語言才會豐富起來[129]。就這兩點看來，魯迅是把翻譯作為繁榮和擴大中國文學語言的途徑之一，他不贊成瞿秋白主張的用純粹的白話譯文，也不贊成用方言這種特殊的白話來翻譯文學作品，因為這樣的譯語不利於中國文學語言的豐富和發展。魯迅認為歐化文法入侵中國文學的原因「並非因為好奇，乃是為了必要」，中國新文學中「固有的白話不夠用，便只得採些外國的句法」[130]。為此，魯迅主張翻譯的語言不一定需要完全的「歸化」，譯文要「洋氣」，要「保持異國情調」，進而才能改進中國語言，輸入新的表現方法[131]。

人們對歐化的贊同是有限度的，詩歌語言的歐化範圍「還要狹小」：「論到語體文的歐化，我贊同振鐸兄的主張，允許在能瞭解的範圍之內的可以歐化。論到詩的文字的歐化，我主張範圍還要狹小。但是有些人以為作詩 須尊重性靈，所以詩的文字的歐化與否，和歐化的深淺，應聽之作者主觀的自擇，寧可讀者不同，不可為讀者勉強，所以我就不說了。」[132]不管歐化是否會帶來語言的進步，我們都應該正確地認識語言的這種變化並容許它的存在：「文字底變化和革新底產生，當然全由精神底選擇和發展的不可遏制的力；就使不說它是進步，也不能阻礙或損害它毫末。即退一步，至少有它的原因和實象可以解釋、理會；它絕不會料到會有生疏、驚奇，被遺棄的酬報和荒謬、粗暴的認識。」[133]今天，我們對詩歌語言的歐化同樣應該採取包容和理解的態度，一味地圍堵或力圖保住中國詩歌語言的民族性純度是行不通的；白話新詩

129 魯迅，《關於翻譯的通信》，羅新璋編，《翻譯論集》（商務印書館，一九八四年），頁二七五—二七六。
130 魯迅，《玩笑只當它玩笑》（上），《魯迅全集》（第五卷）（人民文學出版社，一九八一年），頁五一九。
131 魯迅，《「題未定」草・二》，《魯迅全集》（第六卷）（人民文學出版社，一九八一年），頁三五二。
132 雲菱，《論譯詩》，《詩》月刊一卷三號，一九二二年五月。
133 C・P，《外化的句和新用的字》，《文學》第九十六號，一九二三年十一月十二日。

在語言匱乏的時期吸收了歐化的營養才得以發展壯實，況且伴隨著世界文化交流步伐的加劇，各民族語言之間的共同點理應越來越多，中國新詩在語言形式上表現出與傳統詩歌迥然有別的特點，和不可避免地染上歐化的色彩實在是再正常不過了，在保持詩歌語言民族特色的前提下，我們沒有理由拒絕語言的這種新變。總之，他們認為中國新文學語言因為借鑑了外國語言的表達方式而更細密，更能傳達複雜的、變化的、曲折的思想感情，結果是辭彙的豐富化和句法的嚴密化。

另一方面，作為想像的共同體，民族以及由此衍生出來的民族意識，對本土語言在跨語際實踐中遭遇的外化現象總是懷著一種強烈的抵抗情緒，認為海禁未開時期的漢語才是純潔的漢語，而今天的中國現代漢語一直處於被動接受外來影響卻又不自覺地陷入影響的泥沼，且大有越陷越深之勢。民族文化的落後使當時的有識之士對學習外國先進文化採取了開放和積極的姿態，派遣留學生、出洋考察以及翻譯西書等滿足了人們對異域文化和文學的渴望，中國人開始頻繁地接觸西方文學和語言。周策縱先生認為五四以後的文學翻譯是「用新的翻譯技巧介紹現代西方文學。……作品被譯成一種語法和風格都受原來歐洲語音影響的中文。」[134]歐化譯文必然使大量的新名詞、新概念也隨之進入中國文學語言中，進而改變了我們自己的語言本色。余光中先生在分析五四時期年輕作家筆下的西化之病時認為，因為有了翻譯活動和對英語的接觸，「地道的中文，包括文言文與民間文學的白話文，和我們的關係日漸生疏，而英文的影響，無論來自直接的學習或間接的潛移默化，則日漸顯著，因此一般人筆下的白話文，西化的病態日漸嚴重。」[135]的確，從晚清開始，隨著文學翻譯活動的開展，借鑑外來語言和文法去表達新思想的做法越來越普遍，梁啟

134 周策縱，《五四運動史》，陳永明等譯（嶽麓書社，一九九八年），頁三九四。

135 余光中，《余光中談翻譯》（中國對外翻譯出版公司，二〇〇二年），頁一五一。

超的「新文體」、章士釗的「歐化古文」，以及初期很多白話詩人從翻譯文學中吸收的外國辭彙、句法或文法，這些都有歐化的影子。在極端的「反傳統」思潮的推動下，很多人相信從翻譯得來的新字詞和新語法由於不同於傳統的文言古語，因此既能較好地表達從西方輸入的複雜思想，又能解決新生白話詩在語言和表達上的諸多不足，從翻譯中引進的歐化語體文成了解決白話文不足的有效辦法。思果先生在《翻譯研究》一書中不無遺憾地指出翻譯（主要是指硬譯、直譯）引起的中國新文學創作語言的歐化已經成了不可逆轉的事實：「誰也不能否認，目前的翻譯已經成了另一種文字，雖然勉強可以懂，但絕對不是中文。譯者照英文的字眼硬譯，久而久之成了一體，已經『註了冊』，好像霸佔別人妻子的人，時間已久，反而成了『本夫』，那個見不到妻子面的可憐的本夫，卻無權回家了。」[136]翻譯使中國文學語言幾乎偏離了純正的中文語言，而且這種歐化之風反而成了新文學語言的「主宰」，從這個角度來說，翻譯帶來的中國新詩語言的「歐化」確實令人擔憂。

主動接受與被動接受外來詞法和句法，都使現代漢語獲得了同樣的發展樣態，對其研究不能簡單地納入西方統治——本土抵抗的研究模式。劉禾先生認為在後殖民語境下出現的後殖民理論，為該問題的研究提供了新的方法和思路：「後殖民理論家的著述令人興奮，而且他們的研究方法所開啟的意味深長的新思路使我獲益匪淺。與此同時，我本人關於中國現代歷史與文學的而研究，已使我必須直面種種現象與問題，它們無法被簡單歸結為西方統治與本土抵抗這一後殖民研究範式。」[137]但是目前很多人依然認為作為居於統治地位的民族文化在吸納和借鑑外國語言優勢的行為中，扮演著一種極其簡單的「抵抗」的角色，從而

136 思果，《翻譯研究．引言》（中國對外翻譯出版公司，二〇〇一年），頁一。

137 劉禾，宋偉傑譯，《跨語際實踐——文學、民族文化與被譯介的現代性》（三聯書店，二〇〇二年），頁二。

忽略了民族語言的能動性及其對外國語言的破壞性。劉禾認為霍米・巴巴（Homi Bhabha）的「混雜性」（Hybridity）概念消除了自我與他者之間的對立，使中國現代漢語與外語之間處於一個相對平行的地位，容易讓人看清漢語和居於強勢地位的外語之間的影響實際上具有雙向性。代表強勢文化的外國語言在影響中國現代漢語的同時，我們的民族書面語甚至地方土語也影響（「污染」）了外國語言，影響了它的純粹性和完整性，使其成為一種混雜型的語言。因此，現代漢語在接受外來影響的同時也影響了外國語言，並非我們通常理解的外國語言因為出於文化的強勢地位而單向地影響了中國現代漢語。

總體說來，中國現代譯詩史上關於譯詩語言的看法大體上有三種：一是極端地主張中國化，即採用中國的語言文字、詩體形式去翻譯外國的詩歌。這一路翻譯在清末時期尤其盛行，但在古文言文和古詩體自身的地位遭遇動搖之後，五四以降的詩歌翻譯再也回不到「歸化」翻譯的道路上了，因而這種翻譯便逐漸銷聲匿跡了。本來這路翻譯的變體應該是採用中國新詩的形式和現代漢語去翻譯外國詩歌，但新詩的形式究竟是什麼樣的，卻成了新詩革命者暗藏於心的隱痛；沒有定型的新詩形式，甚至沒有一致的新詩形式觀念，因此翻譯外國詩歌就不可能實現中國化了。二是極端地主張西化，即採用中國文字去順應外國的句法和詞法，體現在翻譯方法上就是直譯甚至硬譯。三是主張在再現原詩精神意蘊和形式藝術的基礎上，採用中國化的語言表達方式，並適量地引入外國的語言表達方式，在保證中國語言的純潔性和主體地位的情況下豐富其表達。這第三種認識應該是中國現代譯詩史上最具代表性的語言觀念，中國新詩只有在堅守民族語言本位的基礎上才能更好地借鑑譯詩語言，並由此獲得民族語言的獨立和發展。

第二章　現代譯詩形式對中國新詩形式的影響

由於中國現代譯詩是在新詩發生和成長期被迻譯進新文學園地的，中國新詩自身的形式建構還處於待完善階段，不像古代詩歌那樣具有相對穩定的形式，因而中國現代譯詩的形式自然充滿了諸多變幻和不確定因素，其形式觀念也就顯得比較龐雜。大體說來，譯詩應該選擇合適的文體形式，應該具有音韻節奏和音樂性，除了外在形式還應該注重內在的自然節奏；而譯詩形式的自由體甚至散文體更能有效地傳達原詩精神，以及譯詩形式與原詩形式的關係。詩歌翻譯可以產生新的詩歌形式以及譯詩形式，對促進中國新詩的形式建構具有積極意義。

第一節　中國現代譯詩的形式追求

中國現代譯詩在總體上趨向於追求完美的形式，從一開始人們就十分重視譯詩的形式美。聞一多、朱湘、卞之琳和梁宗岱都一致闡發了他們對譯詩應該講求形式的看法，並且論述了譯詩形式與原詩形式之間的關係，認為譯詩形式與原詩形式的對等是中國現代譯詩形式追求的最高目標和理想境界。

一、中國現代譯詩的形式觀念

對新詩發展近百年的歷程做一個簡單回顧，最大的遺憾就是新詩形式建設仍然處於「未完成時」狀態。然而新詩的形式建設卻一直在進行著，對詩歌形式的自覺意識，使譯者在從事翻譯的時候也比較重視譯詩的形式。

為了更深入地探討譯詩的形式觀念，我們有必要先回溯一下中國現代詩歌史上的形式主張。二十世紀二〇年代中期，聞一多對詩歌形式的要求比較寬鬆，並不是要把詩歌寫成「豆腐乾」的形式。他曾經給陳夢家的信中告誡應該注意詩歌的詩行，「句子似應稍整齊點，不必呆板的限定字數，但各行相差也不應太遠」[1]。聞一多認為詩歌創作有無限的彈性，歷史上常常是那些敢於衝破固有形式觀念束縛的詩人取得了非凡的成就。「有人把詩寫得不像詩，如阮籍、陳子昂、孟郊，如華茨渥斯（Wordsworth）、惠特曼（Whitman），而轉瞬間便是最真實的詩了。詩這東西的長處就在它有無限度的彈性，變得出無窮的花樣，裝得進無限的內容。只有固執與狹隘才是詩的致命傷，縱沒有時間的威脅，它也難立足。」[2]聞一多和徐志摩的詩歌形式實踐和理論宣導雖然都來自外國，但是他們通過自己的詩歌創作在中國詩壇上展示了一種新體，為中國新詩創作開闢了新的形式道路，積累了新的詩歌創作經驗和技法。後來朱自清評價聞一多等人的詩歌形式主張時認為，現代格律詩派在形式上留給我們的創作經驗是其所主張的：「格律不像舊

1 聞一多，《論〈悔與回〉》，《新月》三卷五—六合期，一九三一年四月。
2 聞一多，《文學的歷史動向》，《當代評論》四卷一期，一九四三年十二月。

詩詞的格律這樣呆板；他們主張『量體裁衣』，多創格式。」[3]同時，聞一多認為詩歌的情感內容遠比形式重要，他寫詩的原動力並不源於技巧而是源於情感抒發的需要，一九四三年十一月在給臧克家的信中他極力反對評論界認為「《死水》的作者只長於技巧」的論斷，不知道「這冤從何處訴起」。聞一多否認他是個憑藉技巧寫詩的人，他說：「我真看不出我的技巧在那裏。假如我真有，我一定和你們一樣，今天還在寫詩。我只覺得自己是座沒有爆發的火山，火燒得我痛，卻始終沒有能力（就是技巧）炸開那禁錮我的地殼，放射出光和熱來。」[4]因此，在聞一多看來，正是沒有做詩的技巧，他才在二十世紀三〇年代以後逐漸停止了詩歌創作，而且他心頭的情感怒火也無從爆發出來。我們慣常的看法是聞一多和徐志摩主持《晨報・副刊》後開始主張現代格律詩，他從詩歌的「建築美」出發，寫出了很多以《死水》為表徵的講求形式技巧的不朽詩篇。加上聞一多自己曾說出了被現當代主張格律詩（或追求詩歌形式藝術）的詩人及詩評家引為經典的話：「恐怕越有魄力的作家，越是要戴著腳鐐跳舞才跳得痛快、跳得好。只有不會跳舞的才怪腳鐐礙事。只有不會做詩的才感覺得格律的縛束。對於不會做詩的，格律是表現的障礙；對於一個作家，格律便成了表現的利器。」[5]

上世紀三〇年代，也許是受到了聞一多的影響，梁宗岱闡發了類似的詩歌形式觀點[6]，到了五〇年

3 朱自清，《新詩雜話》（生活・讀書・新知三聯書店，一九八四年），頁七四。

4 聞一多，《致臧克家》（一九四三年十一月二十五日），《聞一多全集》（十二）（湖北人民出版社，一九九三年），頁三八一。

5 聞一多，《詩的格律》，《晨報・副刊・詩鐫》第七號，一九二六年五月十三日。

6 梁宗岱曾在多篇文章中闡發了形式之於詩歌的重要性，一九三一年在給徐志摩的信中，梁宗岱就詩歌的形式做過這樣的論述，「我從前是極端反對打破了舊鐐銬又自製新鐐銬的，現在卻兩樣了。我想，鐐銬也是一樁好事（其實行文底規律與語法又何嘗不是鐐銬），尤其是你自己情願帶上，只要你能在鐐銬內自由活動。」（梁宗岱，《論詩》，《詩與真・詩與真二集》，外國文學出版社，一九八四年，頁三五——三六。）同一時期，梁宗岱寫下了關乎中國新詩命運的文章《新詩底分歧路口》，在這篇文章中，他進一步強調了形式之於詩歌的

代何其芳又提出了以有規律的押韻或「頓」，來建設現代格律詩的構想[7]，中國現代格律詩逐漸架構起了自己一脈相承的歷史傳統。由是聞一多在現代新詩史上被定格為追求形式技巧的先行者。但根據聞一多這位原「戴著腳鐐跳舞」的詩人的現身說法，情感表達仍然是詩歌的第一要素，他之所以寫詩或停止寫詩的真實原因不是因為技巧而是因為情感。也就是在那篇被人們解讀成現代格律詩論經典的《詩的格律》一文中，聞一多專門區別了現代格律詩中的格式與古代律詩中的格律的差異，歸納起來主要有如下三點：第一，從形式的豐富性來看，「律詩也是具有建築美的一種格式；但是同新詩裏的建築美的可能性比起來，可差得多了。律詩永遠只有一個格式，但是新詩的格式是層出不窮的」；第二，從形式與內容的關係來看，「律詩的格律與內容不發生關係，新詩的格式是根據內容的精神製造成的」；第三，從創造形式的主體來看，「律詩的格式是別人替我們定的，新詩的格式可以由我們自己的意匠來隨時構造」[8]。從第二和第三點差別中我們很容易看出聞一多所謂的形式，其實很大程度上是以情感為主導的，尤其是現代新詩的形式更是充滿了彈性和各種變化的可能，詩人可以根據內容的精神去製造形式，或根據自己的匠心（詩歌

重要性，認為詩歌如果不受詩歌韻律和形式因素的束縛，「我們也失掉一切可以幫助我們把捉和摶造我們底情調和意境的憑藉；雖然新詩底工具，和舊詩底正相反，極富於新鮮和活力，它的貧乏和粗糙之不宜於表達精微委婉的詩思卻不亞於後者底腐濫和空洞。」（梁宗岱，《新詩底分歧路口》，《詩與真・詩與真二集》，外國文學出版社，一九八四年，頁一六九。）接著他進一步強調說，「形式是一切文藝品永生的原理，只有形式能夠保存精神底經營，因為只有形式能夠抵抗時間的侵蝕。……正如無聲的呼息必定要流過狹隘的簫管才能夠奏出和諧的音樂，空靈的詩思亦只有憑附在最完美的最堅固的形體才能達到最大的豐滿和最高的強烈。沒有一首自由詩，無論本身怎樣完美，如能和一首同樣完美的有規律的詩在我們心靈裏喚起同樣宏偉的觀感，同樣強烈的反應的。」（梁宗岱，《新詩底分歧路口》，《詩與真・詩與真二集》，外國文學出版社，一九八四年，頁一七〇—一七一。）

7 何其芳說，「我們說的現代格律詩在格律上就只有這樣一點要求，按照現代的口語寫得每行的頓數有規律，每頓所占時間大致相等，而且有規律的押韻。」（何其芳，《關於現代格律詩》，《中國青年》，一九五四年十期，一九五四年五月十六日。）

8 聞一多，《詩的格律》，《晨報・副刊・詩鐫》第七號，一九二六年五月十三日。

形式審美觀念）去創造新的形式。所以，聞一多並非對詩歌形式的要求極端到了只能寫「豆腐乾」形式的詩篇，他的詩歌形式觀念受到了情感內容的制約，其「腳鐐」也僅僅是情感的裝飾物。

聞一多雖然不是極端的形式主義者，但他對詩歌形式的注重在新詩史上婦孺皆知，因此在他看來，不講求形式藝術的詩歌哪怕是譯詩都稱不上是真正的詩。聞一多曾批評泰戈爾的詩「是沒有形式的」，但是「我不能相信沒有形式的東西能存在，我更不能明瞭若沒有形式藝術怎能存在！固定的形式不當存在；但是那和形式本身有什麼關係呢？我們要打破一種固定的形式，目的是要得到許多變異的形式罷了。泰果爾底詩不但沒有形式，而且可說是沒有廓線。因為這樣，所以單調成了他的特性。」[9]泰戈爾的詩歌採用孟加拉文寫成，原詩具有節奏、韻律和排列等形式要素，但翻譯成英文後原詩的形式藝術便遭受了部分折損，而五四前後人們又根據英譯本翻譯泰詩，受翻譯自身的局限使英譯本泰詩的形式藝術再次遭受了折損，於是泰戈爾的詩歌在新文化語境中被迫遭遇了「豪傑譯」[10]，其形式要素便所剩無幾乃至蕩然無存了。泰戈爾雖然主張創作自由詩和散文詩，但他本人卻十分重視詩歌的形式建構，認為「正是格律才能以它均衡、流暢的節奏表達找到通向人類心靈之路的感情」[11]，而且「缺乏精雕細琢的自由體詩應該受到鄙視和嘲笑」[12]。在此，我們姑且「懸置」聞一多對泰戈爾詩歌形式藝術的評價，其實他所閱讀到的僅僅是

---

9 聞一多，《泰果爾批評》，《時事新報・文學》第九十九期，一九二三年十二月三日。

10 「豪傑譯」指清末時期為了思想啟蒙和政治改良的需要，譯者將作品的主題、結構、人物性格個等都進行了改造，使其成為宣傳思想的有利「工具」。該稱謂來自於翻譯法國科學小說家凡爾納斯的《十五小豪傑》，英國人從法文翻譯成英文時「譯意不譯詞」，日本人從英文翻譯成日文時「易以日本格調」，梁啟超從日文翻譯成中文時「又純以中國說部體段代之」，「小豪傑」經過多次改譯已是具有不同性格的小英雄了。這種因為翻譯「豪傑」而引起的巨大變化，後來被用來指稱改動較大的翻譯類型。

11 泰戈爾，倪培耕等譯，《詩與韻律》，《詩人的追述》（大師文集・泰戈爾卷）（灕江出版社，一九九五年），頁一三三。

12 泰戈爾，倪培耕等譯，《詩與韻律》，《詩人的追述》（大師文集・泰戈爾卷）（灕江出版社，一九九五年），頁一三五。

泰戈爾詩的翻譯體，要麼是英文譯本，要麼是中文譯本，他對泰詩的批判本質上是對其譯本形式的批判，間接說明了聞一多要求詩歌翻譯必須重視譯本的形式。

在中國現代新詩史和現代譯詩史上，朱湘因其強烈的形式意識而備受矚目。朱湘的創作和翻譯作品都「認真地實踐了新月派『理性節制情感』的美學原則」，他認為詩歌創作和翻譯應該選擇合適的文體去表現情思。朱湘在評論徐志摩的詩歌時曾說過下面一段富含深意的話：「一個作家發現了一種工具的用途以後，自然是極其高興，並且極其喜歡把它常拿出來使用；不過一種工具並非萬能的，有些題材用得到它，但其他的題材則非用它來所可奏效的：正像一個小孩子發見了小刀有削梨的功用以後，快活的了不得，碰到鉛筆也削，碰到紙也裁，碰到了自己的手指頭，一刀劃去，血出來了，自己也哭出來了。」[13]朱湘此處所說的工具當然是指詩歌的創作形式，根據他的這段話，我們可以看出其中的主旨是，詩歌創作應該根據情感內容的需要而選擇不同的詩體形式，倘若詩人掌握了一種詩體形式而將之用於所有情感的抒發，那最後無疑會使自己的情感受到折損。所以詩人應該具備多種詩體形式的創作素質，才能在更好地表達自己情感的基礎上做到「文質彬彬」，創作出形式和內容俱佳的作品。詩歌翻譯者同樣應該選取合適的形式去表達原詩的情感內容，或者按照原詩的形式去翻譯原作，而不應該根據詩人自己對某種詩體形式的偏重而一味地使用同種形式去翻譯不同的作品。

二十世紀三〇年代，卞之琳開始追求譯詩形式的完美。「較完美的詩，在文學類型中，特別是內容與形式、意義與聲音的有機統一體，譯成外國語，只『信』於一方面，就損失一半，就不真『似』，就不是較完善的翻譯。『信』即忠實，忠實又只能相應，外國詩譯成漢語，既要顯得是外國詩，又要在中文裏

13 朱湘，《評徐君志摩的詩》，《中書集》（中國文聯出版公司，二〇〇一年），頁一五七。

產生在外國所有的同樣或相似效果，而且在中文裏讀得上口，叫人聽得出來。」[14]卞之琳認為譯詩要達到這樣的境界是很難的，不過他從中國語言的特點出發認為，只要譯者費一點功夫，外國詩歌是可以被翻譯好的：「我們叨光祖國語言的富於韌性、靈活性，有時還可以適當求助於不太陌生的文言辭彙和句法，也可以自然引進一些不太違反我們語言規律、語言純潔性的外來辭彙和句法（例如倒裝句法）。我們譯西方詩，要亦步亦趨，但是也可以做一些與原詩同樣有規律的相應伸縮。在大多數場合，我們只要多下點苦功，總可以辦到。」[15]在此，卞之琳依然認為解決翻譯詩歌的形式問題要立足於中國語言本身，借鑑外國語言句法的目的是增富中國語言的表達，而不是要破壞中國語言的純潔性。當然，卞之琳除了追求譯詩的語言、句法和形式之外，對譯詩的精神意蘊也十分看重。卞之琳先生在紀念文章中曾回憶說：「我在中學時代，還沒有學會讀一點法文以前，先後通過李金髮、王獨清、穆木天、馮乃超以至於賡虞的轉手——大為走樣的仿作與李金髮率多完全失真的翻譯——接觸到一點作為西方現代主義文學先驅的法國象徵派詩，……但是它們炫奇立異而作踐中國語言的純正規範或平庸乏味而堆砌迷離恍惚的感傷濫調，至少給我真正翻譯的印象，直到從《小說月報》上讀了梁宗岱翻譯的梵樂希（瓦雷里）《水仙辭》以及介紹瓦雷利的文章才感到耳目一新。我對瓦雷利這首早期作的內容和梁譯太多的文言辭藻（雖然遠非李金髮往往文白都欠通的語言所可企及）也並不傾倒，對梁闡釋瓦雷里以至里爾克的創作精神卻大受啟迪。」[16]可見卞之琳對詩歌精神的看重，詩歌是精神和形式的有機結合，卞之琳注重譯詩形式的同時也不會忽略譯詩的精神。

14 卞之琳，《英國詩選・編譯序》，《文匯》月刊一九八三年六期。
15 卞之琳，《英國詩選・編譯序》，《文匯》月刊一九八三年六期。
16 卞之琳，《人事固多乖——紀念梁宗岱》，《新文學史料》一九九〇年一期。

要談中國現代譯詩史上的譯詩形式問題，就不能忽略梁宗岱的存在。梁宗岱比較注重詩歌形式的翻譯，這很符合他一貫的詩歌形式主張。梁宗岱在法國留學期間結識了後期象徵主義詩派的重要詩人瓦雷里，他在翻譯《水仙辭》的序言中詳細介紹了瓦雷里的生平和詩歌理念，對瓦氏採用嚴謹的古典詩律來創造新的曲調表示出極大的理解和認同：「梵樂希是遵守那最謹嚴、最束縛的古典詩律的，其實就說他比馬拉美守舊，亦無不可。因為他底老師雖採取舊詩底格律，同時卻要創造一種新的文字——這嘗試是遭了一部分的失敗的。他則連文字也是最純粹、最古典的法文。……他不特能把舊囊裝新酒，竟直把舊的格律創造新的曲調，連舊囊也刷得簇新了。」[17]在一九三一年給徐志摩的信中，梁宗岱就詩歌的形式做過這樣的論述：「我從前是極端反對打破了舊鐐銬又自製新鐐銬的，現在卻兩樣了。我想，鐐銬也是一樁好事（其實行文底規律與語法又何嘗不是鐐銬），尤其是你自己情願帶上，只要你能在鐐銬內自由活動。」[18]同一時期，梁宗岱寫下了關乎中國新詩命運的文章《新詩底分歧路口》，在這篇文章中，他進一步強調了形式之於詩歌的重要性，認為詩歌如果不受詩歌韻律和形式因素的束縛，「我們也失掉一切可以幫助我們把捉和摶造我們底情調和意境的憑藉；雖然新詩底工具，和舊詩底正相反，極富於新鮮和活力，它的貧乏和粗糙之不宜於表達精微委婉的詩思卻不亞於後者底腐濫和空洞」[19]。接著他進一步強調說：「形式是一切文藝品永生的原理，只有形式能夠保存精神底經營，因為只有形式能夠抵抗時間的侵蝕。……正如無聲的呼息必定要流過狹隘的簫管才能夠奏出和諧的音樂，空靈的詩思亦只有憑附在最完美的最堅固的形體才能達到最大的豐滿和最高的強烈。沒有一首自由詩，無論本身怎樣完美，能和一首同樣完美的有規律的詩在我

17 梁宗岱，《保羅・梵樂希先生》，《詩與真・詩與真二集》（外國文學出版社，一九八四年），頁二三—二四。
18 梁宗岱，《論詩》，《詩與真・詩與真二集》（外國文學出版社，一九八四年），頁三五—三六。
19 梁宗岱，《新詩底分歧路口》，《詩與真・詩與真二集》（外國文學出版社，一九八四年），頁一六九。

們心靈裏喚起同樣宏偉的觀感，同樣強烈的反應的。」[20]正是有了這樣的詩歌形式觀念，梁宗岱的譯詩形式大都講求格律和整體的勻稱，以他翻譯的《莎士比亞十四行》第一首的前四行為例：

對天生的尤物我們要求繁盛，
以便美的玫瑰永遠不會枯死，
但開透的花朵既要及時凋零，
就應把記憶交給嬌嫩的後嗣；

該詩完全具備了十四行詩的形式要素，不僅實現了詩歌形式的整齊，而且也基本保持了abab的韻式。梁宗岱翻譯的莎士比亞十四行詩「行文典雅、文筆流暢，既求忠於原文又求形式對稱，譯得好時不僅意到，而且形到、情到、韻到。……人常說格律詩難寫，我看按原格律譯格律詩更難。憑莎氏之才氣寫一百五十四首商籟詩尚且有幾首走了點樣（有論者謂此莎氏故意之筆），梁宗岱竟用同一格律譯其全詩，其中一般形式和涵義都兼顧得可以，這就不能不令人欽佩了」[21]。梁宗岱的譯詩在形式上比莎士比亞的原詩更從一而終地保持了十四行詩的格律，足以見出他對譯詩形式的考究。

20 梁宗岱，《新詩底分歧路口》，《詩與真・詩與真二集》（外國文學出版社，一九八四年），頁一七〇—一七一。
21 錢兆明，《評莎氏商籟詩的兩個譯本》，《外國文學》一九八一年七期。

二、中國現代譯詩形式與原詩形式的背離

前面從譯者形式意識的角度論述了中國現代翻譯界對譯詩形式的重視，這是否就說明譯詩與原詩在形式上存在著對應的可能性呢？這涉及到譯詩形式和原文形式的關係問題。

為了探討譯詩形式與原詩形式的關係，我們有必要先釐清譯詩形式與原詩內容的關係，在此基礎上才能更準確地認識。譯詩的形式應該配合情感的傳達，做到形式和內容的有機統一，很多譯者力圖將「形式」和「內容」在譯詩文本中加以協調，這是翻譯詩歌的最高境界，往往在實踐中難以實現。實際的情況卻多半是譯者顧及了內容丟失了形式，顧及了形式而又損害了內容，因此現代譯詩者不約而同地發出了「譯詩難」的感慨。比如徐志摩曾這樣說過：「翻譯難不過譯詩，因為詩的難處不單是他的形式，也不單是他的神韻，你得把神韻化進形式去，像顏色化入水。又得把形式表現神韻，像玲瓏的香水瓶子盛香水。」[22]這實際上是主張譯詩形式和內容的統一，看似與一九二〇年郭沫若所說的「風韻譯」有相同之處，但郭沫若的「風韻」是文本的內容與形式之外的美學要素，與中國傳統詩論中的「韻數」、「風格」相通。而徐志摩此處所講的「神韻」專指內容層面的東西，他實際上是要追求內容和形式俱佳的譯作，有意思的是他本人卻反過來認為譯詩要達到「形式」和「神韻」的交融統一幾乎是不可能的：「有的譯詩專誠的拘泥形式，原文的字數協韻等等，照樣寫出，但這往往神味淺了；又有專注重神情的，結果往往是另

[22] 徐志摩，《一個譯詩問題》，《現代評論》二卷三十八期，一九二五年八月二十九日。

寫了一首詩，竟許與原作差太遠了，那就不能叫譯。」[23]因此，「詩，不論是中是西是文是白，絕不是件易事。這譯詩難，你們總該同意了吧？」[24]正因為詩歌翻譯要達到形式和內容的統一是很困難的，徐志摩認為譯詩中出現的錯誤或不明確性都屬於正常現象，因為「各個著作家的思想都要明瞭，和翻譯要無處疏忽是很不容易的，所以翻譯的錯誤和不確，是很無須驚訝的事情」[25]。他認為翻譯工作是難免會出錯的，如果將原文與譯文進行對照，很多譯作（哪怕是那些被評為優秀的詩人）都會存在相當的錯漏，因此，在譯文中出現錯誤是可以理解的，值得寬容。他在編《晨報・副刊》時在一封回讀者的信中說：「說起翻譯，我怕我們還沒有到完全避免錯誤的時候，翻的人往往膽太大，手太匆忙，心太不細。」[26]由於文化背景、語言習慣、個人理解能力和思維方法等存在差異，對原文的理解也就會存在某些偏差，我們的譯文總會在一定程度上與原文存在距離，這是為什麼翻譯時錯誤難免的原因，同時也使我們對同一篇文章進行複譯具有了一定的價值。

因此，譯詩形式難以「移植」原詩形式，通常是原詩形式的「變形」。詩歌獨特的文體特徵決定了翻譯詩歌的難度甚至是不可操作性，譯詩「形式」和「神韻」的統一性顯然只是設定了翻譯的理想標準，實際上翻譯常常不能再現原詩的形式風格。徐志摩翻譯小說《渦堤孩》的最初願望是給他的母親看的，「所以動筆的時候，就以她看得懂與否做標準，結果南腔北調雜格得很」[27]。這部小說的翻譯全然是為了

23 徐志摩，《一個譯詩問題》，《現代評論》二卷三十八期，一九二五年八月二十九日。
24 徐志摩：《葛德的四行詩還是沒有翻好》，《晨報副刊》，一九二五年十月八日。
25 徐志摩，《我的哥德四行詩後端的翻譯和討論的結果》，《現代評論》二卷五十期，一九二五年十一月二十一日。
26 徐志摩，《霧秋〈關於翻譯末函〉雜語》，初載《晨報・副刊》，一九二六年五月十五日。
27 徐志摩，《渦堤孩・引子》，《徐志摩全集》（第四卷）（臺北，傳記文學出版社，一九八〇年），頁五七七。

達意而省去了應有的形式風格，以至於譯者本人也不得不承認其語言文字是「南腔北調」。也是在翻譯《渦堤孩》這部小說，「有一處譯者竟然借助作者的篇幅借題發了不少自己的議論！那是什麼話——該下西牢一類的犯罪！原因是因為譯者當時對於婚姻問題感觸頗深，因此忍俊不住甩了一條狗尾到原書上去。此後當然再不敢那樣的大膽妄為，但每逢到譯，我的筆路與其說是直還不如說是來得近情些。」[28]要在譯文中發表自己的意見，那顯然不是保持原作風貌的「直譯」，筆路不是「直」而是「近情」，那顯然是在意譯。當然，這與其說是徐志摩在主張意譯，不如說是他翻譯的隨意性導致了譯作的「變形」。徐志摩在翻譯小說的時候常常根據自己的主觀情感對原作進行修改。早在一九二八年，《曼殊斐兒小說集》出版後不久，張友松先生曾撰文批評了徐志摩對曼殊斐兒小說原文的修改[29]。徐志摩本人也說過自己曾在譯作中加入了主觀的議論。徐在翻譯時不但修改原文或在原文中增加自己的觀點，而且從譯的效果上來說，也少有人恭維。後來卞之琳對徐志摩的詩歌翻譯做過這樣的概括：「他的譯詩裏挫敗借鑑有餘，成功榜樣不多。」[30]對其譯作進行讚揚的似乎只有胡適，由於二人私交甚好，無論人們對徐志摩翻譯的批評是中肯的還是不切實際的，他都會站在徐志摩的立場上進行維護。如前面所說的張友松批評徐志摩修改了曼殊斐兒的小說，胡適則不分青紅皂白地說：「幾乎全是張先生自己的錯誤，不是志摩的錯誤」，同時讚揚徐志摩的「譯筆很生動、很漂亮，有許多困難的地方很能委曲保存原書的風味，可算是很難得的譯本。」[31]劉全福先生在談到徐志摩翻譯研究沉寂的原因時分析了內外兩類因素，從內來說便是徐志摩譯作本身的不足，

28 徐志摩，《新月》二卷二號，一九二九年四月十日。
29 張友松，《我的派責——關於徐浩哲對於曼殊斐兒的小說之修改》，《春潮》第二期，一九二八年十二月十五日。
30 卞之琳，《徐志摩譯詩集・序》，《卞之琳文集》（中卷）（安徽教育出版社，二〇〇二年），頁三二六。
31 胡適，《論翻譯——寄梁實秋，評張友松先生評徐志摩的曼殊斐兒小說集》，《新月》第一卷十一號。

「儘管他的中英文造詣極深，但就其翻譯而論，人們不知何時何故對此形成了一種不敢恭維的『記得板印象』。」[32]也有人認為徐志摩的部分翻譯尤其是詩歌翻譯能「充分發揮漢語的優勢，譯寫出形式活潑，原味猶存的目的語」[33]。

到了上世紀三〇年代，卞之琳也主張譯詩的形式應該和原文形式對應。卞之琳在《〈莎士比亞悲劇四種〉譯本說明》中對原文中詩體形式的翻譯做了這樣的說明：「劇詞原文主要用『素體詩』（或譯著『白體詩』，非自由詩體），每行輕重格或稱抑揚格五音步，不押腳韻，但也常出格或輕重音倒置，或多一音步，且常用所得『陰尾』即多一輕音節收尾，此外主要就是散文體。……譯文中詩體與散文體的分配，都照原樣，詩體中各種變化，也力求相應。」[34]除了詩體形式的翻譯和原文相對應外，卞之琳認為詩歌的字句也應該和原文保持對等：「劇詞詩體部分一律等行翻譯，甚至盡可能作對行安排，以保持原文跨行與行中大頓的效果。原文中有些地方一行只是兩『音步』或三『音步』的，也譯成短行。所根據原文版本，分行偶有不同，酌量採用。譯文有時不得已把原短行譯成整行，有時也不得已多譯出一行，只是偶然。」[35]後來卞之琳在介紹奧登（W. H. Auden）的作品時再次申明了按照原作詩律翻譯的目的是為了呈現原作的形式藝術：「我照例試用我們今日漢語說話的自然規律的基本單位『頓』（小頓）或稱『音組』（短音組）以符合英詩每行長短的基本節拍單位『音步』，並照原詩腳韻排列來譯這幾首詩（指奧登的《「他用

32　劉全福，《徐志摩與詩歌翻譯》，《中國翻譯》一九九九年六期。
33　楊全紅，《詩人譯詩，是耶？非耶？──徐志摩詩歌翻譯研究及近年來徐氏翻譯研究沉寂原因新探》，《重慶交通學院學報》（社科版）二〇〇一年二期。
34　卞之琳，《〈莎士比亞悲劇四種〉譯本說明》，《卞之琳文集》（下卷）（安徽教育出版社，二〇〇二年），頁三三八。
35　卞之琳，《〈莎士比亞悲劇四種〉譯本說明》，《卞之琳文集》（下卷）（安徽教育出版社，二〇〇二年），頁三三九。

命在遠離文化中心的場所」》、《「當所有用以報告消息的工具」》、《名人志》和《小說家》。——引者），而且多數是十四行體詩，無非是使我國讀者，不通過原文，也約略能看見原詩的本來面貌。」[36]

不過，要使譯詩的文體形式真正做到與原文相應只是一個理想的翻譯目標，一再堅持譯詩形式要符合原文形式的卞之琳也深諳其中的甘苦。所以他後來在翻譯瓦雷里的晚期詩歌的引言中說：「至於我在這裏的譯法，仍照我一貫的主張，盡可能在內容與形式上忠於原作，實際上也就是在本國語言裏相當於原作。瓦雷里詩作裏一般不愛用日常語言，我把它們譯成漢語，卻盡可能用日常語彙，只有不得已才用出了不太觸目、不太成濫調的文言辭藻。……《失去的美酒》開頭和《風靈》整首原文，在瓦雷里詩作中少見的，用了一點點日常用語和親切語調，多少正符合我全部譯文的基調。至於特別像《海濱墓園》這首較長的詩裏所用出的巧妙多變的雙聲疊韻等出色的詩藝，在譯文裏當然不能處處相當了。譯詩終還得作 一定的妥協，亦無可奈何。」[37]

翻譯外國詩歌時譯文形式尤其重要，如何為譯詩選擇一種適合的形式，這是詩歌翻譯者常常碰到的問題。季羨林先生在翻譯印度古典名著《羅摩衍那》的時候也遇到了解決譯詩形式的難題。在著手翻譯這部宏大巨作以前，季羨林以為原文的梵語並不難懂，翻譯起來也自然並不艱難，但「一著手翻譯，立刻就遇到了難題。原文是詩體，我一定要堅持自己早已定下的原則，不能改譯為散文。但是要什麼樣的詩體呢？這裏就有了問題。流行的白話詩，沒有定於一尊的體裁或者格律，詩人們各行其是，所有的形式我都覺得不恰當。我於此道是外行，不敢亂發議論。所謂瑪雅科夫斯體，在這裏更是風馬牛不相及，根本用不上。

36 卞之琳，《重新介紹奥頓的四首詩》，《卞之琳文集》（下卷）（安徽教育出版社，二〇〇二年），頁五七六。
37 卞之琳，《新譯保爾・瓦雷里晚期詩四首・引言》，《卞之琳文集》（下卷）（安徽教育出版社，二〇〇二年），頁五八四。

完全用舊詩來譯，也有困難，一是不能做到『信』，一是別人看不懂。反覆考慮，我決定譯成順口溜似的民歌體。每行字數不要相差太多，押大體上能夠上口的韻。」[38]因此，詩歌翻譯因為要考慮到譯文內容的「信」和譯本的接受情況，常常會和原文的形式產生偏差，詩歌翻譯中的形式誤譯是不可避免的，有時甚至是譯者有意為之的翻譯行為。

因此，詩歌翻譯要在文體上求得絕對的忠實是不可能的。林語堂常謂翻譯的絕對忠實是天方夜譚，但這並不能否定他沒有提倡翻譯應該做到忠實性，他認為譯者的第一重要責任「就是對原文或原著者的責任，換言之，就是如何才可以忠實於原文，不負著者的才思與用意。」[39]但是至於什麼樣的翻譯才是忠實的翻譯呢？翻譯界一直以來存在的直譯和意譯之爭，在根本上就是語言的忠實於意義的忠實之別，在當代翻譯界尤其以趙景深的「寧順不信」和魯迅的「寧信不順」為代表，二者均沒有在「文」和「質」這兩個向度上做到對原文的忠實。既然翻譯的忠實性並不體現在逐字對譯上，也不體現在純粹意義的傳達上，那在林語堂看來，翻譯的忠實實際上只能是求得「傳神」，而不可能做到絕對的忠實，「譯者所能謀達到之忠實，即比較的忠實之謂，非絕對的忠實之謂。字譯之徒，以為若字字譯出可達到一百分的忠實。其實一百分的忠實，只是一種夢想。翻譯者能達到七八成或八九成之忠實，已為人事上可能之極端。」[40]尤其是對於詩歌翻譯而言，詩歌講求外在的形式美和節奏美，詩歌的音樂性因為兩種語言發音的差異而難以充分傳達，因此林語堂說：「凡文字有聲音之美，有意義之美，有傳神之美，有文氣文體形式之美，譯者或

38　季羨林，《羅摩衍那．譯後記》，《季羨林談翻譯》（當代中國出版社，二〇〇七年），頁七七—七八。
39　林語堂，海岸選編，《論翻譯》，《中西詩歌翻譯百年論集》（上海外語教育出版社，二〇〇七年），頁六〇。
40　林語堂，海岸選編，《論翻譯》，《中西詩歌翻譯百年論集》（上海外語教育出版社，二〇〇七年），頁六四。

顧其意而忘其神，或得其神而忘其體，絕不能把文義、文神、文氣、文體及聲音之美完全同時譯出。」[41]因此我們可以看出，在林語堂的觀念中，任何翻譯都是殘缺的，都不可能做到與原文絕對的忠實，尤其是從詩歌文體上的語言和形式二項去談翻譯的忠實性更是遙不可及。

譯詩形式和原詩形式不可能對等的原因除了上面論及的之外，也與人們對外國詩歌形式的陌生感有關。劉半農曾將外國的詩歌文體翻譯成了小說文體，這是嚴重的詩歌文體的誤譯，譯文的文體與原文已經不屬於同一類別了。比如他早期翻譯屠格涅夫（I. Turgenev）的散文詩時將之誤譯成小說：「杜氏（指屠格涅夫，『杜』和『屠』讀音類似，可見是音譯的結果。——引者）成書凡十五集，詩文小說並見，然小說短篇者絕少。茲於全集中得其四，曰《乞食之兄》，曰《地胡吞我之妻》，曰《可畏哉愚夫》，曰《嫠婦與菜汁》，均為其晚年手筆。……措辭立言，均慘痛哀切，使人情不自勝。余所讀小說，殆以此為觀止；是惡可不譯以饗我國之小說家。」[42]為什麼會出現這樣近乎荒誕離奇的翻譯結果呢？除了與劉半農對原文的內容和文體理解不夠深入有關外，更重要的是散文詩文體對中國人而言具有特殊性和陌生感。對一種文體的陌生導致的文體形式的誤譯在劉半農之前就有先例，比如林紓在眾多「口授者」的幫助下從事翻譯也沒能逃脫文體誤譯的「厄運」，後來的新文學先驅者胡適曾這樣批評道：「林琴南把蕭士比亞的戲曲，譯成了記敘體的古文！這真是蕭士比亞的大罪人。」[43]由於當時中國人對戲劇文體的認識還比較模糊，莎士

41 林語堂，《論翻譯》，海岸選編，《中西詩歌翻譯百年論集》（上海外語教育出版社，二〇〇七年），頁六五。

42 劉半農，《杜瑾訥夫之名著・譯者前言》，《中華小說界》二卷七期，一九一五年。引自《中國近代文學大系・翻譯文學集》（三）（上海書店出版社，一九九五年），頁二〇九。

43 胡適，《建設的文學革命論》，《新青年》四卷四號，一九一八年四月十五日。徐治平，《散文詩美學論・後記》（廣西教育出版社，一九九四年）。

比亞的戲劇在文體形式上更是讓林紓等人摸不著頭腦，於是乾脆翻譯成了他們熟悉的「記敘體的古文」。散文詩是在世界詩歌自由化潮流的湧動中產生的一種具有現代性氣息的文體，自十九世紀中期開始在世界各國的文壇上蔓延開來。中國的散文詩誕生於五四新文化運動時期，在「增多詩體」的時代，早期詩人很快便接受了這種新文體。中國散文詩的發展顯然受到了外國散文詩翻譯作品的啟發，但學術界普遍關注「中國古典詩詞和散文小品的美學追求對中國現代散文詩的影響」[44]，忽略了散文詩受到的外來影響。尤其是在清末時期，由於中國沒有這樣的詩體形式，因此當劉半農最先接觸到屠格涅夫的散文詩時，他根本不知道這是何物，也無從根據已有的文學體裁去認知這種文體，於是乾脆將其翻譯成了小說。在中國人逐漸知道了散文詩文體之後，他們對翻譯文體的認知再也不會局限於詩歌或小說之類，劉半農後來翻譯了大量的散文詩，並在客觀上帶動了中國散文詩的發展。

第二節　中國現代譯詩形式的多元化

中國現代譯詩在形式上存在著多種價值取向：由於外國詩歌多數是講求格律的，因此譯詩形式存在著格律化的取向；由於翻譯的難度出於更好地傳達原詩情感的需要，譯詩形式常常有自由化和散文化的價值取向；也由於民族審美心理和揮之不去的詩歌傳統美學觀念的影響，譯詩形式也具有民族性色彩。同時，中國現代譯詩雖然簡化了外在的音樂性，但卻比較注重對自然節奏的把握，比較注重再現原作風格。

---

[44] 徐治平，《散文詩美學論・後記》（廣西教育出版社，一九九四年）。

一、中國現代譯詩形式的格律化

第一節主要是從觀念上論述了中國現代譯詩史上關於對譯詩形式看重的言論，那麼譯者應該怎樣在翻譯中對譯詩形式的追求加以具體的實踐呢？對譯詩形式的看重實際上體現為在翻譯過程中對外國詩歌音律的採用，亦即對譯詩形式的格律化追求。譯詩形式的格律化包含三個層面的話題：一是保留原詩的音韻和節奏，譯詩的形式應該是格律體；二是注重譯詩的形式因素，但不必像原詩那麼謹嚴；三是注重譯詩的形式因素，但應以不妨礙詩情的傳達為限度。

對譯詩形式的格律化追求首先體現為對原詩格律和韻腳的保留。新月派是中國現代新詩史上專注於詩歌形式建構的流派，聞一多是該派創作和理論的主將，他對譯者提出的要求之一，就是在翻譯外國詩歌的時候要儘量保持原作的形式，「在求文字的達意之外，譯者還有餘力可以進一步去求音節的彷彿。……譯者應當格外小心，不要損傷了原作的意味。」[45]朱自清在《譯詩》一文中曾這樣評價過聞一多等人的譯詩形式特徵：「北平《晨報・詩鐫》出現以後，一般創作轉向格律詩。所謂格律，指的是新的格律，而創造這種新的格律，得從參考並試驗外國詩的格律下手。譯詩正是試驗外國格律的一條大路，於是就努力的儘量的保存原詩的格律甚至韻腳。」[46]新月派詩人們最初翻譯外國詩歌的目的雖然不是為了保存其固有的形式要素，而是為著試驗自己從外國借鑑過來的格律形式，但最終卻造成了他們的譯詩文體形式基本上保存

45 聞一多，《英譯李太白詩》，《北平晨報・副刊》，一九二六年六月三日。
46 朱自清，《譯詩》，《新詩雜話》（生活・讀書・新知三聯書店，一九八四年），頁七二。

了「原詩的格律甚至韻腳」。比如聞一多和饒孟侃都鍾情於豪斯曼（A. E. Housman）的詩歌，聞一多公開發表了近四十首譯詩[47]，除了勃朗寧夫人（Elizabeth Barrett Browning）的情詩二十一首之外，豪斯曼的就有五首，包括《櫻花》、《春齋蘭》、《情願》、《「從十二方的風穴裏」》和《山花》，其中後兩首是與饒孟侃合譯的。以《山花》一詩為例，譯者在前面加了一小段話，表明豪斯曼「對於自己的作品的估價。他這謙虛的態度適足以顯著他的偉大」[48]，這話其實也表明了聞一多等提倡格律詩體的人所具有的謙遜的態度。這首譯詩共分四節，每節四行，每行八個字，每節換韻但韻式均為ab-ab，足以見出聞一多譯詩的形式特色。

除了聞一多之外，朱湘的譯詩在形式上也追求格律和韻式。朱湘是二十世紀二〇年代《小說月報》上發表英詩譯作最多的詩人，他翻譯的詩歌在形式上大都採用了整齊的格律體，其譯詩的形式風格滲透進了創作中，使朱湘成為新格律派詩歌的先行者。朱湘一九二四到一九二六年間翻譯了丁尼生（A. Tennyson）的《夏夜》、白朗寧的《異域思鄉》、濟慈（J. Keats）的〈無情的女郎〉和《秋曲》、黎理（Lyly）的《賭牌》、雪萊（P. B. Shelley）的《懇求》、朗德爾（Landor）的《多西》和《終》、莎士比亞的十四行詩《歸來》和《海挽歌》，此外，他還從英文中轉譯了歐洲中古時代的詩《行樂》等十餘首詩歌。朱湘的譯詩在形式上很有特色，基本上保留了原詩的形式因素，是現代詩歌翻譯史上最早具有形式自覺意識的先

47 關於聞一多先生譯詩數量的說法主要有以下三種，《聞一多全集》第一卷（湖北人民出版社，一九九三年）中收入「譯詩」部分的有三十二首譯詩，「古體詩」部分有《渡飛磯》一首譯詩，《真我集》中「《雪片》、《志願》兩首似為譯詩」。王錦厚先生認為「聞一多一生公開發表譯詩三十三首」（王錦厚，《聞一多與饒孟侃》，電子科技大學出版社，一九九九年，頁二二五）。南治國先生認為「聞一多的翻譯作品並不多，主要是詩歌的翻譯。他總共譯詩四十首」（南治國，《聞一多的譯詩及譯論》，《中國翻譯》二〇〇二年二期）。

48 聞一多、饒孟侃，《〈山花〉譯者前言》，《新月》二卷九號，一九二九年十一月十日。

行者之一。一九二六年六月，朱湘翻譯了莎士比亞的十四行詩《歸來》，譯詩是典型的十四行詩，每行有十個音節，韻式為abab-cdcd-efef-gg，這樣就形成了四節，前面三節多為陳述，最後一節的兩行結題：

請不要埋怨我變過心腸，
別離雖似乎冷去點溫情，
要知道我寧願身軀滅亡，
也不願拋開你我的靈魂；
你是我的家，我雖曾遠遊，
不過如今我又回了家園，
我未在他鄉的花下淹留，
我帶回了聖水，洗滌前愆；
我雖然無異於一般的人，
有時候受點外來的誘惑，
但我希望我們這次離分，
更能增加復會時的親熱。
我如今知道了，宇宙皆空，
除非有你的情充實其中。

朱湘反對五四時期那種一味地將外國詩歌翻譯成自由詩體的譯風：「我國如今尤其需要譯詩。因為自從新文化運動發生以來，只有些對於西方文學一知半解的人憑藉著先鋒的幌子在那裏提倡自由詩，說是用韻猶如裹腳，西方的詩如今都解放成自由詩了，我們也改趕緊效法，殊不知音韻是組成詩之節奏的最重要的份子，不說西方的詩如今並未承認自由體為最高的短詩體裁，就說是承認了，我們也不可一味盲從，不運用自己獨立的判斷。」[49]

朱湘的譯詩對其創作的影響主要體現在形式上。創作於一九二五到一九二六年間的《草莽集》是朱湘的扛鼎之作，該集子中的詩歌「對於形式極其講究」，羅念生在《評〈草莽集〉》一文中認為朱湘「對於西洋古典文學極喜歡，而且極有研究，但那種精神沒有明白顯現在他的作品裏」[50]，這並不表明朱湘的作品中沒有譯詩的痕跡，羅念生先生所說的僅僅是詩歌精神而非詩歌形式。卞之琳先生認為朱湘譯詩和創作都很注重形式：「朱湘譯西方格律詩，在認真的場合，能做到：原詩每節安排怎樣，各行長短怎樣，行間押韻怎樣（例如換韻、押交韻、抱韻之類），在中文裏都嚴格遵循。……像朱湘一樣，有意識地在中文裏用相應的格律體譯詩（和寫詩）而後走一條音律道路，既有實踐也有理論，較為人注意的，早期有聞一多（他在實踐中也沒有嚴格做到）、孫大雨，後期有何其芳（他晚年試譯詩未及加工定稿）。作為詩行長短衡量單位，聞沿用英詩律而稱『英尺』（或『音步』），孫首稱『音組』，何稱『頓』，三者實際上是一回事。陸志韋講『拍』，就是一行裏有幾個間隔的重音。」[51]當然，朱湘的譯詩形式和創作形式之間的影響關係並不是單向的，二者實際上互為目的，彼此促進，很難證明孰先孰後。

49 朱湘，《說譯詩》，《文學》第二九〇號，一九二七年十一月十三日。

50 羅念生，《評〈草莽集〉》，方仁念選編，《新月派評論資料選》（上海華東師範大學出版社，一九九三年），頁一八六。

51 卞之琳，《人與詩，憶舊說新》（生活・讀書・新知三聯書店，一九八四年），頁一九六—一九七。

正是由於對詩歌形式的忠實，朱湘認為詩人更有語言和形式素養去翻譯詩歌。詩人才能更好地使用詩性語言和詩歌的形式藝術去從事詩歌翻譯活動，因此詩人最適合從事詩歌翻譯：「有人以為詩人是不應該譯詩的，這話不對。我們只需 把英國詩人的集子翻開看看，便可知道最古的如麼爾屯（Milton），最近的如羅則諦（D. G. Rossetti），他們都譯了許多的詩。唯有詩人才能瞭解詩人，唯有詩人才能解釋詩人。他不但應該譯詩，並且是有他才能譯詩。」[52]朱湘認為詩人最能夠運用詩歌的思維去理解原詩的情感意蘊，並運用自己在創作中習得的語言和藝術素養去翻譯外國詩歌，這就是為什麼越是優秀的詩人越能翻譯出優秀的詩篇，那些平淡的詩人或者不做詩的譯者翻譯的詩歌往往陷入平庸的原因。詩歌是藝術性最強的文體，詩歌在語言和形式上給作者設置了較高的「門檻」，沒有嫺熟的語言能力和形式藝術積澱是不可能創做出好詩的，詩歌翻譯同樣如此，因此不是詩人的譯者，由於對詩歌語言和形式的隔膜而不可能翻譯出好詩的。

對詩歌某個方面的重視必然導致其他「部件」的削減。朱湘過於追求譯詩整齊的形式，反而使很多譯詩作品陷入了生硬的境地。比如羅念生在評價朱湘的譯詩時曾說：「朱湘講究『形體美』，為求整齊起見，把每行的字數嚴格限定。這是一個錯誤，因為詩是時間的藝術，與空間無關，詩是拿來朗讀或默讀的，而不是拿來看的。……限定了字數，往往會拉掉一些字或塞進一些字以求整齊，這就會破壞詩的意義或音韻。朱湘的譯詩有些生硬，原因就在這裏。」[53]羅念生對朱湘譯詩形式的批判並不是完全正確，比如認為詩歌「與空間無關」等便顯偏頗。但是他指出的朱湘譯詩形式的僵硬之弊卻是切中要害的，朱湘很多譯詩為了顧及形式的整齊而「因形害意」的不在少數。

52 朱湘，《說譯詩》，《文學》第二九〇號，一九二七年十一月十三日。
53 羅念生，《朱湘譯詩集・序》（湖南人民出版社，一九八六年），頁六。

正是出於對譯詩形式格律化的追求，很多詩人在翻譯外國詩歌的時候特別注重翻譯選材的格律化，常常選取講求形式韻律的外國詩歌來進行翻譯。郭沫若認為文學內容高於文學形式，文學內容的變化導致了文學革命的發生，只要內容是符合時代的，文體形式上就不必苛求文言或白話了。「道就是時代的社會意識。在封建時代的社會意識是綱常倫教，所以那時的文學載的道便是忠孝節義的謳歌。近世資本主義制度時代的社會意識是尊重天賦人權，鼓勵自由競爭，所以這時候的文便不能不來載這個自由平等的新道。這個道和封建社會的道根本是對立的，所以在這兒便不能不來一個劃時期的文藝上的革命。這就是文學革命的意義，所以它的意義是封建社會改變為資本制度一個表徵。白話文的要求只是這種表徵中所伴隨著一個因數，它是第二義的。因為有了這樣的一種革命過程，便需要一種更自由的文體來表現，它的表裏要求其適合，所以第一義是意識的革命，第二義才是形式的革命。有了意識的革命，就用文言文來寫那種革命的意識，不失為時代的文學。」[54]但與此相反的是，郭沫若在從事詩歌翻譯的時候卻比較看重形式。郭沫若曾就愛倫・坡《烏鴉》譯詩致信露明女士，對《烏鴉》原詩做了這樣的剖析：「這首詩雖很博得一般的讚美，但是，我總覺得他是過於做作了。他的結構把我們中國的文學來比較時，很有點像把歐陽永叔的《秋聲賦》和賈長沙的《鵩鳥賦》來熔冶於一爐的樣子；但我讀時，總覺得沒有《秋聲賦》的自然，沒有《鵩鳥賦》的樸質。『Nevermore』一字重複得太多，詩情總覺得散漫了。」[55]這段話無疑顯示出郭沫若對譯詩原文的形式要求頗高，至少表明他喜歡翻譯那些形式自然質樸而又洋溢著濃厚詩情的作品。我們從他翻譯《魯拜集》等作品也可以看出他對具有形式美的原詩的喜愛，他在介紹莪默伽亞謨詩歌的形式特點時將其

54　郭沫若，《文學革命之回顧》，《郭沫若全集》（文學編第十六卷）（人民文學出版社，一九八九年），頁八六。

55　郭沫若，《〈烏鴉〉譯詩的討論》（通信二則），《創造週報》第四十五號，一九二四年三月。

定性為中國式的「絕句」。既然知道《魯拜集》是形式嚴謹的格律詩而偏要將它完整地翻譯進中國，間接說明了郭沫若在詩歌翻譯選材上的有意「形式化」。

對譯詩文體及其影響的重視導致郭沫若對泰戈爾作品出現了前後期的強烈反差。小詩這種文體是在泰戈爾譯詩的影響下產生的[56]，而泰戈爾在中國的譯詩是根據英文譯詩轉譯的，英文譯詩已經失去了原文的音韻節奏，而翻譯成漢語後很多人又不注重形式，導致譯詩與泰戈爾原詩在形式和音韻節奏上差異很大。因此，如果把這種翻譯得不準確或者品質低劣的詩歌當作新詩創作的範本加以模仿，那寫出來的作品在藝

56 關於小詩的產生受到了鄭振鐸翻譯的泰戈爾詩歌的影響的看法，其實不僅是鄭伯奇的獨見，就連在中國現代文學史上以創作小詩成名的冰心本人也多次在不同的文章中承認過鄭譯泰詩的影響，她在《從「五四」到「四五」》一文中說，「我寫《繁星》和《春水》的時候，並不是在寫詩，只是受了泰戈爾《飛鳥集》的影響，把自己平時寫在筆記本上的三言兩語——這些『零碎的思想』，收集在一個集子裏，送到《晨報》的《新文藝》欄內去發表。」（冰心，《從「五四」到「四五」》，《文藝研究》，一九七九年第一期。）她在《繁星・自序》中寫道，「一九一九年的冬夜，和弟弟冰仲圍爐讀泰戈爾（R. Tagore）的《迷途之鳥》（Stray Birds），冰仲和我說，『你不是常說有時思想太零碎了，不易寫成篇段麼？其實也可以這樣的收集起來。』從那時起，我有時就記下在一個小本子裏。」（冰心，《繁星・自序》），《繁星》，上海商務印書館，一九二三年。）如果沒有看見泰戈爾詩歌的翻譯體，冰心也許還不知道怎樣去表達她那些零碎的思想，《繁星》一類的優秀小詩也許就不會在二〇年代初期如此流行。在《〈冰心全集〉自序——我的文學生活》一文中，冰心說，「我寫《繁星》，正如跋言中所說，因著看泰戈爾的《飛鳥集》，而仿用他的形式，來收集我零碎的思想。」（冰心，《〈冰心全集〉自序——我的文學生活》（北新書局，一九三二年。）建國後，冰心在談創作經驗時說，「我偶然在一本什麼雜誌上，看到鄭振鐸譯的泰戈爾的《飛鳥集》連載（泰戈爾的詩歌，多是採用民歌的形式，語言美麗樸素，音樂性也強，深得印度人民的喜愛，當他自己將他的孟加拉文的詩歌譯成英文的時候，為要保存詩的內容就不採取詩的分行的有韻律的形式，而譯成詩的散文。這是我以後才知道的。《飛鳥集》原文是不是民歌的形式，我也不清楚），這集裏都是很短的充滿了詩情畫意和哲理的三言兩語，我心裏一動，我覺得我在筆記本上的眉批上的那些三言兩語，也可以整理一下，抄了起來，在抄的時候，我挑選那些更有詩意的、更含蓄一些的，放在一起，因為是零碎的思想，就選了其中的一段，以『繁星』兩個字起頭的，放在第一部，名之為《繁星集》。」（冰心，《我是怎樣寫〈繁星〉和〈春水〉的》，《詩刊》一九五九年第四期。）在《創作談》一文中，冰心再次說道，「這以後不久（創作《伊人獨憔悴》以後。——引者），我又開始寫《繁星》和《春水》。那是受了印度詩人泰戈爾的《飛鳥集》的影響，收集起我自己的『零碎的思想』」。（冰心，《創作談》，吳重陽、蕭漢棟、鮑秀芬編，《冰心論創作》（上海文藝出版社，一九八二年，頁一一〇。）

術的隸屬度上就會大打折扣。正是基於這樣的認識，創造社的鄭伯奇對詩壇上流行的小詩大加指責：「這兩年來，流行所謂『小詩』，其形式好像在（再）來的絕句，小令，而沒有一點音調之美。至於內容，又非常簡陋，大都是唱幾句人生無常的單調，而又沒有悲切動人的感情。在方生未久的新詩國中，不意乃有這種沉靡簡單的『小詩』流行，真可算是『咄咄怪事』！聽說這流行是由翻譯太戈爾和介紹日本的和歌俳句而促成的；那麼更令人莫名其妙了。泰戈爾詩的中國譯本，本沒有好的，又都是由英文間接譯來的，更與原文想左，遑論音節之妙。泰戈爾的詩，讀英文譯本，往往不能領略它的音調之美，這正如讀海涅詩的法文譯本，不能感受它那娓娓動人的音調是一樣的。……就這樣講來，模仿中國惡劣譯本去學泰戈爾作詩，不僅是大錯，實在是笑話了。和歌與俳句固然不講押韻，但也很講音節，並且字數的限制，很是一種特色。……形式上的種種限制，都是形式美的要素，新文學的責任，不過在打破不合理的制限，完成合理的制限而已。就詩而言，絕律試帖之類不合理的制限，是應該打破的，流動的melodie，鏗鏘的rithme，乃至相當調和整齊的forme，都是應該更使之完美的限制。」[57]鄭伯奇的這段話的確是批評了小詩由於模仿了翻譯的和歌、俳句以及泰戈爾的詩歌而在形式和內容上不能令讀者滿意，從側面論述了翻譯詩歌給中國新詩帶來的負面影響。但這並不是他的立意所在，當時中國詩歌翻譯界翻譯最多的是泰戈爾的詩歌和日本的俳句，而主要譯者是鄭振鐸等文學研究會的主要成員，因此從創造社的立場上講，鄭伯奇似有指責文學研究會中翻譯泰戈爾詩居多的鄭振鐸和翻譯俳句居多的周作人等人的意圖，從翻譯品質的層面上否定了他們的譯詩成就。

郭沫若對泰戈爾詩歌態度的轉變折射出中國小詩文體發展的不足。周作人曾這樣評說過小詩的缺

57 鄭伯奇，《新文學之警鐘》，《創造週報》第三十一號，一九二三年十二月九日。

憾：「一切作品都像一個玻璃球，晶瑩透徹得太厲害了，沒有一點朦朧，因此也似乎缺少了一種餘香與回味。」[58]聞一多也曾就小詩的流行和「泰戈爾熱」告誡當時的詩人說，就形式而言，日本的俳句譯成漢語時僅有一句，泰戈爾的詩更如同格言，因此，小詩在借鑑時，要特別注意內容的充實和形式的精緻的巧妙結合，否則就容易走向片面的說理而忽略了詩性。他在總體上對「泰戈爾熱」持保留態度，因為他認為泰戈爾的作品是以哲理而非藝術取勝，如果中國詩壇一味地模仿借鑑日本的俳句和泰戈爾的詩歌進行創作的話，那新詩的前途是令人擔憂的：「於今我們的新詩已夠空虛，夠纖弱，夠偏重理智，夠缺乏形式的了，若再加上泰戈爾底影響，變本加厲，將來定有不可救藥的一天。希望我們的文學界注意。」[59]這些批評的確點中了後來阻礙小詩進一步發展的諸多原因，許多小詩作品停留於直白的說教和寓意，詩歌藝術極其匱乏，讀者也因此出現了「審美疲勞」，二十世紀二〇年代以後，小詩在詩壇終於只留下了匆匆的背影。

也正是從建構中國新詩形式和改變小詩創作弊端的角度出發，郭沫若翻譯了具有「絕句」特質的《魯拜集》。郭沫若的翻譯講究嚴格的格律形式，與鄭伯奇批判的文學研究會翻譯泰詩的自由音韻形成鮮明的對照，不是有意對抗文學研究會的譯詩形式也會在客觀上對他們的譯詩形成衝擊，只可惜《魯拜集》的翻譯沒有像泰戈爾詩歌的翻譯那樣在中國新詩壇促成了新體詩歌的誕生，如果當時的小詩作者能夠充分地吸納郭沫若等翻譯的《魯拜集》譯作的形式因素，也許小詩的藝術成就會呈現出另外一種面貌。聞一多在評價郭沫若從英國詩人菲茨傑拉德（Fitzgerald）譯文轉譯波斯詩人莪默伽亞謨的《魯拜集》時說：「譯者於此首先要對莪默負責；其次要對斐芝吉樂（即菲茨傑拉德。——引者）負責，因為是斐氏底神筆使這些Rubaiyat

58 周作人，《揚鞭集・序》，楊揚編，《周作人批評文集》（珠海出版社，一九九八年），頁二二三。
59 聞一多，《泰果爾批評》，上海《時事新報・文學》第九十九期，一九二三年十二月三日。

變為不朽的英文文學；再次譯者當然要對自己負責——那便是他要有枝詩筆再使這篇詩籍轉為中文文學了。」[60]在這段話中，聞一多首先肯定了菲茨傑拉德的譯詩語言，因為具有詩性色彩而使他的譯詩在英國文學史上享有盛譽，同理，他希望中國的譯者在譯詩語言上同樣應該具有符合中國詩歌審美特質的詩性色彩，以保證譯文的文學性。因此，在對郭沫若的譯文語言的正確性進行核實之後，聞一多繼續說到：「翻譯底程序中有兩個確劃的步驟。第一是瞭解原文底意義，第二便是將這意義形之於第二種（即將要譯到的）文字。在譯詩時，這譯成的還要是『詩』的文字，不是僅僅用平平淡淡的字句一五一十地將原意數清了就算夠了。」[61]聞一多之所以花費大量篇幅來討論郭沫若的譯詩，目的不僅在於指出郭氏譯詩的錯漏，還在於指出譯詩的再創造性和譯詩語言的詩化本質。在《莪默伽亞謨之絕句》這篇文章的注釋中，聞一多引用了Richard Le Gallienne的譯本序中文字來說明菲茨傑拉德的譯文「真不啻一篇創作了」：「也許莪默底原來的薔薇，可說並不是一朵薔薇，但是將要湊成一朵花底碎瓣而已；也許斐芝吉樂並不是使莪默底薔薇重新開放，但是使它初次開放呢。瓣是從波斯來的，卻是一個英國的術士把它們咒成一朵鮮花了。」[62]在聞一多看來，譯者就像是一個術士一樣把原本開放在異質文化土壤中的花朵移植到了譯語文化中，優秀的譯者更是把原作者創造的花瓣在新的文化語境中拼湊成了美麗動人的花朵，而「術士」使用的魔法就是譯語的詩化。由此我們也可以推定出聞一多主張譯詩語言必須是詩化的語言，而不是一般的敘事性語言。從聞一多對譯文語言的要求來講，如其感歎「我讀到郭譯的莪默，如聞空谷之跫

60 聞一多，《莪默伽亞謨之絕句》，《創造季刊》二卷一號，一九二三年五月。
61 聞一多，《莪默伽亞謨之絕句》，《創造季刊》二卷一號，一九二三年五月。
62 聞一多，《莪默伽亞謨之絕句》，《創造季刊》二卷一號，一九二三年五月。

音」[63]，那毫無疑問說明了郭沫若的譯詩在語言上肯定是富於詩性色彩的，與小詩重哲理的闡發而輕文體的詩性形成鮮明的反差。

「音組」在中國的創立和在翻譯中的使用，同樣反映出中國現代譯詩形式的格律化追求。聞一多借鑑外國詩歌的形式因素，提出了在中國新詩形式建構的歷程舉足輕重的「音步」概念。卞之琳先生曾梳理過中國新詩的詩律探索歷程，認為幾乎所有的新詩創格都是圍繞著聞一多先生借鑑外國詩歌的「音組」概念而展開的，從他的文字中我們可以看出中國新詩每一次重要的格律建設都與借鑑外國詩歌的格律密切相關，其中翻譯詩歌更是實驗外國詩歌格律的排頭兵。「聞先生所說的『音尺』（從英文metric foot譯來的，別人較多譯為『音步』），即後來常說的『音組』或沿用我國舊說的『頓』。在聞先生以外，舉例說孫大雨先生寫詩和譯詩體作品，是有意思以『音組』作為詩行內的基本單位（……最近接讀美國威斯康星大學周策縱教授一九六二年發表在紐約《海外論壇》月刊三卷九期上的《定形新詩體的提議》這篇淵博的長文，知道他也肯定『音組』是新詩律方面的『最主要因素』）；故陸志韋先生，借鑑西方大多數語種的詩律，主要用重音為單位來建行，試驗寫出了《雜樣的五拍詩》，……似也和聞先生的主張和實踐有相輔相成的地方。梁宗岱先生譯莎士比亞十四行體詩，則試按法國格律詩建行算『音綴』，即我國語言學改稱的『音節』（syllabe），也就是漢語的單音字，探求詩行的整齊，這又合聞先生主張的整齊、勻稱的一個面。而比我還年輕一代的屠岸同質譯莎士比亞十四行體詩則在『頓』或『音組』以外還講求輕重音配置，這又是進一步的試驗。」[64]這段話說明譯詩在試驗外國詩體形式方面具有明顯的優勢，因為譯者為了充分

63 聞一多，《莪默伽亞謨之絕句》，《創造季刊》二卷一號，一九二三年五月。

64 卞之琳，《完成與開端，紀念詩人聞一多八十生辰》，《卞之琳文集》（中卷）（安徽教育出版社，二〇〇二年），頁一五七。

再現原作的形式而不得不在翻譯的時候盡可能地使用外國的詩律。

卞之琳提倡用「音組」去翻譯外國格律詩。「最難自然是翻譯西方格律詩。韻式可以相同或相似，音律只能相應。英語格律詩每行數音步，按輕重音分抑揚格（最常用）、揚抑格、抑抑揚格、揚抑抑格等；法語格律詩每行算音節（相當於中文單字）數，配置行中大頓。我們用語體（現代白話）來翻譯他們的格律詩，就不能像文言詩一樣，像法文詩一樣，講音節（單字）數，只能像英文詩一樣，講『頓』數或『音組』數（一音節一頓就不便說『音組』了），但是不能像英文詩一樣排固定的輕重音位置。這也就是相應。」[65]卞之琳先生曾梳理過中國新詩詩律的探索歷程，認為幾乎所有的新詩創格都是圍繞著聞一多先生借鑑外國詩歌的「音組」概念而展開的，從他的文字中我們可以看出中國新詩每一次重要的格律建設都與借鑑外國詩歌的格律密切相關，其中翻譯詩歌更是實驗外國詩歌格律的排頭兵。「聞先生所說的『音尺』（從英文metric foot譯來的，別人較多譯為『音步』），即後來常說的『音組』或沿用我國舊說的『頓』。在聞先生以外，舉例說孫大雨先生寫詩和譯詩體作品，是有意思以『音組』作為詩行內的基本單位（……最近接讀美國威斯康星大學周策縱教授一九六二年發表在紐約《海外論壇》月刊三卷九期上的《定形新詩體的提議》這篇淵博的長文，知道他也肯定『音組』是新詩律方面的『最主要因素』）；故陸志韋先生，借鑑西方大多數語種的詩律，主要用重音為單位來建行，試驗寫出了《雜樣的五拍詩》，……似也和聞先生的主張和實踐有相輔相成的地方。梁宗岱先生譯莎士比亞十四行體詩，則試按法國格律詩建行算『音綴』即我國語言學改稱的『音節』（syllabe），也就是漢語的單音字，探求詩行的整齊，這又合聞先生主張的整齊、勻稱的一個方面。而比我還年輕一代的屠岸同質譯莎士比亞十四行體詩則在『頓』或『音組』

---

[65] 卞之琳，《〈英國詩選〉編譯序》，《文匯》月刊一九八三年六期。

以外還講求輕重音配置，這又是進一步的試驗。」[66]這段話說明譯詩在試驗外國詩體形式方面具有明顯的優勢，因為譯者為了充分再現原作的形式而不得不在翻譯的時候盡可能地使用外國的詩律。

卞之琳在翻譯外國詩歌時，有時也採用「素體詩」進行翻譯。他認為中國現代詩人在翻譯西方格律詩的時候，多數人都嘗試過新月詩派按照字數的相同或相近來建行的辦法，或有意無意地採納了聞一多「音尺」或孫大雨「音組」的說法。但是當他看到吳興華採用素體詩去翻譯莎士比亞戲劇中的詩歌時，比較贊同這種譯詩文體：「他終於嘗試在中文裏處理莎士比亞戲劇主體所用『素體詩』（blank verse無韻抑揚格五音步一行體），基本上等於翻譯中與我交會了。」[67]這說明卞之琳自己也很希望採用這樣的詩歌形式去翻譯外國詩歌，因為「在中文裏保持『素體詩』原貌，至少使譯文比一般散文在節奏上較為明顯、整齊，實踐證明是行得通的。」如此看來，卞之琳認為譯詩還是應該遵守一定的形式規範，比起採用聞一多的「音尺」來翻譯外國詩歌而言，「素體詩」似乎更能夠保證譯詩形式的整齊和節奏的均衡，是譯詩形式的一道底線，否則譯詩就會淪為散文的分行排列了。

與上面所論述的追求譯詩形式的格律化相比，中國現代譯詩史上也有部分譯者認為：譯詩的確應該講求形式因素，但較之謹嚴的格律體卻應稍顯鬆散，比如適當押韻和不規律的韻律等。詩歌翻譯不同於其他文學翻譯的關鍵之處在於詩歌形式的重要性，譯者翻譯詩歌時結合內容與詩的形式，比單純地傳達簡單的形象或詞句的意思要困難得多，換句話說，注重一字一句的意義翻譯比把內容安排在詩的形式中要容易得多。這涉及到詩歌翻譯的複雜性和艱難性，很多人由此認為詩歌不可譯，或者乾脆用自由詩、散文詩或者

66 卞之琳，《完成與開端，紀念詩人聞一多八十生辰》，《卞之琳文集》（中卷）（安徽教育出版社，二〇〇二年），頁一五七。

67 卞之琳，《吳興華的詩與譯詩》，《中國現代文學研究叢刊》一九八六年二期。

散文等形式來翻譯外國詩歌。劉重來先生在《希歐多爾·薩瓦利所論述的翻譯原則》一文中認為，「當代散文詩或詩的散文」的譯詩方法其實指的是用「自由詩或無韻詩」來譯詩，他說：「用格律詩譯格律詩，如能既講格律，又無損原意，自屬上乘；但在確實不能用格律詩譯格律詩的某些具體情況下，則不妨考慮運用自由詩體來譯，以便儘量保留原詩的思想、情節、意境和形象。」[68]這樣做的目的就是要避開詩歌形式翻譯的困難，從而單純地傳達簡單的形象或詞句的意思。但這樣做的結果卻是降低了原文在譯語文化語境中的詩歌隸屬度，雖然我們承認內容重於形式，但「詩的內容必須通過它特定的形式傳達出來。即使能用流暢的優美的散文把原詩翻譯出來，那結果還是並沒有傳達出它的詩的內容，發揮不了它原有的感人的力量」[69]。從讀者的角度來講，評判一首譯詩的優劣應該具備如下兩個條件：首先，「要看它把原作的形象和實質是否鮮明地傳達了出來」；其次，「要看它被安排在什麼形式中」[70]。很多人只是注意了第一個條件而沒有注意第二個條件，因此常常要求詩歌翻譯拋棄形式而顧及內容的準確性，導致詩歌文體的泯滅。

穆旦把形式視為詩歌翻譯的精髓所在，為此他提出為了翻譯詩歌的形式可以忽略原作中不重要的詞義，或者為了詩歌形式被迫採用不準確的詞義。穆旦根據自己翻譯詩歌的實踐認為，結合詩的形式譯出原作的內容是詩歌翻譯的最高原則，在這一原則的指導下，並不是原作的「每一字、每一辭、每一句都有同等的重要性；對於那在原詩中不太重要的字、辭或意思，他為了便於突現形象和安排形式，是可以轉移或省略的；甚至對某一個詞句或意思，他明明知道有幾種最好的方式譯出來，可是卻被迫採用不那麼妥帖的

68 劉重來，《希歐多爾·薩瓦利所論述的翻譯原則》，《外國語》一九八六年四期。
69 穆旦，《談譯詩問題》，《鄭州大學學報》（人文科）一九六三年一期。
70 穆旦，《談譯詩問題》，《鄭州大學學報》（人文科）一九六三年一期。

辦法把它說出，以求整體的妥帖」[71]。從中我們可以看出穆旦在詩歌翻譯過程中對形式的強調，這並不表明他是個「因文害義」的形式主義者，相反，穆旦十分重視詩歌翻譯中意義的準確性，雖然少量的字句沒有達到精準翻譯的要求，但這種局部的「誤譯」，卻使原詩中重要的情感內容和意象在譯文中變得更加突出和鮮明。從更高的層次上講，穆旦的話其實表明了譯者在翻譯外國詩歌的時候應該著眼全局，不要因為一朵烏雲而失去了藍天，因為一排浪濤而失去了大海。就如穆旦所說：「譯一首詩，如果看不到它的主要實質，看不到整體，只斤斤計較於一字、一辭，甚至從頭到尾一串字句的『妥帖』，那結果也不見得就是正確的。」[72]好的詩歌翻譯一定是從全局入手，將原詩的情感內容融入合適的形式藝術中，其間可以使譯詩在語體和句法上局部地背叛原文，以求得譯詩整體上的內容準確和藝術價值。

翻譯外國的格律詩應該講求韻律，但是不必講求嚴格的韻律，否則就會有礙事情的表達。例如穆旦以他自己翻譯俄國詩人普希金的敘事詩的經驗告訴大家：「不能每行都有韻；因為如果要每行都有韻，勢必使譯文艱澀難行，文辭不暢，甚至因韻害意，反而不美。而且，我國律詩的傳統，和西洋詩不同：行行都韻似乎不是我們的習慣。」[73]因此，穆旦本人在翻譯外國格律詩的時候採用了雙行韻和隔行韻混合交錯的韻式：「它的好處是：（一）譯者可以相當自由地選擇辭句，不過份受韻腳的限制；而另一方面，（二）仍是處處有韻腳的鏈鎖：在任何相連的兩行詩中，必然至少有一行是和或前或後的一行（也許是和它鄰近的一行；也許是隔開的一行）押著韻的。這樣，我們讀起來時，會感到有連續不斷的韻貫穿著全篇。（三）沒有呆板或單調之感；因為韻的出現富於變化，有些地方近似一種『意外的巧合』，有助於閱讀的

71 穆旦，《談譯詩問題》，《鄭州大學學報》（人文科）一九六三年一期。

72 穆旦，《談譯詩問題》，《鄭州大學學報》（人文科）一九六三年一期。

73 查良錚，《關於譯文韻腳的說明》，海岸選編，《中西詩歌翻譯百年論集》（上海外語教育出版社，二〇〇七年），頁一二一。

快感。」[74]穆旦在自己的譯詩中儘量減少用韻的原因除了韻式過多會妨礙詩情的表達之外，也與中國的現代白話文自身在音韻上的不足有關。穆旦認為他的譯詩「韻腳有些押得很勉強，很模糊，這一方面固然由於譯者的思慮不夠周詳，但另一方面，恐怕也是白話譯詩所不易避免的現象，有其在語言本質上的困難：因為有很多個字，和它們準確押韻的可能性本來就是很少的。但關於這，譯者不想在此多作解釋了。」[75]

另外，譯詩形式的格律化還有第三種情況，那就是譯詩應該具有形式要素，但卻應以不妨礙詩情的傳達為限度。「主情派」的詩歌格律化追求者應該以馮至為代表，他主張詩歌的文體形式應該以不妨礙詩情的表達為客觀標準，但同時也不能自由得沒有一絲約束。為了更好地探討馮至的譯詩形式觀念，我們有必要先對他的詩歌形式觀做簡要的論述：馮至主張詩歌應該形式與情感並重，既不要因文害意，也不能因質失文。他的詩歌創作始於「五四」新文化運動蓬勃開展的時期，當時的詩歌創作需要衝破舊詩形式的束縛而自由抒發詩人的情感，「但是思想感情不能漫無邊際地自由氾濫，所以新詩從一開始，就有建設新形式的要求」[76]。馮至認為詩歌應該在一定形式的束縛下自由地抒發情感：「那時我年輕，對於詩說不上有什麼主張，卻願意在一定形式的約束下詩句能生動活潑，舒卷自如；我最不喜歡有一種詩為了湊字數、湊行數、湊押韻，把詩寫得呆板沒有生氣，或是堆砌華麗的詞藻，讓人讀了，喘不過氣來。」[77]而馮至的詩歌文體觀念與當時很多人相比顯得更為客觀合理，他不極端地採用自由的形式，也不過度地使用詩律來拘囿情感的表達。他曾說：「我寫詩不拘一格，對於自由體和格律詩都作過一些嘗試。我認為，自由體不應寫

74 查良錚，《關於譯文韻腳的說明》，海岸選編，《中西詩歌翻譯百年論集》（上海外語教育出版社，二〇〇七年），頁一二一。
75 查良錚，《關於譯文韻腳的說明》，海岸選編，《中西詩歌翻譯百年論集》（上海外語教育出版社，二〇〇七年），頁一二二。
76 馮至，《〈馮至詩選〉日譯本序言》，《馮至全集》（第五卷）（河北教育出版社，一九九九年），頁八七。
77 馮至，《詩文自選瑣記（代序）》，《馮至全集》（第二卷）（河北教育出版社，一九九九年），頁一七二。

得太散漫，像是分行的散文，格律詩也不要過於嚴格，給自己又套上新的枷鎖。」[78]比如馮至最早的詩集《北遊及其他》中的作品幾乎都是自由體，但大多數詩行卻是講求押韻的，比普通自由詩更具形式美感和創作約束；而他抗戰期間寫的《十四行集》沒有嚴格遵守十四行體的詩律，調和詩情的表達比普通的格律詩流暢，形式也更為自由。後來，馮至又說：「二〇年代，聞一多等人提倡格律詩，我不很同意，我認為寫新詩就是要從固定的舊格律裏解放出來，不必迫不及待地又給自己加上新的枷鎖。但我又不同意過分散文化，我始終遵守語調的自然，並給以適當的形式。」[79]

馮至的譯詩形式觀念契合了他的詩歌形式主張，他一方面認為譯詩要儘量傳達出原詩的語言風格和形式藝術，但另一方面卻認為譯詩需要譯者與原作者之間產生感情的共鳴，傳達出原詩的神韻，惟其如此譯文才有生氣。馮至曾說：「譯詩不只是語言的迻譯，還要有思想感情的共鳴，如果沒有共鳴，譯詩也很難得有生氣。」[80]馮至因受里爾克詩歌情緒的感染而與之有了情感上的通融，於是翻譯了他的很多詩篇，從此追隨這位詩歌和精神的「使者」進行創作。一九二六年秋天，馮至第一次接觸里爾克（Rilke, 一八五七－一九二六），就被其散文詩《旗手》（Cornett）彰顯出來的色彩性、音樂性和神秘性所折服：「這篇（《旗手》。——引者）現在已有兩種中文譯本的散文詩，在我那時是一種意外的、奇異的得獲。色彩的絢爛，音調的鏗鏘，從頭到尾被一種幽鬱而神秘的情調支配著，像一陣深山中的驟雨，又像一片秋夜裏的鐵馬風聲：這是一部神助的作品。」[81]馮至認為在諾瓦利斯（Novalis）離世和荷爾德林

78 馮至，《〈馮至詩選〉日譯本序言》，《馮至全集》（第五卷）（河北教育出版社，一九九九年），頁八七。

79 馮至，《談詩歌創作》，《詩雙月刊》（馮至專號）一九九一年四期。

80 馮至，《詩文自選瑣記（代序）》，《馮至全集》（第二卷）（河北教育出版社，一九九九年），頁一七七。

81 馮至，《里爾克——為十周年祭日作》，《新詩》一卷三期，一九三六年十二月十日。

（Holderlin）走向瘋狂的年齡，里爾克卻有一種新的能力產生，「他使音樂的變為雕刻的，流動的變為結晶的，從浩無涯涘的海洋轉向凝重的山嶽」[82]。馮至極盡所能地用最好的詞藻對里爾克的作品加以修飾，無疑會不自覺地沾染里爾克的氣息並將之融合進他的創作中，難怪有人認為：「馮至一九三〇年九月來到德國。在這裏，他沉醉在里爾克的為人精神與詩文之中」，他的創作「多少地透露出與存在主義哲學觀相吻合之處」[83]。馮至文質兼備而又互不制約的譯詩文體觀念在他的翻譯實踐中體現得淋漓盡致，比如他一九三七年發表在《文學雜誌》八卷一期上的翻譯尼采的《旅人》[84]一詩：

「再也沒有路！四圍是深淵，死的寂靜！」
你志願如此！你的意志躲避路徑，
旅人，如今是這樣，要看得冷靜，明顯！
你是遺失的人，你可信託——危險？

這首譯詩很明顯的是自由詩體，但譯者沒有完全拋棄詩歌文體的語言和韻律，整首詩採用得最多的是四字句或五字句，不像一般的自由體詩行長短不一；同時，該譯詩採用了有規律的押韻，韻式是aa-bb，具有一定的音樂性效果。由此可以見出馮至的譯詩在文體上較好地注意了形式和內容的有機結合，既考慮了原文的形式，又較為準確地傳達出原詩的精神意蘊，是一種富於活力與生氣的譯詩文體觀念。

82 馮至，《里爾克——為十周年祭日作》，《新詩》一卷三期，一九三六年十二月十日。
83 王毅，《中國現代主義詩歌史論》（一九二五——一九四九）（西南師範大學出版社，一九九八年），頁二二七——二二八。
84 〔德〕尼采，《旅人》，馮至譯，《馮至全集》（第九卷）（河北教育出版社，一九九九年），頁四〇九。

梁宗岱的譯詩形式造詣頗高，但相對於形式而言，在翻譯中傳達原作的精神風貌更為重要。任何出色的詩歌翻譯家都會高屋建瓴地去把握原詩的情感和精神，在翻譯過程中有意忽視甚至部分曲解語言的意思，從而將一首看似平淡的詩歌翻譯得極具精神內涵和藝術價值。梁宗岱認為譯者必須與原詩在情感上產生共鳴之後才能用語言技巧和藝術風格去再現原詩的神韻，最好的譯詩好比是兩顆偉大的靈魂遙隔著時間和國界攜手合作的結果，他曾在《譯詩瑣話》中說：「我自認為自己的翻譯態度是嚴肅的。我認為，翻譯是再創作，作品首先必須在譯者心中引起深沉雋永的共鳴，譯者和作者的心靈達到融洽無間，然後方能談得上用精湛的語言技巧去再現作品的風采。」[85]為此，梁宗岱的譯詩「沒有一首不是他反覆吟詠，百讀不厭的每位大詩人的登峰造極之作，就是說，他自己深信能夠體會箇中奧義，領略箇中韻味的」[86]。戴鎦齡先生在《憶梁宗岱先生》一文中這樣評價過梁宗岱：「他譯詩全神貫注，往往靈機觸發，別有妙語，不徒在字面上做考證功夫，至於專事辭藻的潤色，音律的講究，他雖認為不可少，但他所更用心的是表達原作的精神和風格。因此在他人認為結構上頗為簡單的詩行，他有時覺得含蓄幽微，寄意深遠，在漢譯中不可草率處理。」[87]由於對原詩精神意蘊的重視，梁宗岱譯詩並不僅僅將注意力停留在翻譯對象的語言和形式上，也不介意翻譯那些在別人看來結構簡單的詩歌，哪怕是一首短小的詩歌也會被他翻譯得詩意盎然。梁宗岱在給徐志摩的通信中批評了梁實秋小詩「沒有藝術底價值」的言論，他以初期郭沫若、劉延陵、徐志摩、冰心及宗白華的新詩為例，並且還以古代詩歌和外國為例，來說明短小的詩歌「給我們心靈的震盪卻不減於悲多汶一曲交響樂。何以故？因為它是一顆偉大的，充滿了音樂的靈魂在最充溢的剎那間偶然的呼

85 梁宗岱，《譯詩瑣話》，《宗岱的世界・詩文》（廣東人民出版社，二〇〇三年），頁三九五。
86 梁宗岱，《一切的頂峰・序》，《梁宗岱譯詩集》（湖南人民出版社，一九八三年），頁二〇四—二〇五。
87 戴鎦齡，《憶梁宗岱先生》，《宗岱的世界・評說》（廣東人民出版社，二〇〇三年），頁二七。

氣」[88]。梁宗岱在詩歌翻譯過程中對原作精神和風格的偏愛，還可以從他翻譯陶淵明的作品中得到證實，法國象徵主義詩人瓦雷里在給陶淵明詩歌的法文譯本寫序時，正面評價了梁宗岱的翻譯：「毫無疑問，詩人的藝術內涵在翻譯中幾乎盡失；但我相信梁宗岱先生的文學意識，它曾使我如此驚奇和心醉，我相信他從原作裏，為我們提取出語言之間巨大差距所能容許提取的東西。」[89]瓦雷里此處所說的在翻譯中「容許提取的東西」就是詩歌的精神和神韻，他認為梁宗岱的譯詩在不同的語言之間最大限度地傳遞出了這些相似的東西，由是讚美了梁宗岱的譯詩。

在中國現代譯詩史上，追求譯詩形式格律化的譯者很多，但這些譯者自己的詩歌創作形式主張卻不一定和他們的譯詩形式主張形成呼應，比如創作自由奔放《女神》的郭沫若卻主張譯詩形式應該格律化。多數情況下，譯者的譯詩形式主張和他們的創作主張是一致的，二者相互促進，共同推動了中國新詩的形式建構。

二、中國現代譯詩形式的自由化

詩歌形式和內容的關係一直以來困擾著詩人的創作，對於詩歌翻譯而言，二者的矛盾關係也許體現得更為明顯。與上面論述的譯詩形式的格律化相反，很多人認為譯詩在形式上應該採用自由體甚至是散文體，亦即譯詩形式的散文化，惟其如此才能更好地傳達出原詩的情感。著名語言學家呂叔湘認為：「不同

88 梁宗岱，《論詩》，《詩與真・詩與真二集》（外國文學出版社，一九八四年），頁三四。

89 〔法〕瓦雷里，盧嵐譯，《法譯〈陶潛詩選〉序》，《宗岱的世界・評說》（廣東人民出版社，二〇〇三年），頁三四七。

之語言有不同之音律，歐洲語言同處一系，尚且各有獨特之詩體，以英語與漢語相去之遠，其詩體自不能苟且相同。初期譯人好以詩體翻譯，即令達意，風格已殊，稍一不慎，流弊叢生。……用散體為之，原詩情趣，轉易保存。」[90]這說明了詩歌翻譯因為語言的差異而要保存原作的形式因素是不可能的，詩歌翻譯不宜採用格律體。

由於詩歌的格律形式在一定程度上會對情感的抒發形成約束，因此譯詩的文體最好採用自由詩或散文詩形式，哪怕是在翻譯外國格律詩的時候同樣應該如此。外國詩歌「是應該翻譯成散文呢，還是應該翻譯成本國詩式的詩。凡是有格律的詩，固然也有他從格律所生出來的美，譯外國有格律的詩，在理論上，自然是照樣也譯為有格律的詩，來得好些，但在實際，拘拘於格律，便要妨礙了譯詩其他的必要條件。而且格律總不能盡依原詩，反正是部分的模仿，不如不管，而用散文體去翻譯。翻譯成散文的，不是一定沒有韻，要用韻仍舊可以用的」[91]。茅盾的譯詩形式觀念是基於翻譯實踐的具體難度形成的，他之所以主張把外國詩歌翻譯成自由詩或散文詩，主要有如下兩個方面的原因：一是翻譯詩歌時如果要考慮原文的形式因素，必然損害意義的傳達，因此譯者為了傳達原作的情感意蘊而不得不放棄形式；二是即便充分考慮了原詩的形式因素，譯作因為譯語和目標語的差異也不可能完全再現原作的節奏和韻律。無論如何，譯詩在形式上都會背離原詩，於是茅盾乾脆放棄了詩歌形式的翻譯，主張把外國詩歌翻譯成自由體或散文體。

徐志摩與聞一多一道被稱為中國現代詩壇的雙璧，他本人根據外國詩歌的形式曾在創作中試驗過多種文體。徐志摩主張現代格律詩，但在翻譯的時候認為最好採用新詩自由體翻譯外國詩歌。徐志摩講求詩

90 呂叔湘，《中詩英譯比錄‧序》，《中詩英譯比錄》（修訂版）（中華書局，二〇〇二年）。

91 茅盾，《譯詩的一些意見》，《文學旬刊》第五十二期，一九二二年十月十日。

歌形式的整齊。徐志摩是新月詩派的代表詩人，和聞一多一起依靠《晨報・副刊》主張現代格律詩。徐志摩認識到了詩歌形式之於詩歌表情達意的重要性，認為：「詩是表現人類創造力的一個工具，與音樂與美術是同等同性質的；我們信我們這民族這時期的精神解放或精神革命沒有一部像樣的詩式的表現是不完全的；我們信我們自身靈性裏以及周遭空氣裏多的是要求投胎的思想的靈魂，我們的責任是替他們摶造適當的軀殼，這就是詩文與各種美術的新格式與新音節的發見；我們信完美的形體是完美的精神唯一的表現。」[92]但是徐志摩等人為了追求詩歌的均齊和「建築美」而生硬地將完整的詩行割裂開來，造成了詩行意義的斷裂和帶來形式主義趨向。以至於新月派詩人創作了大量「豆腐乾」式的詩歌，完全滑向了形式一端。比如徐志摩常常將一句話寫成幾行，或幾句話寫成一行，韻腳也多出現在行末而不是句末，比如徐志摩在《翡冷翠的一夜》中有這樣的詩句：「你願意記著我，就記著我，／要不然趁早忘了這世界上／有我，省得想起時空著惱，／只當是一個夢，一個幻想。」由於他們的格律過分地模仿並依賴西洋詩的格律，忽略了漢語詩歌在音韻和節奏上的特點，余光中先生認為中國詩歌的音律與外國詩歌的音律之間存在很大的不同：「第一，中國字無論是平是仄，都是一字一音，仄聲字也許比平聲字短，但不見得比平聲字輕，所以七言就是七個重音。英文字十個音節中只有五個是重讀，五個重音之中，有的更重，有的更輕……因此英詩在規則之中又有不規則，音樂效果接近『滑音』，中國詩則接近『斷音』。」[93]而且，漢詩和英詩在句式和詩句中的頓等方面也存在很大的差異，致使他們的很多主張難以在創作中付諸實踐。

92　徐志摩，《詩刊弁言》，《晨報・副刊・詩刊》第一號，一九二六年四月一日。

93　余光中，《中西文學之比較》，《余光中談翻譯》（中國對外翻譯出版公司，二〇〇二年），頁二三。

在白話自由詩剛剛確立文壇地位的時候，其孱弱的現狀還需要譯詩對它繼續進行支撐，因此很多人處於策略的考慮而認為譯詩形式採用白話新詩體比使用文言古詩體好。儘管前面論述了徐志摩講求詩歌形式的整齊，講求形式與內容的和諧統一，但在翻譯詩歌的時候還是主張採用白話新詩體，特別是白話自由體。主張用白話文複譯那些曾經用文言文翻譯過的作品，以彰顯新詩體的優勢並為翻譯開闢新路。他此時主張複譯的目的不在譯文本身，而在宣導並使用新詩體進行翻譯，研究這新發現的達意的工具究竟有什麼程度的彈力性、柔構性與一般的應變性；究竟比我們舊有方式是如何的各別，同時，他還對蘇曼殊翻譯的拜倫的詩和郭沫若翻譯的莪麥的詩進行了對比，說明「舊詩格」翻譯外國詩歌不若新詩滿意。在此，徐志摩解釋了詩歌翻譯的一個難點，即語言形式和音韻形式的翻譯問題。由於詩在形式上有較多的「約束」，這不僅為我們達意造成了麻煩，也為翻譯的靈活性帶來了不便，新詩在形式上相對自由，這無疑為翻譯的達意掃清了許多障礙，所以徐志摩認為用新詩體比用古詩體翻譯外國詩歌更為優勢，更具「彈力性」、「柔構性」和「應變性」。因而徐志摩贊成用自由體翻譯外國詩歌。一九二六年，徐志摩翻譯了日本外交官用英文寫的《討論譯詩——答聞一多先生》一文，對其中所說的自由詩翻譯外國詩歌的優勢表示贊成：「自由體有一種好處，它沒有固定的呆板，來得靈活、新鮮、有意味，翻譯的人當然更可以按照原詩的意義下手。」[94]

徐志摩的譯詩大都採用了白話自由體。徐志摩擅長使用白話自由體去翻譯外國的詩歌，他的譯詩沒有一首在形式上採用了格律體，即便是翻譯古希臘和莎士比亞劇作中的詩歌也都採用了自由體。或者可以說，徐志摩的譯詩在文體形式上很少有接近原詩的，哪怕是他早年採用文言古體翻譯的濟慈的十四行詩

94 〔日〕小畑薰良，徐志摩譯，《討論譯詩——答聞一多先生》，《晨報・副刊》，一九二六年八月七日。

《致范尼・勃朗》（To Fanny Browne）也被翻譯成了「二十二行體」，在結構上已經失去了十四行體的特徵，更不用說保持該格律體的詩律了。事實上，徐志摩翻譯的諸如惠特曼等創作的自由詩體代表了他整個的譯詩水準，儘管譯詩在詩行的長短上參差不齊，有的詩行字數達到了四十個之多，但其體現出來的氣勢和略帶誇張的語氣很符合惠特曼的詩歌風格，也與他自己的《灰色的人生》、《毒藥》等作品的語言和形式風格相似。因此，卞之琳曾說：徐志摩「譯惠特曼那一段長行自由詩是應屬他較好的譯詩之列，他以自己愛用的排比、堆砌的句法，正好保持了原詩的氣勢、節奏，他自己早期寫詩也產生類似的……稍嫌浮誇的有生氣作品」[95]。這一點再次證明了譯詩常常在文體上帶有譯者自己創作詩歌的風格，譯者也特別喜歡選擇符合自己個性的作品進行翻譯。反之，如果原作與譯者的詩歌風格不符合甚至相背離，那譯詩的效果就會受到折損，甚至譯者根本無法駕馭原詩的語言和形式，譯詩在文體形式上就會顯得比較生硬。徐志摩翻譯波德賴爾的格律詩《死屍》就是一個例證，依照他自己輕車熟路的自由體就難以駕馭原詩形式了，於是只能強力使自己勉強湊和原詩的韻事，結果譯文的形式成了蹩腳的自由體，比如譯詩的第一節：

我愛，記得那一天好天氣
你我在路旁見著那東西；
橫躺在亂石與蔓草裏，有
一具潰爛的屍體。

95 卞之琳，《徐志摩譯詩集・序》，《卞之琳文集》（中卷）（安徽教育出版社，二〇〇二年），頁三二四。

這節詩讀起來比較生硬，而且徐志摩為了使詩行略顯整齊採用了不自然的跨行，全然沒有他自己創作的白話詩讀起來流暢。後來，徐志摩翻譯了哈代的很多作品，在這些譯詩中，徐志摩「用了他自己最擅長的俐落、冷峭的口語橫好合適，也逐漸能於自控，較符合原來的形式」[96]，但是到了翻譯哈代作品中比較講究詩律的地方，徐志摩又變得難以控制譯局了。我們閱讀徐志摩所有的譯詩就會發現，他不僅整個地採用了自由詩形式（也有講究格律的詩歌，但詩律並不嚴謹），而且對那些原作本身形式比較自由的詩翻譯得最成功。

中國現代譯詩形式的自由化和散文化使譯者能夠更充分地傳達出原詩的精神意蘊和情感內容，但是譯作畢竟是對原作的翻譯，在文體上理應和原作保持一致。如果將一首詩翻譯成散文或者是小說，其引發的譯作與原作文體類型的變化必然是有悖常理的，因此追求譯詩形式的格律化或散文化都具有一定的局限性，理想的譯詩形式觀念應該是兼備內容和形式之長。

三、中國現代譯詩形式的內節奏

在中國現代譯詩形式觀念中，對譯詩自然節奏的發現和把握應該是譯詩韻律最新鮮的構成部分。中國現代譯詩史上很多譯者在翻譯的過程中都注意到了詩歌的這一節奏要素，無形中彌補了譯詩外在形式和外在韻律欠缺的不足。

譯詩押韻與否關乎到譯詩文體的音樂性問題，如果譯者為了滿足押韻的要求而在每行詩的最後選取幾個押韻的字，到後來可能會導致譯文意義的扭曲或者有礙譯文表達的流暢。因此，林語堂主張詩歌翻譯

96 卞之琳，《徐志摩譯詩集・序》，《卞之琳文集》（中卷）（安徽教育出版社，二〇〇二年），頁三二四。

應該放寬對形式的要求，譯詩可以不押韻：「凡譯詩，可用韻，而普遍說來，還是不用韻妥當。只要文字好，仍有抑揚頓挫，仍可保存風味。因為要叶韻（同『諧韻』。——引者），常常加一層周折，而致失真。今日白話詩之所以失敗，就是又自由隨便，不知推敲用字，又不知含蓄寄意、間接傳神，而兼又好用韻。隨便什麼長短句，末字加一個韻，就自稱為詩。……寧可無韻，而不可無字句中的自然節奏。」[97]林語堂的這種譯詩文體觀顯然與中國新詩史上的「內在律」有相似之處，內在律的發現和確立是郭沫若對新詩建設的又一歷史貢獻。「古代詩詞整齊固定的外在律（句數、字數固定，講究對仗、韻腳、平仄等等），不但是精緻的，而且是與重意境、重趣味的內容相適應的。像清末改良派詩人那樣僅僅削弱它（使之寬鬆），或者像胡適那樣僅僅砸碎它，卻不給以相應的補償，固然有其歷史合理性，但畢竟沒有詩美建設意義。郭沫若首先發現了並成功地運用了內在律，這是他對新詩藝術的一大貢獻。內在律的發現主要是基於現代詩人對自我內心情緒變化的關注，也與心理學知識有關。」[98]郭沫若在給朋友李石岑的信中說：「詩之精神在其內在的韻律……內在的韻律便是『情緒的自然消漲』。這是我自己在心理學上求得的一種解釋。」[99]一九一九年他在創作《雪朝》的時候便是充分應用了內在律。儘管郭沫若最初把內在律和外在律對立起來，「形式方面我主張絕對的自由」，認為新詩應該只講究內在律，但是後來他糾正了自己的偏頗思想，提出了內在律和外在律可以統一的思想，《女神》及其以後的作品便充分實踐了這種統一，這使得其詩歌精神充滿了內在的節奏美。在林語堂看來，譯詩最重要的是能夠傳達原詩的精神神韻，語言上能

97　林語堂，《論譯詩》，海岸選編，《中西詩歌翻譯百年論集》（上海外語教育出版社，二〇〇七年），頁七一。
98　呂家鄉，《字思維・舊詩・新詩》，謝冕、吳思敬主編，《字思維與中國現代詩學》（天津社會科學院出版社，二〇〇二年），頁二二三。
99　郭沫若，《給李石岑的信》，《時事新報・學燈》，一九二一年一月十五日。

夠體現出原作的風味，做到文字的優美流暢就是最大的形式上的成功，詩歌最重要的不是人工雕琢氣十足的韻式，而是情感的跌宕起伏所造成的自然節奏。以中國新詩自身的形式為例，正是很多詩人由於僅僅看重形式上的押韻而不去注意文字的優美和詩意的營造，導致我們的白話詩創作蒼白無力，詩性被完全放逐了。詩歌翻譯最重要的是翻譯傳達出原作的情感內容，因為按照前面的論述，林語堂認為形式是不可能做到忠實於原文的，譯者只有將原詩的神韻通過優美的目標語傳遞給讀者，為讀者營造出詩歌的意境，而不去顧及外在的形式，才能翻譯出上佳的作品。如此看來，林語堂在譯詩的時候更注重情感的傳遞和詩性的營造，如果能將「自然節奏」和外在節奏完美地結合起來，那譯詩的品質將會大幅度提升。

此外，將外在的節奏和韻律同內在的情感節奏結合，譯詩的音樂性會更強。以徐志摩為例，他對詩歌音樂性的敏感不僅體現在他的創作中，而且在他的譯詩中也多有體現，他甚至比較喜歡選擇富有音樂性的作品來翻譯。卞之琳認為徐志摩的詩歌創作「最大的藝術特色，是富於音樂性（節奏感以至旋律感），有不同於音樂（歌）而基於活的語言，主要是口語（不一定靠土白）。它們既不是直接為了唱的，……也不是為了像演戲一樣在舞臺上吼的，而是為了用自然的說話調子來念的。」[100]《再別康橋》一類的詩在形式上並不屬於格律體詩，但讀之，一股清新流暢的節奏感還是會不自覺地襲來。徐志摩在翻譯波德賴爾的《死屍》時說：「詩的真妙處不在他的字義裏，卻在他的不可琢磨的音節裏；他刺戟著也不是你的皮膚（那本來就太粗太厚！）卻是你自己一樣不可琢磨的靈魂……我不僅會聽有音的樂，我也會聽無音的樂（其實也有音就是你聽不見）。我直認我是一個乾脆的Mystic，為什麼不？我深信宇宙的底質，人生的底質，一切有形的事物與無形的思想的底質——只是音樂絕妙的音樂。……無一不是音樂做成的，誤譯不是

100 卞之琳，《徐志摩選集・序》，《卞之琳文集》（中卷）（安徽教育出版社，二〇〇二年），頁三一七。

音樂。」[101]徐志摩的音樂觀充滿了泛神論的色彩，道出了宇宙萬物都有自己的節奏，那麼詩歌更是如此。後來他在介紹濟慈的《夜鶯歌》時，似乎專在介紹濟慈詩作中的音樂性，於是乾脆丟棄了原文的形式而只顧引領讀者進入到一個充滿神秘樂感的世界。徐志摩認為濟慈《夜鶯歌》的音樂具有無窮的魔力，我們的靈魂會被它的「沉醴浸醉了，四肢軟綿綿的，心頭癢薺薺的，說不出的一種濃味的馥郁的舒服，眼簾也是懶洋洋的掛不起來，心裏滿是流膏似的感想，遼遠的回憶，甜美的惆悵，閃光的希翼，微笑的情調一齊兜上方寸靈臺」[102]。音樂使人充滿了無限的幻想，濟慈的《夜鶯歌》因此而受到了徐志摩的青睞。徐志摩對音樂的偏愛決定了他對音樂性強的詩歌充滿偏愛，因此他翻譯詩歌時也儘量使原詩充滿音樂的靈動感，除了少數幾首詩歌外，徐志摩的譯詩基本上都具有較強的自然音節，並且注意韻腳的使用。比如他翻譯的布萊克（W. Black）的《猛虎》一詩，該詩每節四行詩，均採用了aa-bb的韻式，而且第一節和最後一節的第一行均是「猛虎，猛虎，火焰似的燒紅」，首尾呼應，造成了迴環往復的音樂性效果。這種處理詩歌音樂性的辦法不僅在譯詩中，在徐志摩的創作中使用得也很普遍，比如《再別康橋》的首尾兩節也是採用相似的詩行來造成複沓的音樂效果。應該說，徐志摩的譯詩由於結合了外在音樂性和內在節奏形成的音樂性，而成為譯作中的佳品。

音樂性是詩歌文體形式的重要元素，詩歌翻譯面臨的最大挑戰就是對原詩音樂性的合理處置。音樂性這種「屬於某種語言本身固有的區別於他種語言的獨特性的東西都是不可譯的」[103]，尤其對講求音樂性的詩歌而言其韻律幾乎不能在譯本中再現。但是西方的詩歌「如法國象徵派詩歌、美國意象派詩歌和俄國

101 徐志摩，《〈死屍〉譯詩前言》，《語絲》第三期，一九二四年十二月一日。
102 徐志摩，《濟慈的夜鶯歌》，《小說月報》十六卷二號，一九二五年二月。
103 辜正坤，《世界名詩鑑賞詞典》（北京大學出版社，一九九〇年），頁二九。

未來派詩歌都在詩的聽覺形式上追求韻律的多樣化、散文化、自由化」[104]，而梁宗岱選譯的恰恰是極富音樂性的詩篇。他先後翻譯了瓦雷里（Valéry）、歌德（Johann Wolfgang von Goethe）、布萊克（William Black）、雪萊（Percy Bysshe Shelley）、雨果（Victor Hugo）、波德賴爾（Charles Baudelaire）、尼采（Friedrich Wilhelm Nietzsche）、魏爾倫（Paul-Marie Veriaine）、里爾克（Rainer Maria Rilke）、泰戈爾（Rabindranath Tagore）、莎士比亞（William Shakespeare）等音樂性強的象徵主義詩歌和格律體詩。梁宗岱自己也承認瓦雷里等人的詩歌具有很強的音樂性：「梵樂希底詩，我們可以說，已達到音樂，那最純粹，也許是最高的藝術底境界了。」[105]因此，韻律便成了梁宗岱十分推崇的而在翻譯中難以再現的譯詩難題。余光中認為要翻譯莎士比亞的十四行詩必須克服三重困難：格律、韻腳和節奏，「大致說來，梁譯頗能掌握原文的格律。……至於韻腳，梁宗岱有時押得不夠準、穩、自然；不過不算嚴重，……大致而言，梁宗岱的譯筆兼顧了暢達與風雅，看得出所入頗深，所出也頗純，在莎翁商籟的中譯上，自有其正面的貢獻」[106]。除了十四行詩之外，梁宗岱翻譯的其他詩歌也都具有音樂性特徵，「九葉詩派」的重要詩人陳敬容，在談到一九八三年湖南人民出版社出版的《梁宗岱譯詩集》時，評價梁宗岱「早已是我國當年為數不多的優秀翻譯家之一，集內選譯的作品，在譯筆的謹嚴與傳神，及語言、節奏、音韻的考究和精當等方面，當年是很少人能以企及的。」[107]

---

104 王珂，《百年新詩詩體建設研究》（上海三聯書店，二〇〇四年），頁一七一。

105 梁宗岱，《保羅・梵樂希先生》，《詩與真・詩與真二集》（外國文學出版社，一九八四年），頁二〇。

106 余光中，《繡鎖難開的金鑰匙——序梁宗岱譯《莎士比亞十四行詩》》，《余光中談詩歌》（江西高校出版社，二〇〇三年），頁一八四—一九〇。

107 陳敬容，《重讀〈詩與真・詩與真二集〉》，《讀書》，一九八五年十二月。

相比較而言，詩歌更應該注意的是情感內容的傳遞而不是形式的架構，譯詩的理想境界是內容與形式的完美結合，這是一種理想得近乎「荒謬」的譯詩觀念。但實際上，只要譯者注意發掘詩歌的內在韻律節奏，關注譯詩情感引起的內在節奏的傳達，那譯詩便可以做到內容和節奏的完美結合。戴望舒指出：一首詩的「佳劣不在形式而在內容。有『詩』的詩，雖以詰屈聱牙的文字寫來也是詩；沒有『詩』的詩，雖韻律齊整音節鏗鏘，仍然不是詩。只有鄉愚才會把穿了彩衣的醜婦當做美人。」[108]作為一個詩人，戴望舒認為詩歌的生命在於情感的凝聚和詩意的發現，離開了內容而專事詩歌形式技巧的作品不是真正的好詩。真正的好詩是可以翻譯的，只要譯者領受了原作的精神意蘊和情感內容，無論用什麼樣的文字表達出來也都還是具有詩味的。因此譯者不必在意詩歌的外在形式，那種以為有了好的內容加上好的形式便能成就一首好的譯作的認識「聽上去好像有點道理，仔細想想，就覺得大謬。詩情是千變萬化的，不是僅僅幾套形式和韻律的制服所能衣蔽。以為思想應該穿衣裳已經是專斷之論了（梵樂希：《文學》），何況主張不論肥瘦高矮，都應該一律穿上一定尺寸的制服？所謂『完整』並不應該就是『與其他相同』。每一首詩應該有它自己固有的『完整』，即不能移植的它自己固有的形式、固有韻律」[109]。戴望舒之所以會對譯詩的形式如此的「淡漠」，除了受制於內容高於形式的詩歌觀念外，也與他對詩歌內在律的看重有關。詩歌由於具有外在和內在兩重節奏，因此外在韻律的損失並不意味著詩歌節奏的完全流失，只要作者或譯者能夠把握住情感起伏造成的內在節奏，創作或翻譯的詩歌依然具有韻律。戴望舒指出：「密爾頓說，韻是野蠻人的創造；但是，一般意義的『韻律』，也不過是半開化人的產物而已。僅僅非難韻實乃五十步笑百步之

108 戴望舒，《詩論零劄》（二），《華僑日報・文藝週刊》第二期，一九四四年二月六日。
109 戴望舒，《詩論零劄》（二），《華僑日報・文藝週刊》第二期，一九四四年二月六日。

見。詩的韻律不應只有膚淺的存在。它不應存在於文字的音韻抑揚這表面，而應存在於詩情的抑揚頓挫這內裏。在這一方面，昂德萊・紀德提出過這更正確的意見：『語辭的韻律不應是表面的、矯飾的，只在於鏗鏘的語言的繼承；它應該隨著那由一種微妙的起承轉合所按拍著的，思想的曲線而波動著。』」[110]在戴望舒的心目中，外在形式的韻律與內在形式的韻律相比是較低層次的韻律，詩歌最本質的韻律應該體現為「詩情的抑揚頓挫」。由此看來，戴望舒並不是主張詩歌翻譯不需要考慮韻律的因素，而是說相對於內在韻律而言不必要考慮外在的韻律因素，就像人一樣，畢竟美的本質在內心而不在服飾。同時，戴望舒也絕非完全的「主情說」論者，他之所以認為翻譯一首好詩應該注意內容而不顧詞語的「詰屈聱牙」，「並不是反對這些詞藻、音韻本身。只當它們對於『詩』並非必需，或妨礙『詩』的時候，才應該驅除它們」[111]。所以，戴望舒的譯詩文體觀念還是比較注重譯詩的外在形式的，只是在和內容發生衝突的時候，內容就居於次席了。

四、中國現代譯詩形式的風韻

譯詩的形式風格是中國現代譯詩觀念中一個比較重要的話題，一直以來很少有人對此加以關注。在我國翻譯理論的建設過程中，翻譯標準是學術界一再探討卻沒有定論的話題。拋開古代經書翻譯不論，僅就近代開始，從嚴復提出「信、達、雅」到「直譯」、「意譯」，從傅雷的「神似」說到錢鍾書的「化境」

110 戴望舒，《詩論零劄》（二），《華僑日報・文藝週刊》第二期，一九四四年二月六日。
111 戴望舒，《詩論零劄》（二），《華僑日報・文藝週刊》第二期，一九四四年二月六日。

說等等，人們對翻譯標準的認識莫衷一是。但在從近現代到當代翻譯標準的發展進程中，起著關鍵性承接作用的應該是郭沫若的「風韻譯」。這一形式要求在中國翻譯理論上具有突破性意義，然而，由於種種原因，他所提出的翻譯標準沒有受到理論界足夠的重視，以致很多從事翻譯理論工作的人都忽略了它的歷史價值。在此有必要以郭沫若的「風韻譯」觀念為例來探討中國現代譯詩的形式風格問題。

從漢代的譯經活動算起，翻譯在我國業已有幾千年的歷史了，而關於翻譯標準問題似乎也順應了劉勰「文變染乎世情」的思想，不同時期有不同的翻譯標準。雖然在最初的佛經翻譯過程中已有直譯和意譯之雛形產生，但譯界主要還是「文」與「質」的標準之爭。「文」即文采和形式，主張「文」的翻譯家強調翻譯的修辭和可讀性，這是對翻譯作品在形式上的要求；「質」即內容，主張「質」的翻譯家強調翻譯的不增不減和忠實性，這是對翻譯作品在內容上的要求。孔子有「文質彬彬，然後君子」之說，故只強調「文」或只強調「質」的翻譯作品僅僅抓住了文章「肌質」和「骨架」中的一面。到了近代，嚴復於一八九八年提出了相對全面的翻譯標準：「信」、「達」、「雅」，「雅」實質上是要求用文言文來進行翻譯，隨著新文化運動的深入發展，白話文最終取代了文言文，如果現在依然主張嚴復的「雅」說，倒有維護文言文體之嫌。拋開一切嫌疑而論，「雅」在今天至多只適合用來翻譯文學作品，恰如郭沫若所說：「翻譯文學作品尤其需要注意第三個條件（即「雅」。——引者加），因為譯文同樣是一件藝術品。」[112]到了二十世紀，新文化運動「啟蒙」的要求和「別求新聲於異邦」的思想使翻譯文學成了新文學在文體、思想和創作方法上的主要生長資源。這一時期，翻譯的空前盛況使翻譯出現了多元化的標準，直譯、意譯和歸化譯是其中最具代表性的三種。意譯是站在譯入語國的立場上，按照該國傳統的審美情趣和審美標準

112　郭沫若，《談文學翻譯工作》，《郭沫若論創作》（上海文藝出版社，一九八三年），頁六五〇。

把原著的內容和思想精神翻譯出來，從這個角度講，意譯就是一種歸化。由於比較符合譯入語國的審美習慣，讀者一般不會產生閱讀障礙。在實際的翻譯過程中，一個翻譯者往往根據不同的需要會採用直譯和意譯這兩種方法，一部翻譯作品的成功是應用多種翻譯標準的結果。比如郭沫若在修改《茵夢湖》的時候就用到了直譯和意譯兩種方法：「我用的是直譯體，有些地方因為遷就初譯的緣故，有時也流於意譯。」[113] 直譯是為了保持原著的外國味，意譯或歸化譯是為了保持原著的譯入語國文化特點，二者均未在魯迅所說的「易解」和「手姿」上找到一個很好的平衡點。一九五一年，傅雷提出了文學翻譯的「傳神論」標準，這較先前的翻譯標準更加完善，他說：「翻譯應當像臨畫一樣，所求的不在神似而在形似。」[114] 一九六四年，錢鍾書先生提出了「化境」說，他認為：「文學翻譯的最高標準是『化』。把文學作品從一國文字轉化為另一國文字，既能不因語文習慣的差異而露出生硬牽強的痕跡，又能保持原有的風味，那就算得入於『化境』。」[115] 有人說：「『化境』是比『傳神』更高的翻譯標準，或者說是翻譯的最高標準，因為『傳神』論要求的『神似』實際上是譯文與原作精神上的相似或近似，而『化境』則要求譯文與原作在除了文字形式以外的所有方面相等一致。這的確是翻譯的理想，是每一位翻譯工作者和學習翻譯的學生的努力方向。」[116]

在當代，辜正坤先生在權衡了各種翻譯標準的基礎上提出了自己獨到的翻譯標準觀。他沒有走入前人關於翻譯標準界定的極端做法——給翻譯提出一個新的標準或給自己的翻譯標準冠以學名，他也不像有的學者那樣只認定某種標準或某個人提出的標準是最高標準。辜先生以合乎學理的眼光，綜合各家之長，

---

113 郭沫若，《〈茵夢湖〉改譯序》，《學生時代》（人民文學出版社，一九七九年）。

114 傅雷，《〈高老頭〉重譯本序》，羅新璋編，《翻譯論集》（商務印書館，一九八四年），頁五五八。

115 錢鍾書，《林紓的翻譯》，羅新璋編，《翻譯論集》（商務印書館，一九八四年），頁六九八。

116 馮慶華，《實用翻譯教程》（上海外語教育出版社，一九九七年），頁三—四。

並根據翻譯實踐中遇到的具體問題提出了「翻譯標準多元互補論」[117]。這種學術品格值得在我們今天的學術界推廣，因為長期以來，大多數學者在探討研究同類問題時常採用「非此即彼」或全盤否定的思維方式，走入片面深刻有餘而全面客觀不足的胡同裏，他們缺少的是一種全面、客觀、公正的「相容」思想。在人文學科的研究中，除非人為地以某種主流思想作為準繩，沒有哪種觀點會是絕對的正確或錯誤，任何觀點都有其合理性並值得肯定的地方。因此，我們惟有在客觀地看待前人研究成果的基礎上採取「相容並包」的態度，才可能使自己的觀點更具深度和廣度，顯示出強大的生命力和合理性。對翻譯標準的認識同樣如此，文、質說；信、達、雅說；直譯法；意譯法；「歸化」說；神化說以及化境說等翻譯標準雖然都有不足，但它們各自的合理性卻不容忽視，所以，本著科學客觀的治學態度，辜先生提出的翻譯標準觀顯得更為合理。由於文學接受者（含翻譯工作者）的文化素養和審美心理有差別，他們對譯文價值的認可程度也會出現差異，對此，翻譯標準就會因人而異，其結果是「沒有也不可能有一個絕對的標準」（辜正坤語），翻譯的標準應該是多元化的，而且各種標準只有在互相補足的情況下才能發揮自己的優勢，才能成就上佳的譯文。

如果說傅雷、錢鍾書以及辜正坤等人在翻譯標準上較近代的嚴復、魯迅等人的觀點更深入全面的話，那在他們之間起著關鍵性鏈結作用的應該是郭沫若。從對中國翻譯標準的簡單回顧中，我們會發現郭沫若是翻譯理論界中一個不容忽視的重要人物，因為有了郭沫若的「風韻譯」翻譯標準論，才會有後來的「神似說」和「化境說」。作為中國現代文學界和翻譯界的多產者，郭沫若大量成功的翻譯實踐在促進我國新文學尤其是詩歌發展進步的同時，也成就了他翻譯理論的完備與合理。郭沫若的翻譯理論思想主要集中體

117 辜正坤，《中西詩比較鑑賞與翻譯理論》，參見該書第十二章（清華大學出版社，二〇〇三年），第三三八頁。

現在《談文學翻譯工作》、《論文學的研究與介紹》和《討論注譯運動及其他》等幾篇談論文學翻譯的理論文章中，此外，他為其翻譯作品所寫的四十餘篇「序」和「跋」中也時有翻譯思想的閃光。

郭沫若最早在一九二〇年發表的《〈歌德詩中所表現的思想〉附白》一文中闡發了他的文學翻譯標準觀：「詩的生命，全在他那種不可把捉之風韻，所以我想譯詩的手腕於直譯、意譯之外，當得有種『風韻譯』。」[118]「風韻譯」便是郭沫若認為的翻譯標準。何謂風韻譯呢？「風」是對文章美學特質的一種抽象說法。魏晉南北朝時期是我國文學的自覺時代，人們常用「建安風骨」或「魏晉風度」來概說這一時期的文學特點，魯迅對建安文學的風骨做過這樣的總結：「歸納起來，漢末，魏初（即建安前後，西元一九六至二二〇年。——引者加）的文章，可說是：清俊，通脫，華麗，壯大。」[119]可見魯迅理解的「風」是從美學角度來談論的一種文學品格。什麼是「韻」呢？古人談文章時常說文章應追求「言外之意」和「韻外之致」，「韻」當指文章的雅致，它常與「神韻」、「風韻」相連，要求詩歌寫得空靈，給人「悟」和「品」的空間。這與中國傳統的美學思想「意境」說有直接的因果關係，有韻者必得其意境。就狹義的範疇來說，「韻」與音韻相通，指文章的一種外在形式。因而「風韻」主要還是一種形式美學，包含了中國傳統美學思想的混沌和感悟性特點。郭沫若主張風韻譯，主要是從譯文的美學角度來要求翻譯不僅要通達和雅致，而且要具備形式美。注重譯文中的美學要素可以說是郭沫若對前人翻譯理論的突破，也是他對中國翻譯理論的重大貢獻。在郭沫若之前的翻譯理論中，很少有人專門就譯文的形式和其他美學要素發表過見解，而在郭沫若之後，人們才對翻譯在形式和美學上提出了要求，所以說郭沫若在中國翻譯標準的理論

---

118 郭沫若，《〈歌德詩中所表現的思想〉附白》，《少年中國・詩學研究號》一卷九期，一九二〇年三月十五日。

119 魯迅，《魏晉風度及文章與藥及酒之關係》，《魯迅選集》（四川人民出版社，一九九六年），頁二六八。

演進過程中起到了關鍵性鏈結作用。風韻譯不同於嚴復的「雅」，因為雅僅僅是文字層面的標準，但和傅雷、錢鍾書的翻譯標準觀有相通之處，極端地說有一致之處，因此，我們今天很難說傅雷和錢鍾書的翻譯觀沒有受到郭沫若風韻譯的某些啟示和直接影響。正是從這個角度講，郭沫若的風韻譯是對前人的超越，同時啟示了中國後來諸家的理論觀點。郭沫若無疑是中國翻譯理論界中一個承上啟下的關鍵性人物，其翻譯觀點值得我們進一步研究。

除一九二〇年首次談到風韻譯以外，郭沫若還多次闡發了這一翻譯思想。他在翻譯作品的過程中十分強調原文的風格，例如在談雪萊的詩時，郭沫若認為其詩歌有多種風韻：「古人以詩比風。風有拔木倒屋的風（Orkan），有震撼大樹的風（Sturm），有震撼小樹的風（Frisch），有動搖小枝的風（Maessig），有偃草動葉的風（Schwach），有不倒煙柱的風（Still）。這是大宇宙中意志流露時的種種詩風，雪萊的詩風也有這麼種種。」[120]正因為郭沫若意識到了詩風的多樣化，他才會特別注重譯文的「風韻」，才不會只求達意，而將不同詩風的作品千篇一律地以同種文體或風格呈現給讀者。在翻譯實踐中，由於客觀因素的影響而不得不強迫自己放棄原文的一些精神風格時，郭沫若會感到十分痛心，比如在翻譯愛爾蘭劇作家約翰・沁孤（John M. Synge）的方言劇時，中國的方言千差萬別，而使他不知道選用哪種方言去翻譯更符合原文的風格，因此他歎息道：「沒有法子我只好仍拿一種普通的話來移譯了，這在使多數人能夠瞭解上當然可以收到效果，但於原書的精神，原書中各種人物的傳神上，恐不免要有大大的失敗了。」[121]在他看來，譯文的美學價值遠遠大於它的意義，顯示出郭沫若對譯文「風韻」的追求。在中國翻譯理論史上，郭

120　郭沫若，《〈雪萊的詩〉小引》，《創造季刊》一卷四期（上海創造社出版，一九二三年二月）。
121　郭沫若，《〈約翰沁孤的戲曲〉譯後》，《約翰沁孤的戲曲集》（上海商務印書館初版，一九二六年二月）。

沫若的風韻譯與矛盾的「神韻說」一樣，從美學的角度對翻譯作品提出了更高的要求，對推動翻譯理論的發展和翻譯實踐的繁榮起到了積極的作用。

在提出了風韻譯的基礎上，郭沫若進一步指出風韻譯標準的理想譯本是原作本身。其意是說我們不能憑藉著自己的主觀感覺而賦予翻譯文本某種風韻，而應該根據原著的風格來確定譯文的風格，譯文應該以原著的風格為出發點和歸宿。「我們相信理想的翻譯對於原文的字句，對於原文的意義自然不許走轉，而對於原文的氣韻尤其不許走轉。」[122]此處的氣韻與前面所講的風韻相類，因為在中國古代文論中，「氣」和「風」都是指與原文的風格相聯繫的美學術語。郭沫若的觀點表明，在翻譯實踐中，原文的氣韻尤其應當堅持，無可改變。我們不能因為原文是文學作品就一定要在譯文的語言層面上做到「雅」，如前面說到的約翰．沁孤的某些戲劇是方言劇，譯文太雅致反而有損原文的風格。也不能因為原文是科技著作便一味地直譯而不求「雅」，如郭沫若在翻譯《生命之科學》這類自然科學作品時，就因為原文的文采性很強而在譯文中同樣保持了「文藝的性格」：「原著（指《生命之科學》。——引者加）實可以稱為科學的文藝作品。譯者對於原作者在文學修辭上的苦心是盡力保存著的……盡力保存原文之風貌……譯文同時是照顧著要在中國文字上帶有文藝的性格。」[123]此外，我們也不能因為原文是無韻詩而取消譯文的腳韻，因為在中國，尤其是古代，能被稱為詩的東西多半應講求押韻，否則，無韻詩翻譯過來便會失去「詩」味，如在翻譯歌德的長詩時他說：「原詩乃Hexametor（六步詩）的牧歌體，無韻腳；但如照樣譯成中文會完全失掉詩的形式。不得已我便通同加上了韻腳，而步數則自由。要用中文來做敘事詩，無韻腳恐怕是不

122 郭沫若，《討論注譯運動及其他》，《郭沫若論創作》（上海文藝出版社，一九八三年）。
123 郭沫若，《〈生命之科學〉譯者弁言》，《生命之科學》（上海商務印書館初版，一九三四年十月）。

行的。」[124]郭沫若對原文的這種改變其實是為了譯文的文體更加貼近原文的風格而不是要在氣韻上遠離原文，仍然體現了他對風韻譯標準的追求和恪守。

郭沫若儘管十分推崇「風韻譯」，但卻並不拘泥於某一翻譯標準，他認為根據實際翻譯的需要，譯者可以選用不同的翻譯方法和標準。當然，由於郭沫若對譯文美學風格的重視，所以他不贊成直譯，他認為：「逐字逐句的直譯，終是呆笨的辦法，並且在理論上是不可能的。我們從一國文字之中通曉得一個作家的思想，不是專靠認識他的字面便能成功的。一種文字有它的一種氣勢。這在英文是Mood……逐字逐句的直譯，把死的字面雖然照顧著了，把活的精神卻是遺失了。」[125]魯迅主張直譯，這似乎和郭沫若的觀點相牴觸，但大凡一流的學者都會具備客觀全面的眼光和變通的思想。魯迅並不反對意譯和歸化，對譯文應該具備形式美的「風韻」觀表示稱道，他認為：「凡是翻譯，必須兼顧著兩面，一當然力求其易解，一則保存著原作的風姿。」[126]魯迅所說的「風姿」指原作的形式和韻味。同樣，郭沫若儘管反對直譯，但他反對的卻是僵化的直譯：不根據實際需要或原文特點，而一味地以「直譯」的標準進行翻譯的做法。他自己在改譯《茵湖夢》和翻譯《生命之科學》等作品時，就用到了直譯和意譯這兩種方法，甚至在翻譯歌德的長詩《赫曼與竇綠臺》時他全用了直譯。

我們今天還在不斷地討論翻譯的標準問題、方法問題、功能問題、翻譯者的素質問題、詩歌的可譯性問題等，而郭沫若的翻譯思想無疑為我們的探討提供了諸多有益的參考，尤其是他提出的「風韻譯」思想，啟示並影響了整個二十世紀中國翻譯理論和翻譯文學的發展。隨著譯介學的發展和翻譯文學國別歸屬

124 郭沫若，《〈赫曼與竇綠臺〉書後》，《文學》月刊第八卷一——二期。
125 郭沫若，《〈赫曼與竇綠臺〉書後》，《文學》月刊第八卷一——二期。
126 魯迅，《關於翻譯》，《南腔北調》（人民文學出版社，一九八一年）。

的劃分，郭沫若的翻譯思想和翻譯實踐對於中國現代文學的重要意義必將受到更為廣泛的關注。

五、中國現代譯詩對傳統形式的回歸

主張譯詩形式應該盡可能地和原詩形式保持一致，並不意味著現代譯詩形式價值取向的西化。本文將主要以朱湘為例，來說明當時的很多譯者在吸收外國詩歌形式營養的時候，並沒有放棄對傳統詩歌形式審美觀念的堅守。朱湘他翻譯了很多外國詩歌作品，認為譯詩的語言和形式都有助於中國新詩文體的建構，並且在新詩創作初期依然選擇了創作白話新詩，但這並不表明朱湘是一個完全西化的詩人。我們從朱湘對中國古典詩歌傳統的偏愛，和譯詩形式的民族化主張等方面就可以看出，朱湘的譯詩文體觀念其實具有很多中國元素。

朱湘的譯詩和創作作品兼顧了傳統和西方的優點，他認為借鑑西方和學習傳統是新詩發展的兩條道路。朱湘自幼學習中國古典詩詞，對之有濃厚的興趣；到了美國後，由於受到種族歧視[127]而產生了很強的民族文化認同感。為了讓西方人瞭解中國文化的豐厚，他決定把中國古詩翻譯到國外去，朱湘在美國時給趙景深寫信說：「我如今忙著譯詩，尤其是從我國詩歌譯成英詩的這種工作。」[128]朱湘認為中國人除了翻

127 關於朱湘在美國受到歧視的描述，參閱《漂泊的生命・朱湘》之第三部分《異國苦旅與文學夢的破滅》（孫基林著，山東畫報出版社，一九九八年）；朱湘自己在給趙景深的信中曾說，「我決計就回國了，緣故你也知道了。推源西人鄙蔑我們華族的道理，不過是他們以為天生得比我們好，比我們進化，我們受蹂躪侮辱是應該的，合於自然的定則。」（朱湘，《寄趙景深（二）》，羅念生編，《朱湘書信集》，上海書店，一九八三年，頁四五。）

128 朱湘，《寄趙景深（十）》，羅念生編，《朱湘書信集》（上海書店，一九八三年），頁六六。

譯介紹西方文學之外，也應該很好地吸納中國古代文學的精粹，他經常舉的例子是歐洲的文藝復興是對古希臘文學的吸納，英國浪漫主義的復興也是源於對古代文學的介紹：「不是憑希臘文學的介紹，文藝復興一定不會誕生，不是憑復古，英國的浪漫詩人一定不會產生。」[129]因此他認為中國文學的復興有兩條道路——「不是介紹他國文學，便是復真正的古以求真正的新」[130]。因此，有學者對朱湘的詩歌觀念做了這樣的評價：「朱湘以詩為終生事業，他孜孜不倦地進行新詩形式的探求和創造，既注重借鑑西方的詩律學，學習西方詩歌整飭而多變的格律體的長處，又積極主張吸收古典詞曲和民歌鼓詞的優良傳統，從而創造出整齊、統一、和諧而多變的詩歌新形式。」[131]在五四新詩的變革期，朱湘作為一個有志於探討新詩形式的詩人，他不可能不到外國詩歌中去尋找借鑑詩體形式來發展中國新詩，他與聞一多一樣，在文學上通曉古今中外，而且對中國固有的詩歌傳統懷有深厚的情感，所以朱湘的詩在形式上既有譯詩的痕跡，又有古典詞曲的背影。張秀亞先生在《新月派詩人朱湘》一文中對朱湘的詩歌形式特徵描述道：「朱湘的詩，受舊詩的影響頗深，同時，也吸收了西洋詩的精髓，在他的集子中，就出現了兩種迥不相侔的作品：有我國民謠形式的詩歌，也有隔行押韻的極接近西洋詩體的作品。」[132]

翻譯外國詩歌最好採用本國的語言和詩歌形式。譯詩是對原詩的創造，原詩是譯詩的材料，譯詩可以根據本國語言和審美習慣對原詩進行改動。柳無忌在《我所認識的子沅》一文中曾對朱湘的譯詩經過做了這樣的回憶：「最使我欽佩的，是他譯詩的方法。他讀書與翻譯時從不用字典，真的，他去美國讀書時

129 朱湘，《寄孫大雨（五）》，羅念生編，《朱湘書信集》（上海書店，一九八三年），頁二一〇。
130 朱湘，《寄孫大雨（五）》，羅念生編，《朱湘書信集》（上海書店，一九八三年），頁二一〇。
131 徐榮街，《二十世紀中國詩歌理論》（山東教育出版社，二〇〇〇年），頁二三二。
132 張秀亞，《新月派詩人朱湘》，方仁念選編，《新月派評論資料選》（上海華東師範大學出版社，一九九三年），頁二〇〇。

連一本字典都沒有帶去；遇有疑難的地方，他才借我的字典來應用，但是這些次數並不多。他翻譯時不打草稿，他先把全段的詩意讀熟了，腹譯好了，然後再一口氣的寫成他的定稿。他的詩稿上很少有塗抹的地方，就是他給友人的信，也是全篇整潔不苟。」[133]這說明朱湘翻譯詩歌時只是注重翻譯了原詩的詩意，而對於原詩是否使用了別致的語言和獨特的形式則顧及不多，而且一旦用自己的思維習慣組織好了語言之後，朱湘很少再去改動自己的譯詩。朱湘認為翻譯詩歌主要是翻譯原詩的意境和情趣，除此之外的形式和語言則屬於「枝節」問題，是可以有所改動的，而且為著更好地傳達原詩的情感內容，所發生的詩歌形式的「更動」是翻譯過程中必需的正常行為。很多時候，為了能夠更好地賦予譯作在譯語國的生命力，譯者應盡可能地採用本國的語言和詩歌形式，譯者的翻譯是自由而不受原作形式束縛的。朱湘說：「我們對於譯者的要求，便是他將原作的意境整體的傳達出來，而不顧問枝節上的更動，『只要這種更動是為了增加效力』，我們應當給予他以充分的自由，使他的想像有迴旋的餘地。我們應當承認：在譯詩者的手中，原詩只能算著原料，譯者如其覺到有另一種原料更好似原詩的材料，能將原詩的意境達出，或是譯者覺得原詩的材料好雖是好，然而不合國情，本國卻有一種土產，能代替著用入譯文，將原詩的意境更深刻的嵌入國人的想像中；在這兩種情況之下，譯詩者是可以應用創作者的自由的。《茹貝雅忒》〔英國詩人費茲基洛（Fitz Gerald）翻譯的波斯詩人莪默伽亞謨的作品。——引者加〕的原文經人一絲不走的譯出後，拿來與費茲基洛的譯文比照的時候，簡直成了兩篇詩，便是一個好例。」[134]這充分反映出在朱湘的眼中，對原文的語言和形式沒有加以任何改變的譯詩與有所變動的譯詩比較起來有很大的差異，而「忠實」的前者在藝

133 柳無忌，《我所認識的子沅》，引自《朱湘譯詩集・序》（湖南人民出版社，一九八六年），頁四—五。

134 朱湘，《說譯詩》，《文學》第二九〇號，一九二七年十一月十三日。

術審美上反而比不上「變動」的後者。這種事實說明了翻譯外國詩歌時，在語言和形式乃至情趣上的部分「變動」反而會增加譯詩的藝術性，使外國詩歌在異質文化語境中獲得更強大的生命力。

優秀的譯詩應該在民族詩歌語言形式的向度上體現出創造性特質。朱湘認為優秀的譯詩必須具有創造性品格。譯詩的所謂創造性品格主要體現在詩體形式、語體或詩歌情感等諸多方面。詩歌翻譯應該傳達出原詩的情感或者在原詩的基礎上有所創造，才會使譯詩成為民族詩歌中的閃光部分。他在評論胡適的《嘗試集》時專就其中的譯詩《老洛伯》發表了自己的看法，認為該詩有很多翻譯得不夠準確乃至錯誤的地方。《嘗試集》「收入了幾首譯詩，但是它們不但沒有什麼出色的地方，可以與西方文學中有創造性的譯詩相提並論，並且《老洛伯》一首當中，還有兩處大的謬誤。……胡君沒有將此中的曲折看懂，含糊譯過去，……所以胡君的譯詩，我們也應當一筆勾銷，不再去談。」[135]由此可見，朱湘否定胡適譯詩有兩重原因：一是胡適的翻譯在語義轉換的層面上出現了錯誤，譯詩沒有達到準確地傳達出原詩內容的翻譯的基本要求；二是胡適的譯詩根本就沒有創造性，因此就不可能像西方人如菲茨傑拉德翻譯古波斯的《魯拜集》，和龐德翻譯東方詩歌的《神州集》那樣具有很高的藝術價值。朱湘在另外一篇專門談翻譯詩歌的文章中，論及了能夠在一國詩歌歷史上留下痕跡的譯詩必然是具有創造性的，譯詩只有具備了創造性品格才能進入民族詩歌的各種選本：「英國詩人班章生（Ben Jonson）有一篇膾炙人口的短詩《情歌》（Drink to Me Only with Thine Eyes），它是無論哪一種的英詩選本都選入的——其實，它不過是班氏自希臘詩中譯出的一個歌。還有近世的費茲基洛（FitzGerald）譯波斯詩人莪默迦亞謨的《茹貝雅忒》，在英國詩壇上留下了廣大的影響，有許多的英國詩選都將它採錄入集。由此可見譯詩這種工作是含有多份的創作意味在

135 朱湘，《嘗試集》，《中書集》（中國文聯出版公司，二〇〇一年），頁一八〇—一八一。

內的。」[136]從這個角度來講，朱湘認為優秀的譯詩應該在傳達出原詩精神意蘊的同時，結合譯語國的文化語境有創造性地融入新質，並根據一時代語言和詩體形式的需要對原詩有所「變形」，才能賦予原作在譯語國的二度生命並使譯詩進入到民族詩歌的發展序列中。朱湘自己的譯詩則富有創造性特徵，難怪羅念生曾說：「朱湘的翻譯手法有時近於創作。」[137]比如他翻譯瓊生的《給西利亞》中的兩行：「On leave a kiss but in the cup／And I'll not look for wine」，大意是「你在杯子上留下了一個吻，然後我就不再找酒喝」。朱湘將之翻譯成：「我要抱著空杯狂吸，／倘若你曾吹起輕呵」，兩相比較，朱湘的翻譯確實帶有濃厚的創作色彩。

正是由於建構民族文學的需要，轉譯往往成為一種必要的翻譯活動。文學作品的轉譯是必需的。中國詩歌很需要翻譯：「我覺得國內的文壇如今各方面都需要人才，不單是創作這一方面：說介紹，試問西方的名著現在有幾本譯成了中文，詩、戲劇、小說、批評、散文，不說好的譯本，就是壞的譯本都沒有一個影子！我們正是一個需要翻譯的時期：你知道的，也不用我講。歐洲文藝復興的原動力中希臘文學的介紹占了很重要的位置。」。[138]如果沒有翻譯介紹希臘文學，歐洲的文藝復興也許就不會發生，因此，我國新文學必須翻譯介紹西方的文學名著來促進自身的發展新變。文學作品的轉譯是不可避免的現象，是一種供應迫切需要的過渡的辦法。朱湘認為「重譯」「是翻譯初期所必有的現象」，[139]朱湘所說的重譯實際上指的是轉譯，即從第三種語言中翻譯某國的文學。詩歌的轉譯會造成原詩語言和形式的第二度折損，但這種

136 朱湘，《說譯詩》，《文學》第二九〇號，一九二七年十一月十三日。
137 羅念生，《朱湘譯詩集・序》（湖南人民出版社，一九八六年），頁五。
138 朱湘，《寄孫大雨（五）》，羅念生編，《朱湘書信集》（上海書店，一九八三年），頁二一〇。
139 朱湘，《翻譯》，《朱湘作品選》（中央民族大學出版社，二〇〇五年），頁一八七。

翻譯在很多時候，尤其是一種新型的文學類型興起的時候卻是必需的；為了要使新興的文學在短時間內獲得更為開闊的視野以及更加豐富的營養，譯者不得不根據自己熟悉的語言去翻譯第三國的文學。比如義大利文藝復興是對古希臘文學的發現，而創作《神曲》的但丁卻不通希臘語，其中關於希臘文化的部分是根據拉丁文的譯本或轉述本寫成的。因此中國新詩草創時期轉譯外國詩歌也屬正常現象，比如五四時期為了應和西方的東方熱潮，陳獨秀、鄭振鐸等人根據英文譯本轉譯了印度詩人泰戈爾的詩歌。為什麼在新的文學類型興起的時候轉譯的現象就會顯得比較普遍呢？拿中國新詩的轉譯來說，由於譯者所具備的外語能力所翻譯出的詩歌難以滿足國內對外國詩歌的需求，譯者很多時候就只有通過另外一種他所熟悉的語言的譯本去翻譯他國文學，因此出現轉譯的現象實乃文學作品的供不應求所造成的。因此，朱湘說：「由文學史來觀察，拿重譯（實際上是轉譯。——引者）來作為一種供應迫切的需要的過渡辦法，中國的新文學本不是發難者」[140]，外國文學的發展亦然。

總之，朱湘認為譯詩是促進中國新詩發展繁榮的力量之一，對於一國文學的創新具有非常重要的意義：「從前義大利的裴特拉（Pet Rach）介紹希臘的詩到本國，釀成文藝復興；英國的索雷伯爵（Earl of Surrey）翻譯羅馬詩人維琪爾（Virgil），始創無韻體詩（Blank Verse）。可見譯詩在一國的詩學復興之上是占著多麼重要的位置了。」[141]和其他的譯者只注重借鑑外國詩歌形式相比，朱湘的譯詩文體觀念由於具備了外國詩歌和古典詩歌的形式要素，而在現代譯詩史上顯示出獨特的價值，對中國新詩文體建構所起的促進作用也更顯著。

---

140 朱湘，《翻譯》，《朱湘作品選》（中央民族大學出版社，二〇〇五年），頁一八八。

141 朱湘，《說譯詩》，《文學》第二九〇號，一九二七年十一月十三日。

第三節　現代譯詩形式對中國新詩形式的影響

譯詩形式至少在結構上較多地採用了原詩的形式要素，因此對中國新詩形式的影響是顯而易見的。現代譯詩形式對中國新詩形式的影響主要體現在兩個方面：一是譯詩可以為中國新詩創造新體；二是譯詩形式作為仲介可以實現對中國新詩形式的影響。

劉半農提倡中國新詩形式的發展應該學習英國，因為英國的詩歌形式最為豐富，而且英國有格律限制較少的自由詩，和不講求押韻且不限定音節的散文詩，這些自由的詩歌形式對詩人情感的表達沒有產生約束，因此英國詩歌比法國詩歌的成就更高。「嘗謂詩律愈嚴，詩體愈少，則詩的精所受之束縛愈甚，詩學絕無發達之望。試以英法二國為比較。英國詩體極多，且有不限音節、不限押韻之散文詩。故詩人輩出。長篇記事或詠物之詩，每章長至十數萬字，刻為專書行世者，亦多至不可勝數。若法國之詩，則戒律極嚴。任取何人詩集觀之，絕無敢變化其一定之音節，或作一無韻詩者。因之法國文學史中，詩人之成績，絕不能與美國比。長篇之詩，亦破乎不可多得。此非因法國詩人之本領魄力不及某人也，以戒律械其手足，雖有本領魄力，終無所發展也。」[142]此時我們姑且對英法詩歌孰高孰低，以及散文詩的起源地是否在英國等問題「懸置」不論，很明顯，劉半農說這番話的意圖是要為白話自由詩尋找合理的證據，通過英法詩歌成就的對比，襯托出詩體解放對於一國詩歌發展的關鍵性作用。既然詩體的解放和詩體的豐富如

[142] 劉半農，《我之文學改良觀》，《新青年》三卷三號，一九一七年五月十五日。

此重要，那劉半農自然會在「律詩排律當然廢除」之後「別求新體於異邦」了。如何增多新詩的詩體呢？他認為：「建設新文學的韻文之動機，倘將來更能自造，或輸入他種詩體，並於有韻之詩外，別增無韻之詩。」[143]劉半農很自然地將翻譯引進外國詩歌的形式作為建設新詩的重要路徑，不管是「自造」還是「輸入」詩體，最終都會借鑑外國詩歌的形式，而對於多數不能從事詩歌翻譯的人來說，他們借鑑的實質上是翻譯詩歌的文體形式。如此看來，要真正實現劉半農所謂的「增多詩體」，新文學界就得大量的翻譯外國的各體詩歌。劉半農樂觀地認為，翻譯詩歌的形式可以在形式和精神兩個方面，推進中國新詩的發展：「在形式一方面，既可添出無數門徑，不復如前此之不自由。其精神一方面之進步，自可有一日千里之大速率。」[144]劉半農的整個言論充滿了五四新文學先驅普遍具有的激進語氣和「革命」樂觀主義精神，從後來新詩的發展來看，外國詩歌的翻譯的確給中國新詩輸入了多種詩體，中國新詩形式的豐富性遠遠超過了古詩，這不能不「歸功」於劉半農等早期新詩先行者的理論宣導和創作實踐。

梁宗岱也認為翻譯外國詩歌可以為中國新詩輸入新鮮的文體形式。翻譯外國詩歌是中國新詩形式建構的路徑之一，譯詩對中國新詩的形式建設具有範本或啟示的功能，而且可以通過翻譯來試驗新詩體。朱自清先生在《新詩的出路》中認為翻譯外國詩歌對中國詩人而言「可以試驗種種詩體，舊的、新的，因的、創的；句法、音節、結構、意境，都給人新鮮的印象。（在外國也許已陳舊了）不懂外國文的人固可有所參考或效仿，懂外國文的人也還可以有所參考或效仿；因為好的翻譯是有它獨立的生命的。譯詩在近代是不斷地有人在幹，……要能行遠持久，才有作用可見。這是革新我們詩的一條大路」[145]。在

[143] 劉半農，《我之文學改良觀》，《新青年》三卷三號，一九一七年五月十五日。
[144] 劉半農，《我之文學改良觀》，《新青年》三卷三號，一九一七年五月十五日。
[145] 朱自清，《新詩的出路》，《新詩雜話》（生活・讀書・新知三聯書店，一九八四年）。

朱自清看來，譯詩是一件非常偉大的事業，可以幫助很多不懂外文的人瞭解外國詩歌，也可以使那些寫詩但同樣不懂外國文的人借鑑外國詩歌翻譯體進行創作，從而在句法、音節、結構或意境等諸多方面增富中國新詩的詩體內容。朱自清呼籲讓更多的人投入到翻譯外國詩歌的「大業」中來，畢竟「直接借助於外國文，那一定只有極少數人，而且一定是迂緩的，彷彿羊腸小徑一樣這還是需要有天才的人；需要精通中外國文，而且願意貢獻大部分甚至全部生命於這件大業的人」[146]惟其如此，中國新詩界才會有更多的形式營養，才可能創造出更多的新詩體或發現更多的詩體元素。借助翻譯來建設中國新詩形式的觀點並非朱自清獨創，從最初胡適以譯詩《關不住了》來宣佈新詩成立的「新紀元」到劉半農的借助翻譯增多詩體，梁宗岱在《新詩底分歧路口》中也認為翻譯是增進中國新詩詩體形式的「一大推動力」，雖然翻譯外國詩歌「有些人覺得容易又有些人覺得無關大體，我們確認為，如果翻譯的人不率爾操觚，是輔助我們前進的一大推動力。試看英國詩是歐洲近代詩史中最光榮的一頁，可是英國現行的詩體幾乎沒有一個不是從外國——法國或義大利——移植過去的。翻譯，一個不獨傳達原作底神韻並且在可能內按照原作底韻律和格調的翻譯，正是移植外國詩體的一個最可靠的辦法」[147]。表明了翻譯外國詩歌是中國新詩文體建構過程中非常重要和關鍵的環節，不僅可以為中國新詩提供形式經驗，而且可以幫助中國新詩「增多詩體」。在梁宗岱看來，譯詩在文體形式上應該保留原作的韻律和格調，雖然在翻譯實踐中很難做到，但畢竟是他對譯詩形式的一個追求目標，也是對譯詩文體形式設定的一個理想標準，為譯詩與原詩形式的一致性提供了參照標準。

146 朱自清，《新詩的出路》，《新詩雜話》（生活・讀書・新知三聯書店，一九八四年）。
147 梁宗岱，《新詩底分歧路口》，《詩與真・詩與真二集》（外國文學出版社，一九八四年），頁一七二。

譯詩形式可以促進中國新詩形式的建構。中國新詩的發展歷程就是翻譯外國詩歌並受其影響的過程，而這種影響主要體現在文體形式上。馮至在《中國新詩和外國的影響》一文中，就翻譯詩歌的文體形式對中國新詩文體建構的促動進行了梳理：早期新詩人在打破古詩體格律的情況下，採用西方詩歌的結構創作分行分節的新詩，儘管胡適憑藉一首譯詩《關不住了》宣告新詩的紀元正式成立，但並不能掩飾早期新詩文體形式和思想情感的幼稚。後來的郭沫若在日本留學期間接觸到了泰戈爾和海涅的抒情詩、惠特曼（W. Whitman）和歌德「狂飆突進的精神」，郭沫若便動手翻譯了歌德的《少年維特之煩惱》和《浮士德》，正是憑著他所閱讀的別人翻譯的詩歌，或自己翻譯但沒有形成文字文本的詩歌的影響（類同於閱讀外國詩歌的影響），其中也特別是惠特曼革新詩歌形式的精神啟發了郭沫若《女神》的創作。二十世紀二〇年代時，開創中國現代格律詩格局的聞一多廣泛接觸了外國詩歌，認為新詩應該既非純粹的西方詩而又非純粹的本地詩，乃應是中西詩結合的「寧馨兒」，他的格律詩主張在翻譯和創作實踐中不斷地應用成熟。當然，馮至認為上世紀二〇年代新詩借鑑外國詩歌或譯詩文體創作也有失敗的教訓，那便是沒有區分日語和漢語的特徵，且沒有理解俳句的規律就進行的小詩體創作，以及不熟悉漢語且「食而不化」地模仿法國象徵主義詩歌創作的，以李金髮為代表的早期象徵主義詩歌。到了三〇年代，殷夫從德文翻譯匈牙利愛國詩人裴多菲（S. Petofi）的詩歌，自己則從中吸收藝術養分，創作了享有聲譽的革命詩歌；戴望舒和卞之琳等則在翻譯法國波德賴爾、馬拉美（S. Mallarme）、瓦雷里和西班牙詩人洛爾卡（F. G. Lorca）等人詩歌的同時，鍛鍊了自己的筆法並習得了表現藝術，創作出了中國的現代主義詩歌。三〇年代的艾青喜歡法國後期象徵主義的詩篇，並翻譯了比利時詩人凡爾哈倫（Verhaeren）的詩歌，結集成《原野與城市》出版，「這些詩的內容和自由節奏顯然影響了艾青早期用清新的筆調和深切的同情歌詠農村悲苦的名篇」。抗戰以後，馬雅可夫斯基的作品傳到了中國，雖然其詩歌的中譯本在形式上與原文形式出入較大，但卻「給中國的朗誦詩樹立了一個很好的榜樣」。在對中國新詩受到的外來影響做了簡單的分析後，馮至認為這種外來影響主要體現在形式上：「通過外國詩的借鑑，中國新詩在本國詩歌傳統的基礎上豐富了不少新的意象、新的隱喻、新的句式、新的詩體。」而且該影響主要依靠譯詩文體發揮作用：「中國新詩人能直接讀外國詩的只是一部分，有成就的詩人中通過譯詩，或通過理論的介紹，間接受到外國詩影響的也不在少數。」[148]由此可知，外國詩歌對中國新詩形式的影響是借助譯詩文體來實現的。

譯詩的文體形式可以幫助中國新詩形式創格。中國新詩自誕生之日起就忽視了詩歌形式的創格，很多人憑藉對外國詩歌的一知半解或錯誤的翻譯形式，認為外國詩歌發展的趨勢是拋棄音韻和形式的束縛，因此我們的新詩應該效法西方創作自由詩。朱湘認為這樣的詩歌形式觀念是錯誤的，因而要糾正這種偏頗的詩歌形式觀念，路徑之一就是借助翻譯詩歌的形式來刺激和啟示人們重新認識詩歌節奏和音韻的重要性：「我國如今尤其需要譯詩。因為自從新文化運動發生以來，只有些對於西方文學一知半解的人憑藉著先鋒的幌子在那裏提倡自由詩，說是用韻猶如裹腳，西方的詩如今都解放成自由詩了，我們也改趕緊效法，殊不知音韻是組成詩之節奏的最重要的份子，不說西方的詩如今並未承認自由體為最高的短詩體裁，就說是承認了，我們也不可一味盲從，不運用自己獨立的判斷。我國的詩所以退化到這種地步，並不是為了韻的束縛，而是為了缺乏新的感興，新的節奏——舊體詩詞便是因此木乃伊化，成了一些僵硬的活輕薄的韻文。倘如我們能將西方的真詩介紹過來，使新詩人在感興上節奏上得到鮮穎的刺激與暗示，並且可以拿來同祖國古代詩學昌明時代的佳作參照研究，因之悟出我國舊詩中那一部分是蕪曼的，可以剷除避去，那一

[148] 馮至，《中國新詩和外國的影響》，《馮至全集》（第五卷）（河北教育出版社，一九九九年），頁一八二。

部分是菁華的，可以培植光大，西方的詩中又有些什麼為我國的詩不曾走過的路，值得新詩的開闢。」[149]朱湘的這段話給中國新詩形式的發展提供了如下啟示：首先是自由詩並不是外國詩歌「最高的短詩體裁」，因此即便外國流行自由詩，也不能將之作為主要效法的詩體；第二是中國新詩形式的發展應該有自己的道路和特色，不應該跟隨西方詩歌的發展腳步；第三是只有翻譯優秀的外國詩歌，並且將其形式翻譯準確，才能為中國新詩的創格提供有益的參考。

卞之琳十分關注外國詩歌形式和譯詩形式對中國新詩的影響。他在紀念郭沫若誕辰一百周年的紀念文章中，對郭沫若癡心於詩歌形式的探索精神表示折服，同時表明了自己對新詩形式建設的一貫努力。「郭老所不滿的『分行散文』加不能賦予一些舊詞藻新功能而成的濫調這種『像詩』（似詩非詩）的非議，令我敬服。實際上我幾十年先在實踐上後在理論上探索新格律，卻從不反對過自由體而且自己也試用過自由體，只是直至最近還在進一步根據現代漢語的語言特色，探索寫、譯語體詩的聲韻規律，以求獲得社會上有一定文化水準的一般人的共識，為使新體詩能真正取代舊體詩成為現代主流的地位。」[150]在後來的文章中他承認自己的詩歌形式受到了三個方面的影響：「平心而論，只就我而說，我在寫詩『技巧』上，除了從古、外直接學來的一部分，從我國新詩人學來的一部分……我在自己詩創作裏常常傾向於寫戲劇性處境、作 戲劇性獨白或對話，甚至進行小說化，從西方詩裏當然找得到較直接的啟迪，從我國舊詩的『意境』說裏也多少可以找得到較間接的領會，從我的上一輩的新詩作者當中呢？」[151]卞之琳從聞一多等人那裏學到了很多「有規律的詩行」以及形式技巧。卞之琳認為中國新詩的形式技巧和創作資源來源於古典詩

149 朱湘，《說譯詩》，《文學》第二九〇號，一九二七年十一月十三日。
150 卞之琳，《一條界線和另一方面，郭沫若詩人百年生辰紀念》，《詩刊》一九九二年十一期。
151 卞之琳，《完成與開端，紀念詩人聞一多八十生辰》，《卞之琳文集》（中卷）（安徽教育出版社，二〇〇二年），頁一五三。

歌、外國詩歌和中國新詩，他是較早認同新詩形式和創作技巧傳統的詩人，而其所受外國詩歌的「直接的啟迪」，進一步說明翻譯外國詩歌對中國新詩創作技巧和形式的引導作用。

在卞之琳看來，正是譯詩的白話文體拉開了中國新詩歷史的序幕。倘若中國的譯詩還是採用古體形式，沒有胡適那首迴然有別於傳統詩歌形式的譯詩，即便是新詩形式有了理論上的宣導，依然很難打開新的詩歌創作局面。五四新文學運動以前，清末就有了大量的譯詩，「但是譯的都是用文言舊詩體，影響有限，對於中國詩體的變革更無直接關係」[152]。在古詩體步入僵化的發展境地時，新詩革命宣導白話自由詩，力圖達到「作詩如作文」的自由創作，拋卻嚴謹的古體詩律。《白話詩八首》的發表也沒有為新詩贏得文體地位，主要原因在於這些最初的新詩作品保留著濃厚的古體詩味，「實在不過是一些刷洗過的舊詩，……都還脫不了詞曲的氣味與聲調」[153]。新詩包括整個新文學都面臨著無人問津的尷尬局面，怎樣創造新詩的新體成了新詩人亟待解決的難題。在這個關係到新詩發展的關鍵時期，有別於古體詩的譯詩文體形式的出現打破了新詩壇的沉寂，為新詩開啟了「合法」的創作道路。胡適「偶用白話譯現代美國女詩人莎拉·替斯代爾（Sara Teasdale）平平常常的一首抒情小詩《關不住了！》（Over the Roofs），卻好像『得來全不費功夫』，居然用他自己的說法，開了『我的「新詩」成立的紀元』。說來也妙，胡適早決意要進行『詩體大解放』，寫白話詩要寫得『自然』，打破整齊句法，……卻一直像『踏破鐵鞋物覓處』，建不起『新詩』的格局，一朝用白話把一首原是普通的英語格調詩譯得相當整齊，接近原詩的本色，就有理由使他自己得意，也易為大家接受。從此，稍經一些同道合力『嘗試』的初步『成功』，白話新詩的門路打開了。……這

152 卞之琳，《翻譯對於中國現代詩的功過》，《卞之琳文集》（中卷）（安徽教育出版社，二〇〇二年），頁五三四。

153 胡適，《〈嘗試集〉再版自序》，《嘗試集》（人民文學出版社，二〇〇〇年），頁一八一。

在中國詩史上確是一次革命性變易」[154]。根據卞之琳的理解，翻譯詩歌的文體實踐了最初的白話詩主張，是中國新詩形式的最好體現，由是實現了中國詩歌形式的「變易」，打開了「白話新詩的門路」。

卞之琳認為中國新詩形式建構的每個階段都受到了譯詩文體的影響。中國新詩的發展歷程總是與翻譯借鑑外國詩歌的藝術形式分不開的，充分理解外國詩歌的精神特質並運用外國詩歌的形式是新詩藝術成熟的關鍵。卞之琳在《新詩和西方詩》中這樣概說了現代詩歌的發展與借鑑西方詩歌的關係：

> 草創階段，大致說來，是一九一九年五四前後胡適寫《嘗試集》中的那些詩到出書的一九二一年前後。新詩當時還比較幼稚。……原因是：存心想突破舊詩詞而突破不了，對西方詩的精神實質又沒有能夠掌握和加以借鑑。
>
> 真正的突破階段，我認為還是以郭沫若在一九二一年出版《女神》開始。……這以後，新詩才真像「新詩」。郭沫若寫舊詩也很有修養，還是首先受惠特曼的影響，才使他寫出了新詩。
>
> 接下去，是新詩藝術開始成熟的階段。……這時期藝術上的代表詩人應推寫《志摩的詩》（一九二五年出版）的徐志摩和寫《死水》（一九二九年出版）的聞一多。他們也是對舊文學有修養的，但是熟悉西方詩，所以能用我國活生生的口語寫出更像「西化」的詩。……儘管用中國題材，他們始終沒有超出英美浪漫派詩的格調。
>
> 二〇年代末期到三〇年代初期應算是第四階段吧。新詩藝術表現形式另有了較成熟的新東西，接近西方現代派的東西。……

154 卞之琳，《翻譯對於中國現代詩的功過》，《卞之琳文集》（中卷）（安徽教育出版社，二〇〇二年），頁五三五。

三〇年代是各家詩風繁榮的時期。……開始正式發表詩的何其芳和艾青，接近戴望舒為首的《現代》派詩風，卻直接受了法國象徵派或象徵派邊緣詩人的影響。……

一九四二年以後的四〇年代，……在大後方。像在西南聯合大學，二〇年代後期就成名的馮至在里爾克的影響下寫出了《十四行詩集》，還有一些年輕詩人接受了英美現代派詩人如艾略特與奧登的影響。[155]

卞之琳指出了中國現代新詩形式藝術的發展歷程，就是不斷受到西方詩歌影響的過程，那西方詩歌是怎樣影響到中國新詩的呢？顯然與詩人直接閱讀西方詩歌原文（在思維中翻譯成中文）、翻譯西方詩歌、閱讀翻譯詩歌等某個與詩歌翻譯相關的文化交流行為分不開，畢竟只有依靠譯詩才能實現外國詩歌對中國新詩的影響。正如卞之琳本人所說：「『五四』以來，我國新詩受西方詩的影響，主要是間接的，就是通過翻譯。」[156]中國新詩的發展的確受到了外來詩歌形式元素的影響，這是人們已有的共識，但卞之琳從譯詩的角度來論述這種文體影響的實有和存在，實則是對外國詩歌影響中國新詩形式的可能路徑的肯定。

155 卞之琳，《新詩和西方詩》，《詩探索》一九八一年四期。
156 卞之琳，《新詩和西方詩》，《詩探索》一九八一年四期。

第三章　外國詩歌形式的誤譯對中國新詩形式的影響

誤譯（mistranslation）是翻譯研究中的關鍵字，在一般翻譯研究者看來它具有兩層涵義：一是傳統翻譯學和現代翻譯語言學理論從語言層面出發，認為誤譯即是兩種語言的不「對等」或不「等值」，是譯語對原語的錯誤替換；二是譯介學和現代文化翻譯理論從意義或文化交流的角度出發，認為誤譯是對文學文本意義或文化內容的改寫，或曰「創造性叛逆」（creative treason）。目前學術界關於誤譯研究所取得的豐碩成果足以建構起一套誤譯理論體系，但這套體系卻並不完備，其中有很多亟待補足和改進的地方，比如在文學翻譯尤其是詩歌翻譯中，由於詩歌是一種非常講究形式藝術的文體，這就決定了誤譯不僅僅指涉語言、意義和文化，它還應該包括文體形式。外國詩體的誤譯現象不僅是普遍的、必然的，而且是合時宜的、有意義的。本文試圖從詩體誤譯的普遍性出發，分析外國詩體在翻譯過程中為什麼會出現形式的誤譯，以及其對中國新詩詩體建設的積極影響，進而在形式方面補足並完備誤譯理論。

第一節　外國詩歌形式誤譯的普遍性

誤譯是文學翻譯過程中極為普遍的現象，但和文本意義誤譯的普遍性不同，文體形式的誤譯常常只發生在對形式藝術要求頗高的詩歌翻譯過程中。詩歌形式和內容的特殊性，以及翻譯活動本身的局限性決定了外國詩歌在翻譯成中文時出現文體誤譯的普遍性。

詩歌形式的特殊性決定了詩歌形式的誤譯。相對於敘事文學來說，詩歌藝術化的形式對抒發感情的烘托作用顯示出詩歌文體的優勢，「詩的內容既然總是飽和著強烈而深厚的感情，這就要求他 的形式便於表現一種反覆迴旋、一唱三歎的抒情氣氛。有一定的格律是有助於造成這種氣氛的」[1]。詩歌要詠唱的事物和要抒發的感情在形式中得到了形象生動的演繹，形式成了詩美最好的注腳：「現實生活中有詩美，不過它是美在本質上、內容上，詩則把它熔化在優美的形式裏。」[2]極端的形式論者甚至認為詩歌作品之間的差異主要是由形式來劃分的：「所有詩歌的材料——就是說，自然的風貌、人的思想和感覺——是沒有變化的，因而，詩人與詩人的不同就在於他們每一個人把語言、格律、音韻和節拍等應用於這種不變的材料的不同方式。」[3]不管此論述是否具有學理性，但其強調詩歌形式重要性的主觀意圖卻是值得肯定的。

1 何其芳，《關於格律詩》，《何其芳集》（中國社會科學出版社，二〇〇四年），頁四〇。
2 呂進，《新詩的創作與鑑賞》（重慶出版社，一九八二年），頁七一。
3 〔英〕A．C．布拉雷德，《為詩而詩》，拉曼．塞爾登著，劉象愚等譯，《文學批評理論，從柏拉圖到現在》（北京，北京大學出版社，二〇〇三年），頁二五六。

既然形式對於詩歌如此重要，那詩歌翻譯其實很大程度上說應該是在翻譯詩歌形式。但恰恰是詩歌形式最容易引起誤譯，為什麼呢？我們知道詩歌形式包括語言、音韻、節奏、排列以及象徵等內容，由於發音、聲調和文化的不同，詩歌的形式內容很難用另一種語言等值地翻譯到異質的文化語境中，人們一直以來所喟歎的「譯詩難」的癥結其實就出在詩歌形式上，在等值的理想化翻譯標準面前，詩歌由於不可避免的形式誤譯，而使翻譯界認為譯詩在所有的文學翻譯中是最困難的。依照翻譯語言學理論，詩歌翻譯應該將注意力集中到語言和技巧層面上，認為翻譯是用一種語言材料去等值替換另一種語言材料。但實際上，這種完全的「替換」對形式性極強的詩歌翻譯來說是難以實現的。「形式感是可以把握的，如果從字、詞、句、段、篇的組合來考察的話；但假如涉及聲音、節奏、象徵等等，就只可意會不可言傳了。詩的音樂效果是無從翻譯的。音樂性愈好，一首詩愈難翻譯。」[4] 譯語（漢語）與源語（英語）之間的差異使詩歌形式的誤譯成了天然的無法逾越的屏障，美國學者伯頓・拉夫爾（Burton Raffel）從語言差異出發，認為原詩的形式「無法在新的語言中再現」，他從五個方面分析了譯詩形式誤譯的原因：兩種語言的語音不同，無法在一種語言中重現另一種語言的聲音；兩種語言的句法結構不同，無法在一種語言中完整地重現另一種語言的句法結構；兩種語言的辭彙不同，無法在一種語言中重現另一種語言的辭彙；兩種語言的文學史不同，無法在一種語言文化中重現另一種語言文化中的文學樣式；兩種語言的韻律不同，無法在一種語言的文學作品中重現另一種語言文學作品的語律。[5]

[4] 樹才，〈譯詩，不可能的可能——關於詩歌翻譯的幾點思考〉，許鈞主編，《翻譯思考錄》（湖北教育出版社，一九九八年），頁三八五。

[5] 郭建中，《當代美國翻譯理論》（湖北教育出版社，二〇〇〇年），頁二一五—二一六。

因此從形式的角度講，翻譯詩歌「失敗幾乎是必然，而成功則顯得意外或偶然」[6]。如果我們真要去顧及原詩的形式和音韻的話，那詩歌翻譯在形式和內容兩個方面都會落得「聲敗名裂」，導致意義和形式的雙重誤譯，從而使詩歌真正變成不可譯的文學樣式。為了不「因韻損文」，所以很多時候譯者就不會顧及原文的韻律，以形式的誤譯去成全詩歌內容的傳遞並達到文化交流的目的。「如果我們一定要按照原文的格律，結果必然是要犧牲原文的內容，或者增加字，或者減少字，這是很不合算的。每國文字不同，詩歌格律自然也不同。追求詩歌格律上的『信』，必然造成內容上的不夠『信』。」[7]因此在現代人看來，「韻律並不像傳統那樣受到至高無上的重視，從而也就不會誇大譯詩的難度」[8]。

翻譯活動的特徵決定了詩歌形式的誤譯。外國詩歌在翻譯進他國文化中時在形式和內容上都會出現不同程度的誤譯現象，這一方面是由語言差異引起的，另一方面也與翻譯活動自身的局限性分不開。詩歌翻譯活動涉及到原詩歌文本、翻譯過程、譯者、譯入語國的文化語境、譯詩等環節，除了譯詩直接體現出形式的誤譯之外，其他幾個環節也都可能成為詩歌形式誤譯的誘因。

從文本的特徵出發，接受美學論者伊塞爾（Wolfgang Iser）提出了文本的「召喚結構」（Appellstruktur），對於詩歌文體來說，形式的空白和不確定性比內容更為突出，詩歌形式上的召喚結構給翻譯造成了兩難選擇，因為詩歌形式特別是語言，對不同文化的讀者來說其理喻程度是不同的，對不同時代的讀者來說也有差異。所以，原文本的形式應盡可能地根據譯入語國的讀者的接受能力、接受現狀來進行翻譯，這種翻譯肯定會引起原詩形式的誤譯。由譯入語國的文化來引起的詩歌內容和形式的誤譯都可稱為創造性叛逆。比

6 郭建中，《當代美國翻譯理論》（湖北教育出版社，二〇〇〇年），頁三八六。
7 馬紅軍，《翻譯批評散論》（中國對外翻譯出版公司，二〇〇〇年），頁二〇〇——二〇一。
8 郭建中，《當代美國翻譯理論》（湖北教育出版社，二〇〇〇年），頁六六。

較而言，詩歌文本較其他文學文本更容易引起形式的誤譯，「文學翻譯的創造性叛逆在詩歌翻譯中表現得最為突出，因為在詩歌這一獨特的體裁中，高度精煉的文學形式與無限豐富的內容緊密地結合在一起，使得譯者幾乎無所適從——保存了內容，卻破壞了形式，照顧了形式，卻又損傷了內容」[9]。

從翻譯的演變發展來看，外國詩歌的翻譯就是其形式不斷被改寫和誤譯的過程。不同時期有不同的詩歌翻譯原則和規範，這些原則和規範都是為了滿足各自時代對詩歌作品形式的不同需求。譯詩的演變軌跡，明晰地劃出了不同時期詩歌的翻譯方法和翻譯標準；在這種翻譯觀念的指導下，同一首詩在不同時期就會出現不同的形式。這從另外一個角度表明，每個時期外國詩歌形式都存在誤譯現象，譯詩的形式在譯入語國內沒有統一標準，只有時代詩風的痕跡。比如拜倫《哀希臘》一詩的譯體就出現了馬君武、蘇曼殊、胡適、劉半農、胡寄塵等人的多種翻譯，其中有古詩的五言體，騷體、白話體等；五四時期為了學習外國詩歌的表現方法和文體而採用直譯的方法；為了啟蒙和「大眾化」而採用白話譯詩；為了促進本國新詩文體的變革而採用自由詩的形式翻譯外國詩歌等等，都說明了不同時期的譯詩在形式上都存在著差異，這是由翻譯詩歌的時代特徵決定的。即詩歌翻譯的形式取決於譯入語國當下流行的詩歌形式，而非原詩本身的形式。

再次，從譯者的角度來看，由於個人的文化修養和對原詩的理解的差異，不同的譯者會對同一首詩歌做出不同的翻譯。一個出色的翻譯者常常會在譯作中加入自己的翻譯風格，那些本身是詩人的譯者還會在譯詩中突出自己個性化的詩歌色彩，「『一般說來，詩人而兼事譯詩，往往將別人的詩譯成頗具自我格調的東西。』這當然是常見的現象。由於我自己寫詩時好用一些文言句法，這種句法不免也出現在我的譯

9　謝天振，《譯介學》（上海外語教育出版社，一九九八年），頁一三七—一三八。

文之中」[10]。很明顯，外國詩歌在翻譯的過程中會隨著譯者的不同而呈現出不同的形式特徵，對於那些從事詩歌創作的譯者來說，按照自己詩歌創作的形式特徵去翻譯詩歌，所導致的形式誤譯甚至是不自覺的行為。翻譯的目的是「要原作的意義成分在譯作語言的符形外觀上表現出來，同時又要試圖讓原作的符形特徵盡可能地納入譯作的意義中去。這樣一個複雜的、交錯柔和的過程，必然地會讓只屬於翻譯者個體而非原文創作主體的風格特徵摻和其中，從而部分地消解原作的風貌。……在這種意義上，譯文的走樣或失真是一種不自覺的行為，其範圍和幅度取決於翻譯者個體的靈性和語言文化素養」[11]。

譯入語國的文化語境決定了詩歌形式的誤譯。對外國詩歌形式的選擇和翻譯必須以民族文化心理和審美習慣為基礎，這樣外國詩歌才能夠在譯入語國的文化環境和當下語境中得到認同和接受，「當我們從表層上認識了外來形式時，還不可能即刻接受、模仿或變革它，我們的意識的潛結構同時就無形地起著某種選擇或約束作用了。任何外來形式的借鑑和引用都必須與本國的文化歷史背景，以及由此而來的欣賞習慣和審美心理相近相似或相符，並且以本民族的心理模式將其『民族』化，否則就有可能把它當作一種與本體文化相對立的異體排斥」[12]。這既可以說明創造性叛逆的客觀性，也可以說明譯詩形式變形的必然性，胡適的譯詩〈關不住了〉以及他的胡適之體、聞一多及其主張的格律詩等等，都是在本民族審美經驗的基礎上對外來詩歌形式加以「本土化」改造的結果。除了這與生俱來的無可更改的民族文化心理和審美心理，會導致外國詩歌形式朝著慣常的民族審美方式變形外，任何語境的「當下性」也會使詩歌形式發生誤

10 余光中，《余光中談翻譯》（中國對外翻譯出版公司，二〇〇二年），頁三五。
11 葛中俊，《語言哲學觀照下的文學翻譯和翻譯文學》，謝天振編，《翻譯的理論建構與文化透視》（上海外語教育出版社，二〇〇〇年），頁二一四。
12 杜榮根，《尋求與超越——中國新詩形式批評》（復旦大學出版社，一九九三年），頁一四六。

譯；這即是說外國詩歌在翻譯時，其形式是根據某一時期譯入語國流行的詩歌形式或對某種詩歌形式的需求來決定的。當時譯者翻譯外國詩歌的旨趣是為詩歌的「自然口語化」尋找證據，「外國詩歌並不以其自身的思潮、流派特徵熠熠生輝，引人注目，而是權作了……詩歌觀念的一點旁證和說明」[13]。譯詩的「旁證」作用在詩歌的形式方面也得到了體現，比如五四初期為了打破古詩嚴格的韻式，幾乎所有的譯詩都被翻譯成了自由詩，胡適將蒂斯代爾（Teasdale）的詩歌〈關不住了〉翻譯成自由體詩便是最好的例證。因此，外國詩歌在翻譯中出現的形式誤譯與詩壇的「時風」相關。

既然詩歌翻譯中形式的誤譯是難免的，那是否表明詩歌就真的不可翻譯呢？中外詩歌發展的歷史表明詩仍然是可譯的，而且優秀的譯詩大量存在，那原因又是什麼呢？原因並不是譯者有知其不可為而為之的翻譯勇氣，而是因為譯詩在民族文化創新中的積極作用和在文化交流中的仲介作用，所導致的民族文學在文化層面上對譯詩的需求；同時也是因為人們對譯詩形式的寬容態度和對譯詩評判標準的特殊化所致。譯詩是將處於兩種不同文化中的詩歌進行連袂的仲介，郭沫若將翻譯比作「媒婆」[14]正好形象地說明了這一點，譯詩是外國詩歌在民族或國別文化中獲得身份認同的存在方式。因此，很多時候人們將譯者視為文化交流大使，將譯者的翻譯視為文化交流的橋樑，陸耀東先生在論述徐志摩的翻譯時就將他稱為「文化交流大使」[15]，充分肯定了翻譯譯者和譯詩在文化交流中的橋樑作用。譯詩除了具備文化交流的仲介作用外，還能夠促進民族詩歌的發展和新變。王佐良先生曾這樣高度概括了翻譯對中國新文學的促進作用：「如果沒有翻譯，又怎能出現一九一九年的中國新文化運動和中國的新文學？如果沒有翻譯，又怎能有目前眾多

13 李怡，《中國現代新詩與古典詩歌傳統》（西南師範大學出版社，一九九四年），頁一八九。

14 郭沫若，《致李石岑》，《民鐸》二卷五號，一九二一年二月。

15 陸耀東，《在中外文化交流橋上的徐志摩》，《外國文學研究》一九九九年十一期。

的中國作家在以各種新內容新寫法勃起於文壇？……它帶來新觀念、新結構、新辭彙，但遠不止這些零星的項目，而是有一股總的力量，使得語言重新靈活起來、敏銳起來，使得這個語言所貫穿的文化也獲得了新的生機。這也就是為什麼，一個大的文藝復興運動往往有一個大的翻譯運動為其前驅。」[16]在五四前後這段中國文學尤其是詩歌缺乏創新和營養的艱難時期，沒有翻譯詩歌，中國新詩內容和形式的發展怎麼會獲得新的生機呢？所以，儘管翻譯引進的外國詩歌存在著形式的誤譯，但中國新詩自身發展所面臨的語境還是為這些變形的譯詩提供了廣闊的生存空間。

既然詩歌形式的誤譯是不可更改的，那譯詩的存在也與人們對它的評判標準的改變相關，如果還是以原詩形式為參照去評判譯詩形式的話，那很多譯詩就會因為「體無完膚」而失去存在的理由。正如前面所說，翻譯詩歌的價值在於文化交流，在於為譯入語國引進新的思想和文體，「翻譯正是在這種使外來學術內在化，增添精神財富，解除落後桎梏，促進思想自由與發展的意義上，體現出真正的無可替代的價值」[17]。所以，翻譯詩歌的評判標準不是參照原詩，而應該在譯入國語的文化中去進行評判，因為「不管譯者譯的是什麼，他的翻譯行為都必須靠母語。譯詩的唯一有效的標準應放在譯詩『文本』所處的語言中」[18]。譯詩形式誤譯的不可避免性並不妨礙譯詩的存在，人們仍然需要譯詩，「詩是必須有翻譯的，因為詩是一個民族的語言精華之所在，是一種民族精神的體現。在當今世界上日益擴大和深入的交流中，通過詩歌去瞭解一個國家及其語言，更是很有必要的，因為這是一種高層次的瞭解。既然有必要讀外國詩，而不是每個人都能讀外國詩原

16 王佐良，《談詩人譯詩》，許鈞主編，《翻譯思考錄》（湖北教育出版社，一九九八年），頁四一二。
17 王克非，《關於翻譯的哲學思考》，《外語教學與研究》一九九六年四期。
18 樹才，《譯詩，不可能的可能——關於詩歌翻譯的幾點思考》，許鈞主編，《翻譯思考錄》（湖北教育出版社，一九九八年），頁三九三。

作，那就只能讀譯詩。」[19]因此，形式被誤譯後的譯詩因為文化交流的作用和評判標準的改變，而具備了存在的價值理由。

從以上的分析中我們可以看出，詩歌文體和翻譯活動等所具有的一些特點，決定了外國詩歌形式的誤譯是不可避免的，外國詩體的誤譯現象不僅是普遍的、必然的，而且是合時宜的、有意義的。由於譯詩在文化交流中不可替代的作用以及譯詩評判標準的特殊性，使它獲得了生存的廣泛空間，我們仍然需要譯詩。外國詩歌要在譯入語國中找到生存空間，就必須在符合譯入語國的文化心理、審美觀念和詩歌文體觀念的方向上發生形式的誤譯。民族文化制約著翻譯詩歌原作和譯作形式的選擇，但譯詩卻會促進民族詩歌（中國新詩）形式的民族化推進，譯詩與民族詩歌之間的交流是平等的，譯者的努力僅僅是為二者架構起一座交流之橋，沒有哪一種詩歌形式處於中心地位。外國詩歌形式的中國化並不是要主張中國詩歌中心主義，構築中外詩歌交流和互動的平臺才是詩歌形式誤譯的終極目的。

從譯詩的傳播和接受的角度講，外國詩歌形式的誤譯是有意識的創造行為，它與中國新詩的形式之間形成了一種互動關係，有助於中國詩歌文體的建設和外國詩歌翻譯活動的開展。

第二節　民族文化審美與外國詩歌形式的誤譯

事實上，形式的誤譯是詩歌翻譯中十分普遍的現象，除詩歌文體和翻譯活動自身的局限、文化和時代

19 黃杲炘，《從柔巴依到坎特伯雷——英語詩漢譯研究》（湖北教育出版社，一九九九年），頁五。

語境等會引起詩歌形式的誤譯外，譯入語國的傳統文化、詩歌文體觀念和審美觀念等民族文化審美因素，也會引起外國詩歌形式的誤譯。從某種程度上講，民族文化審美引起的外國詩歌形式的誤譯，是詩歌翻譯活動中不可避免的現象，對其進行探討具有普遍性意義。

民族文化制約著外國詩歌形式的選擇和吸納，本國的詩歌文體觀念和傳統的審美觀念，無形中規定和約束著譯者的翻譯活動。譯者選擇什麼樣的詩歌文本進行翻譯，他對原詩的接受、翻譯、模仿或者改寫的出發點和目的等行為已經被「先在」的民族文化觀念圈定了範圍。外國詩歌的文體樣式只有符合了譯入語國的文化傳統和審美欣賞習慣，或者在翻譯過程中被「本土化」了，才會被民族文化接納，否則，外國詩歌形式就會被當作民族詩歌文體的異物而受到排斥。「翻譯技巧的變化並不是隨意發生的，它與許多因素密切聯繫在一起，不同的文化在不同的時期會形成不同的翻譯現象，『他文化』的客觀存在以及需要從一系列處理『他文化』的可能策略中進行選擇等，都會給翻譯設置挑戰。」[20]為了逾越和克服文化差異「給翻譯設置挑戰」的現實，翻譯者必須學會許多處理「他文化」的策略，其中，將外國詩歌形式朝著符合本國審美習慣和文化需求的方向誤譯就是一項有效的「策略」，這是外國詩歌能夠傳入中國的前提。其次，只有「本土化」了的且形式上可能誤譯了的詩歌，才會被譯入語國的讀者接受。清末的詩歌翻譯者就是依據當時人們普遍接受的古詩體來處理譯詩形式的，比如馬君武、蘇曼殊、胡適等人採用五言絕句或騷體來翻譯拜倫的《哀希臘歌》，嚴復為了迎合「士階層」的閱讀口味而採用文言翻譯《天演論》。而五四時期的譯者則根據當時中國詩歌對自由詩的偏好，而採用白話自由詩體翻譯外國詩歌。這些外國詩歌或其他文

[20] Susan Bassnett & André Lefevere, *Constructing Cultures: Essays on Literary Translation*.Shanghai: Shanghai Foreign Language Education Press, 2001, p.12.

體形式誤譯的例子，說明了外國詩歌只有朝著民族當下性詩歌形式的方向翻譯才會被接受。林紓是開創中國文學翻譯新篇章的重要譯者，他對外國文學的有意誤譯「彌合了中西差異，使包括自己在內的士大夫階層不致將西方視為『禽獸』而加以拒絕。林氏的誤讀，……是晚清那個時代廣大士人階層可能接受和理解西方的最好策略」[21]。林紓的誤譯策略有很強的普遍性，在任何時代，譯者按照當時讀者的審美和閱讀趣味進行的「誤譯」行為，都會促進原作在譯語國中的接受。第三，從對外國詩歌形式借鑑的層面講，外國詩歌形式只有在適合民族文化生活，和審美要求的基礎上才會被借鑑採用。「中西文化在交流中滲透互補、調節平衡，但各自都不會喪失其自身。中國新詩的孕育發展，得力於外來詩歌的影響，但它只能是西方詩藝與民族傳統的融合，外來的東西只有經過消化吸收，才能化為自己的血肉。」[22]對外國詩歌「消化吸收」的過程就是按照民族文化將之不土化的改造過程，惟有如此，外國詩歌的形式才會被吸收，民族詩歌才會創造能夠為本民族廣大讀者所接受的詩歌新形式。「從根本上，外來文化必須內化才能對民族傳統文化發生深刻的影響，就是說，外來文化只能通過本土才能起作用。」[23]總之，「翻譯過來的思想文化，既不是純粹外國的，也不是純粹中國傳統的，而是中西思想文化的一種交匯。翻譯一方面是介紹西方的思想文化，另一方面又是以中國傳統的方式進行介紹，即西方的思想文化被納入了中國傳統的話語體系，也就是在翻譯的過程中中國化了」[24]。作為西方文化組成部分的詩歌及其形式，一旦被翻譯，也不再是「純粹外國的」，在被納入中國傳統或當下的詩歌文體體系中的同時，其意義和形式的誤譯就會隨之發生。

21 楊聯芬，《晚清至五四，中國文學現代性的發生》（北京大學出版社，二〇〇三年），頁一〇三。
22 徐榮街，《二十世紀中國詩歌理論》（山東教育出版社，二〇〇〇年），頁二八〇。
23 高玉，《現代漢語與中國現代文學》（中國社會科學出版社，二〇〇三年），頁一七七。
24 高玉，《現代漢語與中國現代文學》（中國社會科學出版社，二〇〇三年），頁一七五。

民族文化不僅制約著外國詩歌及其形式的翻譯、接受和借鑑，而且制約著原作的選擇。外國詩歌的翻譯介紹在五四時期形成了繁盛的局面，從譯詩的類型來看，浪漫主義詩歌和其他現實主義作品是譯介的重點，這是由當時中國的語境決定的，「五四時代歐洲文學的翻譯主要是現實主義作品，其次是積極浪漫主義的詩歌。這些都是符合當時中國人實際需要的。人們要正視現實，對當前的黑暗社會懷有強烈的憎恨，為了徹底揭發它，則需要批判現實主義的創作方法。而年輕人革命的熱情，以及對於美好將來的嚮往，又易於感受浪漫主義精神。所以現實主義和浪漫主義的文學是當時翻譯介紹的對象」[25]。但是，從詩歌作品翻譯的數量上看，東方國家特別是印度、日本、波斯等國的詩歌卻占有絕對優勢。以五四時期的重要刊物《新青年》上的譯詩來分析，在總共八十首譯詩中，來自日本的有三十首，印度二十首，占了總數的百分之六十二・五，說明了《新青年》在詩歌方面推崇的不是西方而是東方作品[26]。再從另外一重要刊物《小說月報》上的譯詩來看，在二百九十首譯詩中，來自印度的有一百三十五首，日本二十三首，在國別譯詩的數量上占有絕對優勢，由於五四以後翻譯範圍和翻譯數量的擴大，東方詩歌的比重略有下降，加上阿富汗的二首，波斯一首，整個東方的譯詩仍然占《小說月報》譯詩總量的百分之五十六左右[27]。通過以上實證性的分析，我們不僅要問，為什麼小說、戲劇的翻譯作品多來自西方而詩歌翻譯作品多來自東方呢？原因還得追溯到民族文化，因為「詩是最富民族性的文體」[28]，同為東方的日本和印度，在審美觀念和文化思維上與中國有很多相似的地方，尤其是日本，在根本上屬於漢文化圈，因此翻譯這兩個國家的詩歌，在

25 馮至、陳祚敏、羅業森，《五四時期俄羅斯文學和其他歐洲國家文學的翻譯和介紹》，《北京大學學報》一九五九年二期。
26 金絲燕，《文學接受與文化過濾，中國對法國象徵主義詩歌的接受》（中國人民大學出版社，一九九四年），頁七二。
27 金絲燕，《文學接受與文化過濾，中國對法國象徵主義詩歌的接受》（中國人民大學出版社，一九九四年），頁八一—九〇。
28 呂進，《中國現代詩學》（重慶出版社，一九九一年），頁五。

審美和思維上很容易契合中國人的文化心理；在形式藝術上接近中國人的審美習慣，譯者和讀者不僅願意接觸這樣的詩歌，而且很樂意閱讀並模仿這樣的詩歌意象、意境進行創作。有人認為譯詩作品大都來自東方此現象，反映出五四前後詩歌翻譯的保守性：「日本的當代詩歌與泰戈爾似乎是中國接受者眼裏的詩歌借鑑對象。這裏，譯者的選擇看來以地區的相近與民族的親合性為潛在的決定因素。同樣欲向外開放，從外部世界引進新思想新文化，長期被中國文人認作二類文學體裁的小說與戲劇，向遠一點、陌生些的國家如西歐開放，中國的接受者似乎還能主動接受。但對於一向居文學之首的詩歌，中國的接受者似乎顯得有些『保守』了：尋求詩歌感覺上的同一性使他們首先把眼光投向日本和印度。」[29]此觀點看到了譯詩和其他體裁的翻譯文學在接受的過程中的差異，看到了中國詩歌借鑑日本和印度詩歌的客觀現實，但對其原因分析卻是片面的，以為翻譯詩歌和創作新詩的人沒有翻譯小說或創作小說的人借鑑的眼光開遠，以為保守和追求感覺的相似性是造成人們借鑑東方詩歌的原因。此段話忽略了詩歌的文體特徵，忽略了民族文化心理、文化思維以及文化審美的潛在性和對譯者以及創作者不可抗拒性的影響。既然如此，為什麼五四前後的譯者還要選擇翻譯英美詩歌呢？原因當然與魯迅所謂的「摩羅詩力說」有關，此時翻譯英美詩歌的期待視野是思想而不是審美，是社會變革的需要而不是情感表達的需要。即新文學運動的目的性決定了他們對英美國家詩歌，尤其是浪漫派詩歌的翻譯；民族文化心理、思維、審美習慣等則決定了他們對東方詩歌的翻譯。因此，這兩種翻譯傾向是由讀者的兩種不同層面的期待視野決定的：前者為思想，後者為藝術；前者源於社會需要，後者源於民族文化，並且最終民族文化壓倒社會需要，成為制約原作選擇的主要原因。

民族文化不僅制約著原作的選擇，而且制約著譯作的形式，使外國詩歌的形式在符合民族審美的方向

[29] 金絲燕，《文學接受與文化過濾，中國對法國象徵主義詩歌的接受》（中國人民大學出版社，一九九四年），頁七八。

上發生誤譯。外國詩歌形式只有在翻譯過程中進入民族文化體系後，才可能被譯入語國的讀者接受，被該國的詩人借鑑，發揮譯詩的對民族詩歌的積極影響。所有的文學翻譯（包括詩歌），都會根據譯入語國讀者的審美習慣對原文進行誤譯：「譯文之間的差異一般都能用游離於兩極間的總括性的詞語加以描述，即一極是對所有方面的保留，而另一極則是對所有方面的同化。吸收保留的意思是指譯者努力試圖複述——或至少是在可能的範圍內表達——原著的所有可辨的特徵。一般說來，他這樣做是由於他認為這些特徵對於真正的作品欣賞來說至關重要。同化的意思是指譯者對原文的改造，即將原文轉為一種普通讀者熟悉的形式。當然，這些都是極端的做法，大多數譯作都處於中間位置，介於完全保留與完全同化之間。」[30]「無論用何種翻譯手段，一定的變化都不可避免。」[31]林庚先生認為移植外國詩體有很多弊端，其中移植到現代格律詩中來的「音步」（foot）就不可能在漢語詩歌中獲得生命力，[32]因此，在翻譯外國詩歌時如果要考慮形式因素的話，還得採用民族詩歌的音韻方式。「在英詩漢譯的過程中，如果能採用中國詩歌的韻腳格式，重現英詩的意境，那無疑能得到很好的效果。……使中國讀者有一種親切感。」[33]這說明譯詩在民族文化語境下的形式誤譯有利於外國詩歌的接受。許鈞先生在談「失信於原作」的翻譯現象時，提到了民族文化導致原作形式誤譯的可能性，因為譯者所處的社會、文化和歷史環境都會限制譯者對外國詩歌形式的翻譯，從而出現「譯本對原作的偏離」[34]。宋永毅在《李金髮：歷史毀譽中的存在》一文中，認為

30 〔美〕韓南（Patrick Hanan），徐俠譯，《中國近代小說的興起》（上海教育出版社，二〇〇四年），頁一一〇。

31 〔美〕韓南（Patrick Hanan），徐俠譯，《中國近代小說的興起》（上海教育出版社，二〇〇四年），頁一一二。

32 林庚，《新詩格律與語言的詩化》（北京經濟日報出版社，二〇〇〇年），頁七一——七四。

33 楊紀鶴，《對英詩漢譯之本土式模式的探討》，《南昌職業技術師範學院學報》二〇〇二年一期。

34 許鈞，《怎一個「信」字了得——需要解釋的翻譯現象》，《譯林》一九九七年一期。

李金髮的詩歌在上世紀二〇年代乃至以後受到冷遇的原因，除了不符合當時宣導的時代精神外，其詩歌「所面臨的壓力還來自國內讀者的傳統審美心理」[35]。譯詩在當時也面臨著這樣的困境，如果在詩歌形式和藝術風格上不適合國內讀者的傳統審美心理，沒有進入民族詩歌文體的審美範式，那這樣的譯詩無疑會招致詩歌界的唾棄。難怪有人通過翻譯實踐得出這樣的結論：「譯詩應走民族化道路，……在語言和形式上要譯入語化。」[36]民族文化不僅會影響外國格律詩、自由詩等詩體的翻譯，而且還會引起很多定型詩在翻譯過程中出現形式的變化。比如十四行詩（sonnet）被譯介到中國以後就成了中文書寫的十四行詩，但與地道的外國十四行詩比較起來，梁實秋肯定地說：「用中文寫十四行詩永遠寫不像」[37]，言外之意，中國的十四行體因為加入了很多民族文化成分，而永遠不像外國的十四行體。再比如說馬雅可夫斯基（V. Mayakovsky）的「樓梯詩」在中國傳統詩歌美學觀念的影響下，譯成了講究韻律、對偶和均衡的詩歌形式，在取得了原詩形式的優點後「而以梯形狀列出，既有提示作用，有高度凝縮，使詩變得更含蓄，更耐讀了」[38]。因此，民族文化所形成的詩歌文體觀念和審美心理，會使外國詩歌形式在進入譯入語國的過程中出現誤譯，使譯詩形式在藝術和美學價值的取向上與民族詩歌呈現出趨同性。譯詩照搬原詩形式不但是不可能的，而且還會與譯入語國的審美習慣、語言習慣等文化因素相衝突；為此，譯者如果不根據本民族的文化對外國詩歌形式進行「本土化」改造的話，那譯詩作為一種詩歌存在形式的合法性就會遭受質疑了。

35 宋永毅，《李金髮，歷史毀譽中的存在》，曾小逸主編，《走向世界文學，中國現代作家與外國文學》（湖南人民出版社，一九八五年），頁四〇三。

36 王寶童，《走民族化的譯詩之路》，《河南大學學報》（社會科學版）一九九六年三期。

37 梁實秋，《新詩的格調及其他》，《詩刊》創刊號，一九三一年一月二十日。

38 杜榮根，《尋求與超越——中國新詩形式批評》（復旦大學出版社，一九九三年），頁二五〇。

民族文化審美的範疇也會引起詩體的誤譯，即某種詩體形式不在民族詩歌已有的形式之列，從而給譯者的閱讀帶來了陌生感，使譯者不能根據既有的詩歌形式去翻譯原詩，進而引起形式的誤讀和誤譯。劉半農曾將外國的詩歌文體翻譯成了小說文體，這是嚴重的詩歌文體的誤譯，譯文的文體與原文已經不屬於同一類別了。比如他早期翻譯屠格涅夫的散文詩時將之誤譯成小說：「杜氏（指屠格涅夫，『杜』和『屠』讀音類似，可見是音譯的結果。——引者）成書凡十五集，詩文小說並見，然小說短篇者絕少。茲於全集中得其四，曰《乞食之兄》，曰《地胡吞我之妻》，曰《可畏哉愚夫》，曰《嫠婦與菜汁》，均為其晚年手筆。……措辭立言，均慘痛哀切，使人情不自勝。余所讀小說，殆以此為觀止；是惡可不譯以饗我國之小說家。」[39]為什麼會出現這樣近乎荒誕離奇的翻譯結果呢？除了與劉半農對原文的內容和文體理解不夠深入有關外，更重要的是散文詩文體對中國人而言具有特殊性和陌生感。對一種文體的陌生導致的文體形式的誤譯，在劉半農之前就有先例，比如林紓在眾多「口授者」的幫助下從事翻譯也沒能逃脫文體誤譯的「厄運」，後來的新文學先驅者胡適曾這樣批評道：「林琴南把蕭士比亞的戲曲，譯成了記敘體的古文！這真是蕭士比亞的大罪人。」[40]由於當時中國人對戲劇文體的認識還比較模糊，莎士比亞的戲劇在文體形式上更是讓林紓等人摸不著頭腦，於是乾脆翻譯成了他們熟悉的「記敘體的古文」。散文詩是在世界詩歌自由化潮流的湧動中產生的一種具有現代性氣息的文體，自十九世紀中期開始在世界各國的文壇上蔓延開來。中國的散文詩誕生於五四新文化運動時期，在「增多詩體」的時代，早期詩人很快便接受了這種新文體。中國散文詩的發展顯然受到了外國散文詩翻譯作品的啟發，但學術界普遍關注「中國古典詩詞和散文

[39] 劉半農，《杜瑾訥夫之名著・譯者前言》，《中華小說界》二卷七期，一九一五年。引自《中國近代文學大系・翻譯文學集》（三）（上海書店出版社，一九九五年），頁二〇九。

[40] 胡適，〈建設的文學革命論〉，《新青年》四卷四號，一九一八年四月十五日。

小品的美學追求對中國現代散文詩的影響」[41]，忽略了散文詩受到的外來影響。尤其是在清末時期，由於中國沒有這樣的詩體形式，因此當劉半農最先接觸到屠格涅夫的散文詩時，他根本不知道這是何物，也無從根據已有的文學體裁去認知這種文體，於是乾脆將其翻譯成了小說。在中國人逐漸知道了散文詩文體之後，他們對翻譯文體的認知再也不會局限於詩歌或小說之類，劉半農後來翻譯了大量的散文詩，並在客觀上帶動了中國散文詩的發展。

以上僅僅從民族文化，特別是民族詩歌對外國詩歌引起的形式誤譯，但並不表明本文認為外國詩歌的翻譯在形式上一定要採用民族詩歌的形式，譯詩畢竟不是民族詩歌，它雖然受民族詩歌的影響而在意義和形式上與原詩有一定的背離，但它仍然在形式藝術上擁有翻譯詩歌獨到的品質。正是譯詩與民族詩歌形式上的相異性，決定了外國詩歌通過譯詩對中國新詩形式的發展提供新質並產生積極的影響。換句話說，民族詩歌形式與譯詩形式之間的關係不是「單向度的」，一方面，民族詩歌形式制約著譯詩形式，使外國詩歌發生形式誤譯；另一方面，譯詩形式反過來也會促進中國新詩形式的民族化。郭沫若在談做詩經過時這樣寫了外國詩歌對他的影響：

> 我的短短的做詩的經過，本有三四段的變化。第一段是泰戈爾式，第一段時期在五四以前，做的詩是崇尚清淡、簡短，所留下的成績極少。第二段是惠特曼式，這一段時期正在五四的高潮中，做的詩是崇尚豪放、粗暴，要算是我最可紀念的一段時期。第三段便是歌德式了，不知怎的把第二期的熱情失掉了，而成為韻文的遊戲者。[42]

---

[41] 徐治平，《散文詩美學論・後記》（廣西教育出版社，一九九四年）。

[42] 郭沫若，《創造十年》，《郭沫若文集》（第七卷）（人民文學出版社，一九五九年），頁七六—七七。

是什麼讓郭沫若成為「韻文的遊戲者」呢？深層原因當然是中國傳統的詩歌美學觀念，但誘因卻是外國詩歌。正是那些講究韻律和形式藝術的外國詩歌，喚醒了蘊藏在郭沫若心中的民族詩歌「原型」[43]，使郭沫若從一個追求「狂飆突進」的自由詩創作者，轉變成一個注意詩歌形式和音韻建設的「韻文遊戲者」。郭沫若繼《女神》之後出版的詩集《星空》和《瓶》等已經在形式上開始有了變化，「《星空》對郭沫若早期詩論的背離主要表現在對詩歌形似格律的講究與其韻和音雅的藝術效果上」[44]。從《靜夜》、《南風》、《雨後》以及《天上的市街》等詩歌中就可以窺見詩人在形式上對傳統詩歌在音韻形式上的回歸。聞一多的詩歌創作也受到了外國詩歌的深刻影響，但也許正是這種外來影響，使他較五四時期的郭沫若等人更為清醒地認識到了「地方色彩」的重要性，他在《〈女神〉之地方色彩》中說：「我總以為新詩徑直是新的，不但新於中國固有的詩，而且新於西方固有的詩，換言之，它不要做純粹的本地詩，但還要保存本地的色彩。它不要做純粹的外洋詩，但又儘量的吸收外洋詩的長處。它要做中西藝術結婚後產生的寧馨兒。我以為詩同一切的藝術應是時代的經線，同地方緯線所編織成的一匹錦。」[45]又比如上世紀二〇年代興起的小詩，毫無疑問，小詩的興起得益於泰戈爾的詩歌和日本的俳句，「小詩的主要作者確乎是接受了印度泰戈爾和日本俳句短歌的影響，但是這種接收又是在深層意義上對我國古典詩歌中凝煉、含蓄的審美標準的認同」[46]。小詩是新詩在形式上，尤其是詩歌語言的應用上對傳統詩歌的親近，是譯詩形式

43 加拿大文論家弗萊在《批判的解剖》中認為，「所謂原型，我是指一個把一首詩與另一首詩聯繫起來因而幫助使我們的文學經驗成為一體的象徵。」本文引用原型，指的是民族的詩歌經驗。參見朱立元主編，《當代西方文藝理論》（華東師範大學出版社，一九九七年），頁一七一。

44 伍世昭，《郭沫若早期心靈詩學》（上海文藝出版社，二〇〇三年），頁一〇九。

45 聞一多，《〈女神〉之地方色彩》，《創造週報》第五號，一九二三年六月。

46 杜榮根，《尋求與超越——中國新詩形式批評》（復旦大學出版社，一九九三年），頁八二。

對民族詩歌形式促進的最好例證。廢名在談論新詩時歎息道：「後來做新詩的人，雖說是模仿外國詩歌的詩行，字句之間卻還是舊文人一套習氣的纏繞，不是初期新詩質素文章再經過的修辭，這是很可惜的一件事。」[47]這種「可惜」對於新詩復歸中國詩歌傳統，和促進新詩的民族化發展又何嘗是種可惜呢？民族詩歌雖然制約了外國詩歌的形式的翻譯，但同時譯詩卻促進了新詩的發展，尤其是在「自由」和「白話」席捲詩壇後，對新詩形式起到了民族化的「修復」作用。

當然，主張民族文化對外國詩歌誤譯的合理性並不是要主張文化中心主義，因為誤譯的出現是文化交流的結果，而不是文化交流的阻礙。如果宣導文化中心主義思想，就會阻礙中國詩歌和外國詩歌的交流，就會阻礙中國詩歌對外國詩歌形式的吸納借鑑：「那些視他們自己為所居住世界中心的文化，往往不大可能和『他文化』交流，除非他們是被迫的。」[48]文化中心主義是中國翻譯發展緩慢的關鍵原因，長期以來，中國人都以自己的文化為中心去吸納同化其他文化，即便是到了近代，在西方強勢文化的壓迫下，中國人還處在自我中心的迷夢中，認為西方文化除了「格致」和「政事」之外，「文章禮樂不逮中華遠甚」，「吾祖國之文學，在五洲萬國中，真可以自豪也」[49]。這種妄自尊大的文化觀念，極大地影響了中國的文化輸入和對異域文化的吸納，進而阻礙了中國文學的發展。甲午海戰之後，中國人才在不得已的情況下翻譯西學，這說明了中國的文學翻譯具有被動性，它不是主動地和他國文化進行交流學習，而是把持一種過度「自尊」和「自戀」的文化心態，除非外界的壓力讓它不得不借鑑學習的時候，它才會在並不自

---

47 廢名，《論新詩及其他》（遼寧教育出版社，一九九八年），頁一〇八。

48 Susan Bassnett & André Lefevere, *Constructing Cultures : Essays on Literary Translation*. Shanghai : Shanghai Foreign Language Education Press, 2001, p.13.

49 引自謝天振、查明建主編，《中國現代翻譯文學史》（一八九八—一九四九）（上海外語教育出版社，二〇〇四年），頁一六—一七。

如的惶恐心態下學習其他文化。因此，我們在對待外國詩歌形式的翻譯時，儘管主張要符合民族文化和審美習慣，但卻並不是主張「詩歌中心主義」，而是為外國詩歌的引入和文化交流的開展找到一個最佳的契合點，在交流中促進中國新詩文體的發展。

總之，外國詩歌要在譯入語國中找到生存空間，就必須在符合譯入語國的文化心理、審美觀念和詩歌文體觀念的方向上發生形式的誤譯。民族文化制約著翻譯詩歌原作和譯作形式的選擇，但譯詩卻會促進民族詩歌（中國新詩）形式的民族化推進，譯詩與民族詩歌之間的交流是平等的，譯者的努力僅僅是為二者架構起一座交流之橋，沒有哪一種詩歌形式處於中心地位。外國詩歌形式的中國化並不是要主張中國詩歌中心主義，構築中外詩歌交流和互動的平臺，才是詩歌形式誤譯的良苦用心。

第三節　外國詩歌形式誤譯的幾種類型

由於語言和文化的差異、譯入語國的時代語境和文化傳統等因素的影響，加上翻譯活動和詩歌文體自身的許多特點，決定了外國詩歌在翻譯的過程中難免會出現形式上的誤譯。外國詩歌在翻譯成漢語詩歌時，其形式的誤譯變形主要有如下三種類型：將外國詩歌翻譯成散文或散文詩、將外國格律體詩翻譯成自由體詩、將外國的格律體詩翻譯成「本土化」的格律詩體詩。當然，也有將外國的自由體詩翻譯成格律體詩的，或者將外國的定型詩體在翻譯過程中朝著民族化審美的觀念上變形等等，這些在外國詩歌形式的誤譯中都是十分普遍的現象。

首先來看將外國詩歌翻譯成散文詩體或散文的這種誤譯類型。詩歌文體在語言上的高度凝煉，使譯者在翻譯的時候常常要先經歷一番周折，才能讀懂原詩的意義，如果再要求譯者在民族語言中找相應的辭彙、形式去表現原詩的情感和風格，那麼難度就更大了。於是很多譯者在能夠讀懂原文的情況下，往往採用一種比較自由靈活的文體形式來翻譯外國詩歌。在詩歌的各種文體中，只有散文詩體最符合譯者的需要，最體諒譯者譯詩的艱辛，因此，外國詩歌（儘管不是散文詩）形式被誤譯成了散文詩體或散文文體的驅動力之一，便是譯者力圖方便自由地表達原詩的情感和意義。在實際的翻譯實踐中，以詩譯詩的原則是可行的，但散文譯詩的情況卻十分多見，英國翻譯研究者希歐多爾・薩瓦里（Theodore Horace Savory）在《翻譯的藝術》（*The Art of Translation*）中對譯者為何會選擇散文文體或散文詩體譯詩進行了比較細緻的分析：

有些經驗豐富的翻譯家告訴人們說，他們發現以詩譯詩要比以散文譯詩更加嚴密精確，這似乎可以證明「以詩譯詩」的原則可以成立。但為什麼很多譯者還要考慮把詩體譯為散文體呢？並且在許多詩集裏，詩的散文譯法比例遠遠高於以詩形式譯的詩呢？其實答案很容易找到，只要譯者實踐一下，把幾行希臘文、拉丁文或法文詩譯成英文詩。他第一步是先用散文譯出來，以便確實知道他要說什麼，然後才把散文變成詩。但是詩，尤其是令人滿意的詩，並不輕易流露筆端。譯者發現需要花很多心思和時間，才能找到最佳的詞，達到最佳的效果。這說明以詩譯詩要比以散文譯詩需要更多的努力和更高超的技巧。[50]

[50] 引自廖七一編著，《英國當代翻譯理論》（湖北教育出版社，二〇〇四年），頁六四。

詩歌翻譯中，原詩向散文詩或散文方向的變形，其實還是詩歌本身對譯者提出了過高的要求所致，當然，也與譯者本人對翻譯的態度有關；但即便是譯者從民族詩歌形式的角度出發採用「以詩譯詩」的策略，外國詩歌形式的誤譯依然難以避免，只是誤譯的類型不同罷了。劉重來先生在《希歐多爾‧薩瓦利所論述的翻譯原則》一文中認為，「當代散文詩或詩的散文」的譯詩方法其實指的是用「自由式或無韻詩」來譯詩[51]，在他看來，用散文或散文詩翻譯外國詩歌的客觀效果只要是推動了原詩內容的表達，形式的誤譯也是具有價值的。從讀者的角度講，外國詩歌形式的這種誤譯類型同樣具有積極的意義，「譯者不再堅持刻板的理論教條，逐漸擯棄了以詩譯詩的傳統，普遍提倡把原詩翻譯成散文，不翻譯成韻文；即使翻譯歷代大詩人的作品，也不採用嚴格的韻律，譯者應使用質樸平易的語言，使譯文在不加注釋的情況下也能為讀者讀懂。」[52]為此，譯者常常對原詩的形式進行誤譯，美國學者安德列‧勒菲弗爾（Andre Lefevere）說：「譯者往往以自己的文化詩學來重新改寫原文，目的是為了取悅於新的讀者。他們這樣做，也能保證他們的譯作有人讀。譯者也往往以自己的譯作影響他們所處時代詩學發展的進程。」[53]但詩歌的散文翻譯法（Poetry into Prose）也存在很大的不足：「如果仔細審視譯文，就會發現譯文既不像詩，也不像散文。由於散文的排列，無法突出詩歌中的用詞特色和修辭手段，也難以重現詩歌的節奏和韻律。結果，與直譯法和韻律譯法一樣，譯文歪曲了原文的意義和交際意義，也歪曲了原文的句法。譯文也難以在目的語中成為以一篇文學藝術作品。」[54]所以，外國詩歌形式被誤譯成散文或散文詩的原因，是詩歌文體語言的高度

51 劉重來，《希歐多爾‧薩瓦利所論述的翻譯原則》，《外國語》一九八六年四期。
52 引自廖七一編著，《英國當代翻譯理論》（湖北教育出版社，二〇〇四年），頁六四。
53 引自郭建中編著，《當代美國翻譯理論》（湖北教育出版社，二〇〇〇年），頁一六三。
54 引自郭建中編著，《當代美國翻譯理論》（湖北教育出版社，二〇〇〇年），頁二〇三。

凝煉和詩歌形式的高度藝術化所導致的，也與譯入語國的讀者的接受有關，它在為詩歌翻譯和譯詩的接受帶來方便的同時，也給翻譯詩歌的藝術性帶來了極大的折損。

再來看第二種外國詩歌形式的誤譯類型：將外國格律體詩翻譯成自由體詩。引起這種誤譯類型的原因與第一種有相重合的地方，那就是詩歌文體自身的抗譯性和詩歌文體翻譯的難度，決定了譯者通常採用比較自由的形式來翻譯外國詩歌，不同的是此種誤譯在文體上保留了詩歌文類。外國格律詩被誤譯為自由詩的首要原因是中國五四前後自由詩觀念的盛行。從十九世紀中期開始到二十世紀初，西方詩歌由於社會發展的需要而出現了散文化和自由化趨向，法國的自由詩派、美國意象派宣導的自由詩革命等造成的世界詩壇的振動波及了中國新詩革命。一時之間，人們似乎認為自由詩成了世界詩歌的主潮和發展方向，於是自由詩體成了中國詩人翻譯和創作的主要形式。在胡適《談新詩》一文中，創作自由詩的主張幾乎成了當時詩人創作中在形式上必須恪守的「金科玉律」[55]，劉半農在《我之文學改良觀》中認為：「倘將來更能自造，或輸入他種詩體，並於有韻詩之外，別增無韻之詩。」[56]這些主張極大地助長了詩壇對自由體詩的創作和需求欲望，為了證明自由體詩的「合法性」，許多詩人紛紛將外國格律體詩歌翻譯成自由體詩，以說明世界詩歌的自由化趨勢和中國新詩的發展方向，同時在「革命」階段，他們還需要借助這種詩體來對抗傳統詩歌在語言、格律等形式上對詩歌創作的束縛。除了這種國內外興起的詩歌的自由化潮流，誘導著人們將外國的格律詩翻譯成自由詩外，漢語和英語（還包括其他語種）在讀音和音節上的差別，也是造成外國格律詩體被誤譯成自由詩體的原因之一。在音韻方面：英語中多音節詞很多，而且其重讀音節不一定

55 朱自清，《中國新文學大系‧詩集‧導言》（上海良友圖書印刷公司，一九三五年），頁二。
56 劉半農，《我之文學改良觀》，胡適選編，《中國新文學大系‧建設理論集》（上海良友圖書印刷公司印行，一九三五年），頁七〇。

在最後一個音節上，從押韻的角度來講，由於受重讀「弱化」（即重讀音節不一定在每一行詩的最後一個音節上）的影響，外國詩歌在押韻上造成的音樂效果不及漢語詩歌突出。在節奏方面：由於英語的多音節詞較多，因此要使外國詩歌（英詩）在節奏上達到整齊、和諧的效果就需要一定的功夫，而漢字是單音節詞，安排節奏比英語容易；漢語詩歌節奏的容易程度使它在漢語詩歌中的地位不及在英詩中的地位。這些差異使外國的格律詩體在翻譯成漢語詩歌時，不可能達到完全的對等，難免會出現形式上的偏差和誤譯。英國學者希歐多爾・薩瓦里（Theodore Horace Savory）認為：「韻對於譯者是一種束縛，很大程度上影響著他的選詞。幾乎每首翻譯的抒情詩都說明了這一點，不是對原詩有所省略，便是對原詩有所增加。」[57]這些都說明了格律詩被翻譯成自由詩是合理的、不得已而為之的形式誤譯。當然，承認這種誤譯類型，並非極端地主張完全拋棄原詩的形式而不講求「建築美」和「音樂美」，詩歌翻譯中的無韻詩翻譯法（Blank verse）儘管合乎情理，但卻不應該拋棄詩歌的韻律：「無韻詩的節奏和押韻儘管較為自由，但不論是傳統的韻律還是自創的韻律，都還得遵守。」[58]同上一種誤譯類型相比，自由詩誤譯外國格律詩不但因為形式的相對自由而確切地表達出了原詩的內容，而且譯作的藝術性比散文詩或散文翻譯的作品更強，因為此種誤譯類型採用的畢竟是詩歌的形式。不過這種誤譯類型對中國新詩發展形成的負面影響也是客觀存在的，梁實秋先生曾這樣談到了西方自由詩（主要體現為譯詩中的自由詩）對中國新詩形式建設造成的「不幸」：「白話詩運動起初的時候，許多人標榜『自由詩』（Verse Libres）作為無上的模範。所謂『自由詩』是西洋詩晚近的一種變形，有兩個解釋，一是一首詩內用許多樣的節奏與音步，混合使用，一是根本

57 廖七一，《當代英國翻譯理論》（湖北教育出版社，二〇〇四年），頁六五。

58 Andre Lefevere, *Translating Poetry : Seven Strategies and a Blueprint.* 引自郭建中編著，《當代美國翻譯理論》（湖北教育出版社，二〇〇〇年），頁二〇三。

打破普通詩的文字的規律。中國文字和西洋文字根本有別，所以第一義不能適用，只適用第二義，那即是說，毫無拘束的隨便寫下去便是。我們的新詩，一開頭便採取了這樣的一個榜樣，不但打破了舊詩的格律，實在是打破了一切詩的格律。這是不幸的。因為一切藝術品總要有它的格律，有它的形式，格律形式可以改變，但是不能根本取消。我們的新詩，三十年來不能達於成熟之境，就是吃了這個虧。」[59]梁實秋先生所謂的新詩的榜樣其實指的是翻譯詩歌中的自由詩，因為「在中西文化交流中西方文學對中國文學的影響，在某種意義上也可以說是翻譯文學對中國文學的影響。」[60]所以，自由詩翻譯外國格律詩的誤譯類型給中國新詩發展帶來的負面影響不容忽視，儘管此翻譯法保留了詩歌文體氣息的誤譯類型。

接下來分析第三種誤譯類型。用本國的格律體詩翻譯外國的格律詩應該是最具形式對應效果的翻譯方式，然而外語（主要指英語）和漢語的差異，決定了此種看似最合理的翻譯方法也無法避免步入形式誤譯的困惑之中。郭沫若曾說：「外國詩譯成中文，也得像詩才行，有些同志過分強調直譯、硬譯。可是詩是有一定的格調、一定的韻律、一定的詩的成分的。」[61]譯詩也是詩，因此在形式上也必須具備詩的成分，但譯詩的詩的成分只能在譯入語國的文化語境中去尋得，而不能取原詩的形式，特別是對於律詩來說更是如此。英語辭彙中以具有兩個以上的音節的單詞居多，凡是具有兩個音節的單詞都具有重音，英語的格律詩以輕重音節相間的排列來形成節奏，以音步（foot）為單位，音步分為抑揚、抑抑揚、揚抑、揚抑抑四種，漢語詩歌中則是以平仄來形成節奏和韻律。二者在格律詩的要求上存在著差別，而且這種差別是無法通過翻譯得到相互轉換的，「漢詩中的平仄無法移入英詩。同樣，英詩英步的四種形式也無法照搬入

---

59 梁實秋，《文學講話》，徐靜波編，《梁實秋批判文集》（珠海出版社，一九九八年），頁二二八。

60 郭廷禮，《中國近代翻譯文學概論》（湖北教育出版社，一九九八年），頁四九五。

61 郭沫若，《答孫銘傳君》，《人民日報》，一九五四年八月九日。

漢詩」[62]。既然英漢語中格律詩的構成要素不同而且不能夠相互轉換，那麼表明以漢語的格律詩去翻譯英語格律詩，仍然會使譯詩在形式上與原詩之間存在較大差異，出現形式的誤譯。以徐志摩翻譯的羅塞蒂（Christina Rossetti）的《歌》（Song）為例：

Song

When I am dead, my dearest ,
Sing no sad songs for me;
Plant thou no roses at my head,
Nor shady cypress tree;
Be the green grass above me
With showers and dewdrops wet;
And if thou wilt, remember,
And if you wilt, forget.

I shall not see the shadows,
I shall not feel the rain;
I shall not hear the nightingale

62 周方珠，《論詩歌的翻譯》，《安徽大學學報》（哲學社會科學版）一九九九年四期。

Sing on, as if in pain;
And dreaming through the twilight
That doth not rise nor set,
Haply I may remember,
And haply may forget.

再來看徐志摩的譯詩：

歌

我死了的時候，親愛的，
別為我唱悲傷的歌；
我墳上不必安插薔薇，
也無需濃蔭的柏樹；
讓蓋著我的青青的草，
淋著雨，也沾著露珠；
假如你願意，請記住我，
要是你甘心，忘了我。

我再不見地面的青蔭，
覺不到雨露的甜蜜；
再聽不見夜鶯的歌喉，
在黑暗中傾吐悲哀，
在悠久的昏暮中消沉；
陽光不升起，也不消翳。
我也許，也許我記得你，
我也許，我也許忘記。[63]

從詩歌的均齊和詩行的排列來看，原詩和譯詩之間幾乎如出一轍；但從節奏和韻律的角度講，原詩中的音節和音步與譯詩中的音節和頓之間，就不可能達到對等了；而原詩中每節都有母音音標〔i:〕或〔ei〕造成押韻而形成音樂化效果，但譯詩對韻的運用卻不夠重視。儘管譯詩在形式上比較整齊，但與原詩的形式之間的差異仍然很大。所以，猶如翻譯的語言學派要求翻譯達到訊息和功能的對等，具有理想性色彩一樣，在詩歌翻譯中要求達到形式的對等，或避免形式的誤譯也是不可能的。林庚先生在《關於新詩形式的問題和建議》一文中，認為採用外國格律詩的音步或頓來創作中國新格律詩是錯誤的：「我們今天熱心於格律詩的人們卻並不都是重視民族詩歌形式的，從新月派的詩人們講求格律以來，在詩歌形式問題上，有不少人是想把西洋詩的形式移植到中國新詩上來，……馬上就證明了是不科學的。……正由於中國詩行原

63 此英文詩和譯詩選自李寄編譯，《英語名篇佳作一〇〇篇背誦手冊》（學苑出版社，二〇〇三年），頁一〇〇—一〇二。

不是用音步或頓數來構成格律的。」[64]美國學者安德列・勒菲弗爾（Andre Lefevere）主張詩歌的韻律翻譯法（Metrical Translation），認為譯者力圖步原文的韻律，以在最大程度上保留原文的形式。但這也是不可能的，無論兩種語言的體系多麼接近，要在兩種語言中找到完全相同的韻律，是不可能的。像音位翻譯法一樣，譯者為了湊音步，就難以顧全意義。結果是歪曲了原文的詞語的本意和交際意義[65]。上世紀二〇年代發表在《詩》上的一篇談翻譯的文章談到了譯詩的音韻問題，其作者這樣寫道：「我以為譯詩要達原有的風調很難，要達原有的風格更難——有時竟可說是絕對不能。所以如果一首詩失去了原有的風調音節就失去了原有的價值，則這首詩萬不必譯。如果失去兩者而原有的價值尚無大損失，就不必為保存原有的風格與音節之十分之一或百分之一，而使意義暗晦。如果失去兩者而原有的價值絲毫無傷，就更不必為保存風調音節而使文字受不必要的歐化以陷於暗晦。」[66]在原詩形式無法翻譯轉換的時候，譯詩就不必為了形式，而使原詩的意義和情感招受折損。卞之琳先生說：「最難自然是翻譯西方格律詩。韻式可以相同或相似，音韻只能回應。」[67]即便是那種在譯入語國的讀者看來是格律體的譯詩，其形式與原詩形式之間依然不能劃上等號，此格律詩已非彼格律詩！外國詩歌的這種翻譯方法，能夠使譯詩在譯入語國中獲得較高的詩的隸屬度，因為它較自由詩、散文詩或散文翻譯法能使譯詩形式具備更多的詩歌特質。

外國詩歌形式的誤譯當然造成了原詩形式的變形，但譯詩形式的誤譯是不得已而為之的事情，否則，不同民族和不同文化之間的詩歌就不能夠進行正常的交流。但形式的誤譯（而非亂譯），對於原詩和民族

64 林庚，《關於新詩形式的問題和建議》，《新詩格律與語言的詩化》（經濟日報出版社，二〇〇〇年），頁七一——七二。
65 引自郭建中編著，《當代美國翻譯理論》（湖北教育出版社，二〇〇〇年），頁二〇二。
66 雲菱，《論譯詩》，《詩》一卷三號，民國十一年五月（一九二二年五月）。
67 卞之琳，《英國詩選・編譯序》，《人與詩，憶舊說新》（生活・讀書・新知三聯書店，一九八四年），頁二〇四。

（國別）詩歌而言也具有積極的正面意義。符合譯入語國詩歌形式觀念的誤譯，將使譯詩在譯入語國中獲得了新的認同；如果翻譯作品沒有契合譯入語國的讀者的審美趣味，根據接受美學的觀點，讀者就不能夠對作品進行新的意義和藝術的構架，那作品就會因為失去讀者而失去生命。美國比較文學研究專家韋斯坦因（Ulrich Weisstein）認為：「把一首詩從一種語言轉換成另一種語言，只有當它能投合新的聽眾（讀者）的趣味時才能站得住腳。」[68]所以，外國詩歌形式的誤譯其實是譯者為了使譯詩在新的文化語境中找到生存空間，而從審美的維度上採取的一種調整和適應策略。從民族詩歌的角度來講，外國詩歌形式的變形是對本國詩歌建設的積極參與，尤其是在民族詩歌處於變革時期，譯詩很多時候成為了某一詩歌新體式的有力支持者、實踐者和證明者。比如在五四新詩變革時期，譯詩不但以自己的實績支持著自由詩的創作，而且其自身的形式也向著自由詩方向誤譯，它通過自身的翻譯實踐和實績，為新詩取得了文壇地位，並使這種詩歌新形式得到了社會的普遍認可。此外，儘管外國詩歌形式在翻譯的過程中難免會出現誤譯，但這種誤譯後的詩歌形式在本質上既不同於原詩形式，又與民族詩歌形式之間存在諸多差異。正是譯詩形式與民族詩歌形式的差別，決定了譯詩在新詩革命中起到了「模範」作用，為中國新詩形式的發展輸入了可資借鑑的新質，並影響了中國新詩形式發展的方向。比如一九二二年十月發表在《小說月報》上的一篇文章這樣寫道：「近來吾國人士有許多事情都喜歡模仿歐美，就是文學也不能作為例外。『自由詩』——也有叫做『新詩』，就是無律無韻的白話詩——就是文學模仿的一例。這個潮流一來，喜新的人們以為開神州文學數千年未有之局，是頂可以欣賞的事情，守舊的卻看它做文學界的『洪水猛獸』，以為是應該極

[68] （美）韋斯坦因，劉象愚譯，《比較文學與文學理論》（遼寧人民出版社，一九八七年），頁三六。

力排斥的。」[69]模仿外國詩歌形式創作新詩成了五四前後詩壇的一大趨勢，也正是從這個意義上講，譯詩促進了中國新詩形式的發展。

外國詩歌形式的誤譯大體上有以上所論述的幾中類型，作為翻譯活動中極為普遍的現象，形式的誤譯在引起原詩形式變形的同時，卻對譯入語國的詩歌形式建設產生了意義深遠的影響。

第四節　外國詩歌形式的誤譯對中國新詩形式的影響

某一特定時代的翻譯詩歌形式相對於原詩形式的變形，在很大程度上是由該時代的詩風引起的，外國詩歌形式的誤譯與中國新詩文體的自覺意識直接相關，正是中國新詩出於自身文體建設的需要，而在翻譯中改變了外國詩歌的形式。譯者常常不是根據原詩形式來選擇譯詩形式，而多是根據中國新詩文體和形式建設的需要來確定譯詩的形式，所以，外國詩歌形式的誤譯在一定範圍內是由中國新詩的文體需求和時代詩風引起的。

詩歌翻譯作為一種文化交際活動，是在一定的時代語境下進行的，總會受到時代語境的限制。英國學者哈特姆（B. Hatim）和梅森（I. Mason）在其著作《話語與譯者》（*Discourse and the Translator*）中從「交際」的角度出發，認為翻譯必須考慮時代語境。先前關於翻譯的許多二項對立的爭論，比如直譯—意譯、形式對等—動態對等、形式翻譯—內容翻譯等，都忽略了翻譯作為一種交際必須注意的一個根本問

[69] 唐鉞，《舊書中的新詩》，《小說月報》十三卷十號，一九二二年十月十日。

題，那便是翻譯活動進行的語境，這個語境概括起來就是：誰在翻譯什麼？為誰翻譯？何時何地翻譯？為什麼翻譯？在何種情況下翻譯？回答了這些問題，翻譯研究才會減少很多不必要的爭論和盲目性[70]。其實，他們所謂的語境就是對譯者所處的時代環境的概括，說明了只有符合一定語境的翻譯才可能贏得更多的認同。譯詩的文體風格主要受時代制約，從文學翻譯的角度講，只有那些適合時代需求的作品才會進入譯者的視野；從文學接受的層面講，譯詩的形式只有符合了時代審美趣味才會吸引更多的讀者。因此，趙毅衡先生認為對譯詩形式起決定作用的是時代的要求：「一談到翻譯，西人往往說每個時代有每個時代的但丁，每個時代有每個時代的荷馬。翻譯似乎不是作為影響仲介，反而成了時風的產物。當然，優秀的翻譯也可能反過來加強某種時風，但對翻譯形式起決定作用的，似乎是時代的要求。」[71]五四時期在思想上對自由的要求和在文學上對古詩的反叛，使當時的知識份子和詩人們傾慕於自由詩的創作，在翻譯外國詩歌時紛紛採用自由詩形式，那些採用自由詩形式翻譯得比較成功的外國詩歌反過來也加強了自由詩創作的「時風」，五四時期自由詩成功的實績很多都是由譯詩貢獻的。譯詩形式對時代語境的迎合，無疑是從譯入語國的讀者的接受和譯入語國的文學審美為出發點的，有利於譯詩的傳播和接受。但這種「迎合」是以犧牲外國詩歌形式的本來面貌為代價，是以外國詩歌形式的誤譯換取的。「為了適應時代和文化的需要，很多譯作在譯介的過程中就經過了刪除、增加、意譯、改變形式等項加工。有些詩由於當時沒有譯，或不能譯，很多應當選的好詩，被他（指譯者。——引者加）漏掉了。由此看來，社會和文化環境對譯介的影

[70] B. Hatim & I. Mason, *Discourse and the Translator*, London : Longman, 1999, p.5.引自廖七一譯《當代英國翻譯理論》（湖北教育出版社，二〇〇四年），頁二六八。

[71] 趙毅衡，《詩神遠遊——中國如何改變了美國詩》（上海譯文出版社，二〇〇三年），頁二〇三。

響不可低估。」[72]可見，時代不僅決定了人們對原詩的選擇，而且決定了詩歌翻譯會出現形式的誤譯。

中國新詩在其發展過程中，對文體自覺的需求意識也會引起外國詩歌形式誤譯。五四時期是詩體解放的時期，創作自由詩成為那時中國詩壇的風氣，朱自清先生曾這樣談到了當時人們對自由詩的「共信」：

> 新詩運動從詩體解放下手；胡適以為詩體解放了，「豐富的材料、精密的觀察、高深的理想、複雜的感情，方才能跑到詩裏去」。這四項其實只是泛論，他具體的主張見於〈談新詩〉。消極的不作無病之呻吟，積極的以樂觀主義入詩。他提倡說理的詩。音節，他說全靠（一）語氣的自然節奏，（二）每句內部所用字的自然和諧，平仄是不重要的。用韻，他說有三種自由：（一）用現代的韻，（二）平仄互押，（三）有韻固然好，沒有韻也不妨。方法，他說須要用具體的做法。這些主張大體上似乎為《新青年》詩人所共信；《新潮》、《少年中國》、《星期評論》，以及文學研究會諸作者，大體上也這般作他們的詩。〈談新詩〉差不多成為詩的創造和批評的金科玉律。[73]

通過以上的引文我們可以肯定地得出這樣的結論：五四前後一段時期內，中國新詩在形式上是把自由詩體作為追求的目標。這種對自由詩的「狂熱」崇拜，必然使胡適自由詩理論的「金科玉律」輻射到詩歌翻譯領域，影響人們對譯詩形式的選擇。當時許多中國人以為中外詩歌無論古今都有大量的自由詩存在，甚至有人認為：「所有各國的古代詩歌都是沒有固定的（rhythm）沒有固定的平仄或（metre）的。……我們固不堅執的說，詩非用散文不可，然而在實際上，詩確已有由『韻』趨『散』的形勢了。」[74]這其實

72 劉介民，《類同研究的再發現，徐志摩在中西文化之間》（中國社會科學出版社，二〇〇三年），頁一二七。
73 朱自清，《中國新文學大系・詩集・導言》（上海良友圖書印刷公司，一九三五年），頁二。
74 引自梁實秋，《現代文學論》，徐靜波編，《梁實秋批評文集》（珠海出版社，一九九八年），頁一六四。

是五四前後，中國人對外國詩歌發展歷史和發展趨勢的誤讀的集中體現，他們不僅認為中國當時需要自由詩，而且認為外國詩歌從古至今都不把韻律和形式視為做詩的要素。然而什麼是自由詩卻沒有人（包括胡適在內）認真思考過，這是導致自由詩創作氾濫的一大根源。事實上，自由詩是一種創作觀念而非具體的詩歌樣式：「自由詩在中國詩壇已形成了一道主流。有少數人卻誤解了自由詩的真意，以為自由即放縱。實不知自由詩亦有其法則。無形的法則，不定的法則，較有形的法則和既定的法則更難運用。……自由詩，為一富變化的表現方式，非以具體的創作觀。」[75]在這些錯誤觀念的指導下，詩人們在翻譯詩歌時也常常採用自由的形式而不顧及原詩的音韻，外國詩歌形式的誤譯就在所難免了。五四一代的詩人們根據自己對新詩發展的規劃而肆意地在翻譯外國詩歌時對其進行修改和誤譯：「受中國『五四』時期革命風潮的影響，為我所用地對外國詩歌詩潮進行斷章取義式的引進，甚至不惜誤讀扭曲外國詩歌詩潮。為了把新詩革命搞成徹底破舊立新的文體革命，如胡適所言的是一場『詩體大解放』，新詩革命者極端地引進了當時國外以意象派為代表的自由詩革命思潮，誇大了域外自由詩、散文詩運動的革命程度。……為了強化新詩的散文化、自由化，為作詩如作文提供外來證據，還大量引進了散文詩，讓散文詩成為打破『無韻則非詩』的已有作詩 法則的強大武器，使散文詩嚴重助長了新詩革命時期新詩詩人作詩 有絕對自由的極端思潮。」[76]的確，很多詩人都通過翻譯外國詩歌（其中當然含有格律詩）來實踐他們的自由詩主張，「為我所用」地對外國詩歌形式進行誤譯，比如胡適對《關不住了》的翻譯採用的是自由詩體[77]，徐志摩對濟

[75] 覃子豪，《新詩向何處去?》，楊匡漢、劉福春選編，《中國現代詩論》（下編）（花城出版社，一九八六年），頁一九九。

[76] 王珂，《百年新詩詩體建設研究》（上海三聯書店，二〇〇四年），頁九〇。

[77] 《關不住了》一詩原為美國女詩人蒂斯戴爾（Teasdale）所作，原詩具備一定的格律和音韻，但胡適在用漢語翻譯後使原詩的形式受到了折損。該譯詩發表在《新青年》第六卷三號，一九一九年三月十五日。

慈《夜鶯歌》的翻譯採用的是散文文體[78]等都說明了這一點。朱自清先生在《譯詩》一文中說：五四前後「白話譯詩漸漸的多起來；譯成的大部分是自由詩，跟初期新詩的作風相應」。[79]這正好說明了中國新詩的文體意識決定了外國詩歌在譯入語國中的文體形式。到了五四後期，由於自由詩的氾濫和新詩發展現狀的需求，中國詩壇在二十世紀二〇年代中後期興起了現代格律詩的潮流，此時在中國新詩文體發展的自覺意識中，格律詩體就成為了主流，於是在翻譯外國詩歌時，部分詩人就根據中國新詩自身文體建設的需求，將外國詩歌翻譯成格律詩。比如徐志摩採用格律體翻譯波德賴爾《死屍》的目的之一，就是為了實踐自己的格律詩主張：「一九一五—一九二五年間，波德賴爾的《死屍》為唯一一首被譯成中文的格律詩。其餘譯詩均為波德賴爾的散文詩。徐志摩選擇這首詩體上為格律的《死屍》，不僅僅因為該詩的奇異之香。在詩體上或許也有潛在的選擇傾向。這與後來徐志摩及聞一多推崇新詩的新的格律美形成一致的詩歌觀念。」[80]再比如波德賴爾的同一首詩在不同的時期被翻譯成自由詩體，散文詩體或格律詩體[81]，正如劉半農最初將詩歌翻譯成了散文或小說一樣，譯者的這些做法其實源於中國新詩文體發展的內需。

外國詩歌形式的誤譯，尤其是根據中國新詩發展需要而有意識的誤譯（形式上的創造性叛逆），受到了很多人的批評和反對。就前面論述的五四前後新詩創作恪守的「金科玉律」自由詩主張而言，馮雪峰在

78 《夜鶯歌》是英國浪漫派詩人濟慈的名詩，徐志摩對該詩的翻譯採用的是散文譯意，完全沒有採用詩歌樣式。該譯作發表在《小說月報》十六卷二號，一九二五年二月十五日。

79 朱自清，《譯詩》，《新詩雜話》（生活・讀書・新知三聯書店，一九八四年），頁七〇。

80 金絲燕，《文學接受與文化過濾，中國對法國象徵主義的接受》（中國人民大學出版社，一九九四年），頁一一三—一一四。

81 比如周作人一九二二年三月發表在《小說月報》十三卷三號上名為《窗》的譯詩採用的是自由詩體；而一九二五年二月張定璜發表在《語絲》十五期上的名為《窗子》的譯詩則採用了散文詩體。而這同為波德賴爾的詩歌Les Fenetres 的翻譯文本，但在詩體上卻不盡相同。類似的例子還很多，這說明了外國詩歌形式的誤譯往往與中國新詩的文體意識相關。

二十世紀四〇年代時認為：「在『五四』當時及『五四』以後，新詩反對任何規律的束縛，提出有什麼話就寫什麼話，注意自然和自由等等。這無疑是一種革命。並且的確使人表現自己的思想感情，比起舊詩來是容易得多了，也親切和自由得多了。但是，越是沒有規律的束縛，越是注重自然和自由，如果不是同時以最大的積極精進的精神和努力和實踐和建樹，那麼，流弊就一定非常的大，結果一定會使內容淺薄、形式散漫無組織的東西，多於內容深刻充實、形式也相當有組織有創造的東西了。」[82]既然自由詩主張的流弊如此嚴重，那採用這樣的詩歌形式觀去不加區分地翻譯外國詩歌又會造成什麼樣的後果呢？「有人主張以中國詩的格式來翻譯外國詩，這種主張也並不新奇，多少年前，蘇曼殊就是把拜倫的作品以中國古詩體來翻譯。我以為這樣做是不妥當的，把原來包含比較複雜意義的語言，壓縮在五個字一句、七個字一句的文言裏，多少都要損害原作。」[83]即便是採用自由詩形式來翻譯外國詩歌，也會因為對原詩形式的忽視而出現形式上的誤譯，儘管較採用古詩體翻譯外國詩歌而言，其對原詩意義的誤譯較少。究竟該採用什麼樣的詩體來翻譯原詩呢？這是一個沒有準確答案的問題。那些嚴格地按照原詩形式來翻譯的詩歌在譯入語國中，很可能因為審美觀念的隔閡而不能夠流傳開來，而恰恰是那些根據譯入語國詩歌形式進行的形式誤譯的譯詩，反而得到了讀者的認可；比如波斯詩人莪默・伽亞謨（Omar Khayyam）的詩集《魯拜集》（又稱《柔巴依集》）被英國人愛德華・菲茨傑拉德翻譯按照英國詩歌的形式翻譯進了英國，但這種幾乎完全形式誤譯的譯詩作品卻產生了意想不到的結果，正是菲茨傑拉德的誤譯使《魯拜集》走向了世界，五四時期郭沫若等人對《魯拜集》的翻譯就是根據英譯本轉譯的。這說明了譯詩的生命力是譯入語國的接受情況賦

82 馮雪峰，《我對新詩的意見》，《雪峰文集》（第二卷）（人民文學出版社，一九八三年）。

83 艾青，《詩的形式問題——反對詩的形式主義傾向》，楊匡漢、劉福春選編，《中國現代詩論》（下編）（花城出版社，一九八六年），頁一九九。

予的，詩歌的翻譯應該多採用一些適合民族審美習慣的形式。但另一方面，如果採用原詩的形式來翻譯詩歌也會為民族詩歌的發展「增多詩體」，這也是五四一代詩人們的初衷[84]。採用中國流行的形式還是原詩形式來翻譯外國詩歌時孰優孰劣已不重要，外國詩歌形式的誤譯是不可避免的，詩歌文體的特點、翻譯活動的特點以及時代語境和新詩發展的需求等，都決定了詩歌翻譯中形式誤譯的必然性。翻譯詩歌的目的是為了便於譯詩接受和「增多詩體」，因此，我們應該在保證譯詩流傳的同時兼顧原詩風格，才可能產生譯詩的「寧馨兒」。

在此，本文不得不解決這樣一個問題：到底是中國新詩形式的需求決定了外國詩歌形式的誤譯呢，還是誤譯後的外國詩歌形式（譯詩形式）影響促成了中國新詩形式的發展？中國新詩形式和譯詩形式之間應該是一個雙向性的影響關係，二者互為因果。一方面，我們不得不承認中國新詩是在外國詩歌的影響下發生和發展起來的，翻譯詩歌的文體自然會影響到新詩創作時的文體選擇。比如五四時期，由於人們處於打破傳統詩歌格律和時代對於自由精神的需要，中國的新詩創作在形式上主要表現為對自由體詩的需求，所以，當時的譯詩主要採用自由詩的形式，即便是原詩是格律詩也採用自由體來翻譯。以胡適翻譯蒂斯代爾的《關不住了》為例，為了配合自己「作詩如作文」的主張，他在翻譯的過程中儘管主要地還是保留了原詩的形式，但在韻律上也做了一定的修改。五四前後中國形成的各詩歌流派均受到了外國詩歌的影響，這是諸多學者已經達成的共識，而外國詩歌的影響主要是通過翻譯詩歌來實現的：「譯詩，比諸外國詩原文，對一國的詩創作，影響更大，中外皆然。」[85]所以，譯詩對二十世紀二〇至三〇年代中國詩歌文體的

84 比如當時劉半農在《我之文學改良觀》一文中認為多翻譯外國詩歌「以增多詩體」，此文參見胡適選編，《中國新文學大系・建設理論集》（上海良友圖書印刷公司印行，一九三五年），頁六八—七三。

85 卞之琳，《人與詩，憶舊說新》（生活・讀書・新知三聯書店，一九八四年），頁一九六。

各種形式都產生了深刻的影響。但同時，正如前面所論述的那樣，譯詩形式的選擇恰恰又受到了中國詩歌形式的限制，參與了中國新詩的形式建設。所以，我們似乎既可以說是新詩人喜歡自由詩詩體而選擇了用該詩體來翻譯外國詩歌，又可以說是因為外國詩在被翻譯的時候不得已被譯成了自由詩體而促進了自由詩在中國的興起。在五四時期，自由詩形式的翻譯詩歌和自由詩創作幾乎是相輔相成的，他們在中國新詩壇上出現的時間也幾乎是同時的[86]，所以，二者之間是相互促進的關係，一方面，「沒有外國詩歌形式的輸入就沒有現代新詩文體」；另一方面，「讓譯詩恢復自由性質的恰恰是新詩，正是新詩本身導致了譯詩從舊文體向新文體的轉化」[87]。五四之前即是新詩產生之前，外國詩歌均被翻譯成了古詩形式，失去它本身在原語國的形式，五四以後，在外國詩歌的影響下產生了自由詩，於是外國詩歌被翻譯成漢語詩歌時就獲得了獨特的形式。晚清以來的白話文運動和「詩界革命」逐漸拉開了中國詩歌文體創新的序幕，五四新文學運動在文學而非工具的層面上確立起了白話文在文學上的地位，當時不少詩人已經開始嘗試新詩自由化形式的創作。譯詩的詩體決定著中國新詩詩體的流行方式，除了自由詩以外，格律詩的翻譯同樣影響著中國新詩的格律化創作：「流行外語詩如果採用格律方式譯進，新詩創作便流行現代格律詩。」[88]因此，外國詩歌的翻譯文體影響著中國新詩的創作文體。但另一方面，新詩根據國內的當下語境做出的文體需要，和表現出的文體自覺意識也決定了人們對翻譯詩歌文體的選擇。五四之前，由於國內的詩歌創作還處於革命的過渡期，文言古詩體仍然占居著詩壇乃至整個文壇的要津，所以，當時詩人的翻譯也主要採用了

86 此觀點主要是根據胡適依靠一首譯詩《關不住了》來宣佈新詩成立的「新紀元」而得出的，大體上講，翻譯詩歌的自由形式和新詩的自由詩形式差不多是同時出現的。

87 高玉，《現代漢語與中國現代文學》（中國社會科學出版社，二〇〇三年），頁一九七—一九八。

88 王珂，《百年新詩詩體建設研究》（上海三聯書店，二〇〇四年），頁一四九。

古格律體，比如蘇曼殊、馬君武等人的翻譯詩歌都是採用的古詩詞形式。五四時期的詩人比如胡適、郭沫若、冰心、李金髮等人採用自由詩詩體翻譯外國詩歌，從橫向的維度上為中國自由詩的發展引入了新的參照，在文體上有力地證明了自由詩的合理性，穩定了新詩在早期新文學園地上的地位。所以，我們既可以說中國新詩的文體自覺和文體需要促使五四一代詩人們翻譯外國詩歌時普遍採用自由詩形式；同時也可以說，正是翻譯詩歌時採用自由詩形式，使國內的讀者產生了「外國詩歌是自由詩」的誤覺，所以紛紛效仿翻譯詩歌的形式，從而促進了中國新詩運動的蓬勃開展。對於翻譯者，尤其本身是詩人的翻譯者來說，在翻譯外國詩歌的過程中，其自身的詩歌創作技巧、思維乃至審美觀念都會逐漸發生變化，他們在翻譯中習得了大量的詩歌創作營養，翻譯對他們來說是學習，是創作的訓練，所以對他們來說，新詩創作是在翻譯中逐漸走向成熟的。因此，我們可以說，正是中國詩歌自身的文體需要和文體意識決定著翻譯詩歌的文體選擇，但反之，正是外國詩體的引入，才豐富並衝擊了原來中國詩歌文體單一的生態環境，使新詩在詩體建設上朝著多元化的路向邁進。趙毅衡先生在談中國古典詩歌的翻譯與美國新詩運動的關係時說：

> ……中國古典格律詩，自新詩運動起，譯成英語時大都譯成自由詩，這以成了慣例，中國詩之成功是新詩運動——自由詩運動勝利的信號。
>
> 這種說法聽起來有點因果循環：究竟是因為現代詩人選擇自由詩所以才用自由詩譯中國古典詩歌，還是中國詩的自由詩譯文受歡迎促進了自由詩運動？
>
> 實際上，這二者可能都是正確的。……[89]

89 趙毅衡，《詩神遠遊——中國如何改變了美國詩》（上海譯文出版社，二〇〇三年），頁二〇三。

趙先生的論述無疑給我們認識中國新詩形式和譯詩形式之間的互動關係給出了思路。

當然，外國詩體的誤譯也會給中國新詩的文體建構帶來負面影響。西方從十九世紀中葉開始，現代派的興起和自由派思潮的湧動，使一些詩人開始用比較自由的形式來表現他們的思想感情：法國的象徵主義，美國的意象派運動等，將自由詩推向了高潮。英國桂冠詩人丁尼生（Alfred Tennyson）悼念朋友的名詩《衝，衝，衝》便是一首自由詩：

Break, break, break,
On thy old grey stones, O sea !
And I would that my tongue could utter
The thoughts that arise in me.
……

——Tennyson: Break, Break, Break

這是該詩的第一節，每一行詩的音步基本上不相等，但該詩的偶行卻是押韻的，而且全詩四節都是採用四行體詩，在排列上顯得十分均齊，這些都是格律詩的要素。即便是最受自由詩寫作者推崇的惠特曼（Walt Whitman）的自由詩也保留了一定的格律形式，但中國現代的很多譯詩將外國的自由詩誤譯成了完全不講音韻節奏的絕對自由的形式，把中國新詩的形式引向了非格律化的歧途。卞之琳說：「譯詩，比諸外國詩原文，對一國的詩創作影響更大，中外皆然。今日我國流行的自由詩，往往拖遝、鬆散，卻不應歸咎於借鑑了外國詩；在一定的『功』以外，我們眾多的外國詩譯者，就此而論，也有一定的『過』。今日我國同樣流行的『半自由體』或『半格律體』，例如四行一節，不問詩行長短，隨便押上韻，特別是一韻到底，不顧節同情配，行隨意轉的平衡、匀稱或變化、起伏的內在需要，以致單調、平板，影響所及，過去以至現在大批外國格律詩譯者也負有一定的責任。」[90]根據卞之琳的看法，中國新詩形式的鬆散不是借鑑外國詩歌的結果，而是譯者譯詩時沒有傳達出原詩的形式和格律，將外國的格律詩翻譯成半格律詩甚至自由詩，把外國講求詩律的自由詩翻譯成完全沒有形式美感的詩體。這種不負責任的譯詩文體隨後又影響了中國新詩的創作，很多不會翻譯或不能讀外國詩原文的詩人模仿外國詩創作其實就是在模仿譯詩創作。從這個意義上講，外國詩歌的翻譯體是中國新詩文體建構的直接資源，譯詩者必須具有充分的形式自覺意識，才能使外國詩歌對中國新詩產生正面的積極影響。

卞之琳在《譯詩藝術的成年》一文中以重要的詩人為線索對中國現代譯詩的詩律問題做過一次簡單的勾勒：比如李金髮翻譯介紹的法國象徵主義詩歌本來是格律詩，詩句條理清楚且符合正常的語法，但經過他文白夾雜的譯筆的處理，原詩的翻譯體就變得七長八短且語法混亂，不過就是這種誤譯後的翻譯體深深地影響了中國象徵詩（或其他現代主義詩歌）的創作。在翻譯格律詩的時候存在著詩行長短的標準問題，用白話譯詩究竟應該以什麼標準來衡量一行詩的長短呢？「也像文言詩一樣，以單音字作單位呢，還是以我們今日說話的基本自然停、逗為單位」[91]？朱湘的譯詩採取了第一種處理詩行長短的方式，試以朱湘翻譯濟慈的《秋曲》[92]〔後來譯為《秋頌》（To Autumn）〕的第一節為例：

[90] 卞之琳，《譯詩藝術的成年》《讀書》一九八二年三期。
[91] 卞之琳，《譯詩藝術的成年》《讀書》一九八二年三期。
[92] 〔英〕濟慈，朱湘譯，《秋曲》，《小說月報》十六卷十二號，一九二五年十二月十日。

霧氣洋溢果實黃熟的秋！
你同成熟的太陽是良朋，
你們同用了纍纍的珠球
點綴起茅簷下的葡萄藤；
你們使蘋樹負密實彎腰，
使榛實生甜核仁而漲胖，
使葫蘆腹大，使一切果實臉紅；
你們為蜜蜂開遲結的苞，
使它們以為永遠有暖陽，
雖然夏已填滿它們的黏巢中。

原詩是一首十行體格律詩，其韻式為ab-ab-cde-cde，朱湘翻譯過來以後，基本保留了原詩的音韻、形式排列以及詩節。他的譯詩不僅能夠傳達出原詩的精神意蘊，而且在形式上也緊跟外國詩歌的原貌，他的格律譯詩雖然整齊押韻但讀起來總顯生硬拗口，因為其中採用了很多單音字。而聞一多、孫大雨、何其芳等人的譯詩則是以「音尺」、「音組」或「音頓」為單位，較多地考慮了白話文以破音字為主體的特徵，所以他們的格律體譯詩讀起來比較順暢。當然，與朱湘等的譯詩忠於原詩的韻律不同，穆旦的譯詩則有意背離原文的韻律而重造新的韻式，比如他翻譯的拜倫的《唐璜》，原詩的韻腳是ab-ab-ab-cc，但他的譯詩卻是×a-×a-×a-bb（×表示無韻）。穆旦的譯詩仍然可被稱為格律體詩，只是此時的格律詩沒有採用原詩的格律而已，說明處理譯詩的形式是自由的，譯者可以根據漢語表達的需要，在翻譯中自造新韻以更好地傳達出原詩的精神意蘊。

總之，外國詩歌形式的誤譯一方面受到了中國五四前後時代語境的影響，另一方面是由該時期中國新詩文體發展的自覺意識和文體需求引起的。從譯詩的傳播和接受的角度講，外國詩歌形式的誤譯是有意識的創造行為，它與中國新詩的形式之間形成了一種互動關係，有助於中國詩歌文體的建設和外國詩歌翻譯活動的開展。

第四章　現代譯詩對中國新詩各體形式的影響

中國新詩文體的發展受到了外國詩歌影響，這一看法得到了學術界一致的認同。中國現代詩歌創作不僅在語言上有「歐化」的現象，而且在形式上也充分吸納了外國詩歌形式的美學特質，極端地說：「新文學運動的最大的成因，便是外國文學的影響；新詩，實際上就是中文寫的外國詩。」[1]外國詩歌對中國新詩的影響，首先體現在對新詩作為新生的獨立文體地位的確立聲援上；然後體現在文體觀念和創作上；進而對具體的詩歌各體形式產生了影響，輸入了一些中國傳統詩歌形式中所沒有的體式；並使中國新詩在結合時代和世界詩歌思潮的同時，開始了「革命詩歌」的創作。現代新詩從形式上可以分為自由詩、格律詩和散文詩，從內容上可以分為抒情詩和敘事詩，在此，本文試圖以傳統詩歌形式中所沒有的自由詩、現代格律詩、散文詩、小詩以及敘事長詩為例，從相對微觀的角度來論述外國詩歌對中國現代新詩各種體式造成的影響。當然，小詩或敘事詩在形式上可能是自由詩或格律詩，在此單獨分節論述可能會導致分類標準的混亂，所以將其納入最後兩節來討論。

1 梁實秋，《新詩的格調及其他》，《詩刊》創刊號，一九三一年一月二十日。

第一節　現代譯詩對中國自由詩體的影響

在中國新詩的各種體式中，自由詩與傳統詩歌在形式藝術上的審美距離應該說是最大的，它不僅打破了古詩詞嚴謹的排列和韻式，而且在借鑑西方翻譯詩歌的基礎上真正實現了形式的自由：自由詩沒有固定的節數，每節沒有固定的行數，每行沒有固定的字數，在音韻上也做到了「句末無韻也不要緊」[2]的簡略韻式。自由詩的產生是對傳統詩歌形式的叛逆，同時也受到了外國詩歌（翻譯詩歌）的影響。

中國現代翻譯詩歌的「他文化」性，決定了新的譯詩形式必然會給中國詩歌發展提供新的形式資源，必然會在古老的中國詩歌土壤上，催生出與古詩嚴謹形式相背離的自由詩體。詩歌翻譯是中外文化交流活動的產物，一八七一年王韜翻譯的《馬賽曲》（*Chant de Marseillais*）拉開了近代中國人翻譯西方詩歌的序幕，之後，梁啟超、馬君武、蘇曼殊、胡適等人先後翻譯了大量的外國詩歌。但清末的譯詩在形式上存在著非常大的缺陷：「以古典詩歌的形式，用文言翻譯外國詩，不論是五言、七言，抑是騷體或詞的長短句，其語言既是文言，就很難完美地翻譯外國詩，讀者總感到它們並不像英國詩、法國詩、德國詩和印度詩，而帶有濃郁的中國詩的風味。」[3]外國詩歌的漢譯為什麼會染上濃厚的中國色彩呢？在此不是論述文言和白話譯詩孰優孰劣的問題，而是要解決為什麼清末人士的譯詩具有「中國詩的風味」。原因當然與

[2] 胡適，《談新詩——八年來一件大事》，胡適選編，《中國新文學大系・建設理論集》（上海良友圖書印刷公司印行，一九三五年），頁三〇三。

[3] 郭廷禮，《中國近代翻譯文學概論》（湖北教育出版社，一九九八年），頁一〇〇。

當時人們對待西方文學的態度有關，美國人安德列・勒菲弗爾（Andre Lefevere）認為阻礙翻譯進行的往往不是語言的相異性，而是文化本位主義：「那些視他們自己為所居住世界中心的文化，往往不大可能和『他文化』交流，除非他們是被迫的。」[4]中國人一直以來懷有「天朝上國」的迷夢，認為西方文化水準遠在中國之下，所以他們在翻譯西方詩歌時採取了「中體西用」策略，將外國詩歌納入本國詩歌體系並使其形式特徵泯滅在「絕句」和「騷體」之中。然而，世界的變化以及中國文化面臨的危機使知識份子開始輸入西方先進思想，這使中國現代翻譯詩歌與古代翻譯詩歌相比在性質上發生了根本性變化，即此時的翻譯者是懷著引進外國詩歌形式和精神的目的，而不是力圖將外國詩歌納入中國詩歌體系。「近代翻譯和現代翻譯的根本不同在於前者是以中國傳統文化作為基礎，是古代漢語體系，因而在根本上具有中國古代性，它的作用是推動中國傳統文化向中國現代文化轉型。……而現代翻譯則是以中國現代文化作為基礎，作為底色，屬於現代漢語體系，它從根本上具有現代性。」[5]正是五四新文化運動以來，對待外國詩歌的這種「他文化」態度為中國輸入了大量的新思想、新術語和新名詞。思想層面的變化使傳統詩歌在語言和形式上的局限日益顯露出來，因而新詩自由形式運動的開展才成為一種必然的趨勢，「因為思想上有了變化，所以用白話……舊的皮囊盛不下新的東西，新的思想必須用新的文體以傳達出來，因而便非用白話不可。」[6]同時，「他文化」立場使譯者在譯詩時儘量保存原詩的風韻，加上翻譯本身引起的外國詩歌形式的變化，外國詩歌形式常常以「自由詩」的面貌出現在讀者面前，這為在批判傳統詩歌形式之後本來就缺

---

4 Susan Bassnett and André Lefevere, *Constructing Cultures ; Essays on Literary Translation*, Shanghai : Shanghai Foreign Language Education Press, 2001, P.13.

5 高玉，《現代漢語與中國現代文學》（中國社會科學出版社，二〇〇三年），頁一七七—一七八。

6 周作人，《中國新文學的源流》（河北教育出版社，二〇〇二年），頁五五—五九。

乏「模式」的中國新詩創作提供了參考。所以，中國現代翻譯詩歌的「他文化」性不僅使中國自由詩的出現成為時代發展的必然需求，而且為自由詩的創作提供了可資借鑑的模式。

中國自由詩的興起是對外國詩歌自由化思潮的順應，是對譯詩所代表的外國詩歌形式的極端化理解。在詩歌觀念上對世界詩潮的順應又必然會引起創作實踐上對外國詩歌的模仿。從十九世紀中後期開始，外國詩歌的發展迎來了「自由化」時期，法國的象徵派、英美的意象派、俄國的未來派以及德國的表現派等詩潮先後對世界詩壇的「格律」化秩序形成了衝擊，這些詩派的詩歌作品大都採用有別於傳統的自由形式和白話語言，從而宣告了世界詩歌自由化時代的到來。中國新詩創作正是在世界詩歌自由化潮流的影響下發生的。胡適受到美國意象派詩歌觀念的啟發而決意在中國掀起白話新詩運動[7]，但之前中國詩壇從來沒有出現過形式自由、語言淺俗的詩歌樣式，即便是胡適所說的中國白話文已經有幾千年的傳統，但古時的白話詩不僅遵循了古詩詞嚴整的形式，而且這樣的詩歌也從未在文學史上產生過多少影響。這樣一來，早期的白話詩運動就遭遇了這樣的尷尬：理論上已經提出了白話詩主張，並且在對古詩詞形式貶斥的時候遭來了大量的攻擊，但實際的創作業績卻讓新詩宣導者們感到十分寒磣，於是他們不得不將目光投向西方。外國詩歌對中國自由詩的支持體現在兩個方面：一是創作上，白話譯詩成為中國新詩最早的成功的例證，胡適便是借助譯詩來宣告新詩的「新紀元」的成立；二是理論和輿論上，在新詩闖將們遭受「保守派」的攻擊時，在他們要為自己的白話詩主張尋求證據時，世界詩歌的自由化潮流使他們贏得了強有力的「革命

7 關於胡適的「白話」主張與意象派詩歌運動的主張的相似之處以經由很多人進行過論述，儘管胡適自己對此持否定態度並在歐洲文藝復興和中國傳統詩歌中去尋求理論和實踐淵源。比如梁實秋在《現代中國文學之浪漫的趨勢》一文認為美國意象派詩歌的主張「幾乎條條都與我們中國宣導白話文的主旨吻合」。美國漢學家夏志清、周策縱等都認為胡適的「八不主義」受到了羅威爾《意象派宣言》的影響。胡適自己在一九一六年十二月二十六日的日記中也曾記錄過羅威爾的「宣言」。這些都表明了胡適的白話詩主張受到了意象派詩歌的啟發。

武器」。難怪廢名（馮文炳）在談周作人的《小河》一詩時說：「中國這次新文學運動的成功，外國文學的援助力甚大，其對於中國新文學運動理論上的聲援又不及對於新文學內容的影響。這次的新文學運動因為受了外國文學的影響，新文學乃能成功一種質地。」[8]外國詩歌對中國新詩的影響，與國內對外國詩歌的譯介和理論者的引導分不開。由於當時的新詩人寫的主要是自由詩，而外國詩歌的翻譯形式也主要是自由體，所以當時人們以為外國詩歌都是自由詩，新詩的發展也應該走自由化的道路。廢名等人認為「新詩應該是自由詩」，而他對自由詩的理解卻是：「有一天我又偶然寫得一首新詩，我乃大有所觸發，我發見了一個界線，如果要做新詩，一定要這個詩是詩的內容，而寫這個詩的文字要用散文的文字。以往的詩文學，無論舊詩也好，詞也好，乃是散文的內容，而其所用的文字是詩的文字。我們只要有了這個詩的內容，我們就可以大膽地寫我們的新詩，不受一切的束縛。……我們寫的是詩，我們用的文字是散文的文字，就是所謂自由詩。」[9]此觀點有些表面化，但也說到了新詩的一些特點，最基本的便是內容上、情感上和精神上一定要有詩意才能夠成詩。至於他所說的新詩的語言是散文的語言則顯得有些膚淺，他沒有注意到整個新文學的語言已經變成了白話文，此時的現代漢語已經不是傳統意義上的民間白話或者散文的語言了。可見，是外國詩歌發展的自由化潮流導致了早期詩人創作主張的自由化、白話化，同時，又是外國詩歌在漢譯時形式的自由化為中國新詩創作提供了範式，在理論和實踐兩個方面促進了中國自由詩的發展。

散文詩的翻譯或翻譯詩歌的散文化助長了自由詩創作。詩歌翻譯是所有翻譯中最難把原作的形式和內容協調周全的，「因韻害意」或「因意害文」的情況十分普遍。在詩歌翻譯過程中，每一個譯者都希望自

8 廢名，《〈小河〉及其他》，《論新詩及其他》（遼寧教育出版社，一九九八年），頁七〇。
9 廢名，《新詩應該是自由詩》，《論新詩及其他》（遼寧教育出版社，一九九八年），頁二一—二二。

已的譯作在形式上盡可能地和原作接近，但「以詩譯詩」的方法卻難以在詩歌翻譯中付諸實施，原因當然是用散文比用詩歌文體翻譯詩歌更容易。在很多情況下，翻譯自身的局限決定了採用散文詩或自由詩翻譯外國詩歌是更行之有效的路徑，不僅許多外國詩歌在中國現代被翻譯成了散文、散文詩或自由詩，就是在國外，這樣的翻譯情況也比較普遍，比如譚載喜先生在談英國二十世紀上半期翻譯詩歌的特點時認為，譯者不再堅持刻板的理論教條，逐漸擯棄了以詩譯詩的傳統，普遍提倡把原詩翻譯成散文，不翻譯成韻文；即使翻譯歷代大詩人的作品，也不採用嚴格的韻律，譯者應使用質樸平易的語言，使譯文在不加注釋的情況下也能為讀者讀懂[10]。英國學者希歐多爾·薩瓦里（Theodore Horace Savory）在《翻譯藝術》（*The Art of Translation*）中提出了「充分翻譯」（adequate translation）的概念：「所謂『充分翻譯』，是指不拘形式、只管內容的翻譯。換句話說，只要譯文在內容上與原文保持一致，文字上有出入卻無關緊要。……這就意味著，譯者在翻譯某個作品時，只要能做到保持原作內容基本不變，就可以在形式上對原作進行大幅增刪修改，而譯者的這個做法大概是不會招致多少批評的。」[11]一直以來，人們普遍感到用自由詩體或散文詩體翻譯外國詩歌比用格律體容易得多，也更能夠將原詩的意蘊翻譯出來，比如徐志摩一九二五年二月發表在《小說月報》上的《濟慈的夜鶯歌》就是用散文詩形式翻譯的詩歌。朱湘在《論譯詩》中也主張給翻譯者自由：「我們對於譯詩者的要求，便是他將原詩的意境整體的傳達出來，而不過問枝節上的更動，『只要這種更動是為了增加效力』。我們應當給予他充分的自由，使他的想像有迴旋的餘地。我們應當承認：在譯詩者的手中，原詩只能算作原料，譯者如其覺得有另一種原料更好似原詩的材料能將原詩的意境

10 譚載喜，《西方翻譯簡史》（增訂本）（商務印書館，二〇〇四年），頁二〇五。
11 參見廖七一編著，《當代英國翻譯理論》（湖北教育出版社，二〇〇四年），頁一七。

傳達出，或是譯者覺得原詩的材料好雖是好，然而不合國情，本國卻有一種土產，能代替著用入譯文將原詩的意境更深刻地嵌入國人的想像中，在這兩種情況之下，譯詩者是可以應用創作者的自由的。」[12]翻譯詩歌在文體上也是自由的，很多詩歌用散文詩或自由詩形式來翻譯，比用格律詩翻譯出來的效果要好得多。拿嚴復和王佐良對英國詩人蒲伯（Pope）的《人論》（*Essay on Man*）的翻譯來說，嚴復的翻譯考慮了形式因素而將原文翻譯成了中國的古詩體，王佐良考慮了內容和意蘊而將原詩翻譯成了近似於散文詩的自由詩[13]，兩相比較，顯然後者的效果要好於前者。不僅翻譯活動會引起翻譯詩歌朝著自由化和散文化的方向發展，而且在新詩草創期，人們還有意將詩翻譯成散文詩，而且當時中國人翻譯的外國散文詩還成為了新詩自由化的典範：「中國新詩草創期將『散文詩』與『詩』混同，波德賴爾的散文詩被視為打破無韻則非詩的典範，甚至散文詩被當成漢詩改革的方向。」[14]散文詩在中國新詩的發展道路上起到過非常重要的作用，朱自清在《選詩雜記》中說：「最初自誓要作白話詩的是胡適，在一九一六年，當時還不成什麼體裁。第一首散文詩而具備新詩的美德的是沈尹默的《月夜》，在一九一七年。繼而周作人隨劉復作散文詩之後而作《小河》，新詩乃正式成立。」[15]這表明新詩創作中散文詩比自由詩要成熟得早一些，當自由詩「還不成什麼體裁」的時候，反而是散文詩「具備了新詩的美德」，而宣告「新詩正式成立」的《小河》

12　朱湘，《說譯詩》，《文學週報》第二九〇期，一九二七年十一月十三日。

13　嚴復的譯文，「元宰有密機，斯人特未悟；／紀事豈偶然，彼蒼審措注；／乍疑樂律乖，庸知各得所？／雖有偏沴災，終則其利溥。」王佐良的譯文，「整個自然都是藝術，不過你不領悟；／一切偶然都是規定，只是你沒看清；／一切不協，是你不理解的和諧；／一切局部的禍，乃是全體的福。」以上是二者譯詩中的部分詩行，僅供說明散文比古詩譯詩有優勢。

14　王珂，《百年新詩詩體建設研究》（上海三聯書店，二〇〇四年），頁一〇一—一〇二。

15　朱自清，《選詩雜記》，朱自清選編，《中國新文學大系・詩集》（上海良友圖書印刷公司，一九三五年），頁一五。

在形式上則受到了波德賴爾散文詩的影響[16]。這些都說明了散文詩的翻譯或翻譯詩歌的散文化促進了中國新詩創作的自由化，使自由詩成為中國現代新詩的主要形式。

最後，譯詩對自由詩的影響主要體現在具體的形式上，中國自由詩的許多形式來自於對譯詩的學習借鑑。自由詩的興起首先當然是社會思想和文化的變遷所致，隨著中國社會轉型和近現代以來人們對外國思想和文化接觸的頻繁，詩歌在精神上較之前已經發生了很大的變化，「詩的精神既以解放，嚴苛的格律不能表現的自由的精神，於是遂生出所謂自由詩了」[17]。社會思潮的發展只是預示著自由詩的出現，但自由詩究竟是什麼形式卻有待探討。胡適等人提倡白話自由詩時，中國的自由詩作品還沒有誕生，而早期的新詩人在骨子裏卻認為新詩在形式上一定不同於中國古詩，因此，他們在沒有創作實踐的情況下提出來的新詩主張，要真正實現形式的創格就只能「別求新聲於異邦」了。胡適依靠一首譯詩宣告了他自己新詩「新紀元」的到來，郭沫若受到惠特曼（Whiteman）的影響創作了具有里程碑意義的自由詩《女神》，說明了譯詩的「榜樣」作用。「五四時期的許多作者都仿效著自己崇敬的外國作家」[18]，此時詩人模仿外國詩歌作品進行創作不但不會受到人們的非難，反而會在文壇上享有盛譽，這主要與當時中國新詩在詩藝、語言上的貧乏有關，與自身傳統的淺薄和營養的缺乏有關。在五四新文學運動的宣導下，人們創作新詩時拿外國詩歌或譯詩做榜樣是非常普遍的事情，「我們拿西洋文當作榜樣，去模仿他，正是極適當、極簡便的

16 周作人，《〈小河〉序》，《新青年》六卷二期，一九一九年二月十五日。原話是，「有人問我這詩是什麼體，連自己也回答不出。法國波特賴爾（Baudelaire）提倡起來的散文詩，略略相像，不過他是用散文格式，現在卻一行一行地分寫了。」

17 劉延陵，《法國詩之象徵主義與自由詩》，《詩》月刊一卷四號，一九二二年四月十五日。

18 劉納，《郭沫若，心靈向世界洞開》，曾小逸主編，《走向世界文學，中國現代作家與外國文學》（湖南人民出版社，一九八五年），頁三三九。

辦法」[19]。中國現代很多詩人都對自己模仿外國詩歌進行創作的事實供認不諱，導致自由詩作品看上去像「中文寫的外文詩」，但正是對外國自由詩的模仿，使中國新詩中的自由詩得以發展成熟。

抗戰時期出於宣傳抗戰的需要，外國詩歌的翻譯主要停留在自由詩形式上，要麼選擇外國自由詩進行翻譯，要麼將外國詩歌翻譯成自由詩，從而進一步帶動了中國三四十年代自由詩的創作熱潮。以「文協」創辦的抗戰時期最具影響力的《抗戰文藝》為例，其發表的譯詩主要是自由詩。自由詩沒有固定的格式韻律，節與節之間沒有對等的詩行，行與行之間沒有對等的字數，這種自由開放的詩體可以使詩人毫無約束地抒發自己的情感。五四以來的新詩有一個向大眾靠近的發展思潮，從陳獨秀的「國民文學」到胡適的「八不」主張，再到中國詩歌會的「大眾歌調」，新詩在形式和語言上都體現出對傳統詩歌「革命」的姿態。到了抗戰時期，詩人們由於要創作出大量的詩篇來宣傳抗戰，自由詩由於不考慮形式因素而具有較為快捷的創作功效，因此成為抗戰詩歌最主要的文體。故而對外來詩歌的譯介，也要求符合時代的審美需要，主要以自由詩的形式去譯介外國詩歌，或者選擇外國詩歌中的自由詩進行翻譯。《哀悼》、《手榴彈之歌》等譯詩就是接近大眾生活的自由詩。抗戰時期，全民族面臨的首要任務是把敵人趕出中國，爭取民族戰爭的勝利。對於能夠更好地號召民眾起來抗戰的詩體，有利於抗戰的新文藝就會受到人們的歡迎。在中國詩人對新形式的試驗不斷取得成功的同時，對外國詩歌形式的譯介無疑也是一條較為快速的增多詩體的方法。姚蓬子認為翻譯介紹外國作品是中國抗戰詩歌形式創新的路徑之一：「從創造的路上求得適合於表現新人和新事的新形式與新風格之獲得，而增強翻譯外國作家的古典的和新興的偉大作品的工作，

19 傅斯年，《怎樣做白話文》，胡適選編，《中國新文學大系・建設理論集》（上海良友圖書印刷公司，一九三五年），頁二二四。

則必有助於新形式與新風格之完成。」[20]看來抗戰文學尤其是抗戰詩歌要完成形式的轉變，除了詩人繼續沿著新詩開創的道路前進之外，翻譯外國的詩歌作為發展新形式的資源也是不可或缺的重要路徑。比如A. Brown的《跟著碼頭工人前進》這首詩是「單張詩」，王禮錫先生翻譯的時候對「單張詩」進行了介紹：「因為單張詩要流傳民間，所以不但形式上是平民的，就內容上也是要為平民而頌，具有反抗性與戰鬥性。他們反對那些『把窮人的骨頭來做骰子』、『把活命的麵包買去藏匿在庫裏』的人們。同時，他們也驕傲地唱：『我們耕耘，財富積屯；我們不幹，貧窮立見。』就在技巧上說，這類歌謠改鑄的新詞為後來寶貴的詩歌遺產，也是比任何形式的詩歌的貢獻要大，這是誰都不能否認的。所以單張詩運動也是一個舊形式的新運動。」[21]這種「舊形式的新運動」契合了當時中國詩壇正在宣導用舊形式來創作抗戰詩歌的主張，它是面對平民而做的，它是反抗的，是革命的。在抗日戰爭時期，不管我們採用新的或者舊的詩歌形式，我們都要以廣大的人民群眾為接受對象。「舊的是大多數人所能懂的舊的，新的也要是大多數人所能懂的新的。為了個人的興趣與愛好，盡可以寫古詩，絕句甚至於律詩，或是模仿外國的十四行的舊體詩，寫得比古律絕還難懂。……可是做要一個新的運動，就必須面對著群眾；要使詩歌能在抗戰中發揮他們作用，就必須唱得使大家懂，大家動情。一首詩必須像一篇歌，可以唱；或一篇謠，可以誦；或一篇精煉的演說，可以念，或一個用具體事實來表現的標語口號，可以嚷。」[22]「單張詩」不僅形式上是平民的詩體，而且內容上也是歌頌平民的，因此受到了中國詩人的喜愛而被翻譯進了中國，助長了抗戰時期自由詩的創作熱潮。

20 《一九四一年文學趨向的展望——會報座談會》，《抗戰文藝》七卷一期，一九四一年一月一日。
21 王禮錫，《跟著碼頭工人前行・譯序》，《抗戰文藝》五卷二、三期合刊，一九三九年十二月十日。
22 王禮錫，《跟著碼頭工人前行・譯序》，《抗戰文藝》五卷二、三期合刊，一九三九年十二月十日。

總之，中國現代詩歌翻譯的「他文化」立場，外國詩歌發展的自由化和散文化趨勢，散文詩的翻譯以及翻譯的散文化，詩人對譯詩自由形式的模仿以及時代語境對自由詩的需求等，都使得中國新詩形式朝著更加自由靈活的方向發展，翻譯詩歌的影響和推動作用也從中得到了體現。

第二節　現代譯詩對中國現代格律詩體的影響

現代格律詩在詩歌的審美趣味上與中國傳統詩歌有相似性，即注重詩歌的形式建設，但現代格律詩並沒有承傳中國傳統詩美路向，而是在一個特殊的時代裏借助翻譯進來的外國詩歌的音韻和排列方式，建構起與古詩形式迥然有別的現代格律詩體。如果說新月派詩人的作為是向傳統詩歌回歸的話，那至多只能表明他們在心態和主觀願望上對詩歌形式的建構理想，在實際的創作方法上他們卻是受外國詩歌或翻譯詩歌影響最深的一個詩歌群體，至少朱自清先生稱其作品為「西洋詩」[23]不會是空穴來風。

為什麼現代格律詩派會受到外國詩歌或翻譯詩歌的影響呢？五四新詩革命在結束了枯燥的文言和呆板的形式對詩歌創作的束縛以後，自由詩創作潮流大有一發不可收拾之勢，導致人們在詩歌語言的白話化和詩歌形式的自由化之間迷失了詩歌創格的方向，新詩儘管確立了它在文壇上的地位，但兼顧形式和情感的詩歌作品卻不多見。「文學革命後，舊詩的規律完全打破，作詩者可隨意創造。……因為沒有規律可以

23 朱自清，《中國新文學大系・詩集・導言》（上海良友圖書印刷公司，一九三五年），頁七。

隨意創造，於是貪攻急就之輩，都從新詩入手。」[24]當時新詩創作的混亂和流弊由此可見一斑。從讀者接受的角度來講，新詩的發展現狀實在有違幾千年詩國的審美文化心理，在這種情況下，新詩形式建構就成了當時詩壇面臨的急需解決的問題。既然新詩革命表明傳統的道路行不通，那就只能將目光轉向國外。新詩理論和主張大都來自西方，而且中國人的許多現代意識也是從西方傳進來的，在一個與傳統文化保持距離的求新的時代，詩人們只有借助外來形式保持其詩歌主張的合理性和權威性，如果還是用中國舊有的形式，那無異於清末舊瓶裝新酒的「詩界革命」，最終只會走向失敗。除了這種「革命」的心態會導致聞一多等人會借鑑外國詩歌藝術外，在文化心態上，他們仍然受到了中國古代格律詩的影響，在骨子裏面仍然認同詩歌的格律化和形式的整齊化，這是他們主張現代格律詩的潛在原因。胡適在提倡文學革命的時候儘量避免外國的東西而在古詩中去尋找根據便是明顯的例證。五四一代作家追求白話，但其實並不是要否定格律等詩性要素。

新月派對外國詩歌形式藝術的吸納同樣是以民族詩歌審美心理為基礎的，如果外國詩歌形式不能夠和傳統相結合，那它就不可能真正地對中國新詩構成影響。「當我們從表層上認識了外來形式時，還不可能即刻接受、模仿或變革它，我們意識的潛結構同時就無形地起著某種選擇或約束作用了。任何外來形式的借鑑和引用都必須與本國的文化歷史背景以及由此而來的欣賞習慣和審美心理相近相似或相符，並且以本民族的心理模式將其『民族』化，否則就有可能把它當作一種與本體文化相對立的異體排斥。」[25]胡適《關不住了》的譯詩以及他的胡適之體、聞一多及其主張的格律詩等等，都是在本民族審美經驗的基礎上

24 石靈，《新月詩派》，《文學》八卷一號，一九三七年一月生活書店出版。參見方仁念選編，《新月派評論資料選》（上海華東師範大學出版社，一九九三年），頁四二。

25 杜榮根，《尋求與超越——中國新詩形式批評》（復旦大學出版社，一九九三年），頁一四六。

對外來形式改造和吸納的結果。此外，外國詩歌的格律與中國古代詩的格律相比有自己明顯的優勢，此格律在一致中存在著不一致，在整齊中體現著不整齊，具有相當的變化性和靈活性，克服了古詩格律呆板的局限。因此，國內詩壇的創作流弊、新詩人對詩歌形式建構的訴求以及外國格律的優勢，決定了新月派詩人在認同傳統詩歌形式建構理念的同時，必然在實際的創作中向外國詩歌或翻譯詩歌的格律靠近。

中國新詩文體建設實際上從新詩發生時就已經開始了。胡適儘管是公認的主張白話自由詩的「第一人」，但其實他主要還是主張詩應該有韻，他曾說新詩在用韻上有三種自由：「第一，用現代的韻，不拘古韻，更不拘平仄韻。第二，平仄可以互相押韻，這是詞曲通用的例，不單是新詩如此。第三，有韻固然好，沒有韻也不妨。新詩的聲調既在骨子裏，——在自然的輕重高下，在語氣的自然區分——故有無韻腳都不成問題。」[26]「有韻固然好」已經表明胡適對新詩音韻的看重，比如他翻譯的《關不住了》，每節四行，逢雙押韻，既吸收了英美四行體詩歌的長處，又和古體詩的韻味極為相似；湖畔詩人最初完全寫的是自由詩，但在《蕙的風》出版一年後，《春的歌集》和《寂寞的國》卻幾乎全是格律體或半格律體；盧志韋將眼光轉向域外，捨棄平仄而採用「一抑一揚，自稱節奏」，注意到了英語語言的輕重音構成的節奏；後來《詩鐫》和《新月》諸君的言論和實踐標誌著格律詩運動的高潮，這是新詩發展的內在需求，梁實秋、徐志摩、聞一多、劉夢葦等人都對格律詩提出了自己的看法。正是對詩歌形式的追求以及對外國詩歌形式的借鑑，在詩歌藝術相互認同的基礎上為新月派奠定了流派基礎：

> 一件事的形式和內容，無論就哪一方面說，總不能憑空創造出來，他總要有一點既成的坯子做為藍本

[26] 胡適，《談新詩》，胡適選編，《中國新文學大系・建設理論集》（上海良友圖書印刷公司印行，一九三五年），頁三〇六。

才行。新月詩派的內容和形式的藍本是什麼呢？……在本土，（創造社的影響也是外來的）無論形式內容哪方面，既然都無可借助，只好把眼光放到異地去了。新月派的領袖人物，都是受過很深的西洋詩的薰陶的，於是自然的，他們就走上了西洋詩的道路。同時，整個的中國的文學革命，是受的西洋文學的影響，其後各種新文學的樣式，也都是接受西洋影響而產生的，新詩是其一枝，大勢所趨，又不僅是一二人的力量了。這可說是新月詩派形成的客觀基礎。[27]

石靈在這篇文章中談到的新月詩派的誕生基礎，其實是以外國詩歌或外國詩歌深刻影響下的中國新詩文化環境為依託的，在他看來，沒有外國詩歌的影響，不僅沒有新月詩派的興起，而且整個新詩和新文學都會失去借鑑目標而難以發生。

外國詩歌的格律體譯作不僅是現代格律詩派形成的基礎，而且還決定了中國新詩的格律化走向，聞一多等人就是通過翻譯詩歌來實踐他們的格律詩主張。在自由詩氾濫的年代，人們「只能從傳統的和外國的詩律基礎的比較中，通過創作和翻譯的實驗，探索新路」[28]。聞一多和徐志摩從一九二五年開始以《晨報・副刊》為基地開始進行新格律詩的實驗，同時翻譯了伊莉莎白・勃朗寧（Elisabeth Browning）、霍斯曼（A. E. Houseman）等人的詩歌，以此實踐並證明了新格律詩的主張。在此，翻譯外國詩歌既是新月派詩人創作的來源，又是其格律詩主張的試驗。有學者在談到聞一多翻譯赫斯曼的詩歌作品時認為：「因為是詩人譯詩，這幾首譯詩的品質很高。聞一多基本上保留了原詩的節奏和韻律，在形式上非常整齊，因

27 石靈，《新月詩派》，《文學》八卷一號，一九三七年一月生活書店出版。參見方仁念選編，《新月派評論資料選》，（上海華東師範大學出版社，一九九三年），頁三八。

28 王克菲，《翻譯文化史論》（上海外語教育出版社，一九九七年），頁二一一。

此，這幾首譯詩可以被視為他的新格律詩的試驗。」[29]的確，聞一多等人的詩歌建構理念總是與外國詩歌緊密地聯繫在一起的，早在一九二三年他批評郭沫若的詩集《女神》時就認為，新詩「不但新於中國固有的詩，而且新於西方固有的詩；換言之，他不要做純粹的本地詩，但還要保持本地的色彩，他不要做純粹的外洋詩，但又盡量的呼吸外洋詩的長處；他要做中西藝術結婚後產生的寧馨兒」[30]。不管是要求新詩成為「寧馨兒」也好，還是認為郭沫若的詩歌「過於歐化」也罷，聞一多的話至少讓我們捕捉到了他這樣的詩歌觀念：中國新詩要徹底地擺脫傳統詩歌的束縛，要真正的「新」，就不可避免地會和外國詩歌發生聯繫，要麼模仿，要麼在吸納西方詩藝的基礎上創新。同時，聞一多的話也說明了《女神》受到的外國詩歌的影響相當明顯，沒有外國詩歌，何來《女神》，何來新詩的第一次開拓和創新？因此，對於聞一多等新格律詩派詩人們來說，外國詩歌或翻譯詩歌不僅是他們聚合的基礎，而且是他們理論主張的有力支持者，正是外國詩歌（尤其是外國格律詩歌）的形式藝術，讓他們在建構中國新詩形式的道路上找到了可資借鑑的「藍本」。現代格律詩人儘管在詩美觀念上表現出對傳統的回歸，但在創作方法上卻是輸入西方詩體來建構中國新格律詩體。

從具體的詩歌創作實踐來看，中國現代格律詩充分實踐了外國詩歌的格律和形式主張。首先從語言和詩句上來看，「他們沒有存心宣導形式運動，即《晨報・詩刊》發刊之前，他們也不甚講究此點。但自《晨報・詩刊》起，即孑然不同，字法、句法、章法，無往而不歐化」[31]。從詩歌語言來講，在新的人生

---

29 南治國，《A. E. 赫斯曼德詩及其在中國的譯介》，謝天振編，《翻譯的理論建構與文化透視》（上海外語教育出版社，二〇〇〇年），頁一八五。

30 聞一多，《〈女神〉之地方色彩》，《創造週刊》第五號，一九二三年六月十日。

31 石靈，《新月詩派》，《文學》八卷一號，一九三七年一月生活書店出版。參見方仁念選編，《新月派評論資料選》（上海華東師範大學

經驗和情感體驗的基礎上，新月派詩人們充分應用想像和外國詩歌經驗來進行創作，這樣就使詩歌語言顯得非常別致而與以往的表達方式截然不同。再就詩行來看，中國古代詩歌一行多為意義完整的句子，但現代格律詩則比較注重詩歌的節奏，常常將一句話寫成幾行，或幾句話寫成一行，韻腳也多出現在行末而不是句末，比如徐志摩在《翡冷翠的一夜》中有這樣的詩句：「你願意記著我，就記著我，／要不然趁早忘了這世界上／有我，省得想起時空著惱，／只當是一個夢，一個幻想」。從另外一個角度講，這也是為了顧及詩歌的音樂性和情感抒發的節奏。現代格律詩理論的關鍵字是音步（foot）（也可以稱為音尺），這個概念來自於國外，它是音節與音節的組合或語言的暫時停頓，白話新詩的音尺基本上由兩個字或三個字組成，只要每行詩的兩字音尺和三字音尺數量相等即可，這樣既可以保證詩行的均齊，又可以使詩歌的節奏在有規律的起伏中產生波動，比如聞一多《死水》中的詩句：

這是／一溝／絕望的／死水，
清風／吹不起／半點／漪淪。

該詩被認為是現代格律詩的「典範」之作，每一行詩中有一個三字音尺和三個兩字音尺，基本做到了音節數和音步的對等。再從詩歌的篇章來看，新月詩派詩人將一首詩歌分成幾章，每章又分成幾句，雖然《詩經》中曾經有過這樣的章法，但後來逐漸絕跡了，所以新月派的這類詩歌肯定受到了外國詩歌的影響，比如《死水》和《紅燭》的許多詩篇都是這樣的佈局。從詩歌的韻律上看，在新詩格律化運動之前，徐志

出版社，一九九三年），頁三八。

摩、聞一多等人寫的仍然是自由詩，音韻沒有規則，比如在這之前出版的《紅燭》和《志摩的詩》在韻律上就沒有什麼講究。但後來情況就出現了如下兩種變化：一是音節數的限定：西洋詩尤其是西洋的格律詩每行的音節數是一定的，所以新月詩派的詩歌的音節數做到了隔行相等或每行相等；二是韻腳的創格：在古詩中，兩句一換韻的詩十分少見，但新月派詩中的兩行一換韻的詩卻很多，有時候一首詩中可能會出現多個韻式，這顯然留下較深的喬叟式的英詩「雙韻體」的影響。同時，新月派詩人也出現過對外國詩歌形式的橫向移植的情況，這主要體現在商籟體詩的創作上。如果說以郭沫若為代表的創造社因為對西方浪漫主義詩歌的吸收，而在內容上實現了對古詩的超越的話，那新月派詩歌則在形式上實現了對古詩的超越。「從舊詩走上真正的新詩的領域，必須經過一架主要的橋樑，那橋樑不是自由詩，自由詩至多是橋堍上的一片泥土。建造橋樑的主要材料有兩件東西，一件是創造社的內容上的擴充，另一件就是新月派的規律運動。」[32]真正的新詩建設既然是這兩個方面，而這兩個方面的成功都吸納了外國詩歌的營養，創造社從浪漫派那裏得到了精神內容，而新月派從外國詩歌那裏得到了格律的啟發，所以，新詩受到外來影響的說法是有根據的。

在翻譯詩歌或外國詩歌的影響下創作中國現代格律詩，這給中國新詩的發展帶來了積極的影響。現代格律詩改變了中國詩壇的自由化傾向：「聞一多、宗白華、梁宗岱、朱光潛、穆木天、王獨清、李金髮等人的強調藝術性的新詩理論和具有唯美色彩的詩體規範的新詩創作，否認了由文化激進主義者控制的國內詩壇的自由詩，特別是散文詩是同時期外國詩歌的主流詩歌、外國也在進行如中國同樣大規模的『自由詩運動』的流行觀念。」[33]郭沫若二〇年代後期的詩歌創作，在翻譯詩歌和現代格律詩運動的影響下朝著

[32] 石靈，《新月詩派》，《文學》八卷一號，一九三七年一月生活書店出版。參見方仁念選編，《新月派評論資料選》（上海華東師範大學出版社，一九九三年），頁四一。

[33] 王珂，《百年新詩詩體建設研究》（上海三聯書店，二〇〇四年），頁五九。

「形式」方向發展，新詩人越來越重視新詩詩體建設；這其實說明了隨著外國律詩的翻譯引進，人們逐漸糾正了偏頗的詩歌觀念，在創作上也開始注意新詩的形式建設，聞一多等人的理論主張和創作實踐推動了中國新詩文體建設。但與此同時，由於現代格律詩借鑑的是外國詩歌的韻式，所以其負面影響同樣存在。徐志摩等人為了追求詩歌的均齊和「建築美」而生硬地將完整的詩行割裂開來，造成了詩行意義的斷裂和帶來形式主義趨向。徐志摩曾在《詩刊放假》一文中說：「我們學做詩的一開步就有雙層的危險，單講『內容』容易落了惡濫的『生鐵門篤兒主義』或是『假哲理的唯晦學派』；反過來，單講外表的結果只是無意義乃至無意識的形式主義。就我們詩刊的榜樣說，我們為要指摘前者的弊病，難免有引起後者弊病的傾向，這是我們應分時刻引以為戒的。」[34]徐志摩的這種擔憂和「時刻引以為戒」的形式主義傾向終於在他們自己的詩歌創作中應驗了，新月派詩人創作了大量「豆腐乾」式的詩歌，完全滑向了形式一端。由於他們的格律過分地模仿並依賴西洋詩的格律，忽略了漢語詩歌在音韻和節奏上的特點，余光中先生認為中國詩歌的音律與外國詩歌的音律之間存在很大的不同：「第一，中國字無論是平是仄，都是一字一音，仄聲字也許比平聲字短，但不見得比平聲字輕，所以七言就是七個重音。英文字十個音節中只有五個是重讀，五個重音之中，有的更重，有的更輕……因此英詩在規則之中又有不規則，音樂效果接近『滑音』，中國詩則接近『斷音』。」[35]而且，漢詩和英詩在句式和詩句中的頓等方面也存在很大的差異，致使他們的很多主張難以在創作中付諸實踐。朱自清先生認為現代格律詩相對於中國古詩和自由詩來說「完全是新東西，歷史的根基太淺，成就自然不大——一般讀者看起來也不容易順眼。聞氏作情詩，態度也相同；他

34 徐志摩，《詩刊放假》，《晨報·副刊·詩鐫》第十一號，一九二六年六月十日。
35 余光中，《中西文學之比較》，《余光中談翻譯》（中國對外翻譯出版公司，二〇〇二年），頁二三。

們都深受英國影響，不但在試驗英國詩體，藝術上也大半模仿近代英國詩。梁實秋氏說他們要試驗的是用中文來創造外國詩的格律，裝進外國詩的詩意。這也許不是他們的本心，他們要創造中國的新詩，但不知不覺寫成西洋詩了」[36]。這些其實說明了現代格律詩的創作和對外國詩歌形式的接受是失敗的。

正是有了外國詩歌的翻譯以及由此帶來的積極影響，很多中國現代詩人紛紛認為中國現代新詩應該講究格律。比如朱自清認為自由詩體只是中國新詩的一體，不可能代替格律詩體，而且在地位上也不應該超過格律詩體，有型詩是中國新詩發展的方向。中國新詩形式的探索之路其實就是尋求詩歌形式定型的道路，「無論是試驗外國詩體或創造『新格式與新音節』，主要的是在求得適當的『勻稱』和『均齊』。自由詩只能作為詩的一體而存在，不能代替『勻稱』『均齊』詩體，也不能占到比後者更重要的地位。外國詩如此，中國詩也不例外。」[37]中外詩歌發展的歷史表明了有型詩在詩體建設過程中的優勢地位，代表了詩歌形式的最終走向。上世紀初掀起的新詩運動中，先行者針對舊體詩僵化的格律形式而提倡白話自由詩，一大批詩人投入到了自由詩的創作潮流中，但等到他們有了自覺的文體建構意識以後，就開始創作格律詩。因為新詩雖然擺脫了舊詩的腐爛和空洞，擺脫了詩歌格律的束縛，但同時也失去了表現的力度。亦即如果新詩「不受嚴密的單調的詩律底束縛，我們也失掉一切可以幫助我們把捉和摶造我們底情調和意境的憑藉；雖然新詩底工具，和舊詩底正相反，極富於新鮮和活力，它的貧乏和粗糙之不宜於表達精微委婉的詩思卻不亞於後者底腐濫和空洞」[38]。如此看來，新詩賴以成立的形式優勢還抵不過其給表情達意帶來的不足，此話間接表明比起自由抒發感情來說新詩更需要形式的建構。從詩歌接受的角度來講，梁宗岱先

36 朱自清，《中國新文學大系‧詩集‧導言》（上海良友圖書印刷公司，一九三五年），頁七。
37 朱自清，《詩的形式》，《新詩雜話》（生活‧讀書‧新知三聯書店，一九八四年）。
38 梁宗岱，《新詩底分歧路口》，《詩與真‧詩與真二集》（外國文學出版社，一九八四年）。

生認為：「沒有一首自由詩，無論本身怎樣完美，如能和一首同樣完美的有規律的詩在我們心靈裏喚起同樣宏偉的觀感，同樣強烈的反應的。」[39]我們姑且不去討論梁先生對自由詩的態度是否公允，單從他的話中可以看出「有規律」對詩歌而言多麼重要。

既然格律詩應該成為中國新詩的發展方向之一，那我們應該怎樣發展中國的格律詩呢？很多詩人還是將眼光伸向了國外，認為翻譯外國詩歌是中國新詩形式建構的路徑之一，譯詩對中國新詩的形式建設具有範本或啟示的功能，而且可以通過翻譯來試驗新詩體。朱先生在《新詩的出路》中認為翻譯外國詩歌對中國詩人而言「可以試驗種種詩體，舊的、新的，因的、創的；句法、音節、結構、意境，都給人新鮮的印象（在外國也許已陳舊了）。不懂外國文的人固可有所參考或效仿，懂外國文的人也還可以有所參考或效仿；因為好的翻譯是有它獨立的生命的。譯詩在近代是不斷地有人在幹，……。要能行遠持久，才有作用可見。這是革新我們詩的一條大路」[40]。在朱自清看來，譯詩是一件非常偉大的事業，可以幫助很多不懂外文的人瞭解外國詩歌，也可以使那些寫詩但同樣不懂外國文的人，借鑑外國詩歌翻譯體進行創作，從而在句法、音節、結構或意境等諸多方面增富中國新詩的詩體內容。朱自清呼籲有更多的人投入到翻譯外國詩歌的「大業」中來，畢竟「直接借助於外國文，那一定只有極少數人，而且一定是迂緩的，彷彿羊腸小徑一樣這還是需要有天才的人；需要精通中外國文，而且願意貢獻大部分甚至全部生命於這件大業的人。」[41]惟其如此，中國新詩界才會有更多的形式營養，才可能創造出更多的新詩體或發現更多的詩體元素。借助翻譯來建設中國新詩形式的觀點並非朱自清獨創，從最初胡適以譯詩《關不住了》來宣佈新詩成立的「新

39 梁宗岱，《新詩底分歧路口》，《詩與真．詩與真二集》（外國文學出版社，一九八四年）。
40 朱自清，《新詩的出路》，《新詩雜話》（生活・讀書・新知三聯書店，一九八四年）。
41 朱自清，《新詩的出路》，《新詩雜話》（生活・讀書・新知三聯書店，一九八四年）。

紀元」到劉半農的借助翻譯增多詩體，上世紀三〇年代梁宗岱在《新詩底分歧路口》中也認為翻譯是增進中國新詩詩體形式的「一大推動力」，雖然翻譯外國詩歌「有些人覺得容易又有些人覺得無關大體，我們確認為，如果翻譯的人不率爾操觚，是輔助我們前進的一大推動力。試看英國詩是歐洲近代詩史中最光榮的一頁，可是英國現行的詩體幾乎沒有一個不是從外國——法國或義大利——移植過去的。翻譯，一個不獨傳達原作底神韻並且在可能內按照原作底韻律和格調的翻譯，正是移植外國詩體的一個最可靠的辦法」[42]。表明了翻譯外國詩歌是中國新詩文體建構過程中非常重要和關鍵的環節，不僅可以為中國新詩提供形式經驗，而且可以幫助中國新詩「增多詩體」。

現代格律詩在詩歌觀念上是對傳統的回歸，但在創作方法上卻採納了西方詩歌的音韻形式，對外國詩歌格律的追求不僅成了中國現代格律詩派的聚合基礎，而且直接影響了中國現代格律詩的創作。很多詩人都主張在借鑑外國詩歌或翻譯詩歌的基礎上發展中國現代格律詩，但漢語詩歌畢竟不是英語詩歌，現代格律詩由於沒有傳承古典詩歌格律而對外國詩歌格律過分依賴，同時，由於很多詩人對形式和格律的追求大大超出了對詩情的捕捉和提煉，致使現代格律詩創作出現了嚴重的「形式主義」趨向，這是今後中國現代格律詩創作應該注意的問題。

42 梁宗岱，《新詩底分歧路口》，《詩與真・詩與真二集》（外國文學出版社，一九八四年）。

第三節　現代譯詩對中國散文詩體的影響

散文詩是在世界詩歌自由化潮流的湧動中產生的一種具有現代性氣息的文體，自十九世紀中期開始在世界各國的文壇上蔓延開來。中國的散文詩誕生於五四新文化運動時期，在「增多詩體」的時代，早期詩人很快便接受了這種新文體。中國散文詩的發展顯然受到了外國散文詩翻譯作品的啟發，但學術界普遍關注「中國古典詩詞和散文小品的美學追求對中國現代散文詩的影響」[43]，忽略了散文詩受到的外來影響。在此，本文將從翻譯詩歌的角度來論述外國詩歌對中國散文詩發生、發展起到的促進作用。

首先，詩歌翻譯活動的特點決定了五四時期許多外國詩歌被翻譯成散文詩，使中國詩壇一時間出現了散文詩這種新文體，從而促進了中國散文詩創作。詩歌在語言上的高度凝煉和心靈性給翻譯設置了障礙，他們要先經歷一番周折才能讀懂原詩的意義，如果還要在民族語言中找相應的語言、形式去表現原詩的情感和風格，那難度就更大了。鑑於這樣的情況，很多譯者往往採用比較自由靈活的文體形式來翻譯外國詩歌，以儘量傳達出原詩的精神意蘊，在詩歌的各種文體中只有散文詩體最符合譯者的需要，最體諒譯者譯詩的艱辛，因此，外國詩歌（儘管不是散文詩）就被誤譯成了散文詩體或散文文體。劉重來先生在《希歐多爾・薩瓦利所論述的翻譯原則》一文中認為，「當代散文詩或詩的散文」的譯詩方法其實指的是用「自由詩或無韻詩」來譯詩，他說：「用格律詩譯格律詩，如能既講格律，又無損原意，自屬上乘；但在確實

43 徐治平，《散文詩美學論・後記》（廣西教育出版社，一九九四年）。

不能用格律詩譯格律詩的某些具體情況下，則不妨考慮運用自由詩體來譯，以便儘量保留原詩的思想、情節、意境和形象，總比死守詩行的長度和韻腳而對原詩內容任意增刪好得多。」[44]在他看來，用散文或散文詩翻譯外國詩歌的客觀效果只要是推動了原詩內容的表達，形式的誤譯也是具有價值的。從讀者的角度講，或者說從利於譯詩傳播的角度來講，將外國詩歌形式誤譯成散文詩同樣具有積極的意義，「譯者不再堅持刻板的理論教條，逐漸擯棄了以詩譯詩的傳統，普遍提倡把原詩翻譯成散文，不翻譯成韻文；即使翻譯歷代大詩人的作品，也不採用嚴格的韻律，譯者應使用質樸平易的語言，使譯文在不加注釋的情況下也能為讀者讀懂」[45]。為此，譯者常常把詩歌翻譯成散文詩，美國學者安德列・勒菲弗爾（Andre Lefevere）說：「譯者往往以自己的文化詩學來重新改寫原文，目的是為了取悅於新的讀者。他們這樣做，也能保證他們的譯作有人讀。譯者也往往以自己的譯作影響他們所處時代詩學發展的進程。」[46]這其實說明了翻譯外國詩歌有助散文詩文體在譯入語國中的發展。所以，外國詩歌被誤譯成散文或散文詩的原因，是詩歌文體語言的高度凝煉詩歌形式的高度藝術化導致的，也與譯入語國的讀者的接受能力有關，它在為詩歌翻譯和譯詩的接受帶來方便的同時，也增加了詩歌文體的自由度和散文化，為散文詩提供了更好的創作環境和創作技巧，在五四翻譯浪潮中，詩歌的散文化翻譯帶動了國內散文詩的創作。

散文詩「是吸取西洋的一種詩體」[47]，中國散文詩是在翻譯引進了外國散文詩後才產生的一種新文體，從這個意義上說，沒有外國散文詩的譯介，中國散文詩的產生就不會這麼早，沒有世界詩歌發展的散

44 劉重來，《希歐多爾・薩瓦利所論述的翻譯原則》，《外國語》一九八六年第四期。
45 參見廖七一編著，《當代英國翻譯理論》（湖北教育出版社，二〇〇四年），頁一七。
46 參見郭建中編著，《當代美國翻譯理論》（湖北教育出版社，二〇〇〇年），頁一六三。
47 朱星，《新文體概論》（五十年代出版社，一九五四年），頁三五。

文化潮流，中國散文詩的發展就不會有這麼大的推動力。散文詩的廣泛翻譯和介紹，無疑對中國的散文詩創作起到了促進作用，它迎合了新詩人自由地用白話表達情感的時代需求，因為散文詩「能在極有限的篇幅裏，表達某種十分美麗的情緒和心靈活動，……它可能是一種最簡捷的文體」[48]。另外，世界詩歌在二十世紀初朝著散文化方向發展，而中國的新詩運動也需要那些與傳統詩歌嚴謹的形式相對立的詩歌形式來確立新詩的地位，這使外國散文詩的譯介在中國得到了廣泛的支持。在中國，先有翻譯的散文詩，然後才有自己創作的散文詩。從一九一五年劉半農翻譯（用文言）屠格涅夫的四首散文詩到一九一七年沈尹默、劉半農創作散文詩，僅僅兩年的時間，散文詩創作便從無到有進而在二十世紀二〇年代呈現出繁榮的景象：一是大批散文詩作者和詩集的出現；二是魯迅《野草》的出版；三是散文詩的題材和風格多樣化；四是表現的意識增加了[49]。這足以見出散文詩在外國詩歌的啟示下顯示出來的蓬勃發展的勢頭。因此，杜榮根先生認為中國散文詩受到翻譯詩歌的影響是確切無疑的事實：「首先是散文詩的名稱來自於域外，由於《新青年》諸君的努力，散文詩才作為獨立的形式傳入中國。鄭振鐸、草川未雨、李健吾等人又都是以雷藍（Rannie）的《文體綱要》為散文詩正名、辯護的。其次是現代中國散文詩是先有譯介而後才有自己的創作。第三，劉半農、魯迅、何其芳等人的散文詩創作都或多或少地受到過波特賴爾、泰戈爾、屠格涅夫散文詩的深刻影響。」[50]

從二十世紀二〇年代散文詩理論的建構來看，中國散文詩理論大體上是在對西方散文詩理論的認同和闡釋的基礎之上建立起來的。郭沫若一九二二年在《少年維特之煩惱》的譯序中說：「韻文= prose in

48 郭風，《關於散文詩》，《福州晚報》，一九八二年五月二日。

49 杜榮根，《尋求與超越——中國新詩形式批評》（復旦大學出版社，一九九三年），頁八七—八八。

50 杜榮根，《尋求與超越——中國新詩形式批評》（復旦大學出版社，一九九三年），頁九九。

poem，散文詩= poem in prose。韻文如男優之坤角。散文詩如女優之男角。衣裳雖可混淆，而本質終竟不能變易。」[51]當時許多人都認為詩歌貴在有精神和想像，對於形式則普遍比較淡漠，這明顯受到了五四前後新詩創作的「自由化」形式思潮的影響，比如鄭振鐸在《文學旬刊》上發表的〈論散文詩〉中宣明地提出詩歌的要素在於「詩的情緒與詩的想像的有無，而絕不在於韻的有無」，因此，「有詩的本質——詩的情緒與詩的想像——而用散文來表現的是『詩』；沒有詩的本質，而用韻文來表現的，絕不是詩」[52]。後來，滕固也在《文學旬刊》上發表了同為《論散文詩》的文章，認為散文詩的興起是詩體解放的結果。從早期的散文詩論中我們可以看出，散文詩在中國的出現一方面是外國散文詩的啟示，另一方面也是中國文體解放的結果。這些理論認識固然源於中國五四時期的散文詩創作實踐，但同時也受到了外國散文詩理論的影響。比如法國散文詩大家波德賴爾在談他的散文詩集《巴黎的憂鬱》時說：「這還是《惡之花》，但更自由、細膩、辛辣。」[53]正是波德賴爾等人的散文詩對中國散文詩創作產生了很大的影響，此話一則表明散文詩應該有詩性，二則表明散文詩的形式比詩更自由。郭沫若、鄭振鐸等人的理論與此相仿，而且散文詩文體的詩性與形式的自由性正好迎合了中國五四時期新詩變革的方向，所以散文詩這種文體一經傳入我國便很快出現了創作的繁榮局面。

因此，散文詩作為一種新詩體，它是在譯介外國散文詩作品的基礎上發展起來的，這種詩體由於契合了五四新詩形式的自由化潮流而受到中國詩人的青睞，促進了中國新詩詩體的繁榮。

51 郭沫若，《〈少年維特之煩惱〉序引》，《創造季刊》一卷一期，一九二二年五月一日。
52 鄭振鐸，《論散文詩》，《時事新報・文學旬刊》第二十四號，一九二二年一月一日。
53 〔法〕波德賴爾，亞丁譯，《巴黎的憂鬱・題詞》（漓江出版社，一九八二年），頁一。

第四節　現代譯詩對中國小詩體的影響

小詩是上世紀二〇年代最流行的詩體，儘管我們能夠在古代詩歌傳統中找到該詩體的「胚子」，但沒有人會懷疑小詩是受了外國詩歌的影響才風行起來的。其中，翻譯詩歌仍然充當了外國詩歌對小詩的影響仲介，因為作為創作小詩的冰心、宗白華和何植等三人是在閱讀了鄭振鐸、周作人等人的翻譯詩歌後才掀起小詩創作潮流的，恰如周作人所說：「中國現代的小詩的發達，很受外國的影響，是一個明瞭的事實。」[54]即便是三四十年代街頭小詩的創作也受到了外國詩歌的影響。

小詩的興起主要是受到了翻譯詩歌的誘導和啟示，其中最直接的影響來自印度泰戈爾的短詩和日本的俳句。周作人在《論小詩》一文中說：「中國的新詩在各方面都受到歐洲的影響，獨有小詩彷彿是例外，因為它的來源是在東方的：這裏面又有兩種潮流，便是印度和日本，在思想上是冥想與享樂。」[55]說到對日本和印度詩歌的譯介，我們不得不提及兩個重要人物，一是周作人，二是鄭振鐸。一九二〇年十一月，《新青年》第八卷三號上發表了周作人翻譯的日本短詩《雜譯詩二十三首》，此後，他又連續在《新青年》、《詩》月刊等刊物上發表了近百首日本短詩或希臘短歌的譯作，成為五四時期名副其實的日本詩歌翻譯家。鄭振鐸從一九二一年一月在《小說月報》第十二卷一號上發表了《雜譯太戈爾詩》以後，

54　周作人，《論小詩》，楊揚編，《周作人批評文集》（珠海出版社，一九九八年），頁八七。
55　周作人，《論小詩》，楊揚編，《周作人批評文集》（珠海出版社，一九九八年），頁八八。

便在《小說月報》、《文學週報》等刊物上大量發表了翻譯泰戈爾《園丁集》、《飛鳥集》和《新月集》中的詩篇，並於一九二二年出版了《飛鳥集》譯本，是五四前後翻譯泰戈爾短詩成就最大的譯者。他們兩人在翻譯上的努力，改變了中國詩壇在翻譯上的審美趣味和譯作的選擇範圍。一九一五至一九二一年間，《新青年》上發表了八十餘首翻譯詩歌，其中日本詩歌三十首，印度詩歌十七首，占總數的百分之五十九左右；而改版後的《小說月報》在一九二一至一九二五年間發表了二百九十餘首翻譯詩歌，其中日本詩歌二十三首，印度詩歌一百三十五首，占總數的百分之五十五左右。這兩組資料表明翻譯日本和印度詩歌成為上世紀二〇年代初期的主潮，而五四前後的譯者「大都是新文化運動、新文學運動的宣導者，他們翻譯介紹外國文學的目的，是希望引入新思想、新文學，藉以打破中國文化思想停滯不前的局面，並作為我國新文學的楷模」[56]。

成仿吾在《詩之防禦戰》一文中這樣談到泰戈爾譯詩的傳播盛況：「大家一起爭著傳誦，爭著翻譯，爭著模仿，猶如文藝復興時代的人得到一本古典的稿子。」[57]鄭振鐸在出版了《飛鳥集》後說：「近來小詩十分發達。它們的作者大半都是直接間接接受泰戈爾此集（指《飛鳥集》。——引者加）的影響的。」[58]一九一四年胡適在美國接觸到了泰戈爾；同年，郭沫若在日本閱讀了他《新月集》中的部分作品，接近了泰戈爾。真正最早有意向中國讀者翻譯介紹泰戈爾的是陳獨秀，一九一五年十月他在《青年雜

56 陳玉剛，《中國翻譯文學史稿》，參見金絲燕著，《文學接受與文化過濾，中國對法國象徵主義詩歌的接受》（中國人民大學出版社，一九九四年），頁七二。

57 成仿吾，《詩之防禦戰》，《創造週報》第一號，一九二三年五月十三日。

58 鄭振鐸，《飛鳥集・序》（商務印書館，一九二二年。參見龍泉明著，《中國新詩流變論》（人民文學出版社，一九九九年），頁一一三。

誌》一卷二期上刊登了《吉檀迦利》中的自己命名為《聖歌》的四首譯詩，一九二四年泰戈爾訪華，中國掀起了空前的「泰戈爾熱」，當時有影響的刊物都刊登了他的作品，而且從一九二〇至一九二五期間，泰戈爾的重要著作幾乎都有了中譯本或節譯本。比如王獨清和鄭振鐸都譯了《新月集》，選譯《新月集》的人更多。小詩的興起在內容上更多地受到了泰戈爾哲理的影響，陳獨秀、劉半農、黃仲蘇、鄭振鐸等人以及《小說月報》和《少年中國》雜誌翻譯介紹了大量泰戈爾的詩，為小詩的興起在內容上起到了很好的鋪墊；在形式上更多地是受了日本俳句的影響，周作人不僅翻譯了大量的俳句，而且寫了多篇介紹日本短歌和俳句的文章，朱自清和俞平伯等人也在形式上給小詩很大的支持。周作人翻譯的目的之一就是要造就中國的「俳句」：「準確傳達原詩的意韻，雖然是周作人努力追求的境界，卻不能說是他的最終目標。周氏並不滿足僅僅譯介一種異域的新鮮文學樣式，他更希望把自己的翻譯匯入中國剛剛興起的新體詩運動，為中國新詩引進類乎俳句體的新的一型。」[59]對日本短歌、俳句以及印度泰戈爾短詩的大量譯介為中國新詩創作在形式上樹立了「楷模」，為中國新詩創作營造了新鮮的環境，小詩便隨之呼籲而出。

二十世紀二〇年代從事新詩創作的詩人大都是在閱讀了翻譯詩歌後開始創作小詩，從創作實踐上充分說明了翻譯詩歌對小詩的影響。冰心在訪談和回憶錄中，多次提到她的小詩創作是受到了鄭振鐸翻譯的泰戈爾的《迷途之鳥》和《飛鳥集》的影響，因為她當時和許多青年人一樣，還不能夠直接閱讀原作或英文譯作，只能夠借助翻譯詩歌來學習外國詩歌藝術。在一九八一年的一篇訪談錄中冰心這樣回憶道：「當時根本就沒有想起寫詩，只是上課的時候，想起什麼就在筆記本上歪歪斜斜地寫上幾句。後來看了鄭振鐸的

59 王中忱，《定型詩式與自由句法之間——周作人翻譯詩體的選擇策略分析》，北京日本研究中心文學研究室編，《日本文學翻譯論文集》（人民文學出版社，二〇〇四年），頁二三六—二三七。

泰戈爾的《飛鳥集》，覺得那小詩非常自由。那時年輕，『初生牛犢不怕虎』，就學那種自由的寫法，隨時把自己的感想和回憶，三言兩語寫下來。」[60]當然，冰心對鄭振鐸譯詩的接受是積極的，從某種程度上講，冰心對小詩體的借鑑完全出於小詩這種文體能夠很好地表達她「零碎的思想」；如果沒有閱讀譯詩的經歷，冰心早年的零碎思想和剎那間的情思可能就會湮滅在時光的流逝中。可見，譯詩是冰心詩歌獲得生命力的原因之一，但她的詩歌在借鑑外國詩歌形式時，又加入了符合中國人的審美習慣和詩歌表達方式，模仿譯詩的同時必須具有獨創性才能為自己的詩歌贏得生命。郭沫若說他在日本留學時就已經讀到了泰戈爾的詩歌（當然這些詩歌本身也是翻譯到日本的作品）[61]，泰戈爾作品的翻譯文本對郭沫若的影響是深刻而直接的，我們試舉以下兩首詩為例說明：

一首是泰戈爾的作品：

午夜的天空有無數的星辰，
在天空中懸著沒有什麼意義。
如果他們下降到地上，
也許可以用來做街燈。

——泰戈爾：戲劇《春之循環》中的一首[62]

60 卓如，《訪老詩人冰心》，《詩刊》一九八一年第一期。
61 郭沫若《泰戈爾來華的我見》，《創造週報》第二十三號，一九二三年十月。
62 該譯詩參見泰戈爾，吳岩譯，《春之循環》（上海譯文出版社，一九九一年）。

另一首是郭沫若的作品：

遠遠的街燈明了，
好像閃著無數的明星。
天上的明星現了，
好像點著無數的街燈。

——郭沫若：《天上的市街》

兩首詩都是對剎那間情思的闡發，二者寄託詩情的意象相同——星辰（明星）、街燈，詩情產生的時間都是夜晚，詩情產生的空間距離都是天空到地上，尤其郭沫若詩歌的最後兩行，在意境和情趣上完全可以看作泰戈爾詩歌的縮寫。泰戈爾《春之循環》劇本是在一九二一年翻譯出版的，時間上比郭沫若創作《天上的市街》早了幾年，郭沫若的詩歌受到了泰戈爾詩歌譯作的影響顯然是確定無疑的。此外，徐志摩等人的詩歌也都受到了泰戈爾詩歌譯作的影響，由於他們的作品不屬於小詩範疇，所以在此不做評論。

以上的論述使我們明確了小詩的興起是受到了翻譯印度詩歌和日本俳句的影響，那為什麼二十世紀二〇年代中國詩壇會興起翻譯印度和日本詩歌的熱潮呢？原因是多方面的：一是五四時期是一個提倡人道主義和博愛精神的時期，泰戈爾「愛的哲學」很快便迎合了人們的心理和時代需求；二是文壇需要新鮮思想和新鮮文體來加以充實。鄭振鐸說：「泰戈爾之加入世界文壇，正在這個舊的一切，已為我們厭倦的時候。他的特異的祈禱，他的創造的新聲，他的甜蜜的戀歌，一切都如清晨的曙光，照耀於我們久居於黑暗的長夜之中的人的眼前。這就是他所以能這樣的使我們注意，這樣的使我們歡迎的最大的原因。」[63]這是一個普遍的現象，翻譯詩歌引入中國的部分原因以及受到中國人歡迎的原因，就是因為中國詩歌自身的發展確實需要那樣的異質文化的刺激和鼓動，譯詩能夠為中國萎靡的文壇帶來新質和活力。同時，「隨著『五四』落潮，疾風驟雨式的思想啟蒙式微，社會愈加黑暗，苦悶和徬徨的情緒瀰漫開來，更多的作家和詩人從社會中退出來，轉入內心對人生作 形而上的冥想和哲理探索，或者表現一種『忽然而起，忽然而滅』的個人的並不迫切而同樣真實的感情，或者歌詠自然、母愛、童心以迴避現實。短小精悍的小詩無疑是適合這種哲理的探索的」[64]。

這些都是譯介外國詩歌的原因，也是刺激小詩興起的主要因素，但從更深層的原因來分析，譯介印度和日本詩歌也體現了對民族審美理念的認同。前面分析了一九一五至一九二五年間，《新青年》和《小說月報》等主要刊物刊登的翻譯詩歌中，東方的日本和印度詩歌占了近百分之六十的份額，僅僅從五四前後人們對新思想和新文體的追求入手分析泰戈爾詩歌和日本俳句傳入中國的原因，只具有普遍意義而不具備特殊性和針對性。二十世紀二〇年代以後，由於自由詩的流行，詩歌形式趨於氾濫和無序之中，於是不少詩人開始尋求新詩的其他表達方式，其中回頭向傳統詩歌吸取營養當然是解決新詩形式問題的路徑之一，但經歷了五四新文化運動洗禮後的中國詩歌不可能完全回到傳統的老路上，也不可能利用舊詩形式來創作新詩，在這種情況下，泰戈爾簡約的小詩，日本精煉的俳句就滿足了他們內心的審美意識，同時也避免了重走古詩創作道路的危險。所以，與其說中國的小詩是對外國詩歌的模仿和借鑑，不如說是外國的哲理小

63 鄭振鐸，《泰戈爾傳・序言》，參見顧國柱著，《新文學作家與外國文化》（上海譯文出版社，一九九五年），頁一四〇—一四一。

64 杜榮根，《尋求與超越——中國新詩形式批評》（復旦大學出版社，一九九三年），頁六三。

詩和俳句契合了我國傳統的詩歌審美標準。周作人說：

小詩在中國文學裏也是「古已有之」，只因他同別的詩詞一樣，被拘束在文言與韻的兩重束縛裏，不能自由發展，所以也不免和他們一樣同受到湮沒的命運。近年新詩發生以後，詩的老樹上抽了新芽，很有復榮的味道；思想形式，逐漸改變，又覺得思想和形式之間有重大的相互關係，不能勉強牽就，我們固然不能用了輕快短促的句調寫莊重的情思，也不能將簡潔含蓄的意思拉成一篇長歌：適當的方法唯有為內容去定外形，在這時候那抒情的小詩應了需要而興起正是當然的事情了。[65]

按照周作人的說法，中國古代已經有小詩文體了，只是五四新文學「闖將」們在否定文言和古詩嚴謹的韻式時將之湮沒了。不管這種說法是否正確，周作人的話至少為印度和日本詩歌大量翻譯進中國，在民族審美上找到了基點，正是這種「古已有之」的存在，泰戈爾的詩歌和日本的俳句才得以大量地翻譯，才得以在中國大量地被閱讀接受。印度和日本詩歌被大量譯介的根本原因，還是東方人共有的審美習慣和思維方式，還是這些詩歌與中國傳統詩歌美學觀念的契合。「小詩的主要作者確乎是接受了印度泰戈爾和日本俳句短歌的影響，但是這種接收又是在深層意義上對我國古典詩歌中凝煉、含蓄的審美標準的認同。」[66]這也許才是小詩得以興起的關鍵原因，也是五四前後譯詩東方詩歌占據很大比重的關鍵原因。

泰戈爾詩歌和日本俳句的大量翻譯促成了中國二十世紀二〇年代的小詩創作潮流，為中國新詩的發展又找到了一文體，開闢了新詩形式的繁榮局面。但同時，這些東方詩歌翻譯作品帶來的消極影響也是不

65 周作人，《論小詩》，楊揚編，《周作人批評文集》（珠海出版社，一九九八年），頁八七。
66 杜榮根，《尋求與超越——中國新詩形式批評》（復旦大學出版社，一九九三年），頁八二。

可避免的。周作人曾這樣評說過小詩的不足：「一切作品都像一個玻璃球，晶瑩透徹得太厲害了，沒有一點朦朧，因此也似乎缺少了一種餘香與回味。」[67]聞一多也曾就小詩的流行和「泰戈爾熱」告誡當時的詩人說，就形式而言，日本的俳句譯成漢語時僅有一句，泰戈爾的詩更如同格言，因此，小詩在借鑑時，要特別注意內容的充實和形式的精緻的巧妙結合，否則就容易走向片面的說理而忽略了詩性。他在總體上對「泰戈爾熱」持保留態度，因為他認為泰戈爾的作品是以哲理而非藝術取勝，如果中國詩壇一味地模仿借鑑日本的俳句和泰戈爾的詩歌進行創作的話，那新詩的前途是令人擔憂的：「於今我們的新詩已夠空虛、夠纖弱、夠偏重理智、夠缺乏形式的了，若再加上泰戈爾底影響，變本加厲，將來定有不可救藥的一天。希望我們的文學界注意。」[68]這些批評的確點中了後來阻礙小詩進一步發展的諸多原因，許多小詩作品停留於直白的說教和寓意，詩歌藝術極其匱乏，讀者也因此出現了「審美疲勞」，二十世紀二〇年代以後，小詩在詩壇終於只留下了匆匆的背影。

儘管如此，小詩創作在中國持續的時間也可延伸到三四十年代，因為抗戰宣傳的需要使小詩出現了再度中興的局面。抗戰街頭詩在形式上具有短小精悍的特點，比較注重細節，在內容上與標語口號一樣主要是為了宣傳鼓動抗戰，與故事一樣，主要是為了感化大眾抗戰的激情。在形式上，街頭詩可以說是小詩的一種類型，具有短小明快的特徵。田間和柯仲平等人創作的街頭詩少則兩三行，多則六七行，但卻能表達完整的意義和思想旨趣，不僅起到了宣傳鼓動的效果，而且洋溢著形象生動的詩歌意蘊。這與二十世紀二〇年代後期流行的小詩在藝術和思想旨趣上有異曲同工之妙。比如田間的《假使我們不去打仗》：「假

67 周作人，《揚鞭集・序》，楊揚編，《周作人批評文集》（珠海出版社，一九九八年），頁二二三。

68 聞一多，《泰果爾批評》，上海《時事新報・文學》第九十九期，一九二三年十二月三日。

使我們不去打仗，／敵人用刺刀／殺死了我們，／還要用手指著我們的骨頭說：／「看，／這是奴隸！」」短短的六行詩，不足五十字，卻能言說清楚「假使我們不去打仗」的後果，充分調動和激發人民的抗戰激情。抗戰街頭詩由於在文體上屬於小詩的一種類型，因此缺乏敘事詩和一般抒情詩具有的宏大歷史敘事模式。街頭詩在寫作方法上善於抓住抗戰生活細節來表現民族精神。「街頭詩很少正面書寫金戈鐵馬、硝煙瀰漫的宏闊場景，也很少直觀激揚剛烈、豪壯澎湃的灼人情懷，而是善於將宏大的民族精神具體化到生活細節中孕育詩思。……詩歌以拉家常的口吻，……將深刻的民族大義溶解在簡單生動的生活場景裏，以直觀的圖景描繪喚起人民群眾的抗戰熱情。」[69]街頭詩常通過細節來達到表現情感的目的，由於篇幅短小，所以必須刪減很多情節和素材，田間說：「我想在詩裏表現『人』的形象，常常是通過行動和感情來表現的。似乎不見『人』，其實有『人』在。我在這首詩（〈堅壁〉。——引者）裏，是僅僅採取敵我對話這個細節來表現的。這樣可以比較容易達到精煉，突出主題思想，而刪除其他不必要的情節。我的其他一些街頭詩，寫作經過，也大致如此。」[70]因此，街頭詩的文體特徵決定了它對宏大敘事和深層結構的捨棄，對「細節」表現力的偏愛。

這類街頭小詩的藝術與思想成就得到了人們的認可，成為抗戰詩歌中最主要的文體。街頭詩與小詩在文體上具備的相似性不僅體現在優點和長處方面，而且也體現在弱點和不足上。很多街頭詩，尤其是抗戰初期的街頭詩往往流於空洞的吶喊，「許多英勇地為真理與革命而鬥爭的詩人們，他們的心裏燃燒著熱烈的火焰，充滿了戰鬥的氣氛；然而他們的詩的語言缺乏錘鍊，過於粗糙、平庸，而且觀念化，他們的詩缺

69 季臻，《論抗戰時期的街頭詩和朗誦詩運動》，《理論學刊》二〇〇六年九期。

70 田間，《街頭詩箚記》《文藝研究》一九八〇年六期。

乏純，常常只是理論的宣講和理論的匯集，流為空泛的呼喊與冗贅的文章，不能具現真的感情生命的形象去激發人們的心靈」[71]。以田間為例，其街頭詩「形式的最大特徵是在利用詩句的分行（讀起來的時候就是中止和間歇）形成急馳的旋律，在旋律的起伏中間使讀者的呼吸緊張起來，使讀者對詩人所歌的意象獲得強力的感印，激動起感情的湧流。」這是對田間街頭詩的褒揚，但田間「不是燃燒著最高度的鬥爭的激情的詩人，他把握不住這種閃耀著戰鬥的火花的意象。他迸發不出這種激蕩著戰鬥的喜悅的感情，他寫不出這樣的詩篇。」[72]難怪楊雲璉在給胡風先生的信中說：「我非常奇怪田間先生為甚麼毫不選擇地，把一個完成的句子截成數段來安排。這樣做是為了加強印象嗎？加重感情嗎？抑是為了顧全形式呢？把一個活生生的人，無故地斬成數段來安排，也許是美觀一點，但卻失去了生命！」[73]因此，楊雲璉把田間分行過多的詩歌比喻成「多節而乏汁的甘蔗」，似乎點中了初期抗戰街頭詩的形式弊病。這與前面提及的周作人和聞一多對小詩藝術缺陷的點評如出一轍，街頭詩和當年小詩的文體困境的相似性進一步證明街頭詩屬於小詩文體。

抗戰街頭小詩並非外來的詩歌文體，但卻受到了外國詩歌運動的影響，間接表明了翻譯詩歌對該時期小詩的促動作用。關於街頭詩的興起與外國詩歌的關係問題，田間曾自述道：「一九三四年左右，我在上海參加革命工作和初學寫詩時，……當時看過一點有關馬雅柯夫斯基的論文，對詩如何到廣場去，如何在『羅斯塔之窗』[74]等等，其革命精神，吸引了我。我們後來（一九三八年八月）在延安發動街頭詩運動，

71 呂熒，《人的花朵——艾青與田間合論》，《七月》六集三期，一九四一年四月。

72 呂熒，《人的花朵——艾青與田間合論》，《七月》六集三期，一九四一年四月。

73 楊雲璉，《關於詩與田間的詩致胡風》，《七月》五集二期，一九四〇年三月。

74 「羅斯塔之窗」（Window of Losta），蘇聯國內戰爭時期，國家通訊社羅斯塔印行的宣傳畫。由馬雅可夫斯基和宣傳畫家切列姆內赫在莫

和這有一些關係。」[75]這句話引起了人們對街頭詩文體淵源的誤讀，幾乎所有研究街頭詩的文章都認為馬雅可夫斯基的詩歌影響了中國抗戰街頭詩的創作[76]，不曾想到這種文體在馬雅可夫斯基的作品譯介到中國之前就有了。街頭詩不是抗戰時期才出現的詩歌文體，只是宣傳抗戰的現實助長了它的興盛。「街頭詩是為了抗戰而發動的，批判地採用中國民間傳統的形式。這類形式，過去也常見。」[77]但無論如何，馬雅可夫斯基的革命精神對中國街頭小詩的創作產生了影響卻是不爭的事實。田間在《〈給戰鬥者〉重印補記》中說：「後來，有人（包括有些外國人士）常問我這個問題，我的回答是：他的革命精神，對我有一定的影響。」[78]二十世紀八〇年代田間在談街頭小詩的時候又說：「有不少人問過我，包括一些國外人士，他們問，街頭詩和馬雅柯夫斯基『羅斯塔之窗』有什麼關係？我曾經回答過，在抗戰前夕，在上海，有人介紹過他對詩的一些理論，其中說到他主張『詩到廣場去』，我對他的這種革命精神，是很贊同的，對我自己也有某些影響。我們的街頭詩，也有他的這種因素。至於他那『羅斯塔之窗』，到底是怎麼個寫法，我是沒有見過的。所以，兩者在形式上，說不上有多大關係。因而這個問題，無從談起。而我們對自己的傳

斯科根據通訊社的電訊稿，改畫成一種富於戰鬥性的政治宣傳鼓動畫，張貼於通訊社的櫥窗和街道商店裏，故稱羅斯塔之窗。其利用詩畫並茂的形式，通俗易懂，發揮了戰鬥作用，得到列寧的好評。在其存在的近三年中，共創作出約一千六百種作品。被認為是生活直接創造出來的一種新形式。對蘇聯其他許多城市的畫家產生了很大影響。

75 田間，《〈給戰鬥者〉重印補記》，《文匯報》，一九七八年七月十一日。

76 比如郭懷仁的《田間與街頭詩》（《文藝理論與批評》一九九五年四期）認為，「田間雖然沒有親歷其境，對馬雅可夫斯基的詩也讀得甚少，但他們的主張和做法卻在田間腦海裏留下深刻印象。」潘頌德的《抗戰時期街頭詩理論批評述略》（《固原師專學報》二〇〇〇年五期）認為，「田間等人提倡街頭詩，一方面是受了蘇聯馬雅可夫斯基等革命詩人在蘇聯內戰時期將短小的詩作展示在街頭櫥窗做法的影響。」

77 田間，《街頭詩劄記》，《文藝研究》一九八〇年六期。

78 田間，《〈給戰鬥者〉重印補記》，《文匯報》，一九七八年七月十一日。

統形式也有革新。一個民族的傳統，可以革新，應當不斷地求得革新。街頭詩，在抗戰中，這是中華民族的雷聲和閃電，而不是什麼舶來品。」[79]這段話再次表明馬雅可夫斯基的詩歌理論和革命精神對中國抗戰街頭小詩產生了影響。馬雅可夫斯基的作品對中國抗戰時期小詩的影響，還可以從田間的一段回憶文字中得到印證：「一天，我和柯老相遇，談起西戰團在前方搞的戲劇改革，也談起蘇聯馬雅柯夫斯基搞的『羅斯塔之窗』，還談到中國過去民間的牆頭詩。於是我們一致問道：目前，中國的新詩往何處去？怎樣走出書齋，才能到廣大群眾中去，走出小天地，奔向大天地？我們又一致回答：必須大眾化，要做一個大眾的歌手」，於是商定：「我們也來一個街頭詩運動。」[80]以上這些論述和引語證明了馬雅可夫斯基的「羅斯塔之窗」啟發了中國的街頭詩運動。

小詩創作無疑受到了翻譯詩歌的影響，只是這種影響在二〇年代不是來自西方，而是來自東方的印度和日本，到了三四十年代，街頭小詩的創作又受到了蘇聯詩歌的影響。儘管小詩步履匆匆地在中國現代詩壇偶爾曇花一現，但它卻開創了上世紀二〇年代新詩的繁榮景象，並在三四十年代為中國的民族戰爭起到了鼓舞人心的作用，同時也為新詩的發展在形式上積累了經驗。

第五節　現代譯詩對中國敘事詩體的影響

敘事長詩雖然不是二十世紀二〇年代新詩的主要形式，但它卻在上世紀三四十年代迎來了發展的高

79 田間，《街頭詩劄記》，《文藝研究》一九八〇年六期。

80 田間，《田間自述》（三），《新文學史料》一九八四年四期。

潮。中國古代敘事長詩並不發達，因此中國現代敘事長詩的思想情感和表現藝術多來自域外，縱觀整個現代三十年敘事詩的發展，我們會發現其每個重要時期都與外國詩歌及相應的文學理論的翻譯介紹戚戚相關，外國詩歌的翻譯成為中國現代敘事詩體建構的重要推動力量。

中國古代詩歌多抒情短詩而少敘事長詩。清末人士早就意識到了中國古詩短小而缺乏普適性的人文精神，即便是有像《孔雀東南飛》這樣的敘事詩，也主要表現的是兒女情長之事。梁啟超在瞭解了西方文化之後，不自覺地將中國古代的敘事詩與西方的敘事詩加以比較，從而流露出慚愧的顏色：「希臘詩人荷馬，古代第一文豪也。其詩篇為今日考據希臘史者獨一無二之秘本，每篇率萬數千言。近世詩家，如莎士比亞、彌兒敦、田尼遜等，其詩動亦數萬言，偉哉！勿論文藻，即其氣魄固已奪人矣。中國事事落他人後，惟文學史差可頡頏西域。然長篇之詩，最傳誦者，惟杜之《北征》，韓之《南山》，宋人至稱為日月爭光。然其精深盤鬱雄偉博麗之氣，尚未足也。古詩《孔雀東南飛》一篇，千七百餘字，號稱古今第一長篇詩。詩雖奇絕，亦只兒女子語，於世運無影響也。」[81]在梁啟超看來，西方詩歌自古希臘開始就形成了敘事詩的傳統，詩歌的語言形式藝術姑且不論，單就其表現出來的氣魄而言就足以讓人震撼，這些長詩成為今天人們研究歷史的重要資料和憑證。而中國古詩中的長詩屈指可數，在有限的篇目內要麼「精深盤鬱雄偉博麗之氣」不足，要麼「於世運無影響」。因此，中國古代敘事詩數量奇缺而又沒有歷史的氣魄。周氏兄弟在翻譯英國人哈葛德（H. R. Haggard）和安度闌（Andrew Lang）合著的《紅星佚史》的序言中，對古希臘的敘事詩進行了一番誇讚：「鄂謨者，古希臘詩人也，生三千年前，著二大詩史，一曰《伊利阿德》（*Iliad*），紀（記。——引者）多羅亞戰事。……詩之二曰《阿迭綏》（*Odyssey*），即記阿迭修斯自

81 梁啟超，《飲冰室詩話》，《中國近代文學大系・文學理論集》（一）（上海書店，一九九四年），頁六八一。

多羅亞歸，途中涉險見異之事。……中國近方以說部教道德為桀，斯書之翻，似無益於今日之群道。」[82]周作人的言下之意在於說明外國的敘事史可以自由表達共同的思想和理趣，而中國短小的詩篇則只適合表達個人的情感體驗，雖然二者並無優劣之別，但在周氏兄弟翻譯外國文學的時候，胸中還是懷有啟蒙大眾的目的，因此更希望詩歌能夠承載「群道」。從這個角度來講，周作人無疑是在藉外國的敘事長詩來批判中國古代詩歌敘事之不足。

外國文化隨同外國敘事長詩翻譯進中國，構成了中國現代敘事長詩產生的文化土壤。為什麼這樣說呢？因為任何詩歌形式的出現都有它自己的學理營養和文化傳統，這種營養和傳統可能來源於自身文化內部，也可能是來自國外的異質文化。由於中國敘事長詩的傳統並不深厚，而現代敘事長詩又是在輸入外國詩歌文體觀念並翻譯進大量敘事長詩作品的基礎上發生的，因此，這種詩歌形式肯定受到了外來詩歌的影響和啟示。中國人比較注重感性思維，注重「托物言志」，西方人則比較重視理性思維，重視對事物的再現。這種思維上的差異導致了中西方詩歌形式的差異，中國人常借詩抒情，外國人常以詩敘事或再現事物，如同朱光潛所說，由於中國人追求「情感的瞬間高峰」，[83]因而長詩在中國並不發達。聞一多將中國敘事詩不發達的原因，歸結為中國文字不利於大量地使用比喻，因為中國詩歌語言比較含蓄凝煉，有限的字詞間就已經蘊含了大量的資訊，他說：「西詩中有一種長長的、複雜的Homeric Simile（荷馬式直喻），在中國詩裏找不到，因為它們的篇幅同音節的關係，更難夢見。這種寫法是大規模的敘事詩（epic）中用以減煞敘事單調之感的有效伎倆。中國的文學裏找不出這種例子，也正是中國沒有敘事詩的結果。」[84]

82 周作人，《紅星佚史・序》，《知堂序跋》（中國人民大學出版社，二〇〇九年），頁五—六。

83 朱光潛，《長篇詩在中國何以不發達》，《朱光潛全集》（第八卷）（安徽文藝出版社，一九九三年），頁三五五。

84 聞一多，《〈冬夜〉評論》，《聞一多全集》（第三卷）（生活・讀書・新知三聯書店，一九八二年），頁三五〇。

從中國古代敘事詩創作的實際情況來看，我們實際上也擁有一些藝術成就頗高的敘事詩，比如《格薩爾王》、《江格爾》、《木蘭辭》以及《孔雀東南飛》等。但只要我們對這些敘事詩稍加分析便可以看出，除《孔雀東南飛》外，其他幾部著名的敘事詩都不是在儒家漢文化土壤裏生長起來的，就連《孔雀東南飛》的產生也受到了異域文化的影響。梁啟超認為，自漢代開始，佛教文化開始傳入中國，印度文學中分章分節的敘事長詩「大詩」（Mahakarya）也隨之進入中國，從而影響了中國的詩歌創作：「我國古詩從三百篇到漢、魏的五言，大率情感主於溫柔敦厚，而資料是現實的。像《孔雀東南飛》……一類的作品，都起自六朝，前此都無有。」同時，梁啟超認為，《佛本行贊》原來是一首長詩，六朝時期的名士「幾乎人人共讀」，此書「熱烈的情感和豐富的想像力，輸入我們詩人心靈中當然不少，只恐《孔雀東南飛》一類的長篇敘事抒情詩，也間接受著影響」[85]。這即是說中國漢文化詩歌傳統中幾乎沒有敘事長詩，即便有也是在翻譯文學（佛典）的影響下產生的。中國敘事詩的歷史狀況表明了，在中國詩歌傳統內部很難有敘事詩的因數產生，中國現代敘事長詩的產生想必是受到了西方詩歌的影響，其中翻譯進中國的敘事長詩起到了影響的仲介作用。

在意識到了中國缺乏敘事詩的同時，各方人士紛紛認為翻譯引入外國敘事長詩才能解決中國詩歌精神的不足。梁啟超認為倘若自己作詩的話，將不再效仿中國古代名士，而會將眼光投向域外，就像當年的哥倫布把發現新大陸的希望寄託在歐洲之外一樣，認定輸入新思想和新境界才能創造出迥異於中國古代的詩篇。在那篇有名的《夏威夷遊記》中，梁氏這樣寫道：「余雖不能詩，然嘗好論詩，以為詩之境界，被千餘年來鸚鵡名士（余嘗戲名詞章家為鸚鵡名士，自覺過於尖刻）占盡矣。雖有佳章佳句，一讀之，似在某

85 梁啟超，《印度與中國文化之親屬的關係》，《梁啟超講文化》（天津古籍出版社，二〇〇五年）。

集中曾相見者，是最可恨也。故今日不作詩則已，若作詩，必為世界之哥倫布、瑪賽郎然後可，猶歐洲之地力已盡，生產過度，不能不求新地於阿米利加及太平洋沿岸也。……吾雖不能詩，惟將竭力輸入歐洲之精神思想，以供來者之詩料可乎？」[86]引用上述這段文字，我們可以領會到梁啟超變革中國詩歌的勇氣，和向外尋求新變資源的決心。除了輸入「精神思想」之外，我們從該文中還可以看出他因為採用了外來的語言表達而為一首詩「拍案叫絕」，究其原因而論，主要是因為該詩「全首皆用日本譯西書之語句，如共和、代表、自由、平權、團體、歸納、無機諸語，皆是也。吾近好以日本語句入文，見者已詫讚其新異；而西鄉[87]乃更以入詩，如天衣無縫」[88]。外來新辭彙入文已經讓人覺得驚喜了，更何況有人將之用來做詩。所以，綜合這兩段引文，我們可以十分清楚地看到梁啟超詩歌革命的兩個要素：一是從域外輸入新精神和思想；二是從域外輸入新詞句和新表達，只有這樣才不會再做尋章摘句的「鸚鵡名士」，才能不學古人而於中國詩歌來說創造出「新意境」和「新語句」。

五四前後翻譯外國詩歌的功用目的直接導致了敘事長詩的誕生。當時許多新詩人或新文化運動的宣導者們翻譯外國詩歌的目的之一，便是為中國新詩引入新的文體形式。胡適說：「吾意以為如西洋詩體文體果有採用之價值，正宜儘量採用。採用得當，即成中國體。」[89]周作人在《日本近三十年小說之發達》中說：我們如果要想醫治中國文學現實的疾病，「須得擺脫歷史的因襲思想，真心的先去模仿別人。隨後自能從模仿中蛻化出獨創的文學來，日本就是這個榜樣。……所以目下切要辦法，也便是提倡翻譯及研究外

86　梁啟超，《夏威夷遊記》，《中國近代文學大系・文學理論集》（一）（上海書店，一九九四年），頁六七五—六七七。
87　「西鄉」即鄭西鄉，此人從來不做詩，偶用日本語詞做詩，便得到了梁啟超上述讚賞，因為新語句入詩給人新奇的審美感受。
88　梁啟超，《夏威夷遊記》，《中國近代文學大系・文學理論集》（一）（上海書店，一九九四年），頁六七七。
89　胡適，《通信》，《新青年》四卷六號，一九一八年二月一日。

國著作」[90]。周作人的翻譯目的不僅是要為中國新文學引入新思想，而且他在翻譯時懷著建構中國新詩的文體自覺意識，他翻譯日本詩歌時就希望為中國新詩引入新形式。因此，在新詩成立之初，由於形式的單調而模仿外國詩歌進行創作，是新詩發展最好的路徑。不僅僅是翻譯詩歌改變了新詩的形式，就連敘事文學的翻譯也給新詩的形式建設帶來了不小的衝擊，尤其是清末民初，西方敘事文學的大量譯介改變了中國人對敘事文體的鄙視態度，林紓的翻譯小說可謂大大提升了小說的地位，使之成為清末民初的「顯學」。小說地位的提升和西洋敘事方法的引進必然引起詩歌創作思維的改變，從而為敘事詩創作開闢了廣闊的發展空間。聞一多先生在談宗教對中國文學的影響時說：「第一度佛教帶來的印度影響是小說戲劇，第二度基督教帶來的歐洲影響又是小說戲劇（小說戲劇是歐洲文學的主幹，至少是特色），你說是碰巧嗎？」[91]這當然不是碰巧了，因為外國文學較中國文學而言，其擅長的就是敘事文體，亦即中國文學匱乏的就是敘事文體。外國文學包括宗教文學對中國文學造成的影響就在敘事文體上，這種影響必然會波及詩歌創作，在一個自身缺乏文化積澱而求「新生」於異邦的年代，外國敘事文體的創作方法、觀念加上敘事詩歌的翻譯，就為中國敘事詩的發展在觀念和創作實踐上起到了範本作用。因此有人說：「中國敘事詩接受了西方敘事詩的觀念，歸根到底還是接受了『荷馬史詩』的原則，榜樣主要是西方的詩體小說。」[92]伴隨著《荷馬史詩》、《浮士德》、《失樂園》和《唐璜》等外國經典敘事詩的翻譯，中國第一首白話敘事詩也在一九二〇年誕生了[93]。除了一九二〇年沈玄廬創作的《十五娘》和劉半農的《敲冰》外，二〇年代影響

90 周作人，《日本近三十年小說之發達》，楊揚編，《周作人批評文集》（珠海出版社，一九九八年），頁三一〇。

91 聞一多，《文學的歷史動向》，胡瑜芩編，《聞一多作品精選》（長江文藝出版社，二〇〇三年），頁三六九。

92 朱多錦，《發現「中國現代敘事詩」》，《詩探索》一九九九年四期。

93 一九二〇年十二月，沈玄廬在《國民日報・覺悟》上發表了《十五娘》，全詩十一節八十一行。朱自清在《中國新文學大系・詩集・話》

最大的敘事詩當數白采的《羸疾者的愛》，全詩四節八百餘行，深受朱自清和俞平伯的好評，同期發表的敘事長詩還有王統照的《獨行的歌者》、郭沫若的《洪水時代》、聞一多的《園內》等在內容上體現出了五四時期的時代精神。朱湘的《王嬌》、馮至的《蠶馬》、韋叢蕪的《君山》、聞一多的《李白之死》等則呈現出古代傳說和愛情悲劇的色彩，這與二十世紀二〇年代以後人們的革命熱情的減退有關。儘管在二十世紀二〇年代新詩的發生期內，敘事詩作為新詩的形式之一「堪稱獨步」[94]而沒有形成氣候，但它畢竟是在翻譯詩歌影響下產生的一種新的詩體，是後來敘事詩繁榮發展的先聲。

現代敘事詩的發展除了受到翻譯詩歌的影響外，也與五四時期一大批詩人和詩論家的大力宣導分不開。比如朱自清不僅自己創作了長詩《毀滅》，而且還寫了《白采的詩》一文來聲援《羸疾者的愛》，與此同時還在《短詩與長詩》中號召人們多做長詩：「在近幾年來的詩壇上，長詩底創作實在太少了；可見一般作家底情感底不豐富與不發達！這樣下去，加以現在那種短詩的盛行，感情將有萎縮、乾涸底危險！所以，我很希望有豐富的生活和強大的力量的人能夠多寫些長詩，以調劑偏枯的現勢！」[95]朱自清可謂早期中國現代敘事長詩最有力的支持者。聞一多從和諧的「建築美」的角度出發對敘事詩的形式提出了獨特的見解，他認為：「佈局design是文藝之要素，而在長詩中又尤為必要。因為若是拿許多不相關屬的短詩堆積起來，便算長詩，那長詩真沒有存在底價值。有了佈局，長篇便成一個多部分之總體，a composite whole，也可視為一個單位。宇宙一切的美——事理的美、情緒的美、藝術的美，都在其各部分間和睦之

中稱之為中國新詩史上「最早的敘事詩」。

94 朱自清，《中國新文學大系・詩集・詩話》（上海良友圖書印刷公司，一九三五年）。

95 朱自清，《短詩與長詩》，劉烜，《聞一多評傳》（北京大學出版社，一九八三年），頁八三。

關係，而不單在其每一部分地充實。詩中之佈局正為求此和睦之關係而設也！」[96]這給敘事長詩的創作者提供了很好的建議，聞一多自己的長詩《園內》和《李白之死》等就是在這種形式主張的指導下創作而成的。這些建議和理論指導為中國敘事長詩的發展起到了積極的推動作用。

中國現代敘事詩各時期的發展幾乎都受到了翻譯詩歌的影響。同五四前後相仿，外國敘事詩和相關文學理論的翻譯是導致二十世紀三四〇年代中國現代敘事詩繁榮的主要原因之一。中國現代敘事詩的發展經歷了幾個不同的時期，大體上講，五四時期是中國現代敘事詩的發端期，上世紀三四十年代該詩體才迎來了繁榮期。為什麼敘事詩會在上世紀三四十年代才得以繁榮呢？杜榮根先生認為：「這在一定意義上取決於現代語言的發展和舊詩格律的打破。陳獨秀和胡適白話文的發難，語言經歷了一場巨大的蛻變，使現代語言朝著文言合一、單音化向雙音化的發展。文學媒體的裂變給新詩的產生創造了條件，而格律的廢止，使新詩的發展衝破了舊詩的樊籬，這樣，現代敘事詩就伴隨著敘事意識的甦醒大大地拓展起來，幾乎成為詩歌的一種潮流。」[97]由此可見，正是語言的變化和詩人們敘事意識的甦醒，導致了中國現代敘事詩在上世紀三四十年代得以迅速地發展起來。除此之外，還有其他原因促使該時期敘事詩繁榮起來嗎？從時代語境的角度來看，由於該時期中國內憂外患嚴重，人們為了表達自己深重的民族情感和宏大的時代主題，不得不選取敘事詩作為表現對象。當然，我們也不能忽視翻譯詩歌的影響作用，「西方恢宏的史詩和敘事詩如《荷馬史詩》、《失樂園》、《唐璜》、《浮士德》、《葉普蓋尼•奧涅金》等又給現代中國詩人的敘事詩創作提供了範例。新詩人樂意由模仿而創新。同時，西方哲學觀的滲入多少改變了中國詩人重直感頓

96 聞一多，《給吳景超、梁實秋》，劉烜，《聞一多評傳》（北京大學出版社，一九八三年），頁八〇。
97 杜榮根，《尋求與超越——中國新詩形式批評》（復旦大學出版社，一九九三年），頁二〇五。

悟、輕經驗理性的哲學觀，加強了客觀的觀察與分析，這也是有助於敘事詩的勃興的。」[98]此話指出外國敘事長詩的翻譯以及外國哲學觀念的引入，是引起中國現代敘事詩在二十世紀三四十年代繁榮的又一原因。從詩歌翻譯的角度尋求中國現代敘事詩繁榮的原因並非一己之見，而是很多學者的共識：「從二〇年代就開始了的外國敘事詩理論及作品的翻譯介紹，這時期（二十世紀三四〇年代。——引者）呈現出多元及系統性的特點。許多外國古代及近現代作家的經典性敘事詩、史詩作品，甚至像艾略特的《荒原》，都有中譯本出版，並能得到文壇及時的注意及評介。……特別是國外的各種近現代敘事文學及敘事詩理論規範，開始成為中國現代文藝理論及敘事詩論建構中，不同流派作家選擇的基本美學原則及評判標準。……對中國現代敘事詩論及批評產生著深刻廣泛的影響。」[99]將以上言論歸納起來，我們不難找出上世紀三四〇年代導致中國敘事詩繁榮的主要原因除了中國現代漢語固有的屬性之外，外國敘事詩和史詩的翻譯、外國敘事文學理論和敘事詩論的翻譯，以及與之相關的哲學思想的引入也是必不可少的助推因素。

總之，敘事詩雖然古已有之，但中國古代的敘事詩卻不發達，為數不多的敘事長詩要麼是少數民族文化孕育而生的，要麼受到了翻譯文學（佛教典籍）的影響。因此，中國現代敘事長詩的發生離不開外國敘事文學和敘事長詩的影響，也離不開相關文學理論和詩論的譯介，尤其是外國敘事長詩的翻譯作品直接為中國敘事詩的發生和繁榮提供了「模型」，使敘事詩在中國新詩史上成為一種常見的詩歌文體。

98 杜榮根，《尋求與超越——中國新詩形式批評》（復旦大學出版社，一九九三年），頁二〇四—二〇五。

99 王榮，《中國現代敘事詩史》（中國社會科學出版社，二〇〇四年），頁二二二。

結語

中國現代新詩文體的發展當然與中國自身的文化和文學環境密切相關，外來文學或文化資源僅僅起到了必要的補足和豐富作用。本文堅持認為，新詩的文體營養來自中國古典詩歌、外國詩歌及其翻譯體、中國新詩積澱的傳統等三個方面。除了這點需要單獨申明之外，對於本研究的學術價值似乎也不容否定。

在特定的時期和語境下，探討外國詩歌的翻譯與中國現代新詩文體建構之間的關係，於中國新詩發展的實際情況而言是一項有價值的研究。在現代文學研究領域，以往的新詩文體研究主要從詩歌傳統、民歌民謠或籠統的外國詩歌等方面著手論述影響與承傳的關係，因而以詩歌翻譯這一文化交流仲介為依託所展開的新詩文體研究，必然賦予本研究獨特的價值和意義。在比較文學研究領域，該文是從比較文學的角度來研究翻譯文學及其影響，與傳統意義上的比較文學的影響研究相比，對「翻譯」仲介的強調必然會使該課題獲得研究的新突破。在翻譯文學研究領域，由於該文的寫作具有系統的中國現代文學知識背景，因此架構起了比單純地從事英語文學或比較文學研究的學者更為合理的研究框架和知識體系。該研究從詩歌翻譯的角度來探討中國新詩文體在建構過程中所受到的外來影響，是比較文學影響研究的具體例證和結果，對中國新詩研究而言也是可喜的收穫。比如第一部分從西方文化過濾的角度來分析五四前後中國對東方詩歌翻譯的熱潮，從翻譯倫理道德的角度來論述創造社與胡適、文學研究會等之間發生的翻譯論爭，以及從新詩形式建構的立場來重新審視中國現代翻譯史上的論爭；第五部分從中國新詩形式建構的角度來論述外國詩歌形式的誤譯，突破了之前人們從語言、翻譯技巧或理解的層面對外國詩歌形式誤譯的認識。對翻譯詩歌個案的研究或時代語境下翻譯論爭的研究等都具有創新價值，之前很少有人對這些處於外國文學研究和中國文學研究交叉地帶的文學現象進行過如此深入的研究。比如第二部分從翻譯學的角度探討譯詩語言觀，豐富了翻譯學和語言學的內容；重新認識了歐化現象，從漢語自身的相容性和發展的可持續性方面，對新詩語言歐化的認識超越了影響和被影響的關係。第三部分從翻譯自身的困境和中國新詩的發展需要上，去認識譯詩對中國新詩形式的影響，突破了只從模仿層面來論述新詩形式豐富性根源的慣常做法。

還需要補充說明的是，本文探討外國詩歌的翻譯與中國現代新詩文體之間的關係，並不就意味著要否定外國詩歌的翻譯與中國現代新詩情思抒發之間的關係。在整個現代新詩的發展進程中，翻譯外國詩歌的目的是為了譯者抒情的需要還是建構中國新詩文體的需要？正文已論述到有學者認為胡適接近和翻譯外國詩歌的目的並不是要認識外國詩歌，其旨趣是為詩歌的「自然口語化」尋找證據，「是在為他的『活文學』尋找證明之時，以其目之所及，擇取翻譯了幾首外國詩歌。於是，外國詩歌並不以其自身的思潮、流派特徵熠熠生輝，引人注目，而是權作了胡適詩歌觀念的一點旁證和說明」[1]。也許這段話只看到了譯詩功能的一個方面，在某些情況下，譯詩似創作一樣表達了詩人的情思，譯詩與創作的同一性即體現為二者表達詩人感情的對等性。人們常常根據自己情感表達的需要去選擇詩歌翻譯文本，正如讀者由於某些文本所表達的情思切合了自己的心境而興奮不已一樣。事實上，胡適翻譯外國詩歌的目的不只是為了驗證新詩形式的可操作性，他翻譯了大量的愛情詩，對於一個一心要打破詩歌形式並宣導文學革命的人來說，其譯

[1] 李怡，《中國現代新詩與古典詩歌傳統》（西南師範大學出版社，一九九四年），頁一八九。

詩題材的重要性遠遠遜色於體裁的重要性，但胡適譯詩情感的類同性卻告訴我們其題材選擇的有意性。胡適到底為什麼會選擇愛情詩來翻譯呢？《關不住了》一詩明顯反映出胡適意欲衝破壓抑人性的傳統愛情理念；《老洛伯》中錦妮陷入了愛情和道義的兩難境地中：一邊是深愛著她且「並不曾待差了我」的老洛伯，一邊是她們互相愛戀的吉梅，這似乎表達了胡適自身的情路歷程：錦妮無異於胡適自己，老洛伯無異於胡適的夫人江冬秀，他們共同經營著傳統的，也是很符合道義的婚姻，吉梅無異於與他相愛多年（甚至一生）卻始終沒有步入婚姻殿堂的美國女士韋蓮司[2]。有學者認為，胡適翻譯愛情詩是為了彌補他自身感情的缺陷，藉譯詩來抒發自己的感情[3]。郭沫若一九二三年在翻譯波斯詩人莪默伽亞謨的作品時說：「本譯稿不必是全部直譯，詩中難解處多憑我一人的私見意譯了。」[4]郭沫若所謂的「私見」即是他自己的情感體驗，譯詩也正因為有了這樣的「私見」而進入了郭沫若的翻譯視域。一九三五年，梁宗岱翻譯了瓦雷里論歌德詩歌的文章《歌德論》，他從該文中「似乎比他從瓦雷里的《水仙辭》一詩更多看得見自身性格上、氣質上具體而微的（當然遠不足與歌德相提並論的）一點映影。梁在瓦雷里論歌德的這篇宏文裏，既無疑深感到其中不言自喻的追求無盡的浮士德精神的宣揚，也必有所憧悟 於自身也就有瓦雷里所指的普露諦或善變因此多面的傾向」[5]。因此，從宏觀的角度來講，譯者對外國詩歌的選擇往往與某一時代對詩歌形式或情感的訴求有關，而從個人的角度來講，譯詩要適合譯者情感表達的需要，後者在翻譯作品的選擇中往往起著支配作用。比如卞之琳在翻譯阿左林（Azorin，原名Jose Martine Ruis）的小品文時曾說：「譯

2 關於胡適和韋蓮司的愛情故事參閱《胡適，封建壁壘下的情聖》一文，見丁國旗著，《中國十大情聖》（鄭州大學出版社，二〇〇五年）。
3 廖七一，《譯者意圖與文本功能的轉換——以胡適譯詩為例》，《解放軍外國語學院學報》二〇〇四年一期。
4 郭沫若，《波斯詩人莪默伽亞謨的一百首詩・序》，《創造季刊》一卷三號，一九二三年七月一日。
5 卞之琳，《人事固多乖——紀念梁宗岱》，《新文學史料》一九九〇年一期。

這些小品，說句冒昧的話，彷彿是發洩自己的哀愁了。」[6] 譯詩對譯者情感抒發的彌補作用是中國現代新詩史和詩歌翻譯史上普遍的現象。因此，翻譯過程中對原文的選擇受制於譯者情感表達的需要，而譯者也借助所譯詩歌抒發了個人化的情感，由此說明詩歌翻譯並不是隨意性的，它是情感抒發和形式建構這雙重因素共同作用的結果。

要深入完整地研究一個課題需要時間和相關知識的積累，本課題所做的研究也許只是窺見了其中的一斑；況且隨著學術研究方法和視角的變化，隨著研究成果的豐富和新材料新思想的發掘，本研究勢必還會迎來更大的研究空間，這也是著者必將為之不懈努力的理由。

[6] 卞之琳，《譯阿左林小品之夜》，天津《大公報・文藝副刊》，一九三四年三月七日。

參考文獻

丁偉志、陳崧，《中體西用之間》，北京：中國社會科學出版社，一九九五年。
丁語和、庾良辰主編，《近代中西文化交流史論》，太原：山西教育出版社，一九九六年。
王向遠，《翻譯文學導論》，北京：北京師範大學出版社，二〇〇四年。
王向遠、陳言，《二十世紀中國文學翻譯之爭》，南昌：百花洲文藝出版社，二〇〇六年。
王佐良，《英國詩史》，上海：譯林出版社，一九九七年。
王佐良，《語言之間的恩怨》，天津：天津人民出版社，一九九八年。
王克非，《翻譯文化史論》，上海：上海外語教育出版社，一九九七年。
王宏志，《重釋「信、達、雅」——二十世紀中國翻譯研究》，北京：清華大學出版社，二〇〇七年。
王秉欽，《二十世紀中國翻譯思想史》，天津：南開大學出版社，二〇〇四年。
王珂，《百年新詩詩體建設研究》，上海：上海三聯書店，二〇〇四年。
王建開，《五四以來我國英美文學譯介史》（一九一九—一九四九），上海：上海外語教育出版社，二〇〇三年。
王訓昭編，《湖畔詩社評論資料選》，上海：華東師範大學出版社，一九八六年。

王彬彬，《風高放火與振翅灑水》，北京：人民文學出版社，二〇〇四年。
王富仁，《中國現代文化指掌圖》，北京：人民文學出版社，二〇〇四年。
王德威，《想像中國的方法》，北京：生活・讀書・新知三聯書店，二〇〇三年。
王爾敏，《中國近代思想史論》，北京：中國社會科學文獻出版社，二〇〇三年。
王寧，《翻譯研究的文化轉向》，北京：清華大學出版社，二〇〇九年。
王錦厚，《聞一多與饒孟侃》，成都：電子科技大學出版社，一九九九年。
王錦厚，《五四新文學與外國文學》，成都：四川大學出版社，一九八九年。
王曉路等編著，《當代西方文化批評讀本》，成都：四川大學出版社，二〇〇四年。
王曉明編，《二十世紀中國文學史論》，上海：東方出版中心，一九九七年。
王曉秋，《近代中日文化交流史》，北京：中華書局，一九九二年。
王瑤，《中國現代文學史論集》，北京：北京大學出版社，一九九八年。
王毅，《中國現代主義詩歌史論》，重慶：西南師範大學出版社，一九九八年。
方仁念選編，《新月派評論資料選》，上海：上海華東師範大學出版社，一九九三年。
卞之琳，《人與詩：憶舊新說》，北京：生活・讀書・新知三聯書店，一九八四年。
戈公振，《中國報學史》，上海：上海古籍出版社，二〇〇三年。
毛迅，《徐志摩論稿》，成都：四川大學出版社，一九九一年。
田漢、宗白華、郭沫若，《三葉集》，上海：亞東圖書館初版，一九二〇年。
朱文振，《翻譯與語言環境》，成都：四川大學出版社，一九八七年。
朱立元，《當代西方文藝理論》，上海：華東師範大學出版社，一九九七年。

朱光潛，《西方美學史》，北京：人民文學出版社，一九七九年。
朱自清，《中國新文學大系・詩集》，上海：上海良友圖書印刷公司，一九三五年。
朱自清，《新詩雜話》，北京：生活・讀書・新知三聯書店，一九八四年。
朱自清，《朱自清全集》（第二卷），南京：江蘇教育出版社，一九八八年。
朱棟霖等，《中國現代文學史一九一七—一九九七》，北京：高等教育出版社，一九九九年。
朱湘，《朱湘譯詩集》，長沙：湖南人民出版社，一九八六年。
朱壽桐，《情緒：創造社的詩學宇宙》，上海：上海文藝出版社，一九九一年。
向天淵，《現代漢語詩學話語》，重慶：西南師範大學出版社，二〇〇二年。
伍世昭，《郭沫若早期心靈詩學》，上海：上海文藝出版社，二〇〇三年。
任淑坤，《五四時期外國文學翻譯研究》，北京：人民出版社，二〇〇九年。
李今，《二十世紀中國翻譯文學史・三四十年代・俄蘇卷》，天津：百花文藝出版社，二〇〇九年。
李正栓、吳曉梅編，《英美詩歌教程》，北京：清華大學出版社，二〇〇四年。
李和慶等編著，《西方翻譯研究方法論：七〇年代以後》，北京：北京大學出版社，二〇〇五年。
李怡，《中國現代新詩與古典詩歌傳統》，重慶：西南師範大學出版社，一九九九年。
李岫、林廷芳等編著，《二十世紀中外文學交流史》，石家莊：河北教育出版社，二〇〇一年。
李寄，《魯迅傳統漢語翻譯文體論》，上海：上海譯文出版社，二〇〇八年。
李澤厚，《中國現代思想史論》，合肥：安徽教育出版社，一九九七年。
李憲瑜，《二十世紀中國翻譯文學史・三四十年代・俄蘇卷》，天津：百花文藝出版社，二〇〇九年。
宋劍華，《胡適與中國文化轉型》，哈爾濱：黑龍江教育出版社，一九九六年。

宋學智，《翻譯文學經典的影響與接收》，上海：上海譯文出版社，二〇〇六年。
杜榮根，《尋求與超越——中國新詩形式批評》，上海：復旦大學出版社，一九九三年。
呂進，《中國現代詩學》，重慶：重慶出版社，一九九七年。
沈尹默，《沈尹默詩詞集》，北京：書目文獻出版社，一九八三年。
沈用大，《中國新詩史》，福州：福建人民出版社，二〇〇六年。
余光中，《余光中談翻譯》，北京：中國對外翻譯出版公司，二〇〇二年。
辛曉征、郭銀星編，《外國詩歌精品》，瀋陽：春風文藝出版社，一九九五年。
周作人，《中國新文學的源流》，石家莊：河北教育出版社，二〇〇二年。
周發祥、李岫主編，《中外文學交流史》，長沙：湖南教育出版社，一九九九年。
周策縱，《五四運動史》，陳永明等譯，長沙：嶽麓書社，一九九八年。
吳立昌主編，《文學的消解與反消解——中國現代文學派別論爭集》，上海：復旦大學出版社，二〇〇四年。
吳中傑，《中國現代文藝思想史》，上海：復旦大學出版社，一九九六年。
吳南松，《「第三類語言」面面觀》，上海：上海譯文出版社，二〇〇八年。
吳重陽、蕭漢棟、鮑秀芬編，《冰心論創作》，上海：上海文藝出版社，一九八二年。
阿英，《翻譯史話》，上海：上海古籍出版社，一九八一年。
林庚，《新詩格律與語言的詩化》，北京：北京經濟日報出版社，二〇〇〇年。
金絲燕，《文學接受與文化過濾：中國對法國象徵主義的接受》，北京：中國人民大學出版社，一九九四年。

孟昭毅、李載道主編，《中國翻譯文學史》，北京：北京大學出版社，二〇〇五年。
邵洵美，《詩二十五首》，上海：上海書店，一九八八年影印版。
邵漢明，《中國文化精神》，北京：商務印書館，二〇〇〇年。
胡開寶，《英漢詞典歷史文本與漢語現代化進程》，上海：上海譯文出版社，二〇〇五年。
胡適選編，《中國新文學大系・建設理論集》，上海：上海良友圖書印刷公司印行，一九三五年。
胡適，《論中國近世文學》，海口：海南出版社，一九九四年。
胡翠娥，《晚清小說翻譯研究》，南開大學博士學位論文，二〇〇三年提交。
施蟄存編，《中國近代文學大系・翻譯文學集》（第二十六卷至第二十八卷），上海：上海書店，一九九一年。
孫玉石編，《中國現代作家選集・朱湘》，北京：人民文學出版社，一九八五年。
孫玉石，《中國現代主義思潮史》，北京：北京大學出版社，一九九九年。
孫近仁編，《孫大雨詩文集》，石家莊：河北教育出版社，一九九六年。
俞佳樂，《翻譯的社會性研究》，上海：上海譯文出版社，二〇〇六年。
高玉，《現代漢語與中國現代文學》，北京：中國社會科學出版社，二〇〇三年。
徐志摩，《徐志摩譯詩集》，晨光輯注，長沙：湖南人民出版社，一九八九年。
徐志嘯，《近代中外文學關係・十九世紀中葉—二十世紀初葉》，上海：華東師範大學出版社，二〇〇〇年。
徐雪寒編，《徐雉的詩和小說》，北京：人民文學出版社，一九八二年。
徐靜波編，《梁實秋批評文集》，珠海：珠海出版社，一九九八年。

徐榮街，《二十世紀中國詩歌理論》，濟南：山東教育出版社，二〇〇〇年。
馬以鑫，《中國現代文學接受史》，上海：華東師範大學出版社，一九九八年。
馬紅軍，《翻譯批評散論》，北京：中國對外翻譯出版公司，二〇〇〇年。
馬祖毅，《中國翻譯簡史——五四以前部分》（增訂版），北京：中國對外翻譯出版公司，一九九八年。
海岸，《中西詩歌翻譯百年論集》，上海：上海外語教育出版社，二〇〇七年。
唐四貴，《中國現代文學關係史》，廣州：廣東花城出版社，一九九八年。
殷克琪，洪天富譯，《尼采與中國現代文學》，南京：南京大學出版社，二〇〇〇年。
祝寬，《五四新詩史》，西安：陝西師範大學出版社，一九八七年。
陳子善編，《洵美文存》，瀋陽：遼寧教育出版社，二〇〇六年。
陳子展，《中國近代文學之變遷：最近三十年中國文學史》，上海：上海古籍出版社，二〇〇〇年。
陳方競，《多重對話：中國新文學的發生》，北京：人民文學出版社，二〇〇三年。
陳本益，《中外詩歌與詩學論集》，重慶：西南師範大學出版社，二〇〇二年。
陳平原，《二十世紀中國小說史》（一八九七—一九一六）（第一卷），北京：北京大學出版社，一九八九年。
陳玉剛，《中國翻譯文學史稿》，北京：中國對外翻譯出版公司，一九八九年。
陳永國編，《翻譯與後現代性》，北京：中國人民大學出版社，二〇〇五年。
陳思和，《中國當代文學史教程》，上海：復旦大學出版社，一九九九年。
陳偉，《中國現代美學思想史綱》，上海：上海人民出版社，一九九三年。
陳福康，《中國譯學理論史稿》，上海：上海外語教育出版社，二〇〇〇年。

陳萬雄，《五四新文化的源流》，北京：生活・讀書・新知三聯書店，一九九七年。
許余龍，《對比語言學概論》，上海：上海外語教育出版社，一九九二年。
許鈞主編，《翻譯思考錄》，武漢：湖北教育出版社，一九九八年。
許霆、魯德俊，《十四行詩在中國》，蘇州：蘇州大學出版社，一九九五年。
郭志剛、孫中田，《中國現代文學史》，北京：高等教育出版社，一九九六年。
郭沫若，《沫若譯詩集》，北京：人民文學出版社，一九五五年。
郭沫若，《郭沫若論創作》，上海：上海文藝出版社，一九八三年。
郭延禮，《中國近代翻譯文學概論》，武漢：湖北教育出版社，一九九八年。
郭建中編，《文化與翻譯》，北京：中國對外翻譯出版公司，二〇〇〇年。
郭建中編著，《當代美國翻譯理論》，武漢：湖北教育出版社，二〇〇〇年。
郭著章，《翻譯名家研究》，武漢：湖北教育出版社，一九九九年。
張中良，《五四時期的翻譯文學》，臺北：秀威資訊科技股份有限公司，二〇〇五年。
張林海編著，《近代中外文化交流史》，南京：南京大學出版社，二〇〇三年。
張首映，《西方二十世紀文論史》，北京：北京大學出版社，一九九九年。
張星烺，《歐化東漸史》，北京：商務印書館，二〇〇〇年。
張振玉，《翻譯散論》，臺北：東大圖書股份有限公司，一九九三年。
張新穎，《二十世紀上半期中國文學的現代意識》，北京：生活・讀書・新知三聯書店，二〇〇一年。
梁宗岱，《梁宗岱譯詩集》，長沙：湖南人民出版社，一九八三年。
梁啟超，《清代學術概論》，上海：上海古籍出版社，一九九八年。

連淑能，《英漢對比研究》，北京：高等教育出版社，一九九三年。
連燕堂，《二十世紀中國翻譯文學史・近代卷・英法美卷》，天津：百花文藝出版社，二〇〇九年。
曹順慶，《比較文學論》，成都：四川教育出版社，二〇〇二年。
曹萬生，《現代派詩學與中西詩學》，北京：人民出版社，二〇〇三年。
陸耀東，《中國新詩史》（一九一六—一九四九）（第一卷），武漢：長江文藝出版社，二〇〇五年。
陶東風，《文體演變及其文化意味》，昆明：雲南人民出版社，一九九四年。
黃伯榮、廖序東，《現代漢語》（上冊），北京：高等教育出版社，一九九七年。
黃杲炘，《從柔巴依到坎特伯雷——英語詩漢譯研究》，武漢：湖北教育出版社，一九九九年。
黃修己，《二十世紀中國文學史》，廣州：中山大學出版社，一九九九年。
傅雷，《傅雷談翻譯》，北京：當代世界出版社，二〇〇六年。
焦亞璐，《二十世紀初翻譯文學對中國言情小說的影響》，陝西師範大學碩士學位論文，二〇〇三年提交。
辜正坤，《中西詩比較鑑賞與翻譯理論》，北京：清華大學出版社，二〇〇三年。
葉水夫：《略論五四時期的外國文學介紹工作》，載《紀念五四運動六十周年學術討論會論文選》（三），北京：中國社會科學出版社，一九八〇年。
葉維廉，《中國詩學》，北京：人民文學出版社，二〇〇六年。
喻雲根主編，《英美名著翻譯比較》，武漢：湖北教育出版社，一九九六年。
曾小逸主編，《走向世界文學：中國現代作家與外國文學》，長沙：湖南人民出版社，一九八五年。
賈植芳、陳思和主編，《中外文學關係史資料彙編》（一八九八—一九三七），桂林：廣西師範大學出版社，二〇〇四年。

溫儒敏，《中國現代文學批評史》，北京：北京大學出版社，一九九三年。

楊匡漢、劉福春編，《中國現代詩論》（上編），廣州：花城出版社，一九八五年。

楊揚編，《周作人批評文集》，珠海：珠海出版社，一九九八年。

楊聯芬，《晚清至五四：中國文學現代性的發生》，北京：北京大學出版社，二〇〇三年。

鄒振環，《影響中國近代社會的一百種譯作》，北京：中國對外翻譯出版公司，一九九六年。

劉介民，《類同研究的再發現：徐志摩在中西文化之間》，北京：中國社會科學出版社，二〇〇三年。

劉納，《論五四新文學》，杭州：浙江文藝出版社，一九八七年。

劉烜，《聞一多評傳》，北京：北京大學出版社，一九八三年。

劉重德，《文學翻譯十講》（*The Lectures on Literary Translation*, by Liu Chongde），北京：中國對外翻譯出版公司，二〇〇三年。

趙稀方，《二十世紀中國翻譯文學史・新時期卷》，天津：百花文藝出版社，二〇〇九年。

趙毅衡，《對岸的誘惑》，北京：知識出版社，二〇〇三年。

趙毅衡，《詩神遠遊——中國如何改變了美國詩》，上海：上海譯文出版社，二〇〇三年。

廖七一編著，《當代英語翻譯理論》，武漢：湖北教育出版社，二〇〇四年。

廖七一，《胡適翻譯詩歌研究》，北京：清華大學出版社，二〇〇六年。

熊輝，《五四譯詩與早期中國新詩》，北京：人民出版社，二〇一〇年。

葛桂錄，《中英文學關係編年史》，上海：上海三聯書店，二〇〇四年。

談小蘭，《近代翻譯小說的文體研究》，南京師範大學碩士學位論文，二〇〇二年提交。

樂黛雲、王寧主編，《西方文藝思潮與二十世紀中國文學》，北京：中國社會科學出版社，一九九〇年。

魯迅，《魯迅全集》，北京：人民文學出版社，一九八一年。
魯迅，《譯文序跋集》，北京：人民文學出版社，二〇〇六年。
蔣紹愚、江藍生編，《近代漢語研究》（二），北京：商務印書館，一九九九年。
潘頌德，《中國現代新詩理論批評史》，上海：上海學術出版社，二〇〇二年。
廢名，《論新詩及其他》，瀋陽：遼寧教育出版社，一九九八年。
鮑晶編，《劉半農研究資料》，天津：天津人民出版社，一九八五年。
龍泉明，《中國新詩流變論》，北京：人民文學出版社，一九九九年。
駱寒超，《二十世紀新詩綜論》，上海：學林出版社，二〇〇一年。
謝天振，《譯介學》，上海：上海外語教育出版社，一九九九年。
謝天振、查明建，《中國現代翻譯文學史》（一八九八—一九四九），上海：上海外語教育出版社，二〇〇四年。
穆雷等，《翻譯研究中的性別視角》，武漢：武漢大學出版社，二〇〇八年。
錢基博，《現代中國文學史》，北京：中國人民大學出版社，二〇〇四年。
錢理群、溫儒敏、吳福輝，《中國現代文學三十年》（修訂本），北京：北京大學出版社，一九九八年。
錢理群，《周作人研究二十一講》，北京：中華書局，二〇〇四年。
韓子滿，《文學翻譯雜合研究》，上海：上海譯文出版社，二〇〇五年。
謝天振編，《翻譯的理論建構與文化透視》，上海：上海外語教育出版社，二〇〇〇年。
謝冕、吳思敬主編，《字思維與中國現代詩學》，天津：天津社會科學院出版社，二〇〇二年。
戴望舒，《戴望舒譯詩集》，長沙：湖南人民出版社，一九八三年。

羅念生遍，《朱湘書信集》，上海：上海書店，一九八三年影印版。

羅新璋編，《翻譯論集》，北京：商務印書館，一九八四年。

羅新璋等著，鄭魯南編，《一本書和一個世界》，北京：崑崙出版社，二〇〇五年。

譚載喜，《西方翻譯簡史》，北京：商務印書館，一九九一年。

嚴曉江，《梁實秋中庸翻譯觀研究》，上海：上海譯文出版社，二〇〇八年。

顧國柱，《新文學作家與外國文化》，上海：上海文藝出版社，一九九五年。

北京日本研究中心文學研究室編，《日本文學翻譯論文集》，北京：人民文學出版社，二〇〇四年。

戶川芳朗先生古稀紀念論文集編輯委員會編，《中日文化交流史論——戶川芳郎先生古稀紀念》，北京：中華書局，二〇〇二年。

[英]雪萊，查良錚譯，《雪萊抒情詩選》，北京：人民文學出版社，一九五八年。

[英]彭斯，袁可嘉譯，《彭斯抒情詩選》，長沙：湖南文藝出版社，一九九六年。

[英]Basil Hatim&Lan Mason，王文斌譯，《話語與譯者》（*Discourse and the Translator*），北京：外語教學與研究出版社，二〇〇五年。

[英]拜倫，楊德豫譯，《拜倫抒情詩選》，長沙：湖南人民出版社，一九八一年。

[英]拉曼・塞爾登（Roman Selden）編，劉象愚，陳永國等譯，《文學批評理論：從柏拉圖到現在》，北京：北京大學出版社，二〇〇三年。

[美]韋斯坦因，《比較文學與文學理論》，劉象愚譯，瀋陽：遼寧人民出版社，一九八七年。

[美]費正清主編：《劍橋中國晚清史》（一八〇〇—一九一一）（下卷），北京：中國社會科學出版社，一九九三年。

[美]哈樂德・布魯姆，徐文博譯，《影響的焦慮》，上海：三聯書店，一九八九年。

[美]韓南（Patrick Hanan），徐俠譯，《中國近代小說的興起》，上海：上海教育出版社，二〇〇四年。

[美]馬泰・卡林內斯庫，顧愛彬等譯，《現代性的五副面孔》，北京：商務印書館，二〇〇四年。

[美]惠特曼，李視歧譯，《惠特曼詩歌精選》，太原：北嶽文藝出版社，一九九四年。

[蘇聯]加切奇拉澤，蔡毅、虞傑譯，《文藝翻譯與文學交流》，北京：中國對外翻譯出版公司，一九八七年。

[印度]泰戈爾，吳岩譯，《心笛神韻》，上海：上海譯文出版社，一九九七年。

苗林，《一八六四—一九六六：中國英美詩歌翻譯百年回顧》（*A Brief Survey of British and American Poetry Translation in China*, 1864-1966），武漢理工大學外國語學院碩士學位論文，2003年4月提交。

André Lefevere, 1975, *Translating Poetry: Seven Strategies and a Blueprint*. Van Gorcum, Assen.

André Lefevere, 2004, *Translation, Rewriting and the Manipulation of Literary Fame.* Shanghai: Shanghai Foreign Language Education Press.

Barnston, Wills, 1993, *The Poetics of Translation: History Theory, Practice*. U.ഗ: Yale University Press.

Eagleton, Terry, 1996, *Literature Theory: An Introduction.* Oxford OX4 1JF, UK: Blackwell Publishers.

Goldman, Merle, 1977, *Modern Chinese Literature in the May Fourth Era*. U. S. A.: Harvard University Press.

Mark Shuttleworth&Moira Cowie,1997, *Dictionary of Translation Studies, Manchester.* UK: St. Jerome Publishing.

Rogert T. Bell, 1991. *Translation and Translating: Theory and Practice.*Uk: Longman Group Ltd.

Steven G. Yao, 2002, *Translation and the Languages of Modernism: Gender, Politics, Language*. New York: Palgrave Macmillan.

Susan Bassnett & André Lefevere, 2001, *Constructing Cultures: Essays on Literary Translation.* Shanghai: Shanghai Foreign Language Education Press.

Venuti, Lawrence. 1995, *The Translator's Invisibility—A History of Translation*. New York: Routledge Press.

Ward, Jan de & Nida, Eugene A, 1986, *From One Language to Another: Functional Equivalence in Bible Translating.* New York: Thomas Nelson Publisher.

附錄　譯詩研究的主要成果統計

附一：譯詩語言研究的主要成果

胡適，《建設的文學革命論》，《新青年》四卷四號，一九一八年四月十五日。
胡適，《通信》，《新青年》四卷六號，一九一八年六月十五日。
傅斯年，《譯書感言》，《新潮》一卷三號，一九一九年三月。
鄭振鐸，《審定文學上名詞的提議》，《小說月報》第十二卷六期，一九二一年六月十日。
郭沫若，《海外歸鴻》，《創造季刊》第一卷一期，一九二二年三月十五日。
郁達夫，《夕陽樓日記》，《創造季刊》第一卷二期，一九二二年八月二十五日。
郭沫若，《批判〈意門湖〉譯本及其他，《創造季刊》第一卷二期，一九二二年八月二十五日。
成仿吾，《學者的態度》，《創造季刊》第一卷三期，一九二二年十一月二十五日。
郭沫若，《雪萊的詩》，《創造季刊》第一卷四期，一九二三年二月一日。
聞一多，《莪默伽亞謨之絕句》，《創造季刊》第二卷一期，一九二三年五月一日。
成仿吾，《「雅典主義」》，《創造季刊》第二卷一期，一九二三年五月一日。

成仿吾，《喜劇與手勢戲——讀張東蓀的〈物質與記憶〉》，《創造季刊》第二卷一期，一九二三年五月一日。

郭沫若，《討論注釋運動及其它》，《創造季刊》第二卷一期，一九二三年五月一日。

梁實秋，《讀鄭振鐸譯的〈飛鳥集〉》，《創造週報》第九期，一九二三年七月七日。

成仿吾，《鄭譯〈新月集〉正誤》，《創造週報》第三十期，一九二三年十二月二日。

敬隱漁，《〈小物件〉譯文的商榷》，《創造週報》第四十三期，一九二四年三月九日。

徐志摩，《徵譯詩啟示》，《小說月報》第一五卷三期，一九二四年三月十日。[1]

華清，《讀王靖譯的〈泰谷兒小說〉後之質疑》，《創造週報》第四六期，一九二四年三月二十八日。

田楚僑，《雪萊譯詩之商榷》，《創造週報》第四十七期，一九二四年四月五日。

唐漢森，《瞿譯〈春之迴圈〉的一瞥》，《創造週報》第四十九、五十期，一九二四年四月十九、二十七日。

孫銘傳，《論雪萊的郭譯》，《創造日》第三三—三六期，一九二三年八月二七—三〇日。

郭沫若，《答孫銘傳君》，《創造日》第三七期，一九二三年八月三一日。

顧仁鑄，《「胡譯」》，《洪水》第一卷四期，一九二五年十一月一日。

洪為法，《寫在〈胡譯〉之後》，《洪水》第一卷四期，一九二五年十一月一日。

焦尹孚，《評田漢君的莎譯〈羅密歐與茱麗葉〉》，《洪水》第一第九期和十—十一合期，一九二六年一月十六日，二月五日。

---

1 徐志摩的目的是要證明白話譯詩比文言譯詩更具有優勢。

豈嵐，《此圖書館大約以蟋蟀多而著名——王統照的胡譯》，《洪水》第二卷十八期，一九二六年六月一日。

趙國棟，《論詩歌翻譯中情感的表達》，《語言與翻譯》一九八七年三期。[2]

卞況，《譯詩也應以信為本——淺析〈行路人〉的誤譯》，《外語學刊》一九九〇年五期。

陸鈺明，《簡析詩歌翻譯中的理解與表達障礙》，《上海大學學報》（社會科學版）一九九一年二期。

黃杲炘，《詩未必是「在翻譯中喪失掉的東西」——兼談漢語在譯詩中的優勢》，《外國語》一九九五年二期。

黃杲炘，《詩歌翻譯是否「只分壞和次壞的兩種」——兼談漢字在譯詩中的優勢》，《現代外語》一九九七年一期。

馮玉律，《詩歌翻譯中的關鍵字與文本語義場》，《外國語》一九九七年四期。

買買提．夏吾東、伊明．阿布拉，《論詩歌翻譯中情感色彩的表達》，《語言與翻譯》一九九八年三期。

劍平，《從譯詩技巧的角度探討〈葉甫蓋尼．奧涅金〉中譯本的語言錘鍊——為紀念普希金誕辰二〇〇周年而作》，《國外文學》一九九九年二期。

王曉軍，《英漢詩歌翻譯等值的探討》，《寧夏大學學報》（社會科學版）一九九九年二期。

周方珠，《論詩歌的翻譯》，《安徽大學學報》（哲學社會科學版）一九九九年四期。[3]

敖得列、段初發，《譯詩要傳達原詩言少意多的技巧》，《江西教育學院學報》二〇〇〇年一期。

2 該文主要涉及到語言意義的傳達。

3 該文認為譯詩的選詞決定了翻譯的成敗。

姚勇芳，《論英漢語辭彙和語篇的結構差異及其在詩歌翻譯中的表現》，《中南工業大學學報》（社會科學版）二〇〇〇年一期。

曹山柯，《試論譯詩在意義蹤跡上的偏差》，《外語與外語教學》二〇〇一年三期。

王璐，《英漢詩歌翻譯中語言美學功能的運用》，《外國語言文學》二〇〇三年一期。

張璘，《詩歌的翻譯就是意義的闡釋和重建嗎?》，《江蘇大學學報》（社會科學版）二〇〇三年四期。

劉軍，《詩歌翻譯中的英漢語詞義和語篇的結構差異及其表現》，《皖西學院學報》二〇〇三年六期。

陳婷、韓蕾，《詩歌翻譯中文化意象的處理》，《山東理工大學學報》（社會科學版）二〇〇四年一期。

姚振軍，《「原始語言」與詩歌翻譯中的「意象對等」》，《外語與外語教學》二〇〇四年十一期。

張淑芬，《從一首英文詩的翻譯來談詩歌翻譯中的「忠實性」原則》，《湖北大學成人教育學院學報》二〇〇五年一期。

黃俊彥，《論詩歌翻譯中英漢詞義和語篇的結構差異》，《雲南師範大學學報》（對外漢語教學與研究版）二〇〇五年一期。

張傳彪，《詩性漢語與詩歌翻譯之我見》，《寧德師專學報》（哲學社會科學版）二〇〇五年二期。

師蕾，《詩歌翻譯中的理解和表達障礙》，《忻州師範學院學報》二〇〇五年三期。

李林波，《論詩歌翻譯批評的語言學模式》，《西安外國語學院學報》二〇〇五年四期。

黃燦然，《不增添不削減的詩歌翻譯——關於詩歌翻譯的通信》，《江漢大學學報》（人文科學版）二〇〇五年六期。

譚逸之，《非語言語境在詩歌翻譯中的作用》，《安徽工業大學學報》（社會科學版）二〇〇六年一期。

王勇，《詞的聯想意義與譯詩之神韻——論〈西風頌〉中「dead thought」一詞之翻譯》，《雲南財貿學院學報》（社會科學版）二〇〇六年二期。

周宵，《漢英詩歌翻譯等值之我見》，《寧波廣播電視大學學報》二〇〇六年三期。

葛朝霞，《從辭彙的角度研究詩歌翻譯》，《上海電機學院學報》二〇〇六年六期。

王麗，《語言的模糊性與詩歌翻譯的模糊對等》，《美與時代》二〇〇七年一期。

王楊，《從泰戈爾詩的漢譯看五四時期新詩語言的發展》，蘇州大學學位論文，二〇〇七年。

劉丹、王麗，《淺析英漢辭彙差異在詩歌翻譯中的表現》，《湖北教育學院學報》二〇〇七年七期。

朱曉玲，《人同此心,心同此理——中外譯家對詩歌翻譯中「seed」的詮釋》，成都大學學報（教育科學版）二〇〇七年八期。

段貝、張森寬，《法語詩歌翻譯中的語言實義》，《長沙鐵道學院學報》（社會科學版）二〇〇八年二期。

王琳、姚洪偉，《論胡適譯詩〈六百男兒行〉中的誤譯》，《西南農業大學學報》（社會科學版），二〇〇八年四期。

溫騫，《從原作藝術意境出發探求詩歌翻譯的語言形式美》，《科技資訊》（學術研究），二〇〇八年二十一期。

萬華、馮奇，《形式與意義，誰主沉浮？——對詩歌翻譯形式與意義對等爭論的思考》，《同濟大學學報（社會科學版）二〇〇九年一期。

劉華文，《詩歌翻譯的審美距離》，《安徽大學學報》（哲學社會科學版）二〇〇九年三期。[4]

---

4 該文認為譯詩語言與詩意之間存在審美距離。

附二：譯詩音韻節奏研究的主要成果

飛白，《譯詩漫筆——馬雅可夫斯基詩的音韻和意境》，《外國文學研究》一九八一年三期。

呂俊、侯向群，《音美，詩歌翻譯中不應失去的》，《外語研究》一九九六年二期。

孔慧怡，《譯詩應否用韻的幾點考慮》，《外國語》一九九七年四期。

王慧穎，《詩歌翻譯中不應失去的音韻美》，《安順師範高等專科學校學報》二〇〇二年二期。

張敏，《詩有雙翼借譯飛——論詩歌翻譯中的韻律與意境》，《開封教育學院學報》二〇〇二年三期。[5]

蕭海燕，《談詩歌翻譯中的押韻技巧》，《青海師專學報》二〇〇二年四期。

林海梅，《詩歌翻譯中的韻律問題》，《欽州師範高等專科學校學報》二〇〇四年二期。

宋歌，《從里爾克〈沉重的時刻〉看譯詩的用語與節奏》，《湖南人文科技學院學報》二〇〇六年二期。

晏虎，《試論英漢詩歌翻譯中的節律制約》，《文教資料》二〇〇六年二十八期。

丁仁侖，《詩歌翻譯與鑑賞之「節奏等效」原則》，《杭州電子科技大學學報》（社會科學版）二〇〇七年一期。

賈紅霞，《詩歌翻譯中對藝術形式的再現與譯文風格的一致性——評〈西風頌〉的中譯本對呼告修辭格、韻律的處理手法》，《吉林師範大學學報》（人文社會科學版）二〇〇七年二期。

王中強，《詩歌翻譯中的押韻：從兩個版本〈孤獨的割麥女〉的翻譯談起》，《時代文學》（理論學術版）二〇〇七年二期。

---

5 該文同時還涉及到對譯詩意境的探討。

齊苗苗，《詩歌翻譯中「音美」的再現》，《鄭州航空工業管理學院學報》（社會科學版）二〇〇八年一期。

王衛紅、侯婷，《現代詩歌節奏的初步嘗試——胡適英譯詩「關不住了」的節奏特徵》，《世界文學評論》，二〇〇八年二期。

晏麗，《詩歌翻譯中聲音的順應性研究》，《江西科技師範學院學報》二〇〇八年四期。

武俊輝，《互文性視野中詩歌翻譯的音美再現》，《哈爾濱學院學報》二〇〇八年七期。

索全兵，《音樂性在英語詩歌翻譯中的傳達》，《太原城市職業技術學院學報》，二〇〇八年九期。

李金妹，《論詩歌翻譯中的文體風格和押韻技巧——評呂志魯的〈英語愛情名詩選譯〉》，《黃石理工學院學報》（人文社會科學版）二〇〇九年二期。

吳南松，《「第三類語言」面面觀》，上海：上海譯文出版社，二〇〇八年。

附三：譯詩形式研究的主要成果

卞之琳，《譯詩藝術的成年》，《讀書》一九八二年三期。[6]

丁魯，《關於詩歌翻譯的我見》，《俄羅斯文藝》一九八四年一期。

陶慕淵，《詩歌翻譯的形式》，《上海大學學報》（社會科學版）一九八五年一期。

王殿忠，《譯詩二題》，《外語教學》一九八五年四期。

張少雄，《對譯詩形式的回顧與思考》，《外國語》一九九三年四期。

6 該文主要論述了格律體譯詩和譯詩的格律化問題。

陸鈺明，《詩的形式與詩歌翻譯》，《上海大學學報》（社會科學版）一九九四年六期。

劉慧寶、郭厚文，《詩譯與譯詩》，《贛南師範學院學報》一九九九年一期。

黃炳麟，《從幾首譯詩看詩歌的形式美》，《語文知識》二〇〇〇年六期。

張淑琴，《英語文體風格與詩歌翻譯》，《寧夏社會科學》二〇〇一年一期。

牛雲平、王京華，《以詩譯詩——關於詩歌形式的翻譯》，《河北大學學報》（哲學社會科學版）二〇〇一年二期。

崔豔秋，《詩歌翻譯的美食美器》，《四川教育學院學報》二〇〇一年三期。[7]

易立新，《以詩譯詩 詩人譯詩——王佐良詩歌翻譯述評》，《哈爾濱學院學報》二〇〇一年六期。

黃杲炘，《追求內容與形式的逼真——從看不懂的譯詩談起》，《中國翻譯》二〇〇二年五期。

韓兆霞，《戴著腳鐐的舞蹈——談詩歌翻譯不可能的可能》，《鹽城工學院學報》（社會科學版）二〇〇三年四期。

張保紅，《論英詩中分行的功能及其在詩歌翻譯中的應用》，《天津外國語學院學報》二〇〇五年三期。

張繼文，《日語詩歌翻譯過程中的審美——詩的形式、意境、語言與韻律》，《深圳職業技術學院學報》二〇〇五年三期。[8]

金奕彤，《論「形式對等」作為現代、後現代詩歌翻譯之策略》，《浙江理工大學學報》二〇〇六年三期。

陳宏薇，《移植形式 妙手天成——評江楓譯詩〈雪夜林邊〉》，《解放軍外國語學院學報》二〇〇六年五期。

7 該文主要強調了形式美之於譯詩的重要性。

8 該文除論述了譯詩形式之外，還涉及到對譯詩意境、語言和韻律的探討。

劉雲雁，《朱生豪譯莎劇素體詩節律風格研究》，浙江大學碩士論文，二〇〇七年。

劉小群、徐沂，《論詩歌翻譯中的形美再現》，《武漢科技學院學報》二〇〇八年二期。

周瓊，《從心所欲，不逾矩——論詩歌翻譯中的形美問題》，《湖北經濟學院學報》（人文社會科學版）二〇〇八年三期。

楊柳川，《詩歌翻譯形式和意境的把握——葉芝〈當你年老時〉四種中譯文評析》，《四川教育學院學報》二〇〇八年三期。[9]

孫幼平，《中西詩歌翻譯的改寫與詩體移植》，《南京工程學院學報》（社會科學版），二〇〇八年四期。

盧淑玲、陳可培，《形式移植在譯詩中的重要性——評江楓譯詩〈哦，船長，我的船長〉》，《重慶交通大學學報》（社會科學版）二〇〇九年二期。

熊輝，《試論形式之維的詩歌誤譯》，《天津外國語學院學報》二〇〇九年二期。

張旭，《「天籟之音」：吳芳吉譯詩的創格尋蹤》，《外國語文》二〇〇九年三期。

黃杲炘，《從柔巴依到坎特伯雷——英語詩漢譯研究》，武漢：湖北教育出版社，一九九九年，頁九七－一三〇。

李寄，《魯迅傳統漢語翻譯問題論》，上海：上海譯文出版社，二〇〇八年。

附四：意象／意境研究的主要成果

古緒滿，《詩歌翻譯中的情景交融》，《解放軍外國語學院學報》一九九二年二期。

[9] 該文涉及到譯詩的形式和意境兩個方面的內容。

董務剛，《試論詩歌翻譯中意境的傳達》，《淮海工學院學報》，一九九四年一期。

葉洪，《論詩歌翻譯中的意象對等》，《邵陽師範高等專科學校學報》，一九九九年三期。

黎定平，《詩歌翻譯的意味與意境》，《廣西師院學報》（哲學社會科學版）二〇〇〇年一期。

劉瑞強，《意境；譯詩的起點和歸宿》，《昌吉學院學報》二〇〇一年二期。

辛獻雲，《詩歌翻譯中意象的改變》，《西安外國語學院學報》二〇〇一年二期。

習華林，《意象在英漢詩歌翻譯中的地位》，《外語教學》二〇〇一年六期。

章彩雲，《論詩歌翻譯中意象美與情趣美的顯現》，《信陽農業高等專科學校學報》二〇〇二年一期。

魏家海，《意象；詩歌翻譯單位的「前景化」》，《山東外語教學》二〇〇三年六期。

高宏、王則發，《山水詩的意境在目的語中的傳達——〈中國畫論研究〉對詩歌翻譯的啟示》，《東南大學學報》（哲學社會科學版）二〇〇五年S一期。

陸梅、羅晶，《詩歌翻譯中的隱喻性意象》，《浙江工商職業技術學院學報》，二〇〇五年三期。

朱明海，《詩歌翻譯的意象重構》，《英語輔導》（瘋狂英語教師版），二〇〇五年十二期。

劉少仙，《淺淡詩歌翻譯中意象問題的處理》，《東南大學學報》（哲學社會科學版），二〇〇六年S一期。

李翠娟，《漢英詩歌翻譯中的意境轉換》，《河南工業大學學報》（社會科學版），二〇〇六年二期。

呂寶軍、王治江，《詩歌翻譯的意境再現》，《河北理工大學學報》（社會科學版），二〇〇六年二期。

沈文霄，《詩歌翻譯中的意象轉換》，《南京林業大學學報》（人文社會科學版），二〇〇六年四期。

徐卉、孫維，《談英漢詩歌翻譯中文化意境的傳達》，《大眾科技》，二〇〇六年六期。

林玉鵬，《移植詩種——論意象是詩歌翻譯的靈魂》，《安徽大學學報》（哲學社會科學版），二〇〇七年二期。

張旭，《「桃梨之爭」的美學蘊涵——朱湘譯詩中文化意象傳遞的現代詮釋》，《解放軍外國語學院學報》二〇〇七年四期。

舒曉蘭，《論意象的傳遞在詩歌翻譯中的重要性》，《湖北師範學院學報》（哲學社會科學版）二〇〇七年五期。

張樹淼、周瑩，《詩歌翻譯的意境》，《科技資訊》（科學教研）二〇〇七年十六期。

張清宏，《詩歌翻譯中的意象處理》，《西安歐亞學院學報》二〇〇八年一期。

楊靜，《詩歌翻譯中的意象》，《孝感學院學報》二〇〇八年S一期。

黎倩瑩，《詩歌翻譯的意象再造與認知局限》，《佛山科學技術學院學報》（社會科學版）二〇〇八年三期。

彭振川、王晶文，《意象重構與詩歌翻譯》，《哈爾濱工業大學學報》（社會科學版）二〇〇九年三期。

附五：譯詩審美觀照的主要研究成果

江楓，《譯詩應該力求形神皆似——〈雪萊詩選〉譯後追記》，《外國文學研究》一九八二年二期。

李鑫華，《漫談詩歌翻譯的藝術美》，《湖北師範學院學報》（哲學社會科學版），一九八三年一期。

劉湛秋，《譯詩的神韻和自然流露——漫談葉賽甯抒情詩的翻譯》，《外國文學研究》一九八四年三期。

許鈞，《簡論詩歌翻譯的層次性》，《外語教學》一九八七年四期。[10]

田菱，《異域詩美的全方位展現——論詩歌翻譯的審美視角》，《外國語》（上海外國語大學學報）一九九三年六期。

[10] 譯詩是思維、語義和審美三個層次的結合。

符家欽，《譯詩之妙在傳神》，《譯林》一九九六年二期。

陳志斌，《談譯詩的神形兼似問題》，《廣東職業技術師範學院學報》一九九七年S一期。

顧璉，《漫話翻譯（一）以譯詩「雨ニモマケズ」為例》，《日語知識》一九九七年三期。

許麗玲，《從美學角度談詩歌翻譯》，《廣州師院學報》一九九八年八期。

王才美，《如影隨形 惟妙惟肖——淺談譯詩的風格》，《西南師範大學學報》哲學社會科學版）二〇〇〇年一期。

巴桑羅布，《試論詩歌的翻譯藝術》，《西藏藝術研究》二〇〇〇年一期。

江楓，《以似致信，形神兼備——卞之琳譯詩的理論與實踐》，《詩探索》二〇〇一年Z一期。

章禮霞，《論詩歌翻譯的「立形以傳神」》，《中國礦業大學學報》（社會科學版）二〇〇一年四期。

王衛東，《形似：詩歌翻譯的關鍵》，貴州社會科學，二〇〇二年六期。

張廣奎，《詩歌翻譯原則和譯文風格定向》，《中國礦業大學學報》（社會科學版）二〇〇三年四期。

張和，《詩歌翻譯中「三美」的功能對等與譯者的讀者意識》，《合肥工業大學學報》（社會科學版）二〇〇三年五期。

郭欣航，《淺談詩歌翻譯中的幾個問題》，《延安大學學報》（社會科學版）二〇〇三年五期。[11]

劉慧梅，《小議譯詩的「神似」與「形似」》，《外語與外語教學》二〇〇四年八期。

張傳彪，《詩歌翻譯：詩形、詩味、詩魂》，《鞍山師範學院學報》二〇〇五年三期。

余富斌、盧豔麗，《詩歌翻譯應是科學與藝術的結合》，《中國翻譯》二〇〇五年五期。

11 譯詩的形式美、意境美、語言美以及風格與原詩一致。

張傳彪，《試論詩性漢語與詩歌翻譯》，《樂山師範學院學報》二〇〇五年八期。
桑俊，《詩歌翻譯中「立形以傳神」的藝術》，《武漢科技學院學報》二〇〇五年七期。[12]
唐琪，《論詩歌翻譯的「立形以傳神」》，《文教資料》二〇〇五年三十三期。
佟曉梅，《試論詩歌翻譯中的韻味處理》，《燕山大學學報》（哲學社會科學版）二〇〇六年一期。
李琳，《論詩歌翻譯的「創造性叛逆」與「三美」》，《南京航空航太大學學報》（社會科學版）二〇〇六年三期。
石愛偉，《美學框架下中西詩論對比給詩歌翻譯的啟示》，《忻州師範學院學報》二〇〇六年四期。
張傳彪，《貴在神韻話譯詩》，《忻州師範學院學報》二〇〇六年五期。
莊蘇，《論文學作品中詩歌翻譯的形神兼似》，《科技資訊》二〇〇六年六期。
金春笙，《論譯詩神似——管窺丁尼生〈鷹〉的兩篇譯文》，《天津外國語學院學報》二〇〇六年六期。
熊立久、韓雲，《漫談詩歌的翻譯》，《陶瓷研究與職業教育》二〇〇七年一期。[13]
孫曉芸，《詩歌翻譯中的審美符號轉換》，《甘肅高師學報》二〇〇七年三期。
楊麗華，《詩歌翻譯中美感的移植與再現——以雪萊〈歌〉漢譯為例》，《外語教學》二〇〇七年四期。
白書婷、石愛偉，《「美」的思考對詩歌翻譯的啟示》，《忻州師範學院學報》二〇〇七年四期。
金春笙，《論詩歌翻譯之韻味——從美學角度探討華滋華斯〈水仙〉的兩種譯文》，《四川外語學院學報》二〇〇七年四期。

12　譯詩的形式是為了傳神的目的，神韻比形式更重要。
13　該文認為譯詩主要應再現原詩的風格特徵。

佟曉梅，《論詩歌翻譯的美感》，《現代語文》（文學研究版）二〇〇七年四期。
鳳群，《英語詩歌翻譯中的美學觀》，《希望月報》（上半月）二〇〇七年十一期。
宋德文、葛文詞，《詩歌翻譯與藝韻再現管窺——兼評〈美國詩歌研究〉》，《時代文學》（上半月）二〇〇八年三期。
王宏，《真情譯詩　形神兼似》，《中國翻譯》二〇〇八年四期。
盧忠雷，《譯詩・譯美・美詩》，《太原城市職業技術學院學報》二〇〇八年八期。
李秋霞，《古典的魅力——試論傅浩的譯詩》，《井岡山學院學報》二〇〇八年S二期。
周苗苗，《淺談詩歌翻譯三美》，《職業》二〇〇八年十七期。
陳淩，《「道」與「邏各斯」；論詩歌翻譯中的審美辯證運動》，《名作欣賞》二〇〇八年二十四期。
邵蓓蓓，《詩歌翻譯中美感缺失與補償》，《科技資訊》二〇〇九年十三期。

附六：譯詩標準研究的主要成果

沈雁冰、周作人，《翻譯文學書的討論》，《小說月報》十二卷二期，一九二一年二月十日。[14]
鄭振鐸，《譯文學書的三個問題》，《小說月報》第十二卷三期，一九二一年三月十日。
沈澤民，《譯文學書三問題的討論》，《小說月報》第十二卷五期，一九二一年五月十日。
郭沫若，《論翻譯的標準》，《創造週報》第十期，一九二三年七月一四日。
豐華瞻，《略談譯詩的「信」和「達」》，《外國語》（上海外國語大學學報）一九七九年一期。

14　沈雁冰、周作人、鄭振鐸、沈澤民等人的文章涉及到翻譯文學的語言、文體等方面的標準問題，比如鄭振鐸在該文中要求譯者「不僅是要譯文能含有原作的所有的意義並表現出同樣的風格與態度，並且還要把所有原作中的『流利』（ease）完全具有」。

綠原，《一個讀者對譯詩的幾點淺見》，《外國文學研究》一九八四年三期。[15]

楚至大，《譯詩須象原詩——與勞隴同志商榷》，《外國語》（上海外國語大學學報）一九八六年一期。

張夢井，《譯詩重在達意——〈譯詩須像原詩〉讀後》，《解放軍外國語學院學報》一九八六年四期。

勞隴，《譯詩要像中國詩？像西洋詩？——與楚至大同志商榷》，《外國語》（上海外國語大學學報）一九八六年五期。

羅興典，《談談「誤譯」與詩歌翻譯的「信」——兼與卞況同志商榷》，《解放軍外國語學院學報》一九九一年四期。

高健，《譯詩八弊》，《山西大學學報》（哲學社會科學版）一九九二年三期。

於警吾，《譯詩與詩藝》，《昭烏達蒙族師專學報》一九九二年四期。[16]

陸鈺明，《譯詩的原則》，《上海大學學報》（社會科學版）一九九三年三期。

覃學嵐，《從「信達雅」到「多元互補論」——兼談詩歌翻譯》，《山東外語教學》一九九七年二期。

王國良，《「縱」「橫」譯詩談》，《語文知識》一九九九年十二期。

廖素雲、黃瑛瑛，《詩歌翻譯的模糊性》，《長沙民政職業技術學院學報》二〇〇一年二期。

張士民，《從「夜與晨」看理想的譯詩》，《保定師範專科學校學報》二〇〇三年一期。

謝屏，《在譯詩中傳達審美感興的高峰體驗》，《長春大學學報》二〇〇三年三期。

鄭海淩，《譯詩與非詩》，《外國文學動態》二〇〇三年三期。

---

15 該文主要論述了優秀譯詩的標準。

16 該文探討了翻譯詩歌的標準和對譯者的要求。

劉桂蘭、劉磊夫，《譯詩的生命在求真求美中延續》，《咸寧學院學報》二〇〇五年一期。
郭琦、李曉寧，《淺談「信、達、雅」原則在詩歌翻譯中的應用——弗洛斯特詩歌〈雪夜林邊小駐〉的漢譯心得》，《理論界》二〇〇七年四期。
王虹，《譯詩重譯味——再探英語古詩翻譯》，《徐州教育學院學報》二〇〇八年一期。
覃軍，《詩歌翻譯的得與失》，重慶大學學位論文，二〇〇八年。
榱喆，《譯詩——打造璀璨的鑽石》，《天津外國語學院學報》二〇〇八年四期。
李曉燕，《譯詩：原詩生命的延續》，《企業家天地下半月刊》（理論版）二〇〇八年五期。
余書英，《關於詩歌翻譯中流失的美感》，《安徽文學》（下半月）二〇〇九年七期。[17]
劉志欣，《詩歌翻譯中的同一律原則》，《科技資訊》二〇〇九年十三期。[18]
黃書霞，《談談詩歌翻譯中藝術美的再現》，《黑龍江史志》二〇〇九年十五期。

附七：譯詩技法研究的主要成果

陳獨秀，《西文譯音私議》，《新青年》二卷四期，一九一六年十二月一日。
沈雁冰，《譯文學書方法的討論》，《小說月報》第十二卷四期，一九二一年四月十日。
鄭振鐸，《文學上名詞的音譯問題》，《小說月報》第十三卷一期，一九二二年一月十日。
吳致覺，《關於詩歌名詞的譯例》，《小說月報》第十三卷一期，一九二二年一月十日。
沈雁冰，《標準譯名問題》，《小說月報》第十三卷一期，一九二二年一月十日。

17 該文探討了如何減少美感的流失，從而譯就好詩。
18 該文認為譯詩是音、形、意三者的完美結合。

胡愈之，《翻譯名詞——一個無辦法的辦法》，《小說月報》第十三卷一期，一九二二年一月十日。

西諦，《文學上名詞譯法的討論發端》，《小說月報》第十四卷二期，一九二三年二月十日。

李錫胤，《雪萊的〈奧西曼狄亞斯〉與譯詩淺嘗》，《外語學刊》一九八三年二期。[19]

盧永福，《略論譯詩的「整體移植」》，《國外文學》一九八八年二期。[20]

郭著章，《The Solitary Reaper——對比名譯學譯詩》，《外語研究》一九九〇年四期。

張儷，《譯詩者與原詩作者的一次「對抗」》，《外國語》一九九三年二期。[21]

陳建中，《詩歌翻譯中的模仿和超模仿》，《外語教學與研究》一九九五年一期。

豐華瞻，《小議譯詩時專有名詞的處理》，《外語與外語教學》一九九八年二期。

馮任遠，《長短句譯詩一得》，《日語學習與研究》一九九七年一期。

黃燦然，《譯詩中的現代敏感》，《讀書》一九九八年五期。[22]

敖得列、段初發，《譯詩必須傳達虛實相生的修辭手段》，《江西教育學院學報》一九九九年一期。

李貽蔭、樊錦鑫，《淺析朱傑勤譯詩的思想與技巧——學習〈英詩採譯〉的心得》，《外語研究》，一九九〇年二期。

丁新華、洪文翰，《淺說譯詩的幾個問題》，《邵陽師範高等專科學校學報》，二〇〇〇年六期。[23]

---

19 該文主要從翻譯過程談詩歌形式的翻譯方法。

20 該文論述了怎樣使翻譯的詩歌被更多的讀者接受。

21 該文主要論述了譯者應該怎樣譯詩。

22 該文從現代漢語的特徵出發談詩歌語言形式的翻譯問題。

23 該文論述了詩歌是否可譯以及怎樣譯兩個層面的話題。

高雷，《談譯詩》，《廣西大學學報》（哲學社會科學版），二〇〇一年S二期。[24]

程水英，《譯詩「譯氣」可能性的探討》，廣西大學，二〇〇三年。

呂志魯，《談談詩歌翻譯中增補的妙用》，《湖北大學成人教育學院學報》二〇〇三年四期。

朱曉菁，《淺論詩歌翻譯》，《華北工學院學報》（社科版）二〇〇四年一期。[25]

張傳彪，《詩歌翻譯有無定法？》，《寧德師專學報》（哲學社會科學版）二〇〇六年一期。

陳以持、陳於思，《譯詩何妨「三一致」——談現代格律派譯詩法》，《湖北經濟學院學報》（人文社會科學版）二〇〇六年四期。

李欣，《論詩的可譯性及相關翻譯策略》，上海外國語大學，二〇〇六年。

趙佳，《英詩中的隱喻及其漢譯》，首都師範大學，二〇〇七年。

周瑞敏，《論詩歌翻譯的平行對照》，《河南大學學報》（社會科學版）二〇〇七年五期。

朱慧，《詩歌翻譯之策略》，《考試週刊》二〇〇七年十五期。

陶靜，《小議詩歌翻譯中的形象傳遞》，《科技資訊》（學術研究）二〇〇七年三十一。

鞏華鋒，《詩歌翻譯中意境傳遞變通技巧的實證探討》，《山西青年管理幹部學院學報》二〇〇九年三期。

張玉芬，《淺析詩歌翻譯》，《科技文匯》上旬刊，二〇〇九年七期。[26]

凌莉、劉露，《詩歌翻譯的策略和方案》，《科技資訊》二〇〇九年十七期。

24 該文反對逐字逐句的直譯法，認為詩歌翻譯重在傳神。

25 該文主要談了詩歌翻譯的方法與途徑。

26 該文的主旨是如何才能翻譯好詩歌。

附八：譯詩賞析和比較閱讀的主要成果

郭沫若，《波斯詩人莪默伽亞謨》，《創造季刊》第一卷三期，一九二二年十一月二十五日。

趙景深，《濟慈的夜鶯歌》，《文學週報》七卷十二期，一九二八年九月三十日。

張崇鼎，《溶化──讀譯詩隨筆》，《外語學刊》一九八〇年二期。[27]

郭應陽，《談譯詩》，《華南師範大學學報》（社會科學版）一九八一年四期。[28]

豐華瞻，《譯詩漫筆》，《外國語》（上海外國語大學學報）一九八二年二期。[29]

劉以煥，《〈魯拜集〉的漢譯、英譯兼論詩歌的翻譯》，《外語學刊》一九八四年一期。[30]

鍾翔、蘇暉，《讀黃侃文〈纈秋華室說詩〉──關於拜倫〈讚大海〉等三譯詩的辨析》，《外國文學研究》一九九四年三期。

段初發，《譯詩〈夜鶯頌〉再現了原作的美學魅力》，《萍鄉高等專科學校學報》一九九四年三期。

李殿良，《譯詩的多維美及其欣賞》，《張家口職業技術學院學報》一九九七年二期。

葛桂錄，《文學翻譯中的文化傳承──華茲華斯八首譯詩論析》，《外語教學》一九九九年四期。

黃炳麟，《不薄新詩愛舊詩──裴多菲〈自由與愛情〉譯詩比較》，《語文天地》一九九九年十五期。

沙廣輝，《芻議中英詩體運作和譯詩鑑賞》，《烏魯木齊職業大學學報》二〇〇二年一期。

27　對一則譯詩的賞析評價。
28　對幾首譯詩的對比閱讀。
29　對自己翻譯的《世界神話傳說選》中的譯詩的介紹。
30　對比鑑賞了兩種文字的翻譯。

廖七一，《秘密的分享者——論龐德與胡適的詩歌翻譯》，《外語教學與研究》二〇〇四年二期。

穆詩雄，《詩歌鑑賞的差異性與詩歌翻譯》，《外語與外語教學》二〇〇五年二期。

馮光榮，《詩歌翻譯的三維審視——李恆基譯〈湖〉評析》，《重慶大學學報》（社會科學版）二〇〇五年三期。

毛梅蘭，《情景交融，意境深遠——羅伯特·弗羅斯特的兩首詩歌的翻譯與賞析》，《英語輔導》（瘋狂英語教師版）二〇〇六年十二期。

張敏，《英語格律詩漢譯的體制問題——拜倫〈當我倆分手時〉三種譯詩比較》，《山東外語教學》二〇〇六年三期。

孫群力，《找尋新詩的靈魂——對〈蟈蟈與蟋蟀〉的三首譯詩的對比賞讀》，《現代語文》（文學研究版）二〇〇六年四期。

初曉娜，《浪漫主義的華彩樂章——英國浪漫主義抒情詩歌翻譯與賞析》，《大學英語》（學術版）二〇〇七年一期。

黃杲炘，《要讀什麼樣的譯詩（譯詩劄記）》，《詩刊》二〇〇七年十一期。

鄧麗君，《譯者意識形態對詩歌翻譯的操控——分析「愛情」的徐志摩譯本》，《北京教育學院學報》二〇〇八年一期。

咸立強、李岩，《胡適與郭沫若譯詩比較研究——以〈魯拜集〉中兩首詩的漢譯為例》，《北京聯合大學學報》（人文社會科學版）二〇〇八年三期。

藍嵐，《詩歌翻譯中深層結構的傳達——以朗費羅A Psalm of Life的三個譯本為例》，《廣西大學學報》（哲學社會科學版）二〇〇九年S一期。

附九：譯詩作品評價的主要成果

成仿吾，《詩之防禦戰》，《創造週報》第一期，一九二三年五月十三日。[31]

勞隴，《譯詩像詩——讀郭老遺作〈英詩譯稿〉》，《外國語》（上海外國語大學學報）一九八五年二期。

袁錦翔，《詩僧蘇曼殊的譯詩》，《外語教學與研究》一九八六年一期。

孫倚娜，《漫論蘇曼殊的譯詩》，《蘇州大學學報》（哲學社會科學版）一九八八年二期。

王佐良，《以詩譯詩 甘苦自知——評卞之琳〈莎士比亞悲劇論痕〉》，《讀書》一九九〇年十二期。

江楓，《淺談卞之琳的譯詩藝術》，《外國文學研究》一九九一年二期。

陳建中，《吳宓的譯詩（上）》，《外語教學與研究》一九九三年二期。

陳建中，《吳宓的譯詩（下）》，《外語教學與研究》一九九三年三期。

高健，《論朱湘的譯詩成就及其啟示——為紀念詩人逝世六十周年而作》，《外國語》（上海外國語大學學報）一九九三年五期。

傅勇林、誤釋及認同，《複義、氛圍及詩歌翻譯——兼評〈西風頌〉的兩個中文譯本》，《西南民族學院學報》（哲學社會科學版）一九九四年一期。

戴繼國，《率真與達雅——吳宓譯詩管窺》，《外語教學》一九九五年一期。

侯泰炳，《兩首英詩及其譯詩》，《南平師專學報》一九九六年三期。

劉全福，《徐志摩與詩歌翻譯》，《中國翻譯》一九九九年六期。

---

31 其中主要批評了周作人日本俳句和和歌翻譯的不足，鄭振鐸等人泰戈爾詩歌翻譯的不足。

河洛易，《中國現代詩歌翻譯概述》，《解放軍外國語學院學報》二〇〇〇年五期。

彭予，《馳向拜占庭——袁可嘉和他的詩歌翻譯》，《詩探索》二〇〇一年Z二期。

劉莉瓊、李清嬌，《詩歌翻譯「三美」之探索——評王佐良譯〈西風頌〉》，《牡丹江師範學院學報》（哲學社會科學版）二〇〇二年三期。

林廣澤，《中西合璧 輝耀詩史——郭沫若早期譯詩淺論》，《郭沫若學刊》，二〇〇二年四期。

廖七一，《硬幣的另一面——論胡適詩歌翻譯轉型期中的譯者主體性》，《中國比較文學》二〇〇三年一期。

廖七一，《詩歌翻譯——胡適伸展情感的翅膀》，《四川外語學院學報》二〇〇三年四期。

廖七一，《論胡適詩歌翻譯的轉型》，《中國翻譯》二〇〇三年五期。

薛偉中，《詩歌翻譯與「化境」論——兼評王佐良的A Red，Red Rose英詩漢譯》，《廣州大學學報》（社會科學版）二〇〇五年二期。

廖七一，《現代詩歌翻譯的「獨行之士」——論蘇曼殊譯詩中的「晦」與價值取向》，《中國比較文學》二〇〇七年一期。

劍平，《查良錚先生的詩歌翻譯藝術——紀念查良錚先生逝世三〇周年》，《國外文學》二〇〇七年一期。

於小植，《論周作人的日本詩歌翻譯》，《東北亞論壇》二〇〇七年二期。

金春笙，《論郭沫若與詩歌翻譯》，《忻州師範學院學報》二〇〇七年三期。

鄭元會、苗興偉，《詩歌翻譯中人際意義的建構——評莎士比亞第十八首十四行詩的翻譯》，《四川外語學院學報》二〇〇八年一期。

陳琳、張春柏，《陌生化翻譯：徐志摩詩歌翻譯藝術研究》，《英美文學研究論叢》二〇〇八年二期。

崔學新，《治學嚴謹 務實求真——詩歌翻譯家趙蘿蕤逝世十周年紀念及其詩歌翻譯述評》，《中國翻譯》

二〇〇八年三期。

陳春香，《蘇曼殊的外國詩歌翻譯與日本》，《長江學術》二〇〇八年四期。

李錚，《「詩人譯詩，以詩譯詩」——查良錚與普希金的相遇》，時代文學（下半月）二〇〇八年十二期。

王鵬飛、李文鳳，《論郭沫若詩歌翻譯中的變異》，《社科縱橫》二〇〇九年三期。

蕭曼瓊，《卞之琳詩歌翻譯的文體選擇及審美價值》，《外語學刊》二〇〇九年三期。

李磊，《詩學操控下胡適詩歌翻譯特徵》，《鄭州輕工業學院學報》（社會科學版）二〇〇九年三期。

張旭，《視界的融合：朱湘譯詩研究》，北京：清華大學出版社，二〇〇八年。

王友貴，《翻譯家魯迅》，天津：南開大學出版社，二〇〇五年，頁一七六——一八四。

劉全福，《翻譯家周作人論》，上海：上海外語教育出版社，二〇〇七年，頁五—五一、頁九〇—九七、頁一〇五——一〇七。

附十：社團流派或期刊譯詩研究的主要成果

李玉良，《穆旦詩英譯與解析與中國現代派詩歌翻譯》，《外語與外語教學》二〇〇六年七期。

陳丹，《詩學觀照下的詩歌翻譯活動——以新月派的詩歌翻譯為例》，《湖北廣播電視大學學報》二〇〇八年七期。

熊輝，《簡論創造社的詩歌翻譯》，《蘭州學刊》，二〇〇九年二期。

熊輝，《五四新文化語境與〈新青年〉的譯詩》，《北京社會科學》二〇〇九年二期。

熊輝，《簡論〈小說月報〉的譯詩》，《中國現代文學研究叢刊》二〇〇九年六期。

附十一：外國詩歌在中國翻譯情況研究的主要成果

袁席箴，《淺論俄漢詩歌的翻譯》，《蘭州大學學報》（社會科學版）一九九四年二期。

佘協斌，《法國詩歌翻譯在中國》，《外語教學與研究》一九九六年二期。

張旭，《美國現代詩歌翻譯在中國》，《中國翻譯》一九九七年六期。

王黎，《關於英語兒童詩歌的翻譯》，《山東師範大學外國語學院學報》（基礎英語教育）二〇〇三年二期。

田原，《日本現代詩歌翻譯論》，《中國翻譯》二〇〇六年五期。

段貝，《論法漢詩歌翻譯的再創造》，《肇慶學院學報》二〇〇八年四期

王秋生、郭瑞，《一九四九年前的哈代詩歌翻譯史》，《安徽文學》（下半月）二〇〇九年九期。

馬祖毅，《中國翻譯簡史（五四以前部分）》，北京：中國對外翻譯出版公司，一九九八年。[32]

郭延禮，《中國近代翻譯文學概論》，武漢：湖北教育出版社，一九九八年。[33]

陳玉剛，《中國翻譯文學史稿》，北京：中國對外翻譯出版公司，一九八九年。

謝天振、查明建主編，《中國現代翻譯文學史》（一八九八—一九四九），上海：上海外語教育出版社，二〇〇四年。

孟昭毅、李載道主編，《中國翻譯文學史》，北京：北京大學出版社，二〇〇五年。

張中良，《五四時期的翻譯文學》，臺北：秀威資訊科技股份有限公司，二〇〇六年，參見頁七三—一〇八。

---

32 該書第五章第五節「外國文學的翻譯」中分別對小說、戲劇和詩歌的翻譯做了簡單的描述；

33 該書在上篇第三部分「中國近代翻譯詩歌鳥瞰」和下篇第四部分「蘇曼殊、馬君武及其他詩歌翻譯家」中比較詳細地探討了近代譯詩；

附十二：譯詩文化研究的主要成果

王寶童，《走民族化的譯詩之路》。《河南大學學報》（社會科學版）一九九六年三期。

戴繼國，《試論譯詩的接受》，《陝西師範大學學報》（哲學社會科學版）一九九七年S一期。

王建開，《東邊日出西邊雨——詩歌翻譯中的跨文化視角》，《中國翻譯》一九九七年四期。

金明，《英漢詩歌翻譯中的文化因素》，《東南大學學報》（哲學社會科學版）二〇〇一年S一期。

楊全紅，《詩人譯詩，是耶？非耶？——徐志摩詩歌翻譯研究及近年來徐氏翻譯研究沉寂原因新探》，《重慶交通學院學報》（社會科學版）二〇〇一年二期。

秦弓，《「泰戈爾熱」——五四時期翻譯文學研究之一》，《中國社會科學院研究生院學報》，二〇〇二年四期。

祝朝偉、林萍，《詩歌：翻譯與改寫》，《外語研究》二〇〇二年四期。

李特夫，《詩歌翻譯的社會屬性》，《雲南師範大學學報》（哲學社會科學版）二〇〇三年一期。

黃希玲，《詩歌翻譯中的文化傳遞》，《理論學刊》二〇〇三年三期。

廖七一，《龐德與胡適：詩歌翻譯的文化思考》，《外國語》（上海外國語大學學報）二〇〇三年六期。

夏廷德，《譯詩與易詩：傳統情結與時代精神的碰撞》，《四川外語學院學報》二〇〇三年六期。

廖七一，《譯者意圖與文本功能的轉換——以胡適譯詩為例》，《解放軍外國語學院學報》二〇〇四年一期。

廖七一，《胡適譯詩與經典構建》，《中國比較文學》二〇〇四年二期。

廖七一，《胡適譯詩與傳播媒介》，《新文學史料》二〇〇四年三期。

廖七一，《胡適的白話譯詩與中國文藝復興》，《四川外語學院學報》二〇〇四年五期。

李特夫，《關於二十世紀二三十年代我國詩歌翻譯研究的視域問題》，《西華師範大學學報》（哲學社會科學版）二〇〇四年六期。

王寶童，《也談詩歌翻譯—兼論黃杲炘先生的「三兼顧」譯詩法》，《中國翻譯》二〇〇五年一期。[34]

劉婷，《試論英語詩歌翻譯的文化適應性原則及其實踐》，《黃石教育學院學報》二〇〇五年一期。

周謹平，《意識形態操縱下中國二三十年代譯詩及經典建構》，武漢理工大學學位論文，二〇〇五年。

任東升，《經詩歌翻譯的文學化》，《山東外語教學》二〇〇五年三期。

張守柱，《意識形態詩學贊助人與翻譯操縱霍華德・法斯特部分作品漢譯分析》，上海外國語大學學位論文，二〇〇五年。

曾文雄，《跨文化詩歌翻譯語用美學》，《語文學刊》二〇〇五年十八期。

廖七一，《胡適譯詩的平民化傾向》，《外語與外語教學》二〇〇六年一期。

于建平、白塔娜，《文化語境對詩歌翻譯中模糊語義的解釋力》，《燕山大學學報》（哲學社會科學版）二〇〇六年一期。[35]

李利，《詩歌翻譯：跨文化的重新創造》，《遼寧工學院學報》（社會科學版）二〇〇六年三期。

文軍、林芳，《意識形態和詩學對譯文的影響——以〈西風頌〉的三種譯詩為例》，《外語教學》二〇〇六年五期。

劉曉華、劉曉，《也談影響詩歌翻譯的因素——以〈一朵紅紅的玫瑰花〉的不同中文譯本為例》，《咸寧學

34 該文認為譯詩應該走民族化道路。

35 該文也涉及到對語言的探討。

院學報》二〇〇六年五期。

段龍江，《詩歌翻譯中的跨文化互文性》，《內江科技》二〇〇六年六期。

徐卉、孫維，《中國詩學傳統對詩歌翻譯的影響》，《社會科學論壇》（學術研究卷）二〇〇六年六期。

王雲英，《詩歌翻譯：文化與文學構建》，《湖北經濟學院學報》（人文社會科學版）二〇〇六年六期。

朱林，《芻析英漢詩歌翻譯中的文化差異》，《河南理工大學學報》（社會科學版）二〇〇七年二期。

肖蕭琦、朱勝果，《淺論詩歌翻譯的難點》，《山東電力高等專科學校學報》二〇〇七年二期。[36]

劉怡君、洪春，《詩歌翻譯中文化意象的傳遞》，《中南林業科技大學學報》（社會科學版）二〇〇八年一期。

張彩虹，《詩歌翻譯中的文化缺省和補償》，《瀋陽大學學報》二〇〇八年二期。

姜偉，《文化意象的失落與扭曲詩歌翻譯之忌》，《江蘇科技大學學報》（社會科學版）二〇〇八年三期。

蒙興燦，《五四前後英詩漢譯的社會文化研究》，華東師範大學學位論文，二〇〇八年。[37]

朱文武，《一座溝通東西方文明的人橋》，浙江師範大學學位論文，二〇〇八年。

張曉梅，《從多元系統論看泰戈爾英詩漢譯》，華中師範大學學位論文，二〇〇八年。

殷習芳、劉明東，《葉從領：文化圖式與詩歌翻譯》，《成都大學學報》（教育科學版）二〇〇八年四期。

黃宇傑，《詩歌翻譯中文化差異探討》，《科技創新導報》二〇〇九年一期。

韓媛，《淺論文化適應性原則下的英語詩歌翻譯》，《長沙鐵道學院學報》（社會科學版）二〇〇九年一期。

---

36 從語言文化的層面來探索詩歌翻譯。

37 該學位論文二〇〇九年由北京科學出版社出版。

辜正坤，《英漢詩歌翻譯批評與學術道德規範——評〈我讀羅賽蒂「Sudden Light」一詩的四種漢譯〉》，《世界文學評論》二〇〇九年一期。
王芳，《文化傳播審美規律與詩歌翻譯審美實踐》，《湖南稅務高等專科學校學報》二〇〇九年一期。
王學勤，《巴斯奈特文化翻譯觀與詩歌翻譯》，《山西財經大學學報》二〇〇九年S一期。
盛萍，《論譯者主體性在胡適白話譯詩中的體現》，《蕪湖職業技術學院學報》二〇〇九年二期。
熊輝，《民族文化審美與詩歌形式的誤譯》，《山東外語教學》二〇〇九年二期。
張靜，《芻議英漢詩歌翻譯中文化的傳承》，《科教文匯》（下旬刊）二〇〇九年四期。

附十三：譯詩影響研究的主要成果

雁冰，《語體文歐化之我觀（一）》，《小說月報》第十二卷六期，一九二一年六月十日。
鄭振鐸，《語體文歐化之我觀（二）》，《小說月報》第十二卷六期，一九二一年六月十日。
周作人等，《語體文歐化討論》，《小說月報》第十二卷九期，一九二一年九月十日。
胡天月等，《語體文歐化討論》，《小說月報》第十二卷十二期，一九二一年十二月十日。
梁繩禕等，《語體文歐化問題》，《小說月報》第十三卷一期，一九二二年一月十日。
呂一鳴等，《語體文歐化的討論》，《小說月報》第十三卷三期，一九二二年三月十日。
徐秋沖等，《語體文歐化問題和文學主義問題的討論》，《小說月報》第十三卷四期，一九二二年四月十日。
王佐良，《譯詩和寫詩之間——讀〈戴望舒譯詩集〉隨想錄》，《外國文學》一九八五年四期。
卞之琳，《五四以來翻譯對於中國新詩的功過》，《譯林》，一九八九年第四期。
耿紀永，《歐美象徵派詩歌翻譯與三〇年代中國現代派詩歌創作》，《中國比較文學》二〇〇一年一期。

張旭，《論穆旦的譯詩與現代派詩歌創作》，《邵陽師範高等專科學校學報》二〇〇二年三期。

趙娜，《查良錚譯詩與白話文詩歌語言》，蘇州大學學位論文，二〇〇二年。

龍泉明、汪雲霞，《論穆旦詩歌翻譯對其後期創作的影響》，《中山大學學報》（社會科學版）二〇〇三年四期。

趙普光，《論新月派詩歌翻譯對新詩建設的影響——以聞一多、朱湘為例》，《文教資料》（初中版）二〇〇四年Z一期。

廖七一，《胡適譯詩與新詩體的建構》，《四川外語學院學報》二〇〇五年六期。

熊輝，《簡論五四譯詩對早期新詩的影響》，《重慶文理學院學報》（社會科學版）二〇〇七年二期。

盧文婷，《論波德賴爾詩歌翻譯對戴望舒詩歌創作之影響》，《吉林省教育學院學報》二〇〇七年七期。

熊輝，《五四譯詩與早期中國新詩》，四川大學學位論文，二〇〇七年。

熊輝，《五四譯詩與中國新詩形式觀念的確立》，《西南大學學報》（社會科學版）二〇〇八年三期。

鄧慶周，《中國近代第一批外交使臣譯詩中的「新詩」因素——以張德彝為主例》，《西南交通大學學報》（社會科學版）二〇〇八年六期。

鄧衛望、熊輝，《譯詩對冰心詩歌創作和翻譯的影響》，《西華大學學報》（哲學社會科學版）二〇〇八年六期。

李紅綠，《劉半農譯詩對其作詩的影響——以譯詩的主題為例》，《大連大學學報》二〇〇九年一期。

楊迎平，《施蟄存的詩歌翻譯及其對當代詩歌的影響》，《齊魯學刊》二〇〇九年二期。

李紅綠，《從翻譯他者到建構自我——劉半農對譯詩主題的借鑑》，《牡丹江大學學報》二〇〇九年三期。

熊輝，《論譯詩是外國詩歌影響中國新詩的仲介》，《西華大學學報》（哲學社會科學版）二〇〇九年三期。

廖七一，《胡適詩歌翻譯研究》，北京：清華大學出版社，二〇〇六年。
任淑坤，《五四時期外國文學翻譯研究》，北京：人民出版社，二〇〇九年。

附十四：譯者研究的主要成果

沈雁冰，《新文學研究者的責任與努力》，《小說月報》第十二卷二期，一九二一年二月十日。
王乃倬，《譯詩芻議》，《當代外國文學》一九九二年二期。[38]
楊全紅，《詩人譯詩，是耶？非耶？》，西南師範大學學位論文，二〇〇一年。
涂衛群，《譯詩的原則和深不見底的貯藏》，《詩探索》二〇〇三年Z一期。
廖七一，《譯耶？作耶？——胡適譯詩與翻譯的歷史界定》，《外語學刊》二〇〇四年六期。
海岸，《詩人譯詩 譯詩為詩》，《中國翻譯》二〇〇五年六期。
姑麗娜爾·吾甫力，《譯者的誤讀與誤導——以歐瑪爾·海亞姆詩歌的翻譯為例》，《中國比較文學》二〇〇六年三期。
武霞，《淺談詩歌翻譯》，《和田師範專科學校學報》二〇〇六年三期。[39]
任鶯，《論詩歌翻譯中譯者再創造的局限性》，《瓊州大學學報》二〇〇六年六期。
任鶯，《論詩歌翻譯中局限譯者再創造的因素》，《麗水學院學報》二〇〇七年一期。

---

38 該文主要論述譯者怎樣才能翻譯出一首好詩。
39 該文主要論述譯者在翻譯中應該具備的內在條件。

附十五：國外譯詩理論研究的主要成果

劉重德，《威爾斯·巴恩斯通論譯詩的觀點評介》，《福建外語》一九九九年三期。
劉重德，《伯頓·拉菲爾譯詩論點概述與評論》，《上海科技翻譯》二〇〇〇年二期。
劉金龍，《紐馬克翻譯理論在譯詩中的適應性與審美再現》，《鷺江職業大學學報》二〇〇四年二期。
李永毅，《雷克斯羅斯的詩歌翻譯觀》，《山東外語教學》二〇〇六年一期。
高金嶺，《克羅齊的譯詩思想》，《天津外國語學院學報》二〇〇八年三期。
李莉輝，《簡析約翰·德萊頓的詩歌翻譯觀》，《長沙鐵道學院學報》（社會科學版）二〇〇八年三期。
鄭燕虹，《肯尼斯·雷克思羅斯的「同情」詩歌翻譯觀》，《外語教學與研究》二〇〇九年二期。

附十六：國內譯詩理論研究的主要成果

成仿吾，《論譯詩》，《創造週報》第十八期，一九二三年九月九日。
沈雁冰，《「直譯」與「意譯」》，《小說月報》第十三卷八期，一九二二年八月十日。
朱湘，《說譯詩》，《文學》第二九〇號，一九二七年十一月十三日。
林同端，《譯詩的一些體會》，《外語教學與研究》一九八〇年一期。[40]
魏荒弩，《譯詩小議》，《國外文學》一九八三年二期。[41]
洪振國，《試論朱湘譯詩的觀點與特色》，《湘潭大學社會科學學報》一九八五年二期。

---

[40] 該文主要是對譯詩難的探討。
[41] 該文主要對譯詩作理論探討。

斯寶昶，《從譯詩難談起》，《上海大學學報》（社會科學版）一九八八年一期。
李端嚴，《詩歌翻譯的特色及其實質》，《蘭州大學學報》（社會科學版）一九八八年一期。
劉重德，《譯詩問題初探》，《外國語》（上海外國語大學學報）一九八九年五期。
沈建太、蔣傑，《卞之琳的詩歌翻譯理論與實踐》，《晉陽學刊》一九八九年六期。
劉重德，《譯詩問題初探（續）》，《外國語》（上海外國語大學學報）一九八九年六期。
張景，《譯詩小議》，《外國語》（上海外國語大學學報）一九九〇年六期。[42]
劉重德，《卞之琳的譯詩理論和實踐》，《現代外語》一九九一年二期。
劉金賦，《論詩歌的可譯性與不可譯性——兼論詩歌翻譯》，《玉溪師範學院學報》一九九一年四期。
陸鈺明，《中國詩歌翻譯理論漫評》，《上海大學學報》（社會科學版）一九九二年一期。
寇軼中，《聞一多論譯詩》，《太原師範學院學報》（社會科學版）一九九五年二期。
桂幹元，《翻譯的「黃燈特區」——詩歌翻譯的界定認識》，《外語研究》一九九五年四期。
李蘭生、張少雄，《詩歌翻譯及其符號學問題芻議》，《益陽師專學報》一九九五年四期。
王進，《由詩歌翻譯看中西時空觀念在藝術中的表現》，《理論學刊》一九九八年四期。
陳登，《詩歌翻譯的局限性》，《外語與外語教學》一九九九年二期。
李賦寧，《構建新的詩歌翻譯理論》，《出版廣角》一九九九年三期。
鄔若蘅，《論詩歌翻譯中組合關係與聚合關係的運用》，《解放軍外國語學院學報》二〇〇一年一期。
余麗君，《詩歌翻譯中的相似聯想》，《常德師範學院學報》（社會科學版）二〇〇一年二期。

42 該文主要探討什麼是譯詩。

南治國，《聞一多的譯詩及譯論》，《中國翻譯》二〇〇二年二期。

朱純深，《心的放歌（二之一）——假設詩歌翻譯不難……》，《中國翻譯》二〇〇二年二期。

朱純深，《心的放歌（二之二）——假設詩歌翻譯很難……》，《中國翻譯》二〇〇二年三期。

金文寧，《從〈荒原〉的幾種譯文談詩歌翻譯的特殊性》，《中國翻譯》二〇〇二年三期。

孫黎，《從詩歌翻譯看直譯和意譯》，《浙江萬里學院學報》二〇〇二年四期。

嚴敏芬，《詩歌隱喻共項與詩歌翻譯》，《外語與外語教學》二〇〇二年十期。

彭長江，《評詩歌翻譯中的「優勢」、「競賽」、「超越」》，《山東外語教學》二〇〇三年六期。

羅益民，《等效天平上的「內在語法」結構——接受美學理論與詩歌翻譯的歸化問題兼評漢譯莎士比亞十四行詩》，《中國翻譯》二〇〇四年三期。

蔡平，《在譯與不譯之間：詩歌翻譯淺談》，《湖南大學學報》（社會科學版）二〇〇四年三期。

段貝、蔡學，《論詩歌翻譯的不可譯因素》，《長沙鐵道學院學報》（社會科學版）二〇〇四年三期。

李利，《詩歌翻譯的審美創造》，《瀋陽航空工業學院學報》二〇〇五年六期。

劉曉雲，《中國二十世紀初詩歌翻譯理論的發展》，《安徽工業大學學報》（社會科學版）二〇〇六年五期。

易經，《詩歌翻譯活動的本質》，《外語與外語教學》二〇〇六年五期。

張建佳，《詩歌翻譯漫談》，《懷化學院學報》二〇〇七年二期。[43]

熊輝，《論郭沫若的「風韻譯」觀念及其歷史意義》，《郭沫若學刊》二〇〇八年一期。

馬曦，《淺議詩歌翻譯中的模糊現象——兼談詩歌譯者的可視性》，《池州學院學報》二〇〇八年一期。

[43] 該文論及了詩歌翻譯的各個方面。

趙進明，《淺談詩歌翻譯的個性化》，《河北經貿大學學報》（綜合版）二〇〇八年一期。
何峻，《從散文和詩歌翻譯談文學翻譯中的創作性》，《攀枝花學院學報》二〇〇八年二期。
張鍾月，《試論詩歌翻譯的模糊性》，《宿州教育學院學報》二〇〇八年五期。
陶思，《王佐良詩歌翻譯思想述評》，《湘潮》（下半月）（理論）二〇〇八年六期。
辜正坤，《中國詩歌翻譯概論與理論研究新領域》，《中國翻譯》二〇〇八年四期。
樹才，《譯詩批評：從一個到另一個——以〈米拉波橋〉的七種漢譯為例》，《中國圖書評論》二〇〇八年十期。
熊帝任，《英文詩歌翻譯的一個要點》，《科技資訊》二〇〇八年十五期。
管振彬，《從接受美學理論到詩歌翻譯中的接受者》，《長沙大學學報》二〇〇九年三期。
謝宜辰，《詩歌翻譯中動態注意理論和動態識解理論淺析》，《知識經濟》二〇〇九年十二期。
張廣奎，《「翻譯移民理論」與詩歌翻譯美學研究方法及定位》，《湖北社會科學》二〇〇九年八期。
嚴曉江，《梁實秋中庸翻譯觀研究》，上海：上海譯文出版社，二〇〇八年。

附十七：理論視角與譯詩研究的主要成果

傅勇林，《文論模式與詩歌翻譯闡釋》，《中國比較文學》一九九六年二期。
翁羽、顧泉林，《從中國詩論的「入出」說看詩歌翻譯》，《上海海運學院學報》一九九七年四期。
王天明，《模糊美與詩歌翻譯》，《西安外國語學院學報》二〇〇〇年四期。
祝朝偉、李萍，《文本類型理論與詩歌翻譯》，《天津外國語學院學報》二〇〇二年三期。
劉立、張德讓，《權力話語理論和晚清外國詩歌翻譯》，《山東師範大學外國語學院學報》（基礎英語教育）二〇〇二年四期。

劉軍平，《互文性與詩歌翻譯》，《外語與外語教學》二〇〇三年一期。

李特夫、李國林，《詩歌翻譯研究：傳統思路與現代視野》，《天津外國語學院學報》二〇〇四年一期。

丁建江，《系統功能語法與詩歌翻譯》，《鹽城師範學院學報》（人文社會科學版）二〇〇四年二期。

譚曉麗，《像似性與詩歌翻譯》，《衡陽師範學院學報》二〇〇四年四期。

劉華文，《詩歌翻譯中的同一性梯度與審美性梯度——詩歌翻譯的認知修辭學考察》，《外語學刊》二〇〇五年三期。

張智中，《同源格、同異格與詩歌翻譯》，《佛山科學技術學院學報》（社會科學版）二〇〇五年三期。

郭立錦、任靜生，《從翻譯主體角度談詩歌翻譯中的創造性叛逆》，《合肥工業大學學報》（社會科學版）二〇〇五年六期。

陳德用，《文學空白論與詩歌翻譯》，《滁州學院學報》二〇〇六年二期。

李海潔，《功能翻譯理論對於詩歌翻譯的借鑑》，《湖南科技學院學報》二〇〇六年三期。

戴毓庭，《等值論與詩歌翻譯》，《四川教育學院學報》二〇〇六年十一期。

張震、劉慧超，《從改寫理論的視角看詩歌翻譯》，《大眾科學》（科學研究與實踐）二〇〇七年六期。

閆朝暉、張波，《闡釋學譯論對於漢英詩歌翻譯的局限》，《南陽師範學院學報》二〇〇七年七期。

張彩虹，《操縱理論與中國詩歌翻譯領域的拓展》，《廣西民族大學學報》（哲學社會科學版），二〇〇八年S一期。

左慧，《從理解歷史性論詩歌翻譯》，《安徽工業大學學報》（社會科學版）二〇〇八年一期。

李金紅，《互文性在詩歌翻譯中的運用》，《武漢船舶職業技術學院學報》二〇〇八年二期。

潘玥、方文禮，《概念語法隱喻——詩歌翻譯研究的新視角》，《江南大學學報》（人文社會科學版）二〇〇八年二期。

武俊輝，《互文性視野中的詩歌翻譯》，《鄭州航空工業管理學院學報》（社會科學版）二〇〇八年三期。

屈平，《從「詩言志」論詩歌翻譯——以英國詩人豪斯曼詩歌四首漢譯為例》，《河南理工大學學報》（社會科學版）二〇〇八年四期。

佟曉梅，《功能翻譯理論與詩歌翻譯》，《理論界》二〇〇八年六期。

陳蕾，《語篇分析在詩歌翻譯批評中的應用》，《科技資訊》二〇〇八年十二期。

施汶邑、李波陽，《從前景化角度析詩歌翻譯策略》，《杭州電子科技大學學報》（社科版），二〇〇九年二期。

呼媛媛、白紅，《原型理論關照下的詩歌翻譯》，《延安職業技術學院學報》二〇〇九年二期。

謝睿玲，《模因論視角下詩歌翻譯的歸化與異化》，《重慶工學院學報》（社會科學版）二〇〇九年三期。

王鵬飛，《從比較文學變異學視角看郭沫若詩歌翻譯中的創造性叛逆》，《當代文壇》二〇〇九年四期。

附十八：譯詩史料鉤沉的主要成果

李允經，《關於〈七個怪物〉及其譯詩》，《魯迅研究月刊》一九八七年九期。

金監，《最早的譯詩》，《閱讀與寫作》一九九九年五期。

吳曉樵，《魯迅與海涅譯詩及其他》，《魯迅研究月刊》，二〇〇〇年九期。

強英良，《魯迅手書〈你的姊妹〉譯詩》，《魯迅研究月刊》，二〇〇三年八期。

《魯迅一首譯詩》，《出版史料》二〇〇六年一期。

後記

從涉足翻譯詩歌研究開始，我就設想過自己的研究應該包括翻譯詩歌與中國新詩的發生、翻譯詩歌與中國新詩的文體建構、翻譯詩歌與中國新詩創作、翻譯詩歌與翻譯理論建構等內容，這些研究形成了譯詩與新詩之間以及譯詩自身的研究體系。

由於自身研究能力和視野的局限，有必要在知識體系上做必要的拓展和深化，於是我申請到中國社會科學院文學研究所做博士後工作。選擇張中良研究員做我的合作導師並非一時興起，而是我和先生有共同的學術志趣，比如對五四翻譯文學的關注、對抗戰文學的涉足等成為我們合作的紐帶。當然，張老師質樸的為人和謙和的態度也是我選擇與之合作的關鍵因素，人品高於一切世俗的成就。很榮幸張老師最終能接納我進站，他很支持我繼續研究翻譯詩歌，多次和我交流博士後課題的選題，給我了寶貴的意見，推薦了有價值的參考書目，推進了我對翻譯詩歌的理解。在兩年的學習交流中，我感受到了張老師嚴謹的學術作風和務實的學術精神，而先生帶給我的影響也絕非學術領域，他的處事原則、為人為學之風貌將照亮我以後長長的一生。

本書的完成對我而言並不輕鬆。首先自然是因為選題和寫作的難度，儘管之前能夠從一些零星的研究成果中獲得論文寫作的啟示，但很多材料和論據還得從自己的立場上去加以搜集和梳理。其次是因為這兩年來，我的生活發生了預想不到的變化。我工作的二級單位因為人事的變故，落得我不得不面對層出不窮的雜務，我經常因此而心力交瘁。我感受到了前所未有的難以承受的重壓，而我的所謂學術研究很多時候不得不讓位給單位的工作。因此，我是在犧牲週末和節假日的情況下才會抽出整塊兒的時間來經營我的「主業」。至於照顧家庭之類的事，我更是無能「問津」。所以，書稿的完成，其實凝聚著妻子劉丹和我的心血，沒有她的理解和支持，要如期完成本書是不可能的。

感謝我的合作導師張中良先生，本書從架構到具體內容的寫作都離不開他悉心的指導。書稿完成後，張老師不僅從宏觀上指出了內容的缺陷，而且還在微觀上指出了幾十處遣詞造句、列印或引用的錯誤，在「批量生產學生」的時代，這樣的老師實在太少，為我指導學生樹立了榜樣。感謝中國社會科學院文學研究所給我進站從事研究工作的機會，感謝參加我博士後報告評審工作的程光煒、傅光明、李怡、王兆勝等各位專家，他們提出的寶貴意見使本書得以完善。感謝臺灣中國文化大學中文系宋如珊教授，她細緻的工作接洽和聯絡是本書得以順利在臺灣秀威資訊出版公司出版的關鍵環節。感謝臺灣秀威資訊出版公司的王奕文編輯，其細緻耐心的校閱工作最大限度地減少了本書的錯漏。

現當代華文文學研究5　AG0151

現代譯詩對中國新詩形式的影響研究

作　　者／熊　輝
主　　編／宋如珊
責任編輯／王奕文
圖文排版／彭君如
封面設計／陳佩蓉

發 行 人／宋政坤
法律顧問／毛國樑　律師
印製出版／秀威資訊科技股份有限公司
114台北市內湖區瑞光路76巷65號1樓
電話：+886-2-2796-3638　傳真：+886-2-2796-1377
http://www.showwe.com.tw
劃撥帳號／19563868　戶名：秀威資訊科技股份有限公司
讀者服務信箱：service@showwe.com.tw
展售門市／國家書店（松江門市）
104台北市中山區松江路209號1樓
電話：+886-2-2518-0207　傳真：+886-2-2518-0778
網路訂購／秀威網路書店：http://www.bodbooks.com.tw
國家網路書店：http://www.govbooks.com.tw
圖書經銷／紅螞蟻圖書有限公司
台北市114內湖區舊宗路2段121巷19號（紅螞蟻資訊大樓）
電話：+886-2-2795-3656　傳真：+886-2-2795-4100

2013年3月BOD一版
定價：400元

國家圖書館出版品預行編目

現代譯詩對中國新詩形式的影響研究 / 熊輝著. -- 初版. --
臺北市 : 秀威資訊科技, 2013.03
面； 公分
ISBN 978-986-326-045-5 (平裝)

1. 新詩 2. 翻譯

812.1 101024732

讀者回函卡

感謝您購買本書，為提升服務品質，請填妥以下資料，將讀者回函卡直接寄回或傳真本公司，收到您的寶貴意見後，我們會收藏記錄及檢討，謝謝！如您需要了解本公司最新出版書目、購書優惠或企劃活動，歡迎您上網查詢或下載相關資料：http:// www.showwe.com.tw

您購買的書名：＿＿＿＿＿＿＿＿＿＿＿＿＿＿＿＿＿＿＿＿

出生日期：＿＿＿＿年＿＿＿＿月＿＿＿＿日

學歷：□高中（含）以下　□大專　□研究所（含）以上

職業：□製造業　□金融業　□資訊業　□軍警　□傳播業　□自由業
　　　□服務業　□公務員　□教職　□學生　□家管　□其它＿＿＿

購書地點：□網路書店　□實體書店　□書展　□郵購　□贈閱　□其他

您從何得知本書的消息？

□網路書店　□實體書店　□網路搜尋　□電子報　□書訊　□雜誌
□傳播媒體　□親友推薦　□網站推薦　□部落格　□其他＿＿＿＿＿

您對本書的評價：（請填代號　1.非常滿意　2.滿意　3.尚可　4.再改進）

封面設計＿＿　版面編排＿＿　內容＿＿　文／譯筆＿＿　價格＿＿

讀完書後您覺得：

□很有收穫　□有收穫　□收穫不多　□沒收穫

對我們的建議：＿＿＿＿＿＿＿＿＿＿＿＿＿＿＿＿＿＿＿＿

＿＿＿＿＿＿＿＿＿＿＿＿＿＿＿＿＿＿＿＿＿＿＿＿＿＿＿

＿＿＿＿＿＿＿＿＿＿＿＿＿＿＿＿＿＿＿＿＿＿＿＿＿＿＿

＿＿＿＿＿＿＿＿＿＿＿＿＿＿＿＿＿＿＿＿＿＿＿＿＿＿＿

請貼
郵票

11466
台北市內湖區瑞光路 76 巷 65 號 1 樓
秀威資訊科技股份有限公司 收
BOD 數位出版事業部

（請沿線對折寄回，謝謝！）

姓　　名：________________　年齡：________　性別：□女　□男

郵遞區號：□□□□□

地　　址：________________________________

聯絡電話：(日)________________　(夜)________________

E-mail：________________________________